中国现代文学馆青年批评家丛书

丛书主编 吴义勤

张立群 著

先锋的魅惑

北京大学出版社
PEKING UNIVERSITY PRESS

图书在版编目（CIP）数据

先锋的魅惑 / 张立群著. —北京：北京大学出版社，2014.6
（中国现代文学馆青年批评家丛书）
ISBN 978-7-301-24429-6

I.①先… II.①张… III.①中国文学—当代文学—文学研究 IV.①I206.7

中国版本图书馆CIP数据核字（2014）第136364号

书　　　名：先锋的魅惑
著作责任者：张立群 著
责 任 编 辑：黄维政
标 准 书 号：ISBN 978-7-301-24429-6/I·2794
出 版 发 行：北京大学出版社
地　　　址：北京市海淀区成府路205号　100871
网　　　址：http://www.pup.cn　新浪官方微博：@北京大学出版社 @培文图书
电 子 信 箱：pw@pup.pku.edu.cn
电　　　话：邮购部 62752015　发行部 62750672　编辑部 62750112
　　　　　　出版部 62754962
印　刷　者：三河市腾飞印务有限公司
经　销　者：新华书店
　　　　　　650毫米×980毫米　16开本　23.5印张　340千字
　　　　　　2014年6月第1版　2014年6月第1次印刷
定　　　价：50.00元

未经许可，不得以任何方式复制或抄袭本书之部分或全部内容。
版权所有，侵权必究
举报电话：010-62752024　电子信箱：fd@pup.pku.edu.cn

目 录

丛书总序　　吴义勤 5

第一编　先锋的话题

论先锋文学的现代性及审美的突围　　2

论先锋文学的资源转化与"突围"权利　　14

语言的诗意与诗意的匮乏
　　——论先锋小说的"抒情性"　　24

历史的会通：《百年孤独》与中国当代小说　　33

叙述的方式与观念的解读
　　——博尔赫斯之于余华小说的意义　　43

第二编　小说的先锋

论莫言小说中的饮食现象　　56

流动的欲望叙述
　　——格非小说中的"水"意象　　68

"漂移"的先锋
　　——论苏童笔下的"历史叙事"　　77

论毕飞宇小说中的女性形象　　87

"午后"的写作及其辩证综合
　　——李洱小说综论　96

修复历史与记忆的风景
　　——论韩东的"下放三部曲"　109

记忆美学的多重面孔
　　——评王蒙的《这边风景》　122

林白论
　　——女性先锋、现实的对话与转型　129

第三编　诗意的先锋

杨炼论　140

诗与文的"互训"
　　——臧棣论　156

用"语言的利斧"归还一切
　　——析戈麦的《最后一日》兼及其他　170

"一个幽闭天才"的写作精神
　　——论朵渔的诗　179

窗子内外的镜像与风景
　　——宇向论　187

第四编　视野之外

历史的"终结"与"浮现"
　　——关于新时期以来中国当代文学的一种解读　198

"后革命"视域下的中国当代文学
　　——以"革命"和"历史"为起点　208

"重返80年代"的"文学心态"及其历史问题　220

"经典"的生成与变动过程
——论"张爱玲现象"的当代接受兼及《小团圆》 237

从柳青到路遥：现实主义创作的当代流变及思考 255

作家的自我认同与读者接受
——解读"路遥现象" 266

中篇小说的历史构造与现状考察 279

新时期以来文学评奖的主流导向 283

1990年代以来中国新诗的语言问题 288

"世纪初诗歌"的历史构造与书写图景 302

论少数民族文学的当代史写作问题
——以《中国诗歌通史·当代卷》"80、90年代"的写作为个案 313

第五编 阅读笔记

"当代文学史"的理论建构与实践
——评陈晓明的《中国当代文学主潮》 326

从感悟"宇宙的灵魂"到一部个案式的新诗史
——评吴晓东的《二十世纪的诗心》 338

讲述"历史"的理想情怀
——评毕光明、姜岚的《纯文学的历史批判》 346

投向诗学重构的一线曙光
——评张大为的《元诗学》 353

"澳门文学"的概念 361

后　记 370

丛书总序

中国现代文学馆是在巴金先生倡议和一大批著名作家的响应下，于1985年正式成立的国家级文学馆，也是目前世界上规模最大的文学博物馆。中国现代文学馆的主要任务是收集、保管、整理、研究中国现当代文学书籍、期刊以及中国现当代作家的著作、手稿、译本、书信、日记、录音、录像、照片、文物等文学档案资料，为文化的薪传和文学史的建构与研究提供服务。建馆二十多年来，经过一代代文学馆人的共同努力，中国现代文学馆的事业不断发展壮大，现已成为集文学展览馆、文学图书馆、文学档案馆以及文学理论研究、文学交流功能于一身的综合性文学博物馆，并正朝着建成具有国际影响的中国现当代文学资料中心、展览中心、交流中心和研究中心的目标迈进。

为了加快中国现代文学馆学术中心建设的步伐，中国作家协会党组决定从2011年起在中国现代文学馆设立客座研究员制度，并希望把客座研究员制度与对青年批评家的培养结合起来。因为，青年批评家的成长问题不仅是批评界内部的问题，而且是一个对于整个青年作家队伍乃至整个文学的未来都具有方向性的问题。青年评论家成长滞后，特别是代际层面上"70后""80后"批评家成长的滞后，曾经引起了文学界乃至全社会的普遍担忧甚至焦虑。因此，客座研究员的招聘主要面向"70后""80后"批评家，我们希望通过中国现代文学馆这个学术平台为青年评论家的成长创造条件。经过自主申报、专家推荐和中国现代文学馆学术委员会的严格评审，中国现代文学馆已经招聘了两期共19名青年评论家作为客座研究员。第三批客座研究员的招聘工作也即将完成。

两年多来的实践表明，客座研究员制度行之有效，令人满意。正如中国作协党组书记李冰同志在中国现代文学馆第二批客座研究员聘任仪式上的讲话中所指出的那样，青年评论家在学术上、思想上的成长和进步非常迅速。借助客座研究员这个平台，通过参加高水平的学术例会和学术会议，他们以鲜明的学术风格和学术姿态快速进入中国当代文学批评现场，关注最新的文学现象、重视同代际作家的创作，对于网络文学、类型小说、青春文学等最有活力的文学创作进行即时研究，有力地介入和参与着中国当代文学的创作实践，在对青年作家的研究及引领方面发挥了不可替代的作用。作为"70后""80后"批评家的代表，他们的"集体亮相"，改变了中国当代文学批评的格局和结构，带动了一批同代际优秀青年批评家的成长，标志着"70后""80后"青年批评家群体的崛起。鉴于客座研究员工作的良好成效和巨大社会反响，李冰书记在第一批客座研究员到期离馆时曾专门作出了"这是一件功德无量的事情，要进一步扩大规模"的批示。

为了充分展示客座研究员这一青年批评家群体的成就与风采，中国作家协会和中国现代文学馆决定推出"中国现代文学馆青年评论家丛书"，为每一个客座研究员推出一本代表其风格与水平的评论集，我们希望这套书既能成为中国当代文学批评的重要收获，又能够成为青年批评家们个人成长道路的见证。丛书第一辑8本在2013年6月由北京大学出版社推出后引起了巨大反响，现在第二辑12本也即将付梓出版，我们对之同样充满期待。

是为序。

吴义勤
2014年春于文学馆

第一编

先锋的话题

从先锋文学与现代性的关系看待先锋文学自身的变化过程,先锋文学显然期待一种历史化的视野,进而呈现自身的现代性特质。

论先锋文学的现代性及审美的突围

本文所言的先锋文学，主要是对1985年以来当代文学中具有探索、前卫意识的文学潮流的考察，它与一般意义上的仅仅局限于1980年代中期至1990年代的"先锋小说""实验小说"有所不同。在这个整体上大致包括先锋小说、新历史小说、女性写作、新生代小说的潮流中，先锋文学生动呈现了当代文学对现代性的追求及其不断超越的趋势。上述趋势的确定，不但使先锋文学始终置身于现代主义的发掘之中，与西方现代主义以来的众多理论、创作实践发生自然的关联，还为其进行"审美的突围"作了理论的预设。而认识这一趋势的意义在于，除了可以重新审视先锋文学与现代主义、后现代主义的关系问题，还可以在读解先锋文学自身特质的同时，明确它对于中国当代文学的价值。

一　先锋文学的现代性考察

现代性虽在近年理论界的过度使用中已呈现出泛滥的趋势，但它某些业已本质化的部分并非不可认知——现代性就是要摆脱古典，使现代成为"现代"的性质，使其不断追求的"现代"成为时代的价值标准，本身就以"历史转折"、态度变化的方式作为认识现代性的基本内容。由现代性的这一本质规定看待1980年代中期之后诞生的先锋文学浪潮，可以发现它的流动性、变异性、探索性本身就呈现了现代性追求的特征。然而，需要指出的是，先锋文学的现代性视野考察在其确定的过程中，却隐含着当代文学深刻转折、持续发展变化的过程，而这一过程不但交织着先锋文学与现代性的辩证关系，还包括先锋文学自身的变化过程。

谈及先锋文学与现代性的辩证关系,很容易让人联想到卡林内斯库在《现代性的五副面孔》中的一段话:"由于现代性的概念既包含对过去的激进批评,也包含对变化和未来价值的无限推崇,我们就不难理解,为何现代人喜欢把'先锋'这个有点牵强的比喻用于包括文学、艺术和政治等的各个领域,特别是在过去的两个世纪里。这个概念明显的军事内涵恰好指明了先锋派得自于较广义现代性意识的某些态度与倾向——强烈的战斗意识,对不遵从主义的颂扬,勇往直前的安所,以及在更一般的层面上对于时间与内在性必然战胜传统的确信不疑……正是现代性本身同时间的结盟,以及它对进步概念的恒久信赖,使得一种为未来奋斗的自觉而英勇的先锋派神话成为可能。"① 卡林内斯库从历史的角度论证先锋派与现代性的关系基本上确立了从广义上认知二者关系的基石。接续而来的问题则是应当如何认识文学意义上的现代性,正如卡林内斯库结合波德莱尔著名的现代性论述指出:"另一种现代性,将导致先锋派产生的现代性,自其浪漫派的开端即倾向于激进的反资产阶级态度","更能表明文化现代性的是它对资产阶级现代性的公开拒斥,以及它强烈的否定激情。"② 卡林内斯库强调的"另一种现代性"对"资产阶级现代性"的公开否定,揭示了两种现代性即"审美现代性"(即文学现代性)与"启蒙现代性"(即"资产阶级现代性",强调的是工具理性和历史理性、必然、整体、技术等层面)之间的冲突。"审美现代性就是在这种困境中应时而生的,它是伴随着启蒙现代性而产生的,是对启蒙现代性出现的问题的反思和批判。审美现代性以一种思维向后和意识向前的模式来规范、指引着启蒙现代性的发展。它总是以一种先锋的面孔、激情的思想和否定的立场出现在现代性理论中。"③ 从先锋派与现代性的关系可知:西方19世纪末期以来的各种现代派都可以统称为先锋派,但先锋派显然又与现代派

---

① 马泰·卡林内斯库:《现代性的五副面孔》,顾爱彬、李瑞华译,商务印书馆,2002年,第119—120页。
② 同上书,第48页。
③ 胡鹏林:《文学现代性》,中国社会科学出版社,2007年,第16页。

存在一定程度上的不同：在谈论具体的现代派时现代派是可以等同于先锋派的，但从先锋派广义、变动的视野中看，先锋派却往往只是呈现了具体现代派的初始状态，并很快在具体现代派艺术自律化的过程中呈现出叛逆的姿态，引起下一个现代派的诞生，先锋派这种带有具体和一般的特点及其带有环节链接的特征，同样也适应于对现代性与现代派之间关系的考察。当然，与西方的历史相比，20世纪中国文学的现代性、先锋派虽然同样符合这一逻辑，但显然，由于特定的历史环境，现代性、先锋派在中国文学中发展得不充分，却使我们在谈论具体现代派时常常显得单一而笼统。不但如此，鉴于先锋派的研究和现代性理论是1990年代之后才逐渐兴起的话题，所以，考察先锋文学与现代性的关系还有很大的空间，而先锋文学中"先锋"字眼的出现也足以为我们带来一些启示。

从先锋文学与现代性的关系看待先锋文学自身的变化过程，先锋文学显然期待一种历史化的视野，进而呈现自身的现代性特质。对于1980年代中期诞生的先锋文学而言，一个潜在的历史背景即为"文革"后现实主义的创作方法依然占据重要的地位，出于反思、超越目的的现代主义创作，如当时的"现代派""寻根派"，并未完全摆脱借助社会现实氛围保持思想上冲击力的模式，而如何在艺术层面深化进而暴露文学内部发展机制与社会现代化整体发展趋势之间的张力，已成为当代文学急需回答的问题。在"现代派""寻根派"或是反叛传统、迎合现实，或是编织民族文化寓言故事的文本外部表征下，文学的现代化进程都在事实上给先锋文学的形式实验提供了条件。现实社会的生存状态需要文学为此作出回答，而文学的创作方法与技巧也需要通过不断地更新以实现自身的变化，这是现代性整体框架赋予当代文学的历史宿命，同时，也是现代性反思自身的必然结果。

按照作家余华的看法：中国先锋文学是世界性潮流刺激下的产物，基本上可以作为"叙述中的一场革命"，它于1980年代中期出现，在"很大程度是建立在文学叙述的缺陷上的，这种缺陷又是在政治的压力下形成"，所以，中国先锋派与西方先锋派的不同之处就在于，"西方先锋派是文学发展之中出现的，而中国先锋派是文学断裂之后开始的"。① 先锋文学的出场隐含着十分深远的历史背景，而这一背景一旦相对于世界文学主潮及其追赶过程，便很容易和作家主体联系起来。值得指出的是，对于日后成为先锋派的作家而言，后起者的身份也同样是至关重要的。后起者在当时属于年轻作家的客观事实，不但可以使其在整合经验中另辟蹊径，而且，也可以使其在面向外来文化资源时保持一种敏感性。面对着1985、1986这些人们习惯上称之为"方法年""观念年"的特殊年份，面对着当时"文学主体性"的探讨、新时期文学"向内转"的呼吁及趋势，人们思维的转变与对外开放显然在1980年代中期达到了繁荣的局面。当代西方流行的各种批评方法迅速被介绍到中国，并被迅速运用到新时期文学的研究实践中，心理分析、新批评、现象学、存在主义、符号学、结构主义、解构主义等便因和中国文学的具体实践相结合而变得不再陌生，与此同时，表现主义、意识流、新小说、荒诞派、黑色幽默、拉美魔幻现实主义以及博尔赫斯式的后现代实验小说，也在被模仿和悄然运用中为人们所瞩目。虽然，就当时的情况来看，许多创作实践尚不能对外来文化做到相应的理解，但作为一次文学观念的冲击进而诱发写作的变革却是毋庸置疑的。因而，在后起者适时汲取外来文化资源、改变以往写作策略的过程中，先锋文学既以其文本的可读性满足了来自文学欲望和理想、读者、市场等多方面的阅读期待，同时，也满足了中国文坛追赶当代世界文学主潮、拉近二者之间距离的文化想象，这样，它在一定时期内声势浩大并产生深远影响也就不足为奇了。

　　如果说先锋文学在追寻现代性的道路上深化现代主义已成为一种必然的趋势，那么，先锋文学在现代性追求的过程中如何走向后现代则同样是一个值得深思的话题。关于先锋文学的后现代倾向以及后现代主义本身的历史认识，以往研究已多有论述，限于篇幅，此处不再赘述。这里，只是结合先锋小说自身的叙事实验，新历史小说、女性写作在当代的理论阐释，以及1990年代出场的新生代小说生成于后现代的语境之下，客观

---

① 余华：《两个问题》，收入《我能否相信自己》，人民日报出版社，1998年，第179页。

呈现先锋文学浪潮的后现代倾向,并进而提出先锋文学的后现代倾向如何在现代性的框架中加以认识、考察的问题。而此时,先锋文学在其审美突围过程中如何呈现一种新的面孔,如何辨析现代性、后现代性的关系,便成为审视先锋文学的另一重要路向。

二 "现代"与"后现代"的纠葛

从某种意义上说,"'现代'与'后现代'的历史纠葛"不是先锋文学"现代性"以及"后现代性"的内容表述,它只是对先锋文学的实践意识或曰一种被称之为"突围状态"进行了描述,从而揭示先锋文学所处的历史境遇及其对待文学的"差异性理解"。而这一内容,就理论的角度来看,在一定程度上又和鲍曼在《立法者与阐释者》中的论述颇有几分相似①,并深刻反映了"现代主义""后现代主义"在当代中国的影响及其历史认识过程。鉴于后现代的精神模式、艺术手法会在与现实主义、现代主义的"差异性"比较中得到形象式同时也是超越式的展现,所以,本文所言的这种被称之为"后现代性"的东西或许更需要一种比较之后的阐释。结合中国当代文学的发展实际可知:1980年代之前的文学历史在总体上可以被视为是追求典型、英雄主题的现实主义"模式",而注重象征、追求荒诞的现代主义的历史在时间上又未免有些短暂、切近,所以,先锋文学的"后现代性"自其诞生之日起便很难摆脱浓重的历史阴影与现实的限制。从"文革"结束后,以"伤痕文学""反思文学""改革文学"为代表的现实主义文学创作潮流,迅速更迭为现代派、寻根派、先锋小说的发展趋

---

① 在《立法者与阐释者——论现代性、后现代性与知识分子》中,齐格蒙·鲍曼曾写道:"作为划分知识分子实践之历史时期的'现代'与'后现代',不过是表明了在某一历史时期中,某一种实践模式占主导地位,而决不是说另一种实践模式在这一历史时期中完全不存在。即使是把'现代'与'后现代'看作是两个相继出现的历史时期,也应认为它们之间是连续的、不间断的关系(毫无疑问,'现代'和'后现代'这两种实践模式是共存的,它们处在一种有差异的和谐中,共同存在于每一个历史时期中,只不过在某一个历史时期中,某一种模式占主导地位,成为主流)……"见该书第3—4页,上海人民出版社,2000年。

势,我们不难发现当时文学界对"现代派"名义下的荒诞派戏剧、黑色幽默以及魔幻现实主义这三种本属于后现代主义文学流派的译介、借鉴,一方面与当时社会的情绪和变革的机制具有精神的共通性,另一方面又与上述现实主义文学创作潮流对"文革"荒诞经验表达的匮乏有关。①"'文化大革命'后,对一切价值重估,使人们天然地容易接近后现代主义的某些思考。"②这无疑是"后现代"在各式手法交替使用过程中可以迅速萌生于1980年代文学创作之中的一个重要前提。当然,对于先锋文学呈现的现代性突围趋势,最为直接的还是"现代话语"在当时变异的结果。对于先锋文学创作中的后现代倾向而言,无论是现实主义还是现代主义,均可以视为当代中国语境下"现代元叙事"的表现形式——这一表现形式就具体而言,既包括"文革"给人们带来的精神异化以及其思维模式在现实主义作品中的延续,也包括现代派对现实主义的超越以及努力建构自身形象过程中的不彻底性。由"现代元叙事"后果构成的问题语境在现代性的推动下最终选择了"后现代"作为更为明确的回应,而此时站在"现代"的立场上,"后现代"就自然成为"现代性"后果的一个重要方面。

正如王宁在多年研究基础上对后现代主义作出的"新的描述和概括"——"在文学艺术领域,后现代主义曾是现代主义思潮和运动衰落后西方文学艺术的主流,但是它在很多方面与现代主义既有着某种相对的连续性,同时又有着绝对的断裂性,这主要体现在两个极致:先锋派的激进实验及智力反叛和通俗文学的挑战";"作为一种阐释代码和阅读策略的后现代性并不受时间和空间条件的限制,它不仅可用来阐释分析西方文学文本,而且也可以用于第三世界的非西方文学文本的阐释"。③——表明了"现代"与"后现代"之间的连续性以及后现代性阐释的有效性。当代中国先锋文学在现代性变动过程中具有的"后现代性",或许可以由此得到更为合理的解释。显然地,文学进入后现代阶段或者说那些被称

---

① 可参见伍方斐:《走出"现代"的迷思——中国后现代主义文学思潮通论》,中国社会科学出版社,2010年,第132—145页。
② 程文超:《反叛之路》,中国社会科学出版社,2009年,第10页。
③ 王宁:《后现代性与全球化》,收入《超越后现代主义》,人民文学出版社,2002年,第5页。

为后现代文学的作品也绝非"铁板一块","现代主义与后现代主义不是由铁障或长城分开的,因为历史是可以抹去旧迹另写新字的羊皮纸,而文化则渗透着过去、现在和未来。在我看来,我们都同时可以是维多利亚人、现代人和后现代人。一个作家在他的生涯中,能容易地写出一部既是现代主义又是后现代主义的作品";"这意味着一个'时代',必须从连续性和阶段性两方面来看,这二者互为补充。"①美国学者伊哈布·哈桑对于后现代概念问题的描述,恰恰是以特定的文化立场证明了这一点。至此返观先锋文学的"现代性突围""后现代性",浓重的现实主义文化传统、现代派名下的各种流派(其实很多本身是后现代的),都可以作为先锋文学后现代转向过程中的题材、对象、手法,进而融入先锋文学"后现代"的视域。而此时,我们要探究的问题已经过渡到先锋文学是如何呈现其"后现代性"的。

先锋文学后现代性问题的探讨,自1980年代末期出现,到1990年代达到相当的规模,这既反映了后现代文论本土传播过程中不断深入的趋势,同时,也反映了理论界开始自觉应用其有效部分研讨当代中国的文学现象。作为一种明显带有追溯性同时又不乏命名性的行为,先锋文学后现代性问题在具体研讨中,总是和译介、外来资源的吸纳及转化以及后现代理论家的中国讲学(如杰姆逊、哈桑)"关系密切",并在主观方面已触及文学内在的超越机制和文化中心价值的解构层面。在1980年代中期"反权威、反文化、反主体、反历史几乎成为一代人的文化目标"②的情绪影响下,先锋文学以及同期的"后朦胧诗"(或曰"第三代诗")常常被视为中国后现代文学的发端绝非偶然。目睹此前"朦胧诗""现代派""寻根派"由胜至衰的态势,先锋文学有意回避现实、疏离意识形态与其"后现代性"一再被批评指认其实是相辅相成的。先锋文学唯有面向中国语境下"现代元叙事"时才能凸显自身的"后现代性",始终与历

---

① 伊哈布·哈桑:《后现代主义转折》,收入《后现代主义文化与美学》,王岳川、尚水编,北京大学出版社,1992年,第112—113页。
② 陈晓明:《无望的叛逆——从现代主义到后—后结构主义》,陕西人民教育出版社,2002年,第239页。

史和体制赋予文学的限度有关。通过形式的革命实验和文学自我意识的回归，先锋文学对此前业已形成的现代价值的解构和对往日被抑制的边缘价值的有效释放，构成了先锋文学"后现代性"的文本表征。然而，这种通过"超越"、疏离而呈现出来的后现代倾向显然又缺少思想的回旋余地。从先锋文学发展的态势可知：无论是现代价值的浓重阴影，还是进入1990年代之后作家主体精英意识在市场价值文化面前的解体，由先锋文学形式实验而透露出来的后现代性从不乏现代性的意识——先锋作家在形式实验过程中主体持有的精英意识与具体叙述中常常呈现出的拒绝价值、情境相同、情节通俗等倾向，恰恰成为先锋文学"模糊"现代与后现代文学界限的重要方面。

除此之外，先锋文学的"后现代性"在以解构为精神内核的同时，一直也包含着自身与生俱来的历史建构意识："后现代主义说穿了只是现代主义的残余，正是它的出现，我们才意识到一个时代过去了，另一个新的时代即将来临。"① 这一堪称代表先锋作家主体建构意识的言论，就先锋作家的历史记忆、成长经验来说，大致是可以成立的。与此同时，我们还应当看到的是，后现代话语在1990年代初期社会文化转型以及"汉语文化""第三世界文化""中华性"等明显带有全球化视野的讨论过程中，已经得到了某种价值的认同，并在不断处于变化的状态下成为本土文化书写与创造的一部分。上述明显带有"解构"后"建构"倾向的发展趋势，就后现代话语的转化机制而言，自然使此前先锋文学的形式实验、解构倾向轻而易举地招致同化，进而使其观念呈现出一种现代性的特征。而先锋文学在其思想观念上表现出"现代"与"后现代"之间的徘徊也正在于此。

除上述关于"现代""后现代"的关系辨析之外，批评层面上的"现代性""后现代性"现象也同样是一个值得关注的问题。关于当代学术界流行的现代性话题很多是后现代问题，是"现代性挽救了后现代"，陈晓明已经在《现代性的幻象》一书中一针见血地指出："现代性论述引入当代文学研究，确实是一个很有用的概念，它在更为宽阔深远的历史背景

---

① 余华：《两个问题》，收入《我能否相信自己》，第180页。

中重新整理和展开后现代论述,它把后现代论述从简单的当下性中解决出来,引入更复杂的历史语境。当然更重要的在于,它使当代文学这么多年一直在寻求的20世纪的总体性,或者重写文学史的整体性,有了一个最恰当的框架。当代文学并不只是简单地融入现代文学,而是重新构成一个整体。"①从当代文学批评的实践来看,笔者总体上同意陈晓明的看法。但随之而来的问题则是:以"现代性挽救了后现代"这种堪称逻辑倒错的姿态指出"现代性"文论的兴起,究竟能够说明什么问题?对此,笔者认为:现代性理论的兴起其实为研究设置了更大的框架,这与先锋派实验在创作和阅读上被普遍化之后,文学艺术呈现出的非直观性的实践倾向有关。尽管进入1990年代的当代文学已通过日常化、私人化、城市化、消费性的表征而具有较为普泛意识的后现代倾向,但语言实验上先锋性的减弱,却使当代文学在回归现实场景的过程中显露出回溯倾向和鲜明的历史感。在这一背景下,还有什么比丰富的现代性更适合于批评实践呢?由此可知:后现代回到现代性的框架下不但可以增添新的理论视点,而且,还可以全面阐发文学艺术的美学意义。而此时,"现代"与"后现代"当然也就构成了相互徘徊、缠绕、互动的关系,至于"突围"也由此变得丰厚起来。

三 "审美突围"的历史辨识

先锋文学由于现代性内在的冲动,不断在自身发展轨道上呈现出"审美突围"的趋势,既涉及当代中国文学的现代主义、后现代主义,80—90年代的文学转型,中西文化的交流与借鉴、融合等诸多问题,同时,也涉及先锋文学自身的艺术及其价值。因而,对其趋势进行历史、整体的考察,意义自不待言。显然,对于今天的读者而言,对先锋文学的研究与品读不仅需要历史化,还需要精神吁求式的理解。通过阅读马泰·卡林

---

① 陈晓明:《现代性的幻象——当代理论与文学的隐蔽转向》,福建教育出版社,2008年,第19页。

内斯库的《现代性的五副面孔》、彼得·比格尔的《先锋派理论》、理查德·墨菲的《先锋派散论》等文艺理论著作获取相应的理论资源,我们不难发现——"从逻辑上讲,每一种文学或艺术风格都应该有它的先锋派,因为认为先锋派艺术家走在他们时代的前面,准备去征服新的表现形式以供大多数其他艺术家使用,这是再自然不过的事情……""先锋派并没有宣扬某种风格;它自己就是一种风格,或者不如说是一种反风格(antistyle)"[1],这恰恰可以作为理解先锋派内在精神的重要前提。而事实上,对于先锋文学内在精神的理解也同样可以在作家身上找到依据。刘恪是国内近年来在"先锋小说"理论研究领域取得一定成绩的学者,同时又是先锋作家,从他研究中,我们也基本看到了他在论及"先锋概念的出现""几种先锋概念的比较""先锋的具体内涵"等论题时遵循"内在精神"的逻辑。在回答先锋定义和梳理各领域先锋产生的标记之余,刘恪认为,"只有具体语境中的先锋,只有运动潮流中的先锋派,它必须是针对一个具体的前提,批判摧毁什么,然后是重建什么,它是制定新艺术规则的人";"先锋也是一个生产的概念,在每一个具体的语境中都会有它的先锋。在今天我们应该明白的是,只要坚持在人类社会发展过程中的进步观,那就必定会有先锋产生,先锋不是什么别的,而是根植在人们心灵深处的一种先锋意识和先锋精神"[2]。刘恪为我们从广义和狭义的角度认识"先锋"的概念提供了可资借鉴的思路。而在此前提下,那些被认为是"先锋"作家的自我认识,如苏童所言的"先锋派文学是相对的,在所有的文化范畴中,总有一种比较激进带有反抗背叛性质的文化,它们或者处于上升阶段,或者瞬间便已逝去,肯定有一种积极意义。'先锋'们具有冒险精神,在文学的广场上,敲打残砖余壁,破坏或创造,以此推动文学的发展"[3],也同样可以成为我们从另一角度形象理解先锋文学概念内涵及意义的重要依据。

---

[1] 分别见马泰·卡林内斯库《现代性的五副面孔》一书的第128、155页。
[2] 刘恪:《先锋小说技巧讲堂》,百花文艺出版社,2007年,第2—3、34页。
[3] 苏童:《答自己问》,收入《纸上的美女》,人民日报出版社,1998年,第178页。

如果将先锋派理解为某一艺术流派的初始状态,而其自律化的倾向在实际运行的过程中包含着对传统和自身的双重破坏,那么,先锋派这种倾向的动力之源显然与其内在的精神有关——这种求新、求变、深感某种"危机意识"以及不断在分裂中整合自身概念的趋向,显然同样呈现了审美现代性的动力,并与那种以"态度"的方式理解现代性的概念相吻合。[①]当然,结合现代性视野之内先锋派的历史可以察觉,先锋派在呈现现代性的动力时更多表达的是一种时间过程,这与其背后带有广阔空间布景的现代性流动无法等同。与此同时,先锋派在表达自身的意识形态也与现代性有所不同:先锋是个人的、自我的又具有精英意识的;而现代性则是社会的、日常的并常常带有世俗化的倾向。然而,先锋派又是最能充分反映现代性意识的一种概念。它对时间、艺术的理解甚至是自身在特定时代的沉默与转化,无不反映着相应的现代性状态。只要文学艺术还在、艺术家的理想与追求还在,先锋派就会存在下去,现代性的动力也会因此而延续下去。而"所谓先锋,其实就是精神的自由舒展,它是没有边界的——任何的边界一旦形成,先锋就必须从中突围,以寻找新的生长和创造的空间。所以,真正的先锋一直在途中,它不会停止;它虽然一次又一次地重新出发,但永远也无处抵达"[②]的论断,正是人们对于"先锋"寄予厚望的原因,同时,也是对文学艺术未来充满期待的理由。

通过对先锋派概念及其与现代性关系的梳理,我们选择了一种相互对应的方式理解了当代中国先锋文学及其在审美突围过程中呈现的艺术个性。在1980年代中期出现的先锋小说以及在其概念推演下出现的"先锋诗歌""先锋戏剧",都曾怀着回归"纯文学"的理想拓展自己的权利

[①] 比如,米歇尔·福柯在《什么是启蒙》中,将现代性"想象为一种态度而不是一个历史的时期",在福柯看来,所谓"态度","指的是与当代现实相联系的模式;一种由特定人民所做的志愿的选择;最后,一种思想和感觉的方式,也是一种行为和举止的方式,在一个和相同的时刻,这种方式标志着一种归属的关系并把它表述为一种任务。"见汪晖、陈燕谷主编:《文化与公共性》,生活·读书·新知三联书店,2005年,第430页。这一界定体现了福柯将现代性作为一种思想风格或世界观的看法。

[②] 谢有顺:《文学的路标——1985年后中国小说的一种读法》,广东人民出版社,2009年,第222页。

与路径。在此过程中,借鉴西方现代派、后现代派的艺术手法,指向"文革"沉重的历史,超越现实主义业已形成的"元话语"策略,又最终使这些先锋们在"审美突围"的同时戴上了后现代的标签。进入1990年代之后,文化转型时代各式文学现象的交替登场俨然超越了先锋们当年的实验,但现代性理论的兴起又使1980年代以来所有文学的追求纳入现代性的框架之中,而昔日的某些先锋作家依然保持了实验精神并写出众多高质量的作品。再者,在先锋派研究的视野内,不断有新的成员被纳入这一阵营之中。结合当代文学的发展实际,从解析先锋派概念以及探讨其与现代性关系的过程中可以获得启示:除了当代中国文学中的先锋派阵营需要进行狭义的界定和理解之外,先锋派如何在融入现代性的视野中处理历史、现实、全球化之间的网络关系,也是思考当代文学的现代性的重要课题之一。在"审美的突围"的逻辑中,先锋派与现代性将会为当代文学的发展注入活力,并会为其理论提升不断带来新的视野,而这,正是我们言说其概念并探究二者关系的重要原因。

总之,先锋文学的现代性及其审美突围趋势的确认,为我们审视1980年代以来中国当代文学的发展带来了诸多启示。先锋文学的现代性及其审美突围的过程,生动再现了当代文学在"告别革命"之后的发展过程,并为以"审美现代性"的视野考察当代文学的转型带来诸多新的课题,这一点,无疑是先锋文学现代性及其审美突围最为直接同时也是最为本质的意义。先锋文学反叛并超越了已有的文学体制,提升并拓展了中国小说的叙事空间,搏击了全球化时代文学创作的大潮,并在具体创作上引发了叙事上的革命,不但如此,先锋文学的创作实绩也需要我们对"先锋"作本质、动态的理解。"先锋"既是调节审美现代性自身矛盾的"中介",同时,也是审美现代性追求过程中的一种必然逻辑。现代性的视野及其"审美突围"的趋势会丰富先锋文学创作主客体的认识,并为深入解读当代文学的发展、变化带来许多新的话题。而先锋文学也因此成为一个创作典型,并在不断重述中成为一种精神资源。

2011 年 4 月

论先锋文学的资源转化与"突围"权利

自"先锋文学"于1980年代中后期诞生以来（当时一般称"实验小说""新潮小说"，后来又称"先锋派"），其独特的实验倾向和艺术特征就一直成为研究的焦点，进而呈现众说纷纭的态势。时至今日，先锋文学在艺术上的探索、创新，取得的实绩与产生的影响，虽已获得了较为一致的认识，但在这种业已成为文学史基本表述的模式之外，先锋文学是如何形成，又怎样相对于历史完成自身的突破与转型，始终成为讲述先锋文学历史的"另一线索"。上述问题的存在一方面反映先锋文学在某种意义上并未建构起自身的有效讲述，另一方面则反映先锋文学在历史化的过程中一直存有影响的活力和拓展的空间。因而，其研究的现实意义和学术价值是不言而喻的。

为了能够全面认识先锋文学的历史构造与书写图景，本文拟从资源的转化与"突围"的权利入手。资源的转化与"突围"的权利，作为先锋文学历史构造的两个方面，曾对先锋文学的生成、发展及走向有着重要的意义。如果说"资源的转化"更多考察的是先锋文学在接纳外来文化资源的前提下，如何进行自己的创作，那么，"突围"的权利则是先锋文学如何挣脱历史的束缚，建构自我形象的有效方式。尽管，历史地看，先锋文学的权利问题在更多情况下属于1990年代以来研究与回溯的范畴，但其对先锋文学的书写图景、生长空间等却具有重要的意义。

一　以拉美文学资源的转化为代表：
　　从《百年孤独》到博尔赫斯的小说

谈及先锋文学对于外来文化资源的吸收与转化，西方现代派特别是后现代派创作均在其作品中留下了深刻的印记。这一点，不但可以从先锋作家本人的"直言不讳"中得到证明①，而且，也可以从不同研究者的批评指认中获得证明。②在上述证明中，以福克纳、卡夫卡为代表的现代派小说创作、以罗伯－格里耶为代表的法国"新小说"和以唐纳德·巴塞尔姆、约翰·巴思、托马斯·品钦等为代表的美国后现代小说创作以及杰罗姆·大卫·塞林格的创作如《麦田里的守望者》等等，均为中国当代先锋作家的创作提供过灵感、想象力和后现代的创作技巧。而其中又以马尔克斯《百年孤独》和博尔赫斯小说为代表的拉美文学资源最具影响力和代表性。历史地看，他们创作的经验曾对先锋文学的形式实验和走向后现代起到了至关重要的作用，而其"后现代主义小说"创作的身份定位③，也在很大程度上成为先锋文学具有"后现代性"的一个有力的证据。

1980年代初期，拉美魔幻现实主义随西方现代派翻译热潮来到中国，哥伦比亚作家加西亚·马尔克斯和《百年孤独》的名字便逐渐成为新时期中国翻译界、理论界和创作界关注的焦点。1983年5月，"全国加西

---

① 可分别参见余华随笔选《我能否相信自己》、苏童随笔选《纸上的美女》、格非文论集《塞壬的歌声》中大量涉及上述作家阅读心得的文章，以及他们在不同场合谈及对上述作家创作经验接受、溢美的文字，这些内容，在下文的论述中还会得到进一步的证明。

② 这种指认，从1990年代算起，时至今日俨然已成为一种共识，并不断在各种研究中出现。其中，较有代表性的可以列举陈晓明的《无边的挑战——中国先锋文学的后现代性》，该书最早于1993年在时代文艺出版社出版，后于2004年在广西师范大学出版社再版修订；王宁的《比较文学与当代文化批评》（人民文学出版社，2000年）中的相关文章；此外，由朱栋霖主编的《中外文学比较史1949—2000》上下两卷（江苏教育出版社，2009年），曾以大量篇幅梳理了这一过程。

③ 关于将马尔克斯、博尔赫斯的创作视为"后现代主义小说"创作的身份定位，在以往的研究中多有出现，这里主要参考刘象愚、杨恒达、曾艳兵主编的《从现代主义到后现代主义》（高等教育出版社，2002年）中的相关论述。

亚·马尔克斯与拉美魔幻现实主义讨论会"在西安召开。1984年，中国大陆相继诞生了高长荣和黄锦炎两个《百年孤独》的翻译版本，一大批关于马尔克斯和《百年孤独》的资料研究、论文研究也相继得以出版、发表，并逐步和新时期以来中国当代小说的实验创作结合起来，上述"多方合作"，共同推进的态势，使马尔克斯和《百年孤独》成为1980年代以来中国文学界出现的频率最高的当代西方作家、作品之一。

《百年孤独》在当代中国深受欢迎，大有不读便"落后形势"之势，当然与其1982年获得诺贝尔文学奖有关。但从文学的深层次来看，其接受角度的"繁荣"应该直接归因于潜藏其中的巨大的文化心理认同。从现代文学史就开始困扰中国的"诺贝尔情结"虽因语言翻译和文化的原因，早已使文坛对于汉语写作获此殊荣失去热情，但作为同是第三世界的拉美作家可以获奖，进而引发"世界性的爆炸"，还是给当代中国作家特别是青年作家以强大的心灵震撼。更何况，马尔克斯《百年孤独》的诞生一直与中国文学有着极为相似的历史文化语境和现实文化语境。对于拉美魔幻现实主义创作所呈现出来的变形、夸张、象征、神秘以及主题内容上的家族和历史，中国不但具有丰厚而深远的史传、志异、传奇式的文学传统，而且，中国大陆幅员辽阔，地域文化复杂多样，也为《百年孤独》的本土传播获得了巨大的空间。在扎西达娃、马原笔下的西藏，和"寻根派"姿态各异的地域风情和文化景观下，我们不难发现：现实与神话、真实与魔幻其实并不存在不可逾越的距离，它们或许就是人们身边活生生的现实抑或历史记忆。

既然《百年孤独》在接受上已经不存在文化的障碍，那么，如何从创作主体的角度完成"中国化"的过程就必然成为一个观念的问题。由此回顾1980年代文学的历史，《百年孤独》获奖及其在中国传播的同时，正值中国文学处于迅速发展、激烈变动的年代：一方面，现代派的讨论以及对"拟现代派"创作的不满，使一批年轻而有抱负的作家急需某种创作超越模仿、照搬西方文学的现状；另一方面，日后成为"寻根派"作家及论者的并不是现代派的反对者，相反，他们从未掩饰过对西方文学和文化的兴趣，在"寻找自我"、重新面对本民族历史与现实的过程中，从"西方"

转向"本土",成为一种必然的趋势。从世界范围中看,"寻根"对于盲目追随西方现代派的反拨,也顺应了世界各民族文学向本民族文化传统回归的趋势。

当然,对于先锋小说来说,马尔克斯《百年孤独》的重要启示却在于"时间的循环"及其引发的"叙事的革命"。按照陈晓明的看法:"对于 20 世纪 80 年代后期的先锋文学写作来说,特别是小说叙述来说,没有什么比对克服时间性的障碍,更具有文学的纯粹性,也没有什么思想比对突破时间性的历史困厄更切近对生存论意义的纯粹关注。我这里说的是时间性的历史——它是超越单纯的意识形态历史的那种生存宿命的理解。"① 先锋小说在时间观念上寻求"突变",与 1980 年代文学潮流处于不断更迭的状态有关,而作为一种标志,则构成先锋文学形式实验的重要前提——毕竟,"时间是小说的秘密武器,并且在小说中起着异乎寻常的作用",这使得"时间成了现代小说的真正主人",于是,"对小说时间的革命便成了先锋的任务"。②(当然,将时间的"革命"作为先锋小说形式实验的一部分,并与形式实验互为因果的说法,也并不过分。)

很多论者在研究先锋小说时间变化时,都曾指出马尔克斯《百年孤独》具有的垂范意义。考察先锋小说的叙事方式,"许多年以前"、"许多年以后"正是从《百年孤独》开头借来进而支撑起叙述活动的两条重要母题句式。在洪峰的《和平年代》、苏童的《1934 年的逃亡》、叶兆言的《枣树的故事》、余华的《难逃劫数》等文本中,都可以看到这两条句式,而女作家林白的《同心爱者不能分手》《一个人的战争》,陈染的《塔巴老人》《沙漏街的卜语》以及活跃于 1990 年代的晚生代作家同样不断在叙述中使用这一句式,则说明了其"覆盖"的深度与广度。

与马尔克斯及其代表作《百年孤独》相比,阿根廷作家博尔赫斯作为后现代主义小说形式实践的集大成者对先锋作家的影响无疑更加深远。

---

① 陈晓明:《无边的挑战——中国先锋文学的后现代性》,广西师范大学出版社,2004 年,第 232 页。
② 刘恪:《先锋小说技巧讲堂》,百花文艺出版社,2007 年,第 18 页。

自《博尔赫斯短篇小说集》1983年由上海文艺出版社翻译出版以来，博尔赫斯便逐渐成为年青一代作家青睐的对象。在随笔《十年一日》中，格非曾写道，1986年秋末一天，作家马原在华东师范大学小礼堂一次演讲中，遭遇一个学生提问"博尔赫斯在多大程度上对你的创作构成了影响"而陷入"窘境"："在1986年就看出博尔赫斯和马原小说有着重要联系的人并不多，这也许使他有些吃惊。另一个方面，他似乎对当时远未成熟的中国批评界存有深深的戒心：一旦你公开承认自己受到了某位作家的影响（尽管这十分自然），批评者则会醉心于这种联系的比较研究，同时它又会反过来强加给作家某种心理暗示，从而损害作家的创造力。"① 这一描述至少反映了以马原为代表的先锋作家很早就开始关注博尔赫斯。考察自马原开始先锋小说的历史脉络，博尔赫斯作为"外来文化资源"的重要地位显然无人能及。即使是粗略的估计，博尔赫斯对于先锋文学的影响至少包括如下几方面：

第一，后现代的小说技法。博尔赫斯在当代中国学界已被某些学者视为"后现代主义小说之父"，这表明其对后现代小说写作模式的开拓是多样的。② 历史地看，博尔赫斯的元小说、书评小说、迷宫手法、戏拟、反体裁以及"文本结构开放"包括的空缺、中断等，均在不同程度对先锋文学叙事产生了影响。从马原的"叙事圈套"到格非、余华、潘军、孙甘露等的先锋叙事，博尔赫斯的"影子"可谓无处不在。第二，时间、生命与死亡的观念。博尔赫斯小说中的时间、生命与死亡的观念也对先锋文学产生过潜在的影响。在以《小径分岔的花园》等为代表的一系列小说中，博尔赫斯的时间观既得到了迷宫式的展现，又深刻影响到了博氏小说中的"现实"成分。而这些观念在先锋作家笔下那些常常关于时间、生命、玄思的作品，如格非的《迷舟》《褐色鸟群》、余华的《往事与刑罚》、潘军的《流动的沙滩》等叙述的过程中不时闪现。第三，博尔赫斯还在先

---

① 格非：《十年一日》，收入《塞壬的歌声》，上海文艺出版社，2001年，第65页。
② 关于博尔赫斯"后现代小说之父"的说法，以及他对"后现代主义写作模式的开拓"，可参见王钦峰《后现代主义小说论略》中的相关论述，中国社会科学出版社，2001年，第19—123页。

锋作家笔下的小说、随笔中,作为被崇拜者、被研究者反复出现过①,作为前辈导师,他曾影响到先锋作家的小说"记忆"和写作的态度。此外,先锋作家残雪还在20世纪末出版了学术专著《解读博尔赫斯》。

二 "传统"与"先锋"的启示

在当代文学的作家群体中,或许没有谁像先锋作家那样热衷谈论自己的写作经验、阅读史以及所热爱的文学大师了。在马原、余华、苏童、格非等先锋作家的笔下,总会开列出那么多20世纪现代主义、后现代主义大师的名字并常常附有精辟的见解,而在谈论自己的创作时总是充满个性并在相对于传统时充满叛逆的味道。②先锋作家的阅读经验与其创作个性之间的关系,其实体现了他们对于西方现代主义文学传统的认同,并有意无意地期待以这种传统的"中国化"过程,解决当时创作的实际问题。"作家书目已经成了一种传统,作家们是否有一部作家的文学史?""在那个年代,没有什么比'现实主义'这样一个概念更让我感到厌烦的了。种种显而易见的,或稍加变形的权力织成了一个令人窒息的网络,它使想象和创造的园地寸草不生。"③分别出自马原、格非笔下的这两句话,尽管表面看起来很难让人察觉其中的联系,但如果我们面向先锋文学的诞生史,却很容易发现交织于二者之间的紧密关系:阅读经验的不同会刺激方法的更新,而方法的更新总是具有某种现实指向性的。此后,

---

① 关于这些小说、随笔,除前文提到的马原的《作家与书或我的书目》,格非的《一些随想》《博尔赫斯的面孔》《十年一日》,余华的《我能否相信自己》《博尔赫斯的现实》之外,还可以列举军的小说《流动的沙滩》,孙甘露的随笔《写作与沉默》(收入《在天花板上跳舞》,文汇出版社,1997年),等等。
② 上述现象,可分别参见《马原文集》第4卷中的随笔部分,如《小说》《方法》《作家与书或我的书目》等;余华随笔选《我能否相信自己》中大量涉及外国作家阅读心得的文章以及《两个问题》中开列的西方现代派作家名单;苏童随笔选《纸上的美女》中的《阅读》《三读纳博科夫》《寻找灯绳》《答自己问》等文章;格非文论集《塞壬的歌声》中大量涉及外国作家阅读心得的文章。
③ 两段话分别参见马原:《百窘》,收入《马原文集》第4卷,作家出版社,1997年,第395页;格非:《十年一日》,收入《塞壬的歌声》,第68页。

先锋文学所要证明的或许只是两者结合的必然性与合理性。

为了能够表达先锋文学对于历史的"合理补偿",先锋作家们曾努力证明阅读另一文化语境下的"传统"和"先锋"给予他们的"启示"。在《两个问题》中,余华曾首先就"传统"问题梳理西方现代派在1980年代中期前文坛的命运:"仅仅是在几年前,我还经常读到这样的言论,在大谈巴尔扎克、托尔斯泰的智慧已经成为了中国文学传统的一部分,而二十世纪的现代主义文学却是异端邪说,是中国的文学传统应该排斥的。……卡夫卡、乔伊斯等人的作品已经成为世界文学的经典,可是在八十年代初被介绍到中国时,让他们再一次经历了本世纪初受到的大惊小怪。……在中国他们别想和巴尔扎克、托尔斯泰坐到一起。他们在中国的地位,是由一些富有创新精神的作家来巩固的,这些作家以作品确立了自己的地位,同时也丰富了中国文学的传统。"显然,余华在谈论"传统"问题时是站立在"20世纪文学交流"的立场之上的,这使其在谈论"传统"时很容易从变化、更新的角度开放地对待,并带有鲜明的"世界文学"倾向:"今天,在继承来自鲁迅的传统和来自托尔斯泰,或者来自卡夫卡的传统已经是同等重要了。……文学发展到了今天,已经超越了国界和民族。"[1]应当说,余华的说法符合当代文学及传统的发展逻辑。不过,在此之外,他或许更想说明的是,这种"传统"的特质以及先锋作家才是这种"传统"的接纳与实践者。

与"传统"问题相比,余华在谈论中国先锋文学时则充满了"焦虑"。鉴于西方先锋派在1960年代形成的"世界性的更新的潮流来到中国时,差不多是80年代了"的背景,余华指出:"中国先锋文学的出现则是一九八六年以后。中国的先锋派只能针对中国文学存在,如果把它放到世界文学之中,那只能成为尤奈斯库所说的后锋派了。造成这种现实的原因来自于文学的因素,中国差不多与世隔绝了三十年,而且这三十年里文学变得惨不忍睹。一代年轻的作家开始写作时,面对的就是这样的文学,事实上说它是文学都是迫不得已,虽然在短短几年里,经历了伤痕文学、反思文学、寻根文学,应该说文学到这时候总算可以说是文学了。可

---

[1] 余华:《两个问题》,收入《我能否相信自己》,人民日报出版社,1998年,第174页。

是文学自身的革命仍然无动于衷，在题材上也许没有了种种限制，在叙述上这样那样的规定仍然存在。中国的先锋文学基本上可以说是叙述中的一场革命。"①余华的"焦虑"一方面揭示了中国先锋文学的本质及其"落后"的位置，另一方面指出了其在追赶、融入世界文学潮流过程中的"悲壮意识"。而事实上，余华的看法在苏童的《答自己问》中得到了印证并赋予了更为鲜明的"殉道色彩"和"精英色彩"——"中国当代的先锋只是相对于中国文学而言，他们的作品形似外国作家作品，实际上是在另外的轨道上缓缓运行。也许注定是无法超越世界的。所以我觉得他们悲壮而英勇，带有神圣的殉道色彩。"②这或许是中国先锋文学的宿命，并只有在其被称作"先锋"那一刻才有自身的意义。

三 先锋文学的意识形态

在先锋文学与1980年代文学的"对话"中，先锋文学作为"纯文学"的意识形态功能同样也是思考其生成及形式实验的重要部分。在一篇名为《漫说"纯文学"》的访谈中，批评家李陀在反思1980年代先锋文学和"纯文学"的发展道路时，有两个观点值得注意：其一，当代文学何时发生了真正的变革；其二，1980年代文学强调形式变革的文化政治意味。③

---

① 余华：《两个问题》，收入《我能否相信自己》，第179页。
② 苏童：《答自己问》，收入《纸上的美女》，人民日报出版社，1998年，第178页。
③ 见李陀、李静：《漫说"纯文学"——李陀访谈录》，《上海文学》2001年3期。其中，对于"当代文学何时发生了真正的变革"，李陀认为："这一文学变革应该从'朦胧诗'的出现，到1985年'寻根文学'，1987年实验小说这样一条线索去考察，直到出现余华、苏童、格非、马原、残雪、孙甘露这批作家……这时候文学才发生了真正的变化，或者说革命"；对于"80年代文学强调形式变革的文化政治意味"，李陀则认为"在八十年代，对'怎么写'比'写什么'更重要的强调之所以那么得人心，还因为那时候，'延安文艺座谈会上的讲话'也好、'样板戏'也好，其他的教条也好，强调的都是'写什么'，至于'怎么写'是规定好了的，那不单纯是文学观念和文学技巧问题，那里有意识形态，有文化专制主义。因此大家就用强调'怎么写'来冲决'写什么'，来打破对文学的专制，而且在某种意义上是成功了"；"八十年代的文学虽然强调形式变革，但那时对形式的追求本身就蕴含着对现实的评价和批判，是有思想的激情在支撑的，那是一种文化政治"。

这两个观点（特别是后者）实质上都强调了先锋文学的意识形态功能。如何认识先锋文学的形式实验及其潜在的内容，这一问题在先锋文学成为批评热点时便包含正反两方的意见。一方面，是"新潮批评家""后学"推进者将先锋作家的叙述作为探索、实验的先锋，并赋予将文学从历史阴影中解救出来的名义；另一方面，则是"指责一方"将其视为"个人主义"、虚无主义和带有负面价值的后现代文字游戏。对此，张旭东认为："'新潮小说'不是在对于官方话语的竞争或'反叛'中确立，而是在这种主导叙事的空白和脱漏处作为替代出现；它本质上不是一场美学实验，而是一种经验语言的生成和自我结构；它没有任何确定的价值取向，虽然它比任何以往的文学意识更富于自我意识。"① 这一说法，固然道出了先锋文学形式实验的本质，但其"没有任何确定的价值取向"的构成方式的论断，却以侧面的、迂回的方式揭示出先锋文学形式实验的意识形态。

怀着"纯文学"的理想，先锋文学在超越历史的同时便与此前的历史产生了"疏离"与"对峙"。格非在回顾1986年开始写作时认为，"写作的自由"为其带来动力："我所向往的自由并不是指在社会学意义上争取某种权力的空洞口号，而是在写作过程中随心所欲，不受任何陈规陋俗局限的可能性。主要的问题是'语言'和'形式'。"以及他对"实验小说"的看法："另外，实验小说与当时的社会意识形态关系也多少反映了特定时代的现实性，对于大部分作家而言，意识形态相对于作家的个人心灵即便不是一种对立面，至少也是一种遮蔽物，一种空洞的、未加辨认和反省的虚假观念。我们似乎只有两种选择，要么成为它的俘虏和牺牲品，要么挣脱它的网罗。"② 由此我们大致可以判断，先锋文学的意识形态在很大程度上可以视为通过文学与政治的"分离"，进而对现存"文学体制"形成反叛。先锋文学的这种倾向，使其和彼得·比格尔在《先锋派理论》中提到

---

① 张旭东：《从"朦胧诗"到"新小说"——新时期文学的阶段论与意识形态》，收入《批评的踪迹：文化理论与文化批评（1985—2002）》，生活·读书·新知三联书店，2003年，第249页。
② 格非：《十年一日》，收入《塞壬的歌声》，第66—67、77页。

的先锋派反对"艺术体制""对艺术自律的否定"颇有几分相似之处。但不同的是，正如先锋作家余华认为，中国先锋文学是世界性潮流刺激下的产物，基本上可以作为"叙述中的一场革命"，它于1980年代中期出现"很大程度是建立在文学叙述的缺陷上的，这种缺陷又是在政治的压力下形成"，所以，中国先锋派与西方先锋派的不同之处就在于"西方先锋派是文学发展之中出现的，而中国先锋派是文学断裂之后开始的"。[1] 中国当代先锋派通过借助另一种"艺术体制"，即西方现代派的传统来颠覆1980年代中国文学中的主流话语秩序，这在结果上，使其很难达到比格尔所言的先锋派"要废除艺术自律，从而将艺术与生活实践结合起来"[2]的状态。而事实上，就中国当代文学的发展来看，先锋文学相对于以往的历史恰恰是一次"艺术自律性"的开始，只不过，由于这次实践来得过于迅猛，以至于先锋派尚未化解其内在的矛盾便匆匆湮没于1990年代文化转型的语境之中：一面是自我语境下历史浓重的阴影，一面是对于他者语境下西方现代派文学在艺术上认同而不能全面进行历史的认识。所以，在1980年代中期以疏离、反抗态势出现的先锋文学，最终只能通过自我悬浮、疏离的方式孤立地完成一次"叙述革命"也就在所难免。先锋文学的意识形态及其突围表演可以部分有效地针对历史，但却无法把握自身生存权利的分化与瓦解。在"文学与社会现实之间形成互动关联的纽带，被成功地剪断"[3]之后，先锋文学自由、尽情地讲述故事，虽可以使其成为出版、消费过程中大家认同的畅销作品，但其遭受质疑、指责并最终因现实对话功能的匮乏而发生分化、瓦解，也就得到了历史的依据。

2011年4月

---

[1] 余华：《两个问题》，收入《我能否相信自己》，第179页。
[2] 彼得·比格尔：《先锋派理论》，高建平译，商务印书馆，2002年，第125—126页。
[3] 贺桂梅：《先锋小说的知识谱系与意识形态》，收入《"新启蒙"知识档案——80年代中国文化研究》，北京大学出版社，2010年，第160页。

语言的诗意与诗意的匮乏
——论先锋小说的"抒情性"

鉴于"抒情性"一词总会与浪漫派风格牵连在一起,所以,在具体分析先锋小说的"抒情性"之前,有必要将浪漫派自身应有的抒情性与本文的"抒情性"予以对比。如果按照本雅明论述早期浪漫派的说法,即"浪漫派将艺术归入了理念范畴。理念是艺术的无限性及整体性的表达,因为浪漫派的整体性是一种无限性"[①]那样切入正题,那么,所谓由浪漫派而衍生出来的抒情性,必然会在一种理想理念的指引下,张扬一种空间感和精神意识;然而,以这种方式推及诞生于1980年代中期的先锋小说,所谓"抒情性"必然会由于其文本叙事的特点而产生一种新质,至于这种新质究竟如何成为多重境遇共同作用下的结果,并显现新的文本叙事特征,或许正是以"语言的诗意与诗意的匮乏"总体概括这种特点的重要原因。

一

正如陈晓明先生所言的:"先锋小说的叙事何以具有浓重的抒情意味,这一直是件令人奇怪的事,在那些似是而非的抒情背后,可能隐藏着颇为复杂的历史意蕴,那些看上去自以为是的过分乃至过剩的语言表达,似乎掩盖着某种眼中的匮乏。"[②]先锋小说"抒情性"之所以让人感到"奇怪"

[①] 本雅明:《经验与贫乏》,王炳钧、杨劲译,百花文艺出版社,1999年,第125页。
[②] 陈晓明:《无边的挑战——中国先锋文学的后现代性》,广西师范大学出版社,2004年,第127页。

及其可能存在的"复杂的历史意蕴",首先与一种时代的境遇有关,只不过,这种时代境遇在经过历史的沉积与辨识之后,似乎也同样难以通过逻辑的方式进行彻底厘清。

"先锋小说"或曰"先锋派",作为对1980年代中期兴起于中国当代文坛的一种文本叙事的命名,从文学史的流变角度上讲,应当是指始作于马原、洪峰,并为南方一批后起青年作家所大力推进的创作潮流。其大体出现于1980年代中期,并在1980年代末期达到写作上的鼎盛阶段,而作为一种接受现代出版方式和研究视野的后来追溯,先锋小说普遍引起研究者与读者关注的时间大致在1990年代初期。当然,回顾先锋派的历史演进,一个无法忽视的事实是:先锋派无论从历史酝酿,还是对于各式文化潮流的接纳与吸收,直至其"抒情性"的出现,却远早于对其自身的"历史想象"。对比1990年代文学创作特别是纯文学创作普遍遭受冷遇,1980年代文学所能产生的轰动效应无疑是激动人心的。在遭受多年的文化桎梏之后,个体生命终于得到了历史的复苏,使1980年代文学从一开始就超越了它本身时代应有的"时代效应",而这一点,不但使1980年代文学本身具有浓郁的抒情性,同时,也使1980年代本身成为一个抒情的时代。从"朦胧诗"由地下转到地上,从"伤痕文学"到"改革文学",从"知青文学"到"寻根派",1980年代文学从一开始就显现的激变色彩以及抒情性,就已经预示着它必将在揭示浓重历史底蕴的同时,带有告别一段历史的气魄与姿态。而在回顾历史之后,告别"大写的人""大写的时代"也确是1980年代文学演变机制的内在逻辑起点。

当然,在此过程中,或许我们必须要注意的是:"先锋小说"为何成为一个可以独立存在的词语?即使忽视"先锋"自身在文化艺术领域中的前卫性、先驱性、实验性,"先锋"也由于它常常可以与现实文化对抗的特性而无法拒绝现代主义的文化视野。诞生于1980年代中期的先锋小说虽然从世界性范畴内已经到达了现代主义的晚期,但对于20世纪中国文学特别是其自身具有的"断裂性"而言,先锋小说仍然和1980年代文学接续断裂已久的现代主义有关。只是这次接续行为本身太过匆忙,而外来文化的渗入又是那样的应接不暇,所以,先锋小说就难免在有感于抒情时代本身的同时,具有一种文化上的混同感。因而,以"从启蒙主义到存在主义"、进而抵达"后现代"①的整体概括方式,总括裹挟先锋小说在内的先锋文学思潮,并不是偶然的。从1980年代外来文化译介的层出不穷,诸如博尔赫斯、马尔克斯的作品不断在国内得以翻译,到1980年代中期流行一时的"现代派"已尘埃落定,"方法"与"观念""主体性"等成为引领一时热点话题,"先锋小说"接受时代气息洗礼后的催生,除了包含文学内在的超越机制以外,还与某种颇具科学性色彩的文艺理论共鸣密切相关。以今天的眼光看来,先锋小说之所以在文本叙事上引发语言与写作上的"革命",无疑是与结构主义乃至解构主义的观念关系密切。因此,先锋小说的"抒情性"也就不再是一种浪漫派式的抒情,它的"抒情性"其实是抒情时代将写作视角投注于语言与特殊题材之后,产生的存在于作者与阅读者之间的双重文本愉悦。

二

先锋小说的"抒情性",从写作观念的角度上说,是创作观念变"写什么"为"怎么写"之后的结果。不但如此,先锋小说对"怎么写"的重视已经打破了中国小说传统的叙事模式,并在一种极端化的表现中走向了形式主义。当然,造成先锋小说叙事上"抒情性"特点的原因又是多方面的,这里,主要通过以下几个方面进行简要的论说。

第一,"我"之视点的频繁使用与自我意识的高度重视。一般而言,"我"之视点的频繁使用总是一种自我情感的抒发,这一点,对于古代的浪漫派诗人以及现代小说家皆不例外。然而,先锋小说文本中"我"的频繁使用却在于一种压抑多年的"呐喊",即从某种意义上讲,先锋小说频繁使用"我"作为叙事主人公,却更偏重通过第一人称视野中独特景象的书写,展现一种纯粹的欲望。而这一点,在走向极端之后,便是相对于全知叙事(如中国古典小说)和限制叙事(如近现代小说)为自由视点叙事

---

① 张清华:《中国当代先锋文学思潮论》,江苏文艺出版社,1997年,第1—15页。

的"元小说结构"的出现。

元小说结构在常常被视为先锋小说始作俑者的马原的手中开启,并为后起的青年作家大面积使用。以《虚构》为例,马原给读者的第一段叙述就为:"我就是那个叫马原的汉人,我写小说。我喜欢天马行空,我的故事多多少少都有那么一点耸人听闻。我用汉语讲故事;汉字据说是所有语言中最难接近语言本身的文字,我为我用汉字写作而得意。全世界的作家都做不到这一点,只有我是个例外。"这里,马原无疑是将叙述者"马原"与马原本身等同起来,并将我的写作方式、方法告诉读者;而在《旧死》中,马原则又是:"那些看惯了我东拉西扯的老读者,请不要在这里抛弃我,这一次我至少不是东拉西扯,我是认真地做一次现实主义实践,请一行一行循着我的叙述读下去,我保证你不会失望,正儿八经的,就这么说行了吗?"这里,马原不但将写作意图暴露,还对自己的写作进行了自我的评述,这种有意"裸露技巧",强调语言符号本身性质并极具反传统叙述的行为即为"元小说"。

元小说结构的出现对于当代中国小说叙事的变革无疑产生了重要的作用,因为,它明显具有外来文化倾向,关键之处就是拒绝一种写作上的真实性。当然,随之而来的就是这种叙述本身具有的"抒情性":由于先锋小说"我"之视点已经达到了可以任意妄为的地步,所以,在奇思怪想、天马行空的叙述中,任何一种历史情境以及语言的变化也就都找到了自身的"合理性",自然,隐藏于作家心灵深处的欲望也可以自然随意地游荡而出。在为不断达到语言快感和实现语言快感的过程中,先锋小说的写作者无疑都是创作一种语言抒情文体的能手,而这种写作策略的频繁使用,也在实现"抒情性"并与"抒情性"共谋的过程中,走向了语言的诗意和意识的统一。

第二,语言的感觉化与独特的及物性。先锋小说紧密接续"寻根派"创作,而在此过程中,诸如残雪、莫言的感觉化叙述又为其作品树立了一种可供参考的典范。在先锋小说的发展过程中,如何让语言"抵达"具体的事物一直是其有别于其他种类叙事的突出特征。如果说诸如元小说结构已经造成了先锋小说在叙事过程中,由于似真性的模糊甚至人为的消失而产生一种独特的阅读感受，那么，建立在语词碰撞上而产生的奇特效应，正是其语言和感觉可以合而为一的重要原因。也许，先锋作家期待通过自己别有用心的语言结构表达隐藏在心底的欲望，然而，当文本已成之后，这些作家的意图或许就已经陷于"作者已死"的地步，在象征性符码与补充式结构交替使用的过程中，先锋小说妄图表达的确切语义正像其感觉一样随意漂流，而这一点，一旦和上述"我"之视点结合之后，就产生了一种近乎朦胧的效果：不但写作意图的确定性常常无从辨认，而且，其语言在阅读之后也由于组接上的奇特而显得自我意识浓郁。何况在先锋小说的经典文本中，频繁使用大段的语义象征结构和隐喻结构也是极为平常的一种行为。在诸如孙甘露的《我是少年酒坛子》中"我为何至今依然漂泊无定，我要告诉你的就是这段往事。今夜我诗情洋溢……"式的叙述结构中，在潘军《南方的情绪》中"为了摆脱太阳的纠缠，我决定去一个没有太阳的地方作一次微带冒险色彩的旅行。我蓄谋已久，也深知实施这一计划的难度。但这个计划仿佛一种宗教，放弃是不可能的。眼下，我要到南方去……"情节片断里，先锋小说那煞有介事的叙事，确实已经达到了一种可以感染情绪的高度，不但如此，这种"诗情洋溢"的写作也确实是"漂泊无定"的，因此，所谓感觉化叙述虽然也期待达到一种及物性，然而，从结果上看，这种"抒情性"似乎从未使语义确定下来。

第三，走向语言的乌托邦。在进入先锋小说的语言乌托邦之前，或许探讨先锋小说的后现代性是拓展此类话题的一个重要前提。也许是通过语言来宣泄一种文本意义上的激情，也许是形式主义、结构主义走向极致之后，任何一种意义和情节都已失去了本身应有的存在意义。但先锋小说毕竟是在没有哲学基础，并在莫名模仿与对接下完成自己的叙述，所以，在华丽语言和技巧炫耀之下，能指与所指的分离并逐渐演化为一条或许毫无意义的能指链就成为先锋小说叙事的唯一原料。纵观先锋小说的创作实绩，先锋小说作家在语言操作上几乎都倾注了他们最大的热情，自然，这也使他们的智慧与才华得到了充分的展示。然而，必须指出的是，由于语言一度成为先锋小说关注的热点，而且，从事实上看，这种语言至上的写作观念，也确实成为新潮作家与世俗现实对抗的有效手段，所以，在颠覆了一个现实世界的同时，重造一个同样强大的语言世界，也就成为先锋小说在表面形式上走向后现代的一种标志。

孙甘露无疑是先锋叙事中最专注语言的小说家。虽说他的小说只有为数不多的几篇，但它们的影响却是深远的。或许正是由于他的存在，汉语小说的语言形式才开启了无限的可能："如果他的叙事文体被看作小说的话，那么，当代小说已经没有什么界线不可以逾越。"[①]《信使之函》是一篇曾经引发过重大争议的小说。在这篇小说里，孙甘露首先为我们设置了一个看上去毫无意义的上帝，这个上帝与耳语城和汉语交织在一起。不过，由于上帝听力有点问题，耳语城对他来说只能是一种虚构的存在。因此，人们说什么怎样说也就无所谓了，权威已经没有了，汉语作为一种语言暴力将上帝拒绝了。而接下来就是话语上的增殖与游戏，在言说话语的欲望驱使下，文本话语在能指平面上滑动并不断地增殖，所指的意义被脱节，人们根本无法从语言中获取什么意义，而叙事者也可以任意地进行记叙、议论乃至赤裸裸地抒情。整个小说文本没有别的主体，只剩下一堆堆语言的能指群。"信是……"的诗行句式可以永远延伸下去，而真正的所指早已被排除在场，话语在这里被增殖、膨胀，而作者正是通过这种叙事向我们充分地展示了语言"抒情性"的巨大可容性。

第四，结构的碎裂。对结构的关注是造成先锋小说"抒情性"的另一重要原因，但其核心却在于一种诗意的行为。由于先锋小说的文本结构已经打破，所以，所谓按照传统模式讲求故事情节完整的叙事就变成了一种诗性排序。而有关这一点，又大致是通过如下两方面完成的。其一，是结构的残缺。残缺结构或曰空缺结构是指文本事件的发展史往往由于人为作用造成某个链条的缺失，从而使整个事件的统一性被瓦解，历史就这样变得不可靠起来。格非的许多作品都为我们展示了这样一种特殊的空缺结构。以《迷舟》为例，在这部精心打造的短篇里，格非是以战争与爱情的双线来营造小说结构的，但无论我们从哪一个角度去看，这个故事的结构总是不完整的。而究其原因就在于小说总是在最关键的地方给读者

[①] 陈晓明：《移动的边界》，湖北教育出版社，1999年，第181页。

留下了空缺。"萧旅长去榆关"无论从战争线索还是爱情线索上都对整个故事的展开起到了至关重要的作用,然而它被省略了。萧去榆关是去看望"杏"还是去传递情报,警卫员并没有考虑是哪种可能就武断地以六发子弹打死了萧,从而使这个空缺永远被悬置起来而无法弥合。在这里,对空缺的填充与解释是无效的,无论是萧的爱情填充方式,还是警卫员六发子弹的枪杀填充方式,都造成了整个故事的不完整。然而,结构上的空缺对读者的诱惑即文本的愉悦又是巨大的,因为,它完全使读者在阅读时对此结构进行随意的填充。其二,是多元重复结构。这一点主要是指小说具有多重结构,或是在文中以一种文本指涉另一种文本,从而在造成两个文本互相兼容乃至破坏的过程中,使小说的整体结构发生混乱。仍以格非的作品为例,在《褐色鸟群》中,那种类似埃舍尔怪圈的系列圆圈总是让人感到费解:第一个圆圈是许多年前我在一个叫"水边"的地方蛰居写作,一个从未见过的叫"棋"的少女来到我的公寓,她说与我相识多年,我和她讲述了我与一个少女的往事,然而,在多年之后,"棋"再次来到我的公寓,但她却说从来不认识我;第二个圆圈,许多年前我追踪一个女人来到郊外,许多年后我又遇见那个女人,她说她自10岁起就没有进过城;但是,我追踪女人的事情却在她丈夫的重复中构成一种相似性结构。这种随意出现又可随意质疑、否定的结构,使小说在阅读的过程中显得扑朔迷离,并进而产生诸如真正意义上的"朦胧诗"效果。

三

先锋小说的"抒情性"无疑造就了它在语言上的诗意,并提升和拓展了小说的叙事空间。然而,随之而来的则是对诗意本身的"二元性"理解。由于先锋小说的"抒情性"是在语言不断增殖的基础上实现的,所以,在诗意通过形式走向极端之后必然是诗意本身在内容上的匮乏。而事实上,先锋小说无论就模仿角度,还是语言游戏的角度而言,其写作都必将面临一种行为策略上的冒险:在背离现实社会和人文思想之后,先锋小说虽然可以在探讨"存在"与"不在"的同时,成为一种诗性的玄思结构,但这种同样具有乌托邦倾向的理想虚构,却常常由于语言的诗意而造成抵达诗意本身和大众阅读上的双重困境。这样,对于先锋小说而言,所谓"抒情性"的操练与表演,也就最终放逐了抒情风格应有的自我。

当然,先锋小说的"诗意匮乏"还与一种反传统之后的必然性有关。先锋小说通过语言符号的放大解放主题的束缚和解构传统小说叙事模式,无疑引发了中国小说叙事模式的变革[①];与此同时,先锋小说在叙述上的"抒情性"也为一种"个人化"写作的出现带来了契机。但是,先锋小说在超越传统的过程中,总是带有一种"游移"的状态:一方面,先锋作家的历史化记忆和急欲摆脱历史化记忆的策略,难免使其在具体写作上产生一种无意识的焦虑感;另一方面,先锋作家寻求西方现代主义、后现代主义叙事策略过程中的超前预支,不知其所以然而为之的行为,也难免使其在写作时顾此失彼,迷乱与游离在一种难以协调的状态之中。因此,所谓先锋小说叙事的"抒情性"虽经历了一个从解放至解构的过程,但两者之间的悖论也常常使诸多观念和策略在彼此之间产生了解构的作用,从而造成层次感与"度"的失衡。而作为一个值得注意的现象则是,众多研究者在探讨先锋小说艺术的时候,总会涉及"游戏"与"迷宫"的字样。同样,被指出的还有先锋小说在追求语言"抒情性"过程中,题材的特殊、人物的模糊以及本土化的失落,这对于中国文学历来追求语言与生活的关系以及最终要重塑理想人格与理想境界的传统无疑相去甚远。或许,一时的游戏会引发读者浓厚的兴趣,但长期的游戏只能使读者在看后兴趣索然,而先锋小说在1990年代纷纷转向也恰恰证明了这一点。

因此,在"语言的诗意与诗意的匮乏"之后,先锋小说通过表达语言欲望的"抒情性"必将面临一种转变。随着1990年代初期形式主义叙述已逐渐耗尽了小说家的激情与才气,先锋小说在弥合传统、读者甚至是后现代的过程中,正不断以回归现实和走向历史的方式完成一种文学史意义上的转变。"新写实主义小说""新历史小说"不但以具体流变的方式实现着这一转变,而且,它们在写作阵营以及语言使用上也适当地保留了

---

① 张立群:《论文学史视野的中国类后现代小说叙事》,《人文杂志》2006年第1期。

先锋小说的痕迹。这既是先锋叙事曲高和寡、难觅知音的必然结果，同时，也无疑是文学内在演变机制导致先锋弱化乃至还原的一种结局。然而，先锋小说及其"抒情性"又是令人难以忘怀的，除了那种自由自在的写作，优美、诗性的句子以外，先锋小说正以一种极端化的表演以及泾渭分明的得失，给后来者以启示。

2007 年 1 月

历史的会通:《百年孤独》与中国当代小说

首先应当指出的是,本文使用"历史的会通"[①]一词的目的,是期待通过一种"共相"式的把握,读解《百年孤独》对于中国当代小说的价值和意义。拉美魔幻现实主义创作对中国当代小说创作的影响是多方面的,但本文的着眼点是要呈现《百年孤独》在文化传播过程中的独特性及其重要意义,这种独特性已经成为一种世界性过程,无论就拉美魔幻现实主义的整体创作,还是加西亚·马尔克斯个人的创作而言,《百年孤独》对于1985年以后中国当代小说创作所产生的影响都可以成为这一世界性过程的典型范例。从某种意义上说,正是《百年孤独》以及阿根廷作家博尔赫斯小说的出现,为1980年代中期的"寻根派""先锋小说"带来了鲜活的"外来文化资源",并引发了后来所谓"叙事的革命""形式的实验"以及关于"中国后现代"的种种话题。历史地看,无论是《百年孤独》自1980年代"着陆"于中国之后对"寻根派""先锋小说"带来的重要启示,还是其具体创作手法在1990年代以后部分小说中仍不断闪现,都表明了《百年孤独》的"魔幻气质",正在逐步深化、完成其中国化的历史进程。

[①] 这里所言的"会通",主要涉及跨文化的视野,而其理论资源主要参考了叶维廉的《东西方文学中的"模子"的应用》《寻求跨中西文化的共同文学规律》等文章,具体可参见温儒敏等编《寻求跨中西文化的共同文学规律——叶维廉比较文学论文选》一书,北京大学出版社,1986年。在具体论述中,有关"会通"(叶维廉文章中用"汇通"),除了可以从中国和拉美之间文学传统和现实环境的相通中得到证明,同时,还在强调"共相"的过程中,避开那种仅仅从1980年代中国当代小说创作的文本表象、作家言论得出谁对《百年孤独》进行模仿、借鉴甚至相互争论不休,从而对《百年孤独》的"中国化"和当代小说的世界性、现代化进程做出片面、狭隘理解的现象。

一 《百年孤独》的传播与接受心理

1980年代初期，拉美魔幻现实主义随翻译西方现代派创作的热潮来到中国，加西亚·马尔克斯和《百年孤独》的名字便逐渐成为新时期中国翻译界、理论界和创作界关注的一个热点。在大陆仅有《世界文学》《十月》杂志的《百年孤独》选译本的背景下，1983年5月，"全国加西亚·马尔克斯与拉美魔幻现实主义讨论会"在西安召开。① 由于此时人们对文艺的认识尚不时受到"历史"的影响，所以，此次会议对《百年孤独》的探讨更多集中在社会批判功能、进步性与主题内容方面。1984年，中国大陆相继出现了高长荣和黄锦炎两个《百年孤独》的翻译版本，此后，《百年孤独》以及有关马尔克斯的创作、对话开始大量被翻译成中文。时至今日，粗略地统计，包括北京十月、上海译文、浙江文艺、时代文艺、中国文联、云南人民等出版社翻译出版的《百年孤独》中译本不下十种，而上海译文出版社、浙江文艺出版社翻译的版本更是再版多次。与著作译本如火如荼出版的态势相应，一大批关于马尔克斯和《百年孤独》的资料研究、论文研究也相继得以发表、出版，其创作理论和手法也逐步与新时期以来中国当代小说的实验性创作实践结合起来，上述"多方合作"、共同推进的态势，使马尔克斯和他的《百年孤独》成为1980年代以来中国文学界"上镜率"最高的当代西方作家、作品之一。

从文学的更深层面来看，《百年孤独》在接受角度的"繁荣"应该直接归因于潜藏其中的巨大的文化心理认同。《百年孤独》在当代中国深受欢迎，甚至大有不读便"落后形势"之势，其原因当然与1982年获得诺贝尔文学奖有关。"诺贝尔情结"自现代文学发端就一直困扰着中国文坛，但语言翻译和文化的原因已使中国作家对于汉语写作获此殊荣几乎失去热情，而同是第三世界的拉美作家马尔克斯可以获奖，并由此引发"世界性的爆炸"，这给当代中国作家特别是青年作家以强大的心灵震撼。

---

① 卞知：《全国拉美魔幻现实主义讨论会在西安市举行》，《外国文学研究》1983年第4期。

《百年孤独》的诞生与中国文学有着极为相似的历史文化语境和现实文化语境。首先,拉美魔幻现实主义在主题内容上多涉及家族和历史,创作手法上呈现出变形、夸张、象征、神秘等特征,这恰与中国丰厚而深远的史传、志异、传奇式的文学传统相应,而且中国大陆幅员辽阔,地域文化复杂多样,这也为《百年孤独》的传播提供了巨大的空间。无论是扎西达娃、马原笔下的西藏,还是"寻根派"姿态各异的地域风情与文化景观,我们都不难从中发现:现实与神话、真实与魔幻其实并不存在不可逾越的距离,它们或许就是人们身边活生生的现实抑或历史记忆。

　　既然《百年孤独》在文化接受上已经不存在障碍,那么如何完成"中国化"的过程就必然归结为一个创作主体的观念问题。回顾 1980 年代文学的历史,《百年孤独》获奖及其传播正值中国文学迅速发展、激烈变动的年代:一方面,现代派的讨论以及对"拟现代派"创作的不满,使一批年轻而有抱负的作家急需某种创作方式来超越模仿或照搬西方文学的现状,另一方面,日后成为"寻根派"的作家及其论者并非现代派的反对者,相反他们从未掩饰过对西方文学和文化的兴趣,在"寻找自我"、重新面对本民族历史与现实的过程中,从"西方"转向"本土"成为一种必然。而从世界范围来看,"寻根"对于盲目追随西方现代派的反拨也顺应了世界各民族文学向本民族文化传统回归的趋势。

　　这种顺应首先体现在对拉美魔幻现实主义文学的倾倒上。正如莫言在谈及自己 1985 年创作时明确表示其思想与艺术上都受到《百年孤独》的影响,并将马尔克斯视为自己写作资源的"两座灼热的高炉"之一[①];郑万隆认为拉美魔幻现实主义"运用一种荒诞的手法去反映现实,使'现实'变成一个'神秘莫测的世界',充满了神话、梦和幻想,时间观念也是相对性的、循环往复的,而它的艺术危机感正是存在于它的'魔幻'之中"[②];贾平凹在 1986 年谈及拉美文学成为热点时则指出:"我特别喜欢

---

① 莫言:《两座灼热的高炉》,《世界文学》1986 年第 3 期。
② 郑万隆:《我的根——代后记》,收入《生命的图腾》,中国文联出版公司,1986 年,第 314 页。

拉美文学,喜欢那个马尔克斯,还有略萨……我首先震惊的是拉美作家在玩熟了欧洲的那些现代派的东西后,又回到他们的拉美,创造了他们伟大的艺术。这给我们多么大的启迪呀!"① 上述作家均成名于这一时期或可以纳入这一潮流之中,从他们的言论可知,以《百年孤独》为代表的魔幻现实主义将会对当代中国的文学创作带来怎样的启示和影响,同样从1980年代文学发展的历史中,我们也确实不难发现这一历史踪迹及其深化的过程。

二 寻根文学的"返回"与"超越"

无论评论者在阐释"寻根派"与马尔克斯《百年孤独》之间关系时存在怎样的"误读",都无法从事实上取消这一"会通"关系,只不过在使用"开放性的眼光进行研究""对自己的艺术把握世界的方式进行反省"和使用"未曾有关的观念与方法进行创作尝试"的时候,我们作家的"根"在东方,"东方有东方的文化"②,这使得任何一种外来文化资源在历史化的进程中,必然逐步呈现出"零散""分散"的辨识状态。

"寻根",顾名思义,在于"返回"和"反思",而其现实指向却在于一种超越。无论是1980年代走出简单的"伤痕文学"的"知青文学"模式,还是稍后的"反思文学"模式,从其拓展属于自己"蹉跎岁月"的态势可知:"返回青春""返回故土""返回传统",是这批"乡土派""流放者"浪漫情怀的真实写照。在那种弥漫着童年美好追忆、情感纠葛以及淳朴浓郁、清新自然的图景中,作家自我的精神力量的外化与强烈的历史困惑感甚至抗拒感的显现,成为其诉说灵魂不安的一条重要途径。显然这些作家不希望自己的创作与政治主题关系过于密切,他们依然在书写现实,但对现实主义固有陈规和"文学与政治"传统命题的超越,却使

---

① 贾平凹:《答〈文学家〉编辑部问》,收入《贾平凹文集·求缺卷》,中国文联出版公司,1995年,第339页。
② 郑万隆:《我的根——代后记》,收入《生命的图腾》,第314页。

"返回"既是一种退避，又成为一种历史选择后的"自我接续"。由"返回"审视"寻根文学"这一出现在1980年代中期的"突发事件"，"寻根"的意识冲动以及创作上的意向汇合或许并非偶然。有着相似的知青身份的"寻根派"作家在有意疏离现实的过程中面向文化求解，并最终以"历史改写"的策略置换创新的焦虑，而拉美魔幻现实主义潮流的衬托使其走向世界与现代的空间显得更加广阔了。

韩少功在1985年的《文学的"根"》一文中这样写道："外国优秀作家与某民族传统文化的复杂联系，我们对此缺乏材料以作描述。但至少可以指出，他们是有脉可承的"，"拉美的'魔幻现实主义'，与拉美光怪陆离的神话、寓言、传说、占卜迷信等文化现象是否有关呢？"[①] 也有评价说："加西亚·马尔克斯遵循魔幻现实主义创作原则，经过巧妙的构思和想象，把触目惊心的现实和源于神话、传统的幻想结合起来，形成色彩斑斓、风格独特的图画，使读者在'似是而非，似非而是'的形象中，获得一种似曾相识又觉陌生的感受，从而激起寻根溯源去追索作家创作真谛的愿望。"[②] 如果将二者对应来看，那么"寻根派"创作的文化意识、夸张与变形、神秘与象征，最终都可以归结为某种现实的隐喻。因此，韩少功的"湘楚文化派"、李杭育的"吴越文化派"、郑义的"太行文化派"、扎西达娃的"西域文化派"、张承志的"回族文化派"、贾平凹的"商州文化派"，以及阿城的"三王"与"遍地风流系列"、郑万隆的"异乡异闻系列"等，都以超越现实的笔法对文化传统、地域风俗完成了一次审美的历史建构。当然，从接受《百年孤独》的角度审视"寻根派"的历史回归，无论是韩少功的《爸爸爸》中鸡头寨和鸡尾寨的象征以及相互之间原始部族式的杀伐，还是丙崽这个白痴但却最终被人奉为神明的形象，以及山寨的占卜、祭祀习俗以及各种传说等等，都与《百年孤独》构成了某种契合关系——"魔幻现实主义必须以现实为基础，但这并不妨碍它采取极

---

① 韩少功：《文学的"根"》，《作家》1985年第4期。
② 林一安：《拉丁美洲魔幻现实主义代表作〈百年孤独〉》，收入《百年孤独》"附录"，浙江文艺出版社，1991年，第335页。

端夸张的手法"①,这一逻辑首先在"寻根派"身上得到较为明确的体现。

无论从加西亚·马尔克斯的夫子自道,还是从阅读之后的切身感受出发,《百年孤独》中的"百年"都可以被理解为长久的年代,而"孤独"则表明了一种精神状态或直接说为布恩地亚家族的生存状态。②出于对哥伦比亚乃至整个拉丁美洲长期被排斥于现代文明世界进程之外的"孤独"与愤懑,马尔克斯将独特的生命力和期望寄托在一个名叫"马贡多"的小镇之上。这种充溢着浓郁生命状态的写作在有着"后期寻根派"之称的作家莫言眼中,则被视为:"他之所以能如此潇洒地叙述,与他哲学上的深思密不可分。我认为他在用一颗悲怆的心灵,去寻找拉美迷失的温暖的精神家园。"③而事实上,在这一时期莫言笔下的《红高粱》中,又何尝不是以"悲怆的心灵"还原了我们民族文化心理的世界?神秘的"红高粱"色彩浓重而又生机勃勃,生活在这里的主人公们无拘无束、匪气十足,但又时刻保留着除暴安良、抵抗外侮的正义之气和坚忍不拔的生命潜能,作品中每一个人物和画面均充满着深刻的寓意。这一颇得魔幻现实主义神髓的"神话模式",不但以隐喻、象征、暗示、怪诞等手法扩大了作品的时空范围,而且,还以其深厚的文化积淀在唤起读者心理认同的同时,接续了现代意识中的非理性成分和开放性思维,并因此具有超乎想象的文化感染力和艺术魅力。

三 时间的循环与叙事的革命

"对于20世纪80年代后期的先锋文学写作来说,特别是小说叙述来说,没有什么比对克服时间性的障碍,更具有文学的纯粹性,也没有什么思想比对突破时间性的历史困厄更切近对生存论意义的纯粹关注。我这

---

① 林一安:《拉丁美洲魔幻现实主义代表作〈百年孤独〉》,收入《百年孤独》"附录",第335页。
② 参见《加西亚·马尔克斯谈〈百年孤独〉》,收入《百年孤独》"附录",第338—345页。
③ 莫言:《两座灼热的高炉》,《世界文学》1986年第3期。

里说的是时间性的历史——它是超越单纯的意识形态历史的那种生存宿命的理解。"① 按照陈晓明的看法,先锋小说在时间观念上寻求"突变",与1980年代文学潮流不断处于更迭的状态有关,而作为一种标志,则构成先锋文学形式实验的重要前提——毕竟,"时间是小说的秘密武器,并且在小说中起着异乎寻常的作用",这使得"时间成了现代小说的真正主人",于是,"对小说时间的革命便成了先锋的任务"。②(当然,将时间的"革命"作为先锋小说形式实验的一部分,并与形式实验互为因果的说法,也并不过分。)

几乎所有论者在研究先锋小说时间变化时,都绕不开马尔克斯《百年孤独》的垂范意义。翻开《百年孤独》,其开篇处的"许多年以后,面对着行刑队,奥雷连诺上校将会想起那久远的一天下午,他父亲带他去见识冰块",以及不时闪现于文中的"若干年之后,当他在病榻上奄奄一息的时候,奥雷良诺第二一定会记得六月份一个淫雨连绵的下午",都曾对中国先锋小说的时间意识产生过重要的影响。考察先锋小说的叙事方式,"许多年以前""许多年以后"正是支撑叙述活动的两个重要母题句式。在洪峰的《和平年代》、苏童的《1934年的逃亡》、叶兆言的《枣树的故事》、余华的《难逃劫数》等文本中,都可以看到这两个句式的出现,而女作家林白的《同心爱者不能分手》《一个人的战争》,陈染的《塔巴老人》《沙漏街的卜语》以及活跃于1990年代的晚生代作家对这一句式的沿用,则更能说明其"覆盖"的深度与广度。

《百年孤独》开创了从未来的角度回忆过去的叙述手法,实际上反映了一种循环式的时间观念。以小说的开头为例,短短一句就包含了未来、过去和现在三个时间层面。作者显然隐匿于现在的视点上叙述故事,但其却是在"将来"的某一刻回溯"过去的下午"。紧接着,叙述者笔锋一转,将读者带回到马贡多的初创时期,这样的时间结构,在小说中一再出现,循环往复,环环相扣,不断给读者制造新的悬念。循环式时间的出

---

① 陈晓明:《无边的挑战——中国先锋文学的后现代性》,第232页。
② 刘恪:《先锋小说技巧讲堂》,百花文艺出版社,2007年,第18页。

现,确定了叙述时间与故事时间的圆形轨迹。无论是"许多年以前",还是"许多年以后",都以某种"时间跨度"超出了传统叙事中自然时间的长度向量,而故事及其主人公的命运在一开始便早已注定,并因此不可避免地陷入宿命轮回的无限循环中。

循环式时间必将为小说带来"叙事的革命",这是不言而喻的,《百年孤独》正是以此释放了作家的历史想象力,进而给读者以交错、炫目的阅读感受。与《百年孤独》相比,中国当代小说在1980年代中期的先锋实验或许并不着眼于故事的历史经验和丰富的文化信息,他们只是将其作为形式化实践的一种重要手段,进而使叙述从故事中分离出来并传达出另外一种声音:故事可以由这道语式的介入而任意产生转换、中断和拆解、重组,而叙述主体则可以凌驾于故事之上,按照自己的意愿进行主观书写。

应当说,"循环式时间"的出现,在一定程度上标志着文学已经进入后现代的范畴。由时间循环造成的文本不连贯性以及任意性,实质上已经消解了传统叙事的稳定性,而叙事时间的循环结构同样也使文本呈现出没有起点和终点的复杂多元状态,从而使整个事件具有空间化的倾向。尽管,单从某一策略、方法判断叙事是否后现代未免牵强,还需更为全面的认知,但就接受网络和会通的角度而言,对前卫叙事方式的无意识认同以及表现更为广阔历史内容的需要,都是造成上述踪迹出现的重要诱因。比如,被公认为现实主义作家的陈忠实,就曾在创作其名作《白鹿原》之前有意阅读了包括《百年孤独》在内的几部外国文学名著,《白鹿原》开头的第一句是"白嘉轩后来引以为豪壮的是一生里娶过七房女人",这一相似于《百年孤独》开头的句式在判定"东方后现代"文本时就很有意义。[①] 只不过,此时的历史已经进入1990年代。

---

① 曾艳兵:《东方后现代》,广西师范大学出版社,2002年,第9页。

四 走向"历史"与"家族"的叙事

　　以《百年孤独》为代表的拉美魔幻现实主义在 1980 年代中期被作家、研究者关注几年便逐渐落潮,但当代中国小说的神秘性叙事、转向"历史"与家族的倾向,却呈现出方兴未艾的态势。如果说先锋小说之后的"新历史主义小说"在很大程度上是"先锋"将目光和形式技法转向"历史"的结果,与"寻根文学"遥相呼应的话,那么就《百年孤独》的"会通"角度看待这一过程,当代小说对外来文化资源的接受已进入理解、融合和立足于本土体验的阶段。按照西方文学思潮的习惯性分法,拉美魔幻现实主义一般总是要划到后现代文学思潮的阵营之中,但鉴于后现代文学思潮本身的纷繁芜杂,与荒诞派、法国新小说、黑色幽默等流派相比,魔幻现实主义由于其"神奇的现实"和"传统文化"的纠葛,无疑更倾向于"历史"和"文化"的叙事以及"新历史主义"的批评方法。《百年孤独》与中国当代小说的"会通"必然会产生民间传奇、家族传奇、地域传奇式的作品,而其内容含量、文化信息、时空转换等也必将超过一般意义的现实性叙事和小叙事。这样,对于只是简单借鉴《百年孤独》具体创作方法的中国当代小说而言,出现于 1990 年代的"新历史主义小说"以及带有民间传奇性的"家族小说",必将成为魔幻现实主义深化之后的文字寄居地。

　　如果说《百年孤独》的历史感呈现在于记录了奥雷良诺·布恩地亚上校一家七代人的经历,那么,从 1990 年代"新历史主义小说"以及"家族小说"的创作情况来看,长篇小说由于其篇幅含量丰富、创作图景广阔而再次成为作家青睐的对象,这包括题材和体裁两方面的内容。以陈忠实的《白鹿原》为例,在白鹿原上斑斓多姿、触目惊心的生活画卷上,族长、祠堂、"耕读传家"的信念,对女性特别是尤物般的人物田小娥的书写,以及传奇人物朱先生的生动刻绘,都成为《白鹿原》带给读者的重要"隐喻"。陈忠实以"白鹿村"为艺术支点,通过对白、鹿两族人物命运的刻画,真实地再现了"历史"丰富、神秘甚至荒诞的一面。朱先生懒散而沉稳地进出于白鹿书院指点历史迷津,与白、鹿两家子孙之间的数典忘祖、激烈反叛之间的对比,尽管只是复古主义情结在当代文化语境中的一次虚构的想象,但人们却可以因此在文化多元共生的年代为传统的儒家文化找到一席之地。然而,"历史"毕竟与"现实"不同,"仁义白鹿村"的毁灭既是一种不可避免的历史宿命、人性的悲剧,同时也是一种"现代人"重新找寻"历史"的文化悲剧。至于《白鹿原》如何从传统文化、民间传说中汲取资源并辅之以魔幻、变形与象征,则与《百年孤独》中的文化探究与反思具有异曲同工之处。除《白鹿原》外,莫言写于1990年代的《丰乳肥臀》以及后来的《檀香刑》、韩少功的《马桥词典》等,都以魔幻的手法,完成一次次关于文化、家族以及历史的叩问。当然,在这一道路上,笔者以为:莫言无疑是持续时间最长,而且至今仍持有"现代神话"写作情结的作家。他对魔幻现实主义进行了感觉化、荒诞化的开掘,使其作品在搜孤、猎奇的同时,始终保有鲜活的气质以及独特的阅读魅力。

经历1980年代文学激情澎湃的迅速操演,到1990年代的自我融合,《百年孤独》终于完成了与中国当代小说"历史会通"的过程。虽然时至今日,已没有哪位作家标榜魔幻现实主义的创作旗帜,但这一写作意义上的文化精灵却并未离我们远去。除了可以作为现实性题材写作的补充之外,魔幻手法在莫言、阎连科、余华等知名作家手中不时闪现,同样使其在讲求务实、生存的年代凸显艺术的价值。马尔克斯在谈及《百年孤独》对马贡多和乡土历史的看法时说:"与其说马贡多是世界上的某个地方,还不如说是某种精神状态。所以,要把它从市镇这样一座活动舞台挪到城市中来倒并非难事。但是,如果既要挪动场所又不致引起人们对乡土眷恋怀念心情的变化,那就难了。"[①] 或许这正是"历史会通"后存在意义的前提和可能。

2009年11月

[①] 参见《加西亚·马尔克斯谈〈百年孤独〉》,收入《百年孤独》"附录",第343页。

叙述的方式与观念的解读
——博尔赫斯之于余华小说的意义

对于自1980年代兴起的先锋文学而言，普遍接受西方现代小说的技法进而引起"叙述浪潮"的历史定位，俨然已成为文学史上的共识。从马原著名的"叙事圈套"，到本文研讨对象余华的小说，虽说历史已让先锋派在流逝的过程中作鸟兽散，但每当阅读起那精美而又近乎摆脱所指式的"纯粹文字"，先锋叙事总会给人带来巨大的文本阅读感受。

在那本较为著名的随笔集《我能否相信自己》中，余华相继提到诸多国外作家以及阅读他们给自己的创作带来的经验；而从另一方面来说，许多敏感的论者也选择了更为细小的角度，进行了所谓跨学科式的比较研究。在川端康成、格里耶、卡夫卡等相继被指认为余华对"外国文学的创造性吸收"[①]的对象之后，笔者在阅读余华的过程中，却找到了一个久未为人发现的"切入点"：博尔赫斯之于余华小说的意义。于是，为此而进行的阐述就成为本文重要的逻辑起点。

---

① 对这种角度的关注，具体可列举俞利军的《余华与川端康成比较研究》，《外国文学研究》2001年第1期；姚岚的《余华对外国文学的创造性吸收》，《中国比较文学》2002年第3期等。

一

　　如果说"我能否相信自己"本身就可以被视为一种写作的态度，那么，在同题文章中，余华对博尔赫斯《永生》中那句"我一连好几天没有找到水，毒辣的太阳，干渴和对干渴的恐惧使日子长得难以忍受"的击节赞叹，就在于："在'干渴'的后面，博尔赫斯告诉我们还有更可怕的'对干渴的恐惧'。我相信这就是一个作家的看法。"① 这里，余华显然通过博尔赫斯的句子找到了一种久违的认同感，那种难以捉摸的甚至是隐藏在危险表面下的"危险"会和"虚构"一样形成一种力量，尽管，"在这个充满神秘的故事里，博尔赫斯仍然告诉了我们什么是恐惧，或者说什么才是恐惧的现实"，但"这就是博尔赫斯的现实。尽管他的故事是那样的神秘和充满了幻觉，时间被无限地拉长了，现实又总是转瞬即逝，然而当他笔下的人物表达感受和发出判断时，立刻让我们有了切肤般的现实感"。② 同样的，这也无疑是一种可以引发人们不断进行深思的文本"想象空间"，而如何更好地完成它，则源于一个作家本身应有的素质。正如余华一边罗列博尔赫斯的作品，一边坦言——"我已经有十五年的写作历史，我知道这并不长久，我要说的是写作会改变一个人，尤其是擅长虚构叙述的人。"③ 这种观念在余华另一次带有羡慕语调介绍"博尔赫斯的现实"时得到了认同："这正是博尔赫斯叙述里最为迷人之处，他在现实与神秘之间来回走动，就像在一座桥上来回踱步一样自然流畅和从容不迫。"④ 而事实上，对博尔赫斯"干渴的恐惧"不断进行抑扬顿挫的重复，使博尔赫斯有意将"现实深藏于干渴背后对于干渴的恐惧之中，它需要穿透事物的尖锐性"⑤ 的做法，不仅影响到了余华小说的思维观念和结构方式，同样也

---

① 余华：《我能否相信自己》，收入《我能否相信自己》，人民日报出版社，1998年，第9页。
② 余华：《博尔赫斯的现实》，收入《我能否相信自己》，第63页。
③ 余华：《我能否相信自己》，收入《我能否相信自己》，第8页。
④ 余华：《博尔赫斯的现实》，收入《我能否相信自己》，第59页。
⑤ 汪晖：《〈我能否相信自己〉序言》，收入《我能否相信自己》，第14—15页。

影响到了余华对"现实"的表达方式。不过,这种现实或者说现实感显然是一种感觉中的"生成物"。一方面,"这种感觉不是让我们接近他的现实,而是远离他的现实——所以如此,是因为博尔赫斯的自我斗争已经转化为一种关于现实的玄思,它的内部极其丰富,以至没有回答任何关于艺术与生活的冲突"①,而另一方面,它却"回答了当代小说的一种深刻需要——对于技巧的事实加以承认的需要"。② 这种"现实"当然只有以技巧的方式得以抵达。

在著名的长篇《活着》的前言中,余华先是开门见山地写道:"一位真正的作家永远只为内心写作,只有内心才会真实地告诉他,他的自私、他的高尚是多么突出。"但旋即而来的语句则是"长期以来,我的作品都是源出于和现实的那一层紧张关系。我沉湎于想象之中,又被现实紧紧控制,我明确感受着自我的分裂……"③ 看来,余华近乎矛盾的叙述,总是围绕着"现实""真实"而展开。由此再回顾余华的言论:"我觉得我所有的创作,都是在努力更加接近真实。我的这个真实,不是生活里的那种真实。我觉得生活实际上是不真实的……所以我在一九八六年开始写小说以后,就抛弃了传统那种就事论事的写法……所以我宁愿相信自己,而不相信生活给我提供的那些东西。所以在我的创作中,也许更接近个人精神上的一种真实……"④ 从中我们大致可以感受到,博尔赫斯在小说《乌尔里卡》开头处那"令人费解"的语句——"我的故事一定忠于事实,或者至少忠于我个人记忆所及的事实",已深刻影响到了余华小说的"现实"。⑤ 余华肯定会为此而苦恼,但从小说的结果上看,这种苦恼或许正

---

① 汪晖:《〈我能否相信自己〉序言》,收入《我能否相信自己》,第15页。
② 余华:《博尔赫斯的现实》,收入《我能否相信自己》,第64页,其原文余华指认为出自美国作家约翰·厄普代克的评价。
③ 余华:《活着》,南海出版公司,1998年,第1页。
④ 余华:《我的真实》,《人民文学》1989年第3期。
⑤ 本文引用的博尔赫斯作品均依据《博尔赫斯全集》(浙江文艺出版社,1999年)。而上述语句同样也在余华的《博尔赫斯的现实》中出现,见余华随笔选《我能否相信自己》,第54页。

可以在走向某种"虚构的形式"和特殊的"文本情境"中得到解脱。①

二

或许,曾经的文学处境让余华这一代作家倍感压力。作为新时期以来的一代年轻作家,余华所面临的文学虽然已经从伤痕文学、反思文学,进入知青文学与寻根文学并置的时代,但"文革"的历史记忆仍然阻碍着文学自身的革命。"先锋派"文学的姗姗来迟和相对于世界文学的落后,使后现代这一晚期资本主义文化逻辑尚未被人认识清楚,便成为接续文化交流浪潮的一个重要气质类型。这一点,在文学寻根并迅速走向自身的裂变过程中,显得一清二楚。自1980年代中期逐渐兴起的先锋浪潮无一不是以叙述的技巧和故事的"惊讶",让众多读者和批评家为之称道。毫无疑问,"先锋"应当是一种精神,而其外在的东西则是如何超越以往并独领风骚。对于常常同样被指认为先锋作家的余华而言,博尔赫斯的意义也许并不亚于川端康成、格里耶、卡夫卡,正如博尔赫斯对于整个先锋作家群落在叙述上的意义毫不亚于《百年孤独》的作者马尔克斯。在列举博尔赫斯著名的短文《博尔赫斯和我》以及文中那句"我不知道我俩之中是谁写下了这一页"之后,余华不无肯定地写道:

> 这就是怀疑,或者说这就是博尔赫斯的叙述……与其他作家不一样,博尔赫斯在叙述故事的时候,似乎有意要使读者迷失方向,于是他成为了迷宫的创作者,并且乐此不疲。即便是在一些最简短的故事里,博尔赫斯都假装要给予我们无限多的

---

① 比如,在《虚伪的作品》中,余华就曾结合自己的创作写道:"现在我似乎比以往任何时候都要明白自己为何写作,我的所有努力都是为了更加接近真实。……当我发现以往那种就事论事的写作态度只能导致表现的真实以后,我就必须去寻找新的表达方式。寻找的结果使我不再忠诚于所描绘事物的形态,我开始使用一种虚伪的形式。这种形式背离了现状世界提供给我的秩序和逻辑,然而却使我自由地接近了真实。"(《上海文论》1989年第5期)

乐趣，经常是多到让我们感到一下子拿不下……于是我们又得重新开始，我们身处迷宫之中，而且找不到出口，这似乎正是博尔赫斯乐意看到的。①

关注叙述特别是迷宫手法，应当是博尔赫斯带给读者同样也是带给作家的重要启示，同时，也是他突破传统叙述的限制步入后现代的重要见证。为此，作为后来者，有人曾不惜甘冒其险将博尔赫斯视为是"后现代主义小说之父"。②而与此相对应的，是余华在津津乐道博尔赫斯的同时，被"他者"视为"可能是中国元小说或后现代创作的最佳典型"。③

如果将"元小说"看作"关于小说的小说"，那么，"余华的大部分作品可以被读成前文本元小说"④的论断，或许在一定层面上是兼顾本土传统文化和"元小说"本身后的一种策略。在介绍博尔赫斯与维尔杜戈－富恩斯特对话时："博尔赫斯说：'他（指博尔赫斯自己）写的短篇小说中，我比较喜欢的是《南方》，《乌尔里卡》和《沙之书》。'"⑤显然这对中国作家余华起到了作用。比如，对于《乌尔里卡》，余华除了对小说开始处"暴露写作目的"（具体见上文）的语句表示出浓厚的兴趣，在描述完故事的基本梗概特别是结尾句"天老地荒的爱情在幽暗中荡漾，我第一次也是最后一次占有了乌尔里卡肉体的形象"之后，余华再次写道：

为什么在"肉体"的后面还要加上"形象"？从而使刚刚来到的"肉体"的现实立刻变得虚幻了。这使人们有理由怀疑博尔赫斯在小说开始时声称的"忠于事实"是否可信？因为人们读到了一个让事实飞走的结尾。其实博尔赫斯从一开始就不准备拿事实当回事，与其他的优秀作家一样，叙述中的博尔赫斯不会

---

① 余华：《博尔赫斯的现实》，收入《我能否相信自己》，第57页。
② 王钦峰：《后现代主义小说论略》，中国社会科学出版社，2001年，第21页。
③ 魏安娜：《一种中国的现实——阅读余华》，吕芳译，《文学评论》1996年第6期。
④ 赵毅衡：《当说者被说的时候——比较叙述学导论》，中国人民大学出版社，1998年，第265页。
⑤ 余华：《博尔赫斯的现实》，收入《我能否相信自己》，第54页。

是一个信守诺言的人。……他这样做就是为了让读者离开现实,这是他一贯的叙述方式,他总是乐意表现出对非现实处理的更多关心。①

博尔赫斯在《乌尔里卡》开头的叙述及其产生的结果自然是不折不扣的"元小说",但这并不是博尔赫斯"元小说实践"的全部。"书评小说""反体裁"在某种程度上都可以被视为是肇始于"元小说实践"的一部分以及所谓"亚体裁"的合并。②而类似的手法在余华的小说中也同样层出不穷③,这里,为了行文的需要,仅以《鲜血梅花》为例进行分析。

素有"反武侠"体裁小说之称的《鲜血梅花》是让读者看完却感受空荡的作品。为了替父亲报仇,阮海阔按照母亲的嘱咐肩背梅花剑,通过寻找"青云道长"和"白羽潇"其中一人而获得杀父仇人的名字,但他首先遇到的是胭脂女,并被托付寻找一个名叫刘天的人。这使这个故事从一开始就形成了叙述上的"中介"和线索发展上的"断层"。而后,是遭遇黑针大侠托他看见青云道长之后打听一个叫李东的人,但接下来他先碰到的是白羽潇,白羽潇看见梅花剑问他找谁,他回答:"青云道长。""阮海阔的回答显然偏离了母亲死前所说的话",他没说白羽潇是因为半年前胭脂女和黑针大侠都没有提到白羽潇,这时,找寻的目的已经在他的记忆中消失了。阮海阔继续找寻,即使疾病也无法阻拦他,但当他终于遇到青

---

① 余华:《博尔赫斯的现实》,收入《我能否相信自己》,第55页。
② 王钦峰:《后现代主义小说论略》,第86页。其中,需要指出的是:带有浓厚自我意识"元小说"并不是后现代叙述的全部,后现代主义小说本身叙述的形式无疑是多种多样的,除了博尔赫斯实践过的"书评小说""反体裁"这些可以视为源出于"元小说"的形式之外,王钦峰《后现代主义小说论略》论述"博尔赫斯与后现代主义写作模式的开拓"时指出的"互文的极致""无穷后退的叙事实验""文本结构的开放""迷宫手法和迷宫小说"等,都可以被纳入博尔赫斯叙述同时也是"后现代叙述"的体系之中。
③ 赵毅衡:《当说者被说的时候——比较叙述学导论》,第265页。其中涉及余华的小说及其"前文本元小说",包括"对历史抨击""反历史"的《一九八六年》《往事与刑罚》;对中国"孝为先"伦理逆转的《西北风呼啸的中午》《世事如烟》;戏仿俗文类系列中反公案的《河边的错误》、反才子佳人的《古典爱情》、反武侠小说的《鲜血梅花》。

云道长的时候，却只是先问了胭脂女和黑针大侠的问题，而当他想起母亲的话时，青云道长却以一句"我只回答两个问题"而告别了这次叙述。最后，他再次遇到了白羽潇，并询问自己的杀父仇人，白羽潇说杀父仇人两个：刘天和李东，现在已经分别死在胭脂女和黑针大侠的手下……这无疑是一个不断找寻和不断错开的故事，新的目的不断在叙述中得以浮现，但漫游和时间的推延也使主人公遗忘了自己的使命。阮海阔见到了他要找的人，也在最后知道了结果，同时，也可以算大仇得报，但留给他的却只能是时间流逝后无尽的怅惘和漫游的记忆。

《鲜血梅花》当然不能与传统的武侠小说相提并论，因为它的故事不是线性的，而是一个循环式的过程。它是在戏仿武侠小说的过程中体现作家的叙述才华和自我意识：阮海阔在不断遗忘中不断浮现新的憧憬，又不断产生新的遗忘，余华让他小说的主人公在不断走向未来的过程中体验"过去"。这种"否定时间是两个否定：否定一个系列事件的连续性，否定两个系列事件的同时性"①的叙述倾向，不但深刻契合了博尔赫斯的时间观念，更为重要的，正是独特的时间观念使整个故事呈现出立体网状的结构，并进而以"反体裁""仿拟"的形式取消故事的故事性，独立于盛行一时的传统武侠小说之外。

三

在写于 1978 年的讲演论文《时间》中，博尔赫斯曾表述："把空间和时间相提并论同样有失恭敬，因为在我们的思维中可以舍弃空间，但不能排斥时间"；"时间是个根本问题，我想说我们无法回避时间。我们的知觉在不停地从一种状况转向另一种状况，这就是时间，时间是延续不断的。"而后，从变化和差异的角度入手，博尔赫斯提出了赫拉克利特那句为人引用几千年的名言："没有人能两次涉足同一水流。"在博尔赫斯眼

---

① 博尔赫斯：《时间的新反驳》，收入《博尔赫斯全集》散文卷上册，王永年等译，浙江文艺出版社，1999 年，第 505 页。

里,这句名言涉及"河流"和"我们"两个流变过程——"为什么人不能两次踏进同一条河流?首先,因为河水是流动的。第二,这使我们触及了一个形而上学的问题,它好像是一条神圣而又可怕的原则,因为我们自己也是一条河流,我们自己也是在不停地流动。这就是时间问题。"[①]博尔赫斯对时间观念的与众不同是由来已久的事情,早在完成于1952年《探讨别集》的《时间的新反驳》一文中,博尔赫斯就曾以直言不讳的"唯心主义"语调,强调"我否认将各种行为罗列在同一个时间里的存在。否认同时存在比否认接连发生还要困难得多"[②],博尔赫斯的时间观充分体现在他的小说创作之中,在以《小径分岔的花园》等为代表的一系列小说中,博尔赫斯的时间观既得到了迷宫式的展现,又深刻影响到了博氏小说中的"现实"成分。应当说,博尔赫斯否定历时性时间观和共时性时间观之后的"多种时间并存而非共时"的时间观只能导引一种迷宫式时间状态的出现,这种"认为不是只有一个时间"的观念,即"存在许多的时间,而且这些时间的系列——这些时间系列的成员之间自然是有的在先,有的同时,有的在后——并不分先后,也不同时存在,它们是各种不同的系列"[③],应当是属于后现代的一种观念:它解构了人们习以为常的时间概念,将时间推向"无时间"的永恒、无限状态,因此,博尔赫斯要进行如下的质疑:"为什么要设想单一时间的观念,一种如牛顿所设想的绝对时间的观念呢?"[④]

《往事与刑罚》是让人阅读后很容易联系到博尔赫斯名作《小径分岔的花园》的一部短篇小说,它迷宫一般的循环方式不但颇似博尔赫斯的叙述,而且,寄予在文本中的观念也颇似博尔赫斯。"陌生人"在接到来历不明的电报之后,来到一个名叫"烟"的小镇,这使得"陌生人"走向了"一九六五年三月五日";然而,与"刑罚专家"初次见面就扭转了这

[①] 博尔赫斯:《时间》,收入《博尔赫斯全集》散文卷下册,第48页。
[②] 博尔赫斯:《时间的新反驳》,收入《博尔赫斯全集》散文卷上册,第496页。
[③] 博尔赫斯:《时间》,收入《博尔赫斯全集》散文卷下册,第54页。
[④] 同上。

个时间方向,在"刑罚专家"随意的"提醒"下,"陌生人""发现了自己想去的地方和自己正准备去的地方无法统一,也就是说,他背道而驰了。事实上,一九六五年三月五日正离他越来越远"。显然地,"陌生人"无论是自己行进的方向,还是与"刑罚专家"的对白,都暗示了小说在一开始就呈现出了"结构的缺口"。在接近和远离的过程中,几条不同的时间线索集合在一起,但能够为两人一致认同的却只有"我们永远生活在过去里"。既然"刑罚专家"已经"掌握了人类所拥有的全部刑罚",并将"一九六五年三月五日"之外的"四个时间"赋予了辉煌而残酷的刑罚,他苦心孤诣创作的留给自己的"刑罚"便显得那样弥足珍贵。"刑罚专家"不希望糟蹋这个刑罚并对这个生死攸关的行为记忆深刻,也许正在于"时间惩罚"的力量。在结尾处,当"陌生人"以最为普遍自然也是未能免俗的"自缢"结束生命,并以此写下了"我挽救了这个刑罚"和时间"一九六五年三月五日"。一切谜团终于解开:从文本开始的"缺口"到最后的"重逢",陌生者作为第三者的观看当然不仅仅是记忆的"返乡"和死的过程,他所展现的更多的是"可以生长的过去",而"杀害往事"的意义却在"刑罚专家"的话语中得到体现,"你并没有和过去分离","其实你始终深陷于过去之中,也许你有时会觉得远离过去,这只是貌离神合,这意味着你更加接近过去了"。这或许就是记忆及其在意识中永恒不变的历史留存。

　　独特的时间观念、迷宫手法以及带有推理色彩的叙述,使余华的小说和博尔赫斯一样陷于扑朔迷离乃至不知所云的状态之中,并进而以"博尔赫斯的现实"的方式波及了小说的语言叙述、"无主题之主题"以及阅读上的引人入胜。不过,这种倾向毕竟可以从另外的角度加以阐释,而当一切被提升到"存在"的层次,那么,所谓的气韵相通也由此具有某种玄思色彩。

四

怎样的描述能够生动地体现一个作家对生命与死亡的思索？作为一个后来者，余华在反复言说博尔赫斯《永生》中那句叙述时，似乎已不知不觉地同样陷入了博尔赫斯的"陷阱"。

博尔赫斯总是以一种显著的无我性特征和冷静的叙述，表达他对事物的独特认识。《死亡与指南针》《秘密的奇迹》《另一次死亡》《死于自己的迷宫的阿本哈坎-艾尔-波哈里》等作品，正以近乎炫目的方式讲述着博尔赫斯对生存与死亡的领悟。但思考或许最终无法摆脱"此在这种能在逾越不过死亡这种可能性。死亡是完完全全的此在之不可能的可能性"①的终极性逻辑，因而，博尔赫斯尽管以"演戏的方式""想象"过"体面的死亡叙述"②，但他终究要将他对生存特别是对死亡的思索甚或无奈的感慨公诸世人："永生是无足轻重的；除了人类之外，一切生物都能永生，因为它们不知道死亡是什么"；"死亡（或它的隐喻）使人们变得聪明而忧伤"（《永生》）。作为一位自幼就显露文学才华并迅速成为博闻强记、饱读诗书的"图书管理员"，博尔赫斯"无所不读，而且往往读人之所不读"③，应当是其作品内蕴丰富而外在新颖的重要原因。对现实和时间的认识，特别是晚年"双目失明"空间感相对丧失，不仅是博尔赫斯能够常常发出惊人之语的重要原因，也是他的时间观和生命观可以结合的唯一可能。

在《时间》中，博尔赫斯曾写道："如果说时间是永恒的形象，那么将来便会成为灵魂趋向未来的运动。未来本身将回归永恒。这就是说，

---

① 马丁·海德格尔：《存在与时间》（修订本），陈嘉映、王庆节译，生活·读书·新知三联书店，2006年，288页。
② 比如，小说《叛徒和英雄的主题》是以一个叛徒以"演戏"式的故事情结处死自己，并以一个"英雄"遇刺的形象产生"解放祖国的动力"；而小说《秘密的死亡》则是在死刑之前如何以自己"编排"戏剧消磨时光，"想象"死亡。
③ 关于博尔赫斯生平的介绍，参见林一安：《走近本真的博尔赫斯》，收入《博尔赫斯全集》"总序"，《博尔赫斯全集》小说卷，第1—12页。

我们的生命在不断地趋向死亡。"这无疑是作家晚年被围困在黑暗世界之中的感知方式,就像《永生》结尾处:"记忆中的形象已经消失;只剩下了语句……不久之后,我将是众生;因为我将死去。"博尔赫斯对生存的阐释以及在死亡和自杀中获取"文本愉悦",进而书写一系列死亡游戏,在某种程度上显示出了后现代主义者游戏人生以及对于死亡近乎无耻的态度,这使得"博尔赫斯之后的作家"难免重蹈覆辙。

不过,即便如此,与其说余华接受了博尔赫斯的观念,倒不如说这位中国作家潜移默化地接受了后现代观念本身。几乎所有的评论者都注意到了余华在1980年代先锋叙述过程中"残忍的才华",对灾难、罪恶、暴力、死亡、逃逸等题材的大肆书写并以冷漠和审美的态度"欣赏"其文本上的苦难主题,不但使余华的作品具有反本质中心倾向,而且,也使他容易在极端化的非理性关注中走向自我质疑。在《一九八六年》中,那位在"文化大革命"中被抄家关押的小学教师,逃出监狱后发疯流浪20年,最后,他重返小镇。然而,镇上没有人注意到他的归来,每个人仍旧重复着以往的日子,只有老师改嫁多年的妻子和女儿感到莫名的恐怖在逼近。这个曾经对中国古代刑罚历史充满浓厚兴趣的人,在经受多年的折磨之后,已经为"过去的历史"所控制。他在幻觉中为了冲出围困而对看到的人群施刑,并逐渐发展到用火、破刀、锯条等对自己施刑。对墨、劓、剕、宫、凌迟等酷刑的演绎,使小学老师始终挣扎在幻觉与清醒、疯狂与死亡的边缘,因而,"在令人战栗的血腥中,幻觉的疯狂变成了现实的疯狂。在残忍与麻木之间,历史延续,控制了今天"。①

与《一九八六年》到处弥漫的酷刑相比,《河边的错误》中一次又一次的找寻则是以"死亡"的方式切近生命的意义。美丽而静穆的河边,弥漫着自由而又超脱的气息,但又散发着不祥的死亡气息。不论偶然遇到还是直接看见,"真相"既令人们害怕,又令人激动。有的人瞬间就走进了生命的真实,而有的人却要在往返几次后才拿定主意,"幺四婆婆"的纵容虽然助长了疯子最后任意杀人的后果,但丧失身份的她,如果没有

---

① 赵毅衡:《非语义化的凯旋——细读余华》,《当代作家评论》1991年第2期。

疯子的毒打，是无法满足自身真实的需要的；许亮以一个"弱性""苍白""抑郁"男人的身份，虽每次都到河边"亲临现场"，但他始终无法完成类似疯子的行为，他为了躲避警察的问询，痛苦不堪直至精神错乱，但自杀两次才成功的历史，却无疑在为其带来噩梦般恐怖的过程中，得到了找寻后"生不如死"的感受。一次次河边的"找寻"结果是使更多的人陷入死亡，也许疯子乐观而执着地杀人是最真实同时也是最符合河边氛围的行为，警察马哲"以暴制暴"的方式虽可以得到人们的理解，但他的行为和被迫装疯却使其很容易再次走上"疯子"式的旅程，这种人格行为倒错的"结构"，既是暴力与苦难的资源，也是以"错误"方式反映找寻生命和确证存在的必然结果。

　　至此，博尔赫斯之于余华小说的意义已呈现出基本的轮廓，这种融合观念、技法、生命思考为一体的影响，既是文学传统继承与超越的结果，同时，也是后现代气息进入中国当代文学的重要表征。尽管进入1990年代之后，随着社会文化语境的变迁，余华以长篇的方式进行了所谓先锋的"隐逸与还乡"，从而在一定程度上告别了博尔赫斯，但无论是《在细雨中呼喊》《活着》，还是《许三观卖血记》都是以强烈的"生存感受"，体现了一位优秀作家在成功吸收各种外来文学经验之后的技艺圆熟和深刻理性。这种通过个人经验而折射出对普遍人类存在进行叩问的方式，正是余华作为一个优秀作家跻身于世界文化潮流的重要原因。而有关这一点，至少从本文的意义上说，也是他与博尔赫斯进行精神对话的重要结果之一。

2008年12月

第二编

小说的先锋

莫言、格非、苏童、毕飞宇、李洱、韩东、王蒙、林白这些作家的先锋小说，引发了我极大的阅读兴趣……

论莫言小说中的饮食现象

之所以选择"饮食现象"进入莫言的小说世界，主要基于以下两个原因：首先，历经三十余年的沉积，莫言小说数量之多、涉及题材之广，已在客观上为研究者提供了多样化的言说维度和具体阐释过程中的"单一性限度"；其次，结合已有的相关研究可知：虽然部分学者已注意到莫言小说中的"肉"与"吃"并建立了一种文学史的讲述模式（如"吃人"），但与莫言本人在其小说和散文中滔滔不绝地讲述一个又一个"饥饿的故事"相比，"饮食"话题仍期待一次深入、系统地整合，至于由此产生的针对莫言小说乃至中国小说主题研究的意义和价值自然是不言而喻的。

但何谓"饮食现象"？这个乍看起来十分简单的问题显然不能仅停留在吃、喝的层面。"饮食"作为人类生存的基本现象，一直是一个关乎历史、现实和文化的问题。即使仅从个体的角度介入饮食世界，其鲜活的生命意识、个性意识也会常常激发主体讲述的欲望，何况在日常饮食现象的背后，还伫立着一部拥有数千年之久的中国饮食文化史。当然，由于个体成长经历的不同，文学创作中饮食现象在凸显其丰富性与差异性的同时，还往往承载着不同的文化寓意。以本文所言的莫言为例，其笔下的"饮食现象"就在整体上聚焦于"肉""酒""植物"三个基本意象的过程中，寄寓了作者本人挥之不去的历史记忆及相应的文化想象、叙述焦虑，这是一个涉及创作心理和文本处理的"集合体"，而其逻辑的展开不仅包含着幽远的历史视镜，还潜藏着叙述过程中独特的艺术构思。

一　童年记忆、饥饿心理的自然展开

　　对于莫言而言，童年最深刻的记忆莫过于饥饿。在《饥饿和孤独是我创作的财富》中，莫言曾直言不讳："饥饿使我成为一个对生命的体验特别深刻的作家。"童年因为吃而受到过侮辱、丧失过自尊的深刻记忆，和成长阶段渴望以后"每天吃三次饺子"的理想，促使莫言发愤走上创作之路，立志当一个作家。① 对比一些著名作家在开始创作时就怀有崇高的文学理想，莫言的动机确实有些"低俗"，但这种"创作的最原始的动力"却真实而生动地反映了那个年代的生活及其在莫言心灵深处留下的烙痕。阅读莫言日后数量颇丰的童年题材作品，我们不难发现，童年记忆、饥饿心理始终缠绕着莫言的艺术世界并积极参与其创造。而童年时期的莫言也确实是时常饥肠辘辘、"吃相凶恶"，以馋闻名，他在《忘不了吃》中以"口的乞求，口在以求，一个'吃'字，馋的意思有了，饿的意思有了，下贱的意思也有了。想这造'吃'字的人，必是个既穷又饿"的解读，对"吃"字加以"溯源"②，便很能说明他对"吃""饥饿"持有怎样的认识。"人们越是饥饿，越是喜欢谈论吃喝，越是谈论吃喝，就越是饥饿。这是一种恶性循环"③，出自《莫言传》中的这句话除了呈现莫言童年成长过程中的心理状态之外，还在饥饿与因此而产生的言说欲之间建立了紧密的联系。正如莫言一方面在散文中讲述童年伙伴都因饥饿而练就了一口"锋利的牙齿"以及一起吃煤时香甜而快乐的往事，另一方面在《铁孩》《蛙》等小说中重现这些记忆的风景，莫言笔下的"饮食现象"带有十分鲜明的儿童心理和诉说焦虑，它们是莫言创作道路上难以摆脱的记忆经验及其外化的必然结果。

　　为了能够更为深入地触及莫言小说中的这种记忆、心理及其展开的

---

① 莫言：《饥饿和孤独是我创作的财富》，收入《什么气味最美好》，南海出版公司，2002年，第203—206页。
② 参见莫言：《吃事三篇》，其第二篇为《吃相凶恶》、第三篇为《忘不了吃》，均收入《会唱歌的墙——莫言散文选》，人民日报出版社，1998年，第83—88、91页。
③ 叶开：《莫言传》，二十一世纪出版社，2013年，第38页。

过程，笔者首先从其早期代表作《透明的红萝卜》谈起。《透明的红萝卜》发表于《中国作家》1985年第2期，曾以神秘、空灵，富于朦胧的美感和很强的象征意味而给莫言带来了很高的声誉。尽管，对于小说中的"红萝卜"意象究竟象征着什么，莫言也自言"说清了难"[①]，但从其源于"文革"期间12岁的莫言在桥梁工地当小工期间，因饥饿难挨而偷拔一颗红萝卜被当场抓住、后跪在伟人像前认错的经历，和创作之前一场关于"红萝卜"的梦境来看[②]，"透明的红萝卜"不失为莫言心灵深处的一个原型：它使莫言发现了童年生活的意义，同时也使莫言认识到所谓现实主义的创作方法也可以进行大胆的虚构、夸张甚至魔幻，进而在莫言的创作道路上具有转折意义。但童年的生活究竟是怎样的呢？小说开篇处队长"抉着一块高粱面饼子""两个腮帮子像秋天搬运粮草的老田鼠一样饱满地鼓着"，老老少少的人"眼巴巴地望着队长"，一齐看他那张刚刚吞咽下食物的嘴；主人公黑孩因看到偷来的红萝卜而滋生了幻觉，他想捉住的萝卜却被小铁匠甩进河中，此后他再也看不见那种奇异的景象，所以，他只能一边不断地将地里的萝卜一个又一个地拔起，一边不断地将它们逐个举到阳光下看；他因偷萝卜被剥光了衣服，他的亲爹早就没了踪影，他和喝醉后经常打他的后娘在一起过，透过这些情节描绘，莫言要写出一个在饥饿、孤独甚至恐惧中的孩子的体验，这无疑构成了整部小说的核心。"我认为《透明的红萝卜》是我的作品中最有象征性、最意味深长的一部。那个浑身漆黑、具有超人的忍受痛苦的能力和超人的感受能力的孩子，是我全部小说的灵魂，尽管在后来的小说里，我写了很多的人物，但没有一个人物，比他更贴近我的灵魂。"[③]莫言在诺贝尔文学奖颁奖典礼演讲中的这段话，使黑孩具有作家灵魂自传的意义——正由于黑孩有非凡的想象

[①] 徐怀中、莫言等：《有追求才有特色——关于〈透明的红萝卜〉的对话》，《中国作家》1985年第2期。

[②] 莫言：《超越故乡》，收入《会唱歌的墙——莫言散文选》，人民日报出版社，1998年，第234页。

[③] 莫言：《讲故事的人——诺贝尔文学奖得主演讲》，收入《盛典——诺奖之行》，长江文艺出版社，2013年，第77页。

力和感受力,他才能看到一个丰富而奇特的世界,同样的,正由于黑孩沉默不语、具有超出一般的忍受力,这个世界才显得单调、乏味,莫言的童年记忆才会得到一种倾诉的补偿。

  作为莫言童年记忆和饥饿心理的一次形象再现,黑孩的成功塑造和如此贴近作家本人的灵魂使此后莫言笔下的孩子都成为黑孩的种种"变身"。即使仅从饥饿的角度来看,这些"变身"也可以列举《铁孩》中吃铁的"铁孩"和"我";《丰乳肥臀》中疯狂恋乳、无法长大的上官金童;《牛》中贪吃好说的罗汉;《四十一炮》中吃成肉神的罗小通……经过多年的累积,莫言笔下的黑孩们已经形成一种特有的形象序列:他们是一群拥有共同精神内核的孩童,同时又是具有同类主题指向的人物,他们每一次出场都体现了莫言在创作上的"变与不变",而他们闪烁的个性及其相对的差异又常常会给读者带来新的感受及至启示。由中篇《野骡子》发酵而来的长篇《四十一炮》,仍然在开始阶段通过主人公罗小通的主观臆想,即"无论是谁,只要给我一条烤得香喷喷的肥羊腿或是一碗油汪汪的肥猪肉,我就会毫不犹豫地叫他一声爹或是跪下给他磕一个头或是一边叫爹一边磕头",来重复"饥饿主题",但随着"他"的叙述成为一种惯性,进入幻想的境地,"诉说的目的就是诉说""诉说就是一切"的主旨也逐渐凸显出来——"看起来是小说的主人公在诉说自己的少年时光,但其实是小说作者让小说的主人公用诉说创造自己的少年时光,也是用写作挽留自己的少年时光。"自然不失为一种拒绝成长、自我安慰与救赎之道,但从"饥饿"到"诉说"的无限扩张,却使莫言以"语言的浊流"冲决了"儿童和成人之间的堤坝"[①],他童年种种苦难记忆在这里融会贯通并试图接近成人世界,他的语言风格也同样见证了他成长过程中业已形成的性格气质,在此前提下,那种探索莫言童年记忆、饥饿心理与其豪放不羁、充满酒神精神的叙事之间具有内在联系的做法也就常常会显得恰如其分。

---

① 莫言:《诉说就是一切》,收入《四十一炮》,春风文艺出版社,2003 年,第 443—444 页。

二　饮食叙事及其人性意识叩问

由于20岁之前长期处于半饥半饱的状态，已造就了莫言对于食物的强烈爱好和特殊兴趣，所以，他的小说中总会自觉不自觉地出现那么多关于食物和饥饿的描写。食物、饥饿以及种种吃相已在反复书写中成为莫言小说主题的一个重要方面，进而影响到莫言创作的其他方面。如果说《丰乳肥臀》中一家人由于饥饿在母亲率领下随着众乡亲于腊月八日奔赴县城喝粥；司马库与二姐上官招弟回来后母亲因饿怕了要求"囤下几担谷子"等场景，尚属人之天性使然，那么，在作家审美追求和价值判断的驱使下，莫言笔下的"饮食"和"吃相"具有多样的表象和多重寓意恰好印证了创作应有的"真实之虚构"的艺术本质。

纵观莫言笔下种种"饮食现象"，回归地域、乡土，书写家族、历史的命运和直面现实社会、关注当代生活，已成为其呈现"饮食主题"过程中的两种基本叙事模式。其中，前者使莫言的小说走进了"故乡"，后者则由于更多社会性因素而使莫言表达了他形式层面上的才能或曰叙述的智慧。不仅如此，上述两种模式还常常会因叙事的篇幅而使其中"吃"的寓意呈现出愈加丰富、深刻的特质，直至涨破小说最初设定的主题边界，触碰到中国传统饮食文化的底线。莫言曾在《铁孩》中以高密东北乡的吃铁孩子毫不费劲就咬下一截铁，越嚼越香、越吃就越想吃和生出一身红锈，反思大炼钢铁的狂热历史；曾在《野种》中通过送军粮途中吃饭的故事刻画"父亲"余豆官勇武粗豪、侠义本色和坚忍不拔的性格特征；曾在《嗅味族》中描绘了饥饿年代吃的"桃花源记"；而《红蝗》中的"食草家族"们不断地咀嚼茅草不仅能够清洁牙齿，还能有助于消化与健康，他们排泄通畅、大便干净无味，使乡村生活和城市生活之间形成了鲜明的对比，这样的"恋乡情结"还在《四十一炮》老兰等向城里人卖注水肉获取暴利，进行"原始积累"的情节中浮现过……这些"吃相"由于发生在莫言设定的"故乡"——"故乡"不仅是一个时空概念，还是一个开放的概念，所以，莫言可以通过"重返故乡"从容地走进历史，与祖辈交谈，而由此牵连而起的童年经验又使莫言的"吃"痛快、自然、尽兴。但以城市生活为背景的现实书写中的"吃相"却不可与之同日而语。由于需要"降低"题材的敏感程度，需要为免受争议而进行自我保护以及避开习以为常的叙述方式，要以艺术和人物塑造代替空洞的口号与说教，所以此时莫言小说的"吃相"往往显得离奇、夸张、怪诞。正如莫言曾自言"带着镣铐的舞蹈"，"反而逼出来一种很好的结构，结构也是一种政治"[①]，文体的戏仿、技巧的试验、视角的变化等使读者看到了另一个先锋派式的莫言。写于1987年的长篇《十三步》曾以一位一边叙述，一边以吃粉笔掩饰内心紧张与恐慌的物理老师引出一个离奇死亡的故事，但其深层用意却是为当时尚处于弱势群体的老师鸣不平[②]；1989年创作的《酒国》中有盛大而颓废的酒肉世界，有各式各样的吃法和各式各样的酒，但这个以侦探故事开头并嵌入大量他者小说（其实是莫言有意对鲁迅等人小说进行的戏仿）的长篇却缘于莫言对奢侈腐化、道德沦丧、政治腐败等社会现象的讽刺与批判[③]；先写电视连续剧、后改为小说的《红树林》情况确实有些特殊，但其围绕转盘上的裸女而展开的"风流宴"还是以活色生香的情节对"吃者"与当代生活的某些方面进行了寓指……显然，现实题材的社会性、当代性让莫言感受到了某种压力，但以试验的手法完成一种叙事的转换之后，"饮食"和"吃法"同样可以抵达艺术的极致、完成寓言的象征。

我们是在莫言谈到他对"弱势群体的关怀是一以贯之的"之后，又谈及"满意"《酒国》中有对"所谓强势群体的悲悯"的对话中[④]，终于感悟到在那些零散、繁多的"饮食"表象背后，存有的人性之悲悯及叩问的思

[①] 莫言、王尧：《莫言王尧对话录》，苏州大学出版社，2003年，第155页。

[②] 关于《十三步》的寓意，可参见莫言：《说不尽的鲁迅——2006年12月与孙郁对话》，收入《莫言对话新录》，文化艺术出版社，2010年，第210页；莫言：《当代文学创作中的十大关系——2006年11月在第七届深圳读书论坛上的讲演》，收入《莫言讲演新篇》，文化艺术出版社，2010年，第243—244页。

[③] 关于《酒国》的创作动机，可参见莫言：《说不尽的鲁迅——2006年12月与孙郁对话》，收入《莫言对话新录》；《中国当代文学边缘——2002年7月与法国汉学家杜特莱对话》，收入《莫言讲演新篇》。

[④] 莫言：《说不尽的鲁迅——2006年12月与孙郁对话》，收入《莫言对话新录》，第210—212页。

想高度。阅读《丰乳肥臀》中高贵、漂亮的知识女性乔其莎，因饥饿被张麻子以馒头诱奸；感受《大嘴》中因爹曾经吃过还乡团两个包子而使亲情丧尽，即便是寻死觅活同样无法换取家人同情的故事；还有《牛》中骗牛吃肉的"预谋"和全公社三百余人干部及其家属的"中毒事件"，"饮食主题"面前的人性复杂，且常常和高尚、道德、伦理等价值发生冲突。"饮食现象"作为充满欲望象征的载体，不仅可以反映个体的灵魂，同样可以揭示生存的困境。《四十一炮》中的罗小通常常因饥饿怀念与抛妻弃子的父亲在一起到野骡子家吃肉的场景，又对毁灭其家庭的精明权贵老兰抱有既爱又恨的暧昧态度，就在于他无法摆脱以"肉"为代表的物欲。他连续发射四十一发炮弹才漫不经心地最后一炮将老兰拦腰打成了两截，也是由于潜藏在内心深处的暧昧态度及欲望焦虑在作祟。他吃够了肉，家破人亡，孑然一身，才成为"肉神"；他向那个与数万个女人交合后出家的兰大和尚讲述回忆和幻想中的"四十一炮"，正好与大和尚所在的五通神庙（即"色神"所在地）又莫名地搬来一尊"肉神"像形成绝佳的对应。"饱暖思淫欲"——罗小通的"小"和老和尚的"老"或"大"，似乎构成了一种对话的状态及成长的序列，但罗小通成年人的身体和长不大的心理，以及兰大和尚的迷途知返、回头是岸，却宣布了个体乃至人类无休止欲望的结局。从这个意义上说，罗小通拒绝长大是否也意味着一种幸福呢？莫言没有给出更多的回答，他只是让罗小通在诉说，而"饮食"之中的欲念，"饮食"之外的欲念，还将怎样控制人类的心灵和生存的世界呢？

三 "饮食的极致"与境界追求

谈及饮食的极致，首先不能回避的就是长篇《酒国》。《酒国》，即五卷本《莫言文集》第二卷中的《酩酊国》，是一部没有在期刊杂志上发表就直接出版单行本的长篇小说。《酒国》最早于1993年出版，此后几年间，由于它尖锐而深刻的现实批判精神、极端的试验精神等在国内批评界了无声息，但在几位旅居美国的评论家那里却得到了很高的评价，其翻译本在国外也有非常好的反响。莫言曾在1999年日本讲演中将其作为自己"迄今为止最完美的长篇";在2000年美国讲演时将其作为当代中国作家中只有他自己才能写出的一本书。①《酒国》在作家本人和评论界之间一度呈现的态度反差,极有可能是小说超出了评论家的"期待视野"及至"批评能力"(张闳语)。但在笔者看来,解读《酒国》还需要面对其纷繁芜杂的饮食现象和拥有相应的文化知识储备恐怕也是重要的原因之一。从饮食角度来看,《酒国》至少有如下几方面值得关注:其一,侦查员丁钩儿调查"酒国",却被诱骗吃下"红烧婴儿",死于茅坑;作家莫言亲赴"酒国",被灌得昏天黑地,寓意"喝酒吃肉"有强大的力量;莫言通过这样的书写揭示中国饮食文化华丽外衣下与生俱来的矛盾,和文化积淀后无力扭转的事实,故此,对于小说中的侦探和"莫言"来说,其颓败的结局是不可避免的,也是无可奈何的;其二,吃到极致,喝到极致。《酒国》中在吃肉方面有以"龙凤呈现"(以驴的性器官为食材)为代表的数十道菜的全驴宴,但其极致是吃堪称"人间第一美味"的婴儿肉及各式吃法;在喝酒方面有"绿蚁重叠""西子矇""黛玉葬花"等各种美酒和"入座三杯""梅花三弄""潜水艇"等各种喝法,有"酒娥"传说、各种酒器、与酒相关的诗、酒文化考据,甚至还要起草《酒法》……总之要在酒肉饮食中体验一种极致的状态,这既是饮食文化传统的当代延伸,同时也是物质满足后"精神饥饿"的表现,至于其中通过感官刺激唤起强烈的饮食心理更是读来耐人寻味;其三,对饮食艺术境界的不懈追求。《酒国》中的袁双鱼教授多年来饮酒如阅美人,将全部心思及性欲都倾注到酒上,以至于妻子从未怀孕、只能从垃圾箱里捡来弃婴担当母亲之名,他仅凭一本文人臆造的《酒国奇事录》便只身登上白猿岭,寻找"猿酒",其执着的理想、矢志不渝的境界追求由此可见一斑。正如莫言借李一斗说出:"让他们明白吃喝并不仅仅是为了维持生命,而是要通过吃喝体验人生真味,感

---

① 分别见《文字有自己的道路——1999年10月在京都大学的讲演》《在美国出版的三本书——2000年3月在科罗拉多大学博尔德校区的讲演》,均收入《莫言讲演新篇》,第85、127页。

悟生命哲学。让他们知道吃和喝不仅是生理活动过程还是精神陶冶过程、美的欣赏过程。"将吃喝提到哲学高度,还有什么障碍不能逾越呢?

从莫言小说中层出不穷的饮食现象,很容易让人联想到中国历史悠久的饮食文化传统在文学创作上留下的浓重投影。孔子《礼记》中的"饮食男女,人之大欲存焉"、《孟子》中的"食色性也"、《汉书》中的"民以食为天"等阐述,皆以肯定、尊重人的自然天性的论断为饮食文化的形成提供了理念基础。从简单的"吃饱"到"吃好"再到"吃出文化",饮食境界的不断提升不仅是人们物质追求的必然结果,也是精神追求的必然结果。一部漫长而厚重的饮食文化史,既有食源开发、食具研制、食品调理和艺术审美等方面的创造,同时也有超越人的饮食天性、片面追求其华美外表的一面。如果说琳琅满目、各具情态的"八大菜系",还在更多情况下体现了地域、历史、饮食习惯的审美差异,那么,著名的宫廷盛宴"满汉全席"则更多流露了华丽、气派的"天朝心理"和"帝王心态",此时,美食也许不过是食者身份的符号象征,弥漫着挥霍无度、毫无节制的味道,而满足单纯生理需要的目的早被撇至一边。中国饮食文化的丰富性决定从特定角度进入莫言的小说世界会给我们带来真正属于文化层面的启示,而事实上,长期怀有强烈饥饿心理的莫言也会对此津津乐道乐此不疲。作为一则完成于 20 世纪末中国饮食文化的寓言,《酒国》的现实批判意义和文化批评价值都是深刻而极端的,而从文学史演变的角度来看,《酒国》再现的荒诞书写同样也丰富了中国小说"吃人主题"的题材创作。

除《酒国》正面展现饮食的极致及其艺术境界之外,莫言小说中还有一类吃的现象值得关注,此即为从主体层面感受吃的美感及至为吃找到合理的依据。《四十一炮》中的罗小通在吃肉时能听到肉说话的声音,看到肉上生着很多小手对自己摇摇摆摆;而肉们也因他爱肉、懂肉、喜欢肉而像一个被深爱着的男人娶去做新娘似的等待着他去吃。它们在他的口腔里幸福地哭泣,而罗小通流着感动的眼泪在吃,将吃肉当成一种精神上的交流……上述通灵式的幻想、移觉中的心灵体验和巨大的精神满足,使莫言笔下的饮食现象具有非常强烈的抒情色彩。莫言借助这种夸张、病态的书写,感受肉欲的乌托邦、填充饥饿的灵魂,进而营造小说饮食意境同时也是主体欲望的艺术化,而在其背后,社会现实的荒谬感,生活的非理性、反崇高又在主观层面上得到了一种"民间化"的表达。

四 "吃"权利的文化解读

如何从莫言小说中众多的饮食现象中获得更为本质化的认识?在列举大量的"吃""喝"之后,饮食的权利浮出"现象"的表面同样存在着必然的逻辑。"饮食现象"作为人生存的基本前提,其身份、权利往往由于"天赋人权"而毋庸置疑。但就是这样一个看似简单的过程,是否都能得到合理的实现及满足呢?在《粮食》中,莫言写了为养活一家三代和躲避保管员的搜身与性勒索,一位母亲吞食粮食、回家探喉催吐且技术日渐精进的真实故事。熟悉莫言小说的读者对这个情节不会太陌生,因为在中篇《梦境与杂种》和长篇《丰乳肥臀》中,莫言曾分别借助发生在妹妹树叶和母亲上官鲁氏身上类似的故事对此加以再现过,且在她们催吐后的粮食里还带有血丝及血的味道……相信很多人在阅读上述故事情节时会产生某种程度上的心理触动甚至是一丝疑惑:一方面是期待小说主人公吞得越多越好,因为她们不仅在为自己争得吃的权利,还在为一家人争得生存权;另一方面是这样的故事究竟有几分真实性及合理性?显然,从还原历史情境的角度加以审读,这样的创作是可以成立的。正如莫言在美国讲演中谈及《丰乳肥臀》中的此情此景时指出:"这件事听起来好像天方夜谭,但确是我母亲和我们村子里好几个女人的亲身经历。我这部小说发表之后,一些人批评我刚才讲述的这个情节是胡编乱造,是给社会主义抹黑,他们当然不会知道,在20世纪的60年代,中国的普通老百姓是如何生活的。"① 应当说,特定的历史背景下,现实赋予人们饮食的权利就那么少并远远低于生存的最低需求,这时人们以非正常、带有欺骗性的行为争取饮食的权利,正是这时历史赋予他们的另一种权利。但作为小

---

① 莫言:《我的丰乳肥臀——2000年3月在哥伦比亚大学的讲演》,收入《莫言讲演新篇》,第130页。

说的当事人,她们肯定不能轻松地跳出来讲述自己的"权谋",她们只能以自虐直至因机械重复、失去饮食功能而自杀的代价(如《梦境与杂种》中的妹妹树叶)将故事演绎下去,而此时,仅说这样的故事是折射了时代、反思了历史、进行了社会批判显然是不够的。

既然为了生存可以争取饮食的权利,那么,一旦饮食的对象成为"自己"时抵制被吃更是一种必须。只不过,在循此路向进入莫言的小说世界、探究"吃/被吃"的关系的同时,中国传统小说的"吃人现象"同样也需要作为一种参照。莫言曾在与杜特莱对话中列举春秋时易牙蒸子给齐桓公等古代的食人肉现象和鲁迅《狂人日记》中的"救救孩子"[①];曾在对话"说不尽的鲁迅"中指出鲁迅"看客"书写及《药》等对他的启示[②],事实上,他在"集饮食之大成"的《酒国》中也出现过类似的情节:丁钩儿在被诱吃婴儿宴、举枪射击时就在意念上声讨过古今之易牙[③];李一斗寄给作家莫言的小说《肉孩》明显对鲁迅的《药》加以"敬仿"[④],皆说明了"吃"及其表现程度具有的"历史资源"及"潜文本"。而像《肉孩》中卖子夫妻因儿子皮肤洗得干净、品相好坏而产生的担忧与争吵;《神童》中身穿红衣的鱼鳞佝偻少年,率领众孩童打死看守者,逃出魔窟,更是以"贫/富""贵/贱""忍耐/反抗"的结构关系,对饮食权利进行了具体、生动的演绎。"饮食权利"是身份的象征,它贯穿于"吃什么""怎样吃""物质饥饿/精神饥饿"等各个环节,游走于"历史"与"现实"、"理性"与"寓言"之间。与"食"相比,《酒国》中的"酒"作为媒介可以迷心智、助胆气,修饰"食"的过程、升华"吃"的欲念,实现"酒文化"与"食文化"的完美结合。由此联系到詹明信《处于跨过资本主义时代中的第三世界文学》通过分析鲁迅的《狂人日记》以及《药》等作品所言的:"第三世界的文本,甚至那些看起来好像是关于个人和利比多趋力的文本,

---

① 莫言:《中国当代文学边缘——2002年7月与法国汉学家杜特莱对话》,收入《莫言讲演新篇》,第251页。

② 莫言:《说不尽的鲁迅——2006年12月与孙郁对话》,收入《莫言对话新录》,第197页。

③ 莫言:《酒国》,第85页。

④ 莫言:《说不尽的鲁迅——2006年12月与孙郁对话》,收入《莫言对话新录》,第196页。

总是以民族寓言的形式来投射一种政治：关于个人命运的故事包含着第三世界的大众文化和社会受到冲击的寓言。"①《酒国》确实可以成为一则当代中国的文化寓言，其寓言结构以及故事中的利比多，既与莫言童年的饥饿心理遥相呼应，又再现着当代社会现实可能产生的情感反应及文本的投影。这里，饮食意义上的利比多并不过多地指涉性欲，它只关乎躯体感受、口腔阶段最基本的生存欲望。由于饮食现象在中国社会生活、文化上扮演着重要的角色并成为后者一个有机组成部分，饮食文化历来具有复杂的象征意义，所以，通过饮食现象表达的主题必将会涵盖于历史和现实：饮食者最终将自身作为饮食的对象，使饮食现象在走向极端的同时，裸露出其本身所负载的对于肉体和精神的双重盘剥。在这个意义上，小说中的"吃人"自然就成为"一个社会和历史的梦魇，是历史本身掌握的对生活的恐惧"。②它的比喻义及其形象表达使尊严、高尚、伦理等价值层面上的命题，呈现出前所未有的缺失。

从童年记忆、饥饿心理到在饮食和饥饿中寻找主题，"饮食现象"构成了莫言小说世界的重要组成部分。强烈的饮食焦虑，一方面使莫言始终对乡土、历史保持着浓厚的兴趣，他藉此寻找故乡进而建立起"高密县东北乡的世界"，另一方面则使莫言可以站在特定的角度看待城市和当下生活，以特有的面相表达作家的责任感及批判精神。在此过程中，接续中国小说的传统和中国饮食文化传统又使莫言能够不断发掘出新的"主题"，实现关于历史和现实的反思。相信这个"嘴馋"的作家还有很多美食故事让我们去欣赏，而对此，我们除了在等待中做一个"饥饿的孩童"，还能做些什么呢？

初稿于 2013 年 2 月，修改于 2013 年 6 月

---

① 詹明信:《处于跨过资本主义时代中的第三世界文学》，收入《晚期资本主义的文化逻辑》，张旭东编，陈清侨等译，生活·读书·新知三联书店，1997 年，第 523 页。
② 同上书，第 525 页。

流动的欲望叙述
——格非小说中的"水"意象

在 21 世纪初出版的长篇《人面桃花》中,女主人公秀米被绑架到花家舍的小岛上之后,曾在梦境中感受到"每个人的心都是一个小岛,被水围困,与世隔绝",这使她在感受宿命的同时,也一直为挣脱围困而完成世外桃源式的未竟事业,然而,与河水相得益彰的是,失去了水的围困,岛屿也就成了"无源之水",这样,在挣扎和围困之间,河水静静地流淌,永不消逝。

按照丹纳"种族、环境、时代"之三要素说[①],"南方之水"确然可以构成格非小说的一个重要意象,并潜移默化地影响着他的创作。正如格非曾经"一直在暗暗担心,北方干燥的气候不太适合于深思和想象"[②],南方之水以及梅雨之夕不但容易引发人们的冥想,而且,南方之水也常常以自己无可比拟的韵致,形成民俗学意义上的阴柔文化。它隐含着一种诡异、优雅而又不失透明的气质。当然,"水"意象包含的层次毕竟是多种多样的,梅雨、河水都可以在展现自己具象的同时,归结为一种"水"的意象;与此同时,对于格非来说,"水"的气质过早地呈现在他纯净、洗练甚至透明的古典抒情式的文字之中,只不过,本文所研讨的"水"意象,更多的是与格非的叙述意蕴有关。

---

① 丹纳:《艺术哲学》,傅雷译,人民文学出版社,1963 年。
② 格非:《眺望》"自序",江苏文艺出版社,1996 年,第 1—2 页。

一 梅雨的日子

南方的梅雨季节，总容易引发一种忧郁的气质。持续月余的连雨天，让日子变得潮湿。在这样的天气，格非曾以第一人称"我"的叙述方式，来到坐落在松子湖边的"夜郎"，在潮湿多雨的氛围中，"我"被医生告知患上了肝炎。在梅雨中：

> 我是一个不合时宜的人，在过去的一个偶然的瞬间，我被时尚的潮流抛在了一边，像一条鱼被波浪掀在了河岸上。我凭借回忆和想象生活在过去。
>
> 在雨中我感到快慰。[①]

梅雨在小说《夜郎之行》中一再出现，并作为南方自然标志的代码，铺陈着格非东拉西扯、不着边际的叙述。"夜郎"这个传说中的地方，如今已不再充满过于自信的人群，对于"我设想这种自信会感染我从而治愈我的抑郁症"，"夜郎人脸上看到的尽是和我一样颓废的深情"。而"夜郎"所在的南方生活也变得日趋不完整，那些象征着古夜郎的历史文化标记已丧失殆尽。如今的夜郎，剩余的是那些精力充沛、日复一日为了生存而忙碌的人以及游乐的居所。这里充满着暴力、情欲和欺骗，即使是纯真的少女也同样在倒卖假银元。显然，今天的夜郎已经变成了粗俗无聊之地，"我"以局外人的身份随处走动，寻找可以改变自己心情的"良方"，但是，无休止的梅雨，污染的河水已经失去了南方应有的文化精神。因此，"《夜郎之行》讲述的可能是一个南方文化变质的寓言故事"[②]的论断，或许，确然体现了"梅雨"中的时断时续的记忆和日子，而在"水"意象的深处，隐蔽的或许是格非对南方文化精神价值的失望和期待。

与其他先锋小说作家相比，格非的引人之处在于语言和结构的精致之余，充满着古典的意蕴。不过，在阅读完格非的小说，总会感到一丝忧

[①] 此处援引的内容，均出自格非的《夜郎之行》，参见《格非文集》眺望卷。
[②] 陈晓明：《移动的边界》，湖北教育出版社，2000年，第143页。

郁,这一点,从《格非文集》开篇处的《追忆乌攸先生》就获得了深刻的体现。为此,联系梅雨时节可以滋生的阴霾,是否也同样深入了作家的心灵和写作的无意识?对于南方作家特别是与格非一度所在的上海有密切相关的海派来说,现代作家施蛰存在《梅雨之夕》中送行时产生的追忆甚至情欲,都与雨天的氛围不可分离。正如格非所言:"一个人若是在作品的意境中沉浸得太深,他本人亦将会不知不觉地成为一件虚幻之物,成为词语家属中的一员。词语为他的梦境创造形态,替他的愿望勾勒出最初的雏形,并赋予他一切的意义。"①虽然,格非也在《迷舟》和《风琴》中,写过偶然透过梅雨的一片明朗娇媚的阳光,但是,这片阳光却显然没有梅雨天沉重的阴郁来得深刻有力,而通过梅雨衍生出来的故事,就结局来说,似乎也总会与阳光发生抵牾。梅雨中难挨的日子,不但会滋生作家本身的虚幻意识,进而在哲理性的玄思中走向一种梦魇式的叙述,同时,也可以在产生种种阴谋诡计过程中,诱发某种神秘性的效果。

对于南方的梅雨天气来说,在芒种前后停歇下来,春天也在此时大致走到了一年的尽头,或许已经成为一种规律。这样,梅雨天不但等于生命的复苏过程,也容易成为所谓阴郁的成长过程。在《敌人》中,无望的一切和一系列悲剧事件,都经历这一年梅雨的过滤鱼贯而出。雨天的寂寞和空虚滋生着难以慰藉的欲念,这在结果上造成一切不合情理甚至可怕的事件会在想象和现实中生发。当然,在雨天,还有什么比回忆更能有限的填补想象的空间?这使得追忆像任意流淌的河水,共同和淅淅沥沥的雨水汇入时间的河道。

二 记忆之水和时间的"漩涡"

如果说"梅雨的日子"可以引发的是忧郁的记忆,那么,格非小说中的"水"意象首先可以与一种"记忆"的状态相连。在短篇《青黄》中,格非曾写道:"时间的长河总是悄无声息地淹没一切,但记忆却常常将那

---

① 格非:《〈树与石〉自序》,收入《树与石》,江苏文艺出版社,1996年,第1—2页。

早已沉入河底的碎片浮出水面。"①这似乎说明记忆可以构成"时间河水"中的"礁石",并在"梦境"中适时而出。不过,"梦境"是否真实必然会决定记忆的可靠性。按照格非的小说本质论观点:"小说艺术的最根本的魅力所在,乃是通过语言激活我们记忆和想象的巨大力量"②,促使《青黄》创作动机本身就显得耐人寻味:

> 有一年,我整整一个夏天都被记忆中的两组画面所缠绕:一支漂泊在河道中的妓女船队(这个传说使我幼年时在长江中航行的许多夜晚变得栩栩如生);我和祖父去离开村庄很远的一个地方看望一个隐居的老人。我在写作《青黄》的时候,并不知道这两组画面存在着怎样的联系,或者说,我不知道自己为何要去描述它们。

> 我在写作《青黄》的时候,并不知道这两组画面存在着怎样的联系,或者说,我不知道自己为何要去描述它们。

《青黄》由于毫无结果的"探访行为"而引人注目。为了探访作为一支漂泊在苏子河上的九姓渔户妓女船队的传说,"我"来到40年后苏子河畔的麦村,在河水和梅雨天潮湿的氛围中考察历史。然而,正如河水的流淌和船队的漂流,造成历史及其符码的漂流,九姓渔户的迁徙产生了一个带有争议的名词"青黄"。"我"对麦村的人一个又一个地调查,这些被调查者都在竭力通过回忆为"我"提供线索,企图还事物以本来面目,但是这种回忆不是中断,就是被转移到别的上去,"青黄"是指一个漂亮少妇的名字,还是指春夏之交季节的代称?还是指一部记载九姓渔户妓女生活的编年史?还是指多年生长的草本植物?等等,"我"对历史目击者与当事人的调查,并没有澄清"青黄"的意义,即能指在文本中由始至终像河水一样飘忽着,却始终无法固定在一个终极的所指上。从理论上说,格非笔下的"青黄"应视为一种"存在"的代表,它是存在意义的语言

---

① 格非:《青黄》,收入《树与石》,第157页。
② 格非:《小说和记忆》,收入《塞壬的歌声》,上海文艺出版社,2001年,第13页。

符号,它本质上是由能指、所指两部分构成。然而,时间与历史的流逝使"青黄"的意义最终走向了德里达所言的那种意义无限扩散和延宕,也许,苏子河上的船队本身就已经决定了"青黄"飘忽无迹的本身,它与河水和"记忆之水"裹挟在一切,并在流逝中渐渐消失自身本质化的部分。这样,确切的历史遭到了质疑,确切的意义变成了虚妄,从而使"探访青黄"最终成为了解构主义所言的为了本文放逐历史,"文本之外,别无他物"。

通过《夜郎之行》和《青黄》,看待梅雨和河水,除了那种容易忧郁的气质,还有再现记忆的巨大想象空间。还有什么比在雨天和河水之滨构思小说和记忆之间的对应关系,更易进入一种流逝甚至玄思的境界呢?而由此步入南方的情调,格非笔下的"水"意象还可以从更为本质、抽象的层面上加以理解。

将"水"意象隐喻为时间的所指之后,液体的"漩涡"或然是一个陷阱,或然是一个个故事流动的过程。在《陷阱》中,格非曾以"元小说"的方式开头:

> 我的记忆就来自那些和故事本身并无多少关联的旁枝末节,来自那些早已衰败的流逝物、咖啡色的河道以及多少令人心旷神怡的四季景物,但遗忘了事件的梗概。回望从前,我似乎觉得只是经历了一些事的头和尾以及中间琐碎的片段。甚至,这些湮没了故事的附属部分也许根本就没有发生。但无论如何,我想,故事应该是存在的。我急于叙述这些片段,是因为我除此之外无所事事。就是这样。

这仍然是一个关于记忆的故事,不过,作为一种过程,它却更侧重叙述的"漩涡"。记忆的模糊使故事成为一个"圈套"。在那条"污浊的河道的高大的堤坝上","我是一个窃听者",而后,格非把从博尔赫斯小说那里借来的"棋""牌"(女性人物的名字)引入故事。"我"与"牌"的分手,引申出另外一个和"棋"相逢的故事,即格非的另外一篇小说《没有人看见草生长》,这重新确立了博尔赫斯两篇小说之间的互训原则。然而,在《陷阱》中,没有"沿着黄浊转成深黑的河道彳亍而行","陷阱"

式的故事则很难进行下去。对于格非小说中经常将时间和"水"意象特别是河水意象的混合,一个可以对照的范例或许就在于博尔赫斯笔下的"把空间和时间相提并论同样有失恭敬,因为在我们的思维中可以舍弃空间,但不能排斥时间";"时间是个根本问题,我想说我们无法回避时间。我们的知觉在不停地从一种状况转向另一种状况,这就是时间,时间是延续不断的。"① 但时间毕竟像流水一样不断发生着位移和变化,因此,对于赫拉克利特那句为人引用几千年的名言"没有人能两次涉足同一水流"来说,博尔赫斯认为,这句名言涉及"河流"和"我们"两个流变过程——"为什么人不能两次踏进同一条河流?首先,因为河水是流动的。第二,这使我们触及了一个形而上学的问题,它好像是一条神圣而又可怕的原则,因为我们自己也是一条河流,我们自己也是在不停地流动。这就是时间问题。"②

时间的"漩涡"是在前行和自我旋转的过程中,很容易在形成"圈套"的过程中,增添格非小说的叙述特色,而事实上,格非以此而闻名文坛也由来已久。当然,无论是"历史上的故事"还是"记忆",时间的"漩涡"更侧重故事内部的逻辑起点,这使得格非将时间和"水"意象结合之后,常常成为一个操纵人物命运的全知叙事者。对于名篇《迷舟》而言,这个"发生七天之内"的故事总是以"水"意象作为内在的动力。萧旅长所在的 32 旅与他哥哥率领的攻占榆关的北伐军,对峙于涟水并最后以"迷舟"的方式神秘失踪,本身就是一个水边的故事。从"小河"来的媒婆马大婶送来萧旅长父亲的死讯,使其带着警卫员渡过涟水,来到对岸。拂晓村中浓郁的花香和水的气息让萧旅长的心中充满了宁静的美妙遐想,但他并不知道这河水会给他带来怎样的灾难。萧旅长在家奔丧期间与早就心仪表舅的女儿杏儿重逢,两人的通奸为杏儿丈夫兽医三顺发现。三顺扬言要杀死萧,并将杏儿阉割之后送回娘家榆关。萧从父亲留下的信

---

① 博尔赫斯:《时间》,收入《博尔赫斯全集》散文卷下册,浙江文艺出版社,1999 年,第 47—48 页。
② 同上书,第 48 页。

件中再次感受到不祥,但还是在最后的瞬间因"想起了他来到小河的这些天给她带来的灾难"所承载的"原罪感"而决定去榆关,这与他前天选择河水湍急处表面钓鱼,实则是为了观看村西"杏"的院子和偷情构成了内在的逻辑关系。为了加大"萧旅长去榆关"这一故事空缺的力度,格非安排萧旅长自己连夜乘小船渡河去榆关之前与三顺及其几个帮手相遇,并最终遭遇释放的前奏。"萧旅长去榆关"无论从战争线索还是爱情线索上都对整篇故事的展开起到至关重要的作用,然而它被省略了,萧去榆关是去看望"杏"还是去传递情报?警卫员并没有考虑是哪种可能,就武断地以认真打完六发子弹的方式完成对空缺的填充——"31师弃城投降后,我就一直奉命监视你。攻陷榆关的是你哥哥的部队,如果有人向他传递情报,整个涟水河流域的防御计划就将全部落空。在离开棋山来小河的前夕,我接到了师长的秘密指令:如果你去榆关,我就必须把你打死",这显然不是事情结局的唯一解释。然而,正是他的这种行为使这个空缺永远被悬置起来而无法弥合。但"面对那管深不可测的枪口,萧的眼前闪现的种种往事像散落在河面上的花瓣一样流动、消失了",萧旅长"迷舟"的故事肇始于水边,又结束在"水"意象之中,这使"水"不但成为故事的发展线索,同时,也是"水"边的故事因"水"而神秘莫测和包容生死。

三 生命之水和欲望之流

就像生命的起源总是离不开某个流域,水是生命的象征,也是毋庸置疑的阴柔之物。进入现代文明社会之后,水的自然属性特别是生命意蕴一波三折,从过度使用到珍惜水源。不过,本文研讨的格非小说中的"水"意象毕竟不是一次环保行为,因此,在明确生命之水同时也是水的独特性赋予格非小说的独特性之后,笔者要突出的是格非小说"水"意象背后的生命化欲望。

将水的阴柔和生命与生殖和繁衍联系起来,并不必然要归结到肉体生命的结论。在权利和欲望充斥的现代社会,文学创作无论对于作者还是主人公来说都可以被划到欲望化的行列之中。在格非的《蚌壳》中，格非一边叙述一个现在时的偷情故事，一边回想着主人公马那儿时的记忆：在午后，父亲拉着他的手去河边摸河蚌，结果他在树荫下窥视到了父亲与一个高大健壮女子的性行为。后来，马那在与医生谈论病情时叙述到：

> 我父亲的死是因为那些河蚌。你知道河蚌分为两种，一种是活的，用刀将它的硬壳劈开，就可以看见里面的新鲜蚌肉。另一种是死蚌，里面盛满了污泥，也就是说只是一些蚌壳。但两者在水下摸上去几乎没有什么区别。有一天，我父亲端回来满满一木盆河蚌竟全是蚌壳。这听上去似乎不太可能，但这是真的。第二天清晨，我们发现父亲吊死在羊圈里。只有我知道他的死因：在乡间的习俗中，蚌壳和性之间似乎存在某种联系……

父亲的死亡是由于性欲的丧失还是被曝光？这使得满是污泥的河蚌成了欲望消逝的见证。将欲望"捆绑"在河蚌之上后，性欲在从属于生命的过程中，成为新鲜蚌肉和泥土的象征之物，这样，欲望既可以黏着在具体的物象之上，也可以通过神秘朦胧的感知方式独立的存在，而不变的始终是向前流动的河水。

南方之水肯定会为格非的小说带来叙述的激情。在《褐色鸟群》这个发生在"水边"的"双向探访"的故事里：我蛰居在一个被人称作"水边"的地域，写一部类似圣约翰预言的书，我想把它献给我从前的恋人。她在30岁生日的烛光晚会上因脑血栓逝世。在水边，褐色的候鸟是季节的符号，直到有一天叫"棋"的女子来到这里。她胸脯上像是坠着两个暖袋，里面像是盛满了水或者柠檬汁之类的液体，这两个隔着橙色（棕红）毛衣的椭圆形的袋子让我感觉到温暖；而当两个暖暖的袋子耷拉在我的手背上时，这两个仿佛就要漏下水来的东西让我觉得难受。这显然就要发展成为一个欲望化的故事，但信奉"回忆就是力量"的格言却使我们压抑了身体的欲望，并最终通过语言的欲望叙述故事。我在长夜里向"棋"讲述另一个女人的故事。许多年前我追踪一个女人来到郊外，许多年后我又遇见那个女人，种种迹象比如："栗色靴子""靴钉"，表明当年我在企鹅饭店门口遇到的就是她，但是，她说她自10岁起就没有进过城；我追踪女人的事情在她丈夫的重复中构成一种相似性结构，这种随意出现又可随意质疑、否定的结构，使小说在阅读的过程中显得扑朔迷离，后来这个女人成为我的妻子，但在结婚当天晚上她就因脑血栓死了。我和"棋"彻夜讲述故事，直到"水边"的夜幕悄悄隐去。"棋"在跟我临别的时候，跟她来时一样陌生。此后，我一直写那本书。"水边"一带像往常一样寂静，那些"水边"的鹅卵石，密密麻麻地斜铺在浅浅的沙滩上，白天它们像肉红色的蛋，到了晚上则变成青蓝色。直到多年之后，"棋"怀抱镜子来到这里。我仍旧期待像过去一样与她交谈，但她说她不叫"棋"，也从不认识我。留下的只是褐色鸟群天天飞过"水边"的公寓，但它们从不停留。

尽管，"水边"和"两个袋子"滋生了欲望，但是，圣约翰式的书却使一切都相安无事（可否理解为宗教的潜移默化）。因此，眼前的欲望只能转化为叙述的欲望，并在形成一个又一个圆圈的过程中，彼此对应又并不完全一致。在"回忆的故事"里，我虽然在叙述爱情，然而故事里却没有任何的情爱色彩，充其量"回忆的故事"更像表述一种关于性爱的诱惑与逃避的心理体验，这个可以视为替代品式的陷阱，压制了跃跃欲试的热情，而叙述的曲折和充满诱惑最终代替了行动的满足。

在梅雨日子营造的阴郁氛围和时光的河道之外，生命的欲望之流作为格非小说中的"水"意象，在成为另一种叙述的同时支撑起格非小说的叙述空间。以"水"意象的方式审视格非的小说，那些有目共睹的叙述或然成为另一道风景，并在不断激起浪花和漩涡的过程中，呈现一位南方作家的"地理环境决定论"效应。随着2000年博士毕业，调至北京，格非必须要在所谓相对干燥的环境中进行写作。对于这位始终坚持纯文学写作立场并易于陷入幻想的作家而言，《人面桃花》的出版或许在某种程度上可以视为观念、冥想超越环境的一次成功实践。而流动的欲望叙述究竟会像水一样走向何方？也许，只有格非下一部小说中的"水"意象才能说明一切。

2007年12月，修改于2013年11月

"漂移"的先锋
——论苏童笔下的"历史叙事"

当以"'漂移'的先锋"去指涉苏童笔下的"历史叙事"时,"漂移"是一个贯穿苏童此类作品的动态过程。作为一个不带有确切方向感、飘忽灵动的词语,"漂移"使苏童的"历史叙事"产生了艺术的多义性效果,进而使其以徜徉历史时空的方式拓展了先锋派的创作空间。在超越简单的形式实验和重视故事性的前提下,苏童以近乎回归、复古的文本实践,继续着那一代作家的创作历险。显然,先锋派应有的品格、对1980年代中后期文学推动的积极意义,在苏童的笔下从未停止过。不仅如此,在不断加强故事可读性的过程中,苏童以其不断触及人类灵魂和生存本质的主题"漂移"和深刻思考,使其笔下的"历史叙事"获得了震撼人心的力量。这一倾向,不但使苏童笔下的"历史叙事"具有不同以往历史故事的艺术表征,而且,也吸引人们渴望从其具体的写作观念入手,进而探寻苏童小说中的"历史风景"。

一 "历史"的自我搭建

如果坚信江南土壤及其特有的古典气质会影响到苏童的创作,那么,苏童选择"历史"作为故事的题材或许并不让人感到意外。正如有人评价时指出的那样:"作为先锋新潮小说家,苏童基本的艺术营养似乎并不倾向于西方,相反他可能更受惠于中国文化和中国古典的小说传统,这同样使他构成了鲜明的个例。似乎越是进入了渺远的时空,他才越能够轻巧自如地展开他的想象，越是能够像切身经历那样写得传神逼真、淋漓尽致。"①苏童中国化的历史书写及其文化底蕴，虽延续了历史小说的传统，但作为一种"时间差"，此时的"历史"是相对于"先锋"的"西方化"而言的，这种重新发现"历史"并在创作中更好实现其叙事功能和审美价值的实践，本身就体现了苏童对历史的独特认识。

按照苏童自己的看法："所谓的历史的魅力，对我而言，只是因为它是过去时态，它是发黄的，它是一大堆破碎的东西。我对它感兴趣，只是我觉得过去时优美，非常文学化，对我叙说的热情有无比的催情力。"②苏童对待"过去"的怀旧情结，在很大程度上构成了他讲述故事的动因，同时，也构成了他检验自我想象力"限度"的一个重要标准。于1982年开始小说创作的苏童，显然经历过"纯技术模仿"的阶段，但就苏童具体的创作流程来看，所谓自我创造力的发现是在《妻妾成群》之后，逐渐转变为"沿袭和改造古典的东西"。③这种颇有几分"拿来主义"味道的创作认识，当然不在于"历史"赋予作家无穷的想象，相反，倒是想象及其"漂移"使苏童在那些陈年旧账中获得了新的发现。

因改编电影而走红的《妻妾成群》，发表于1989年。这篇小说在很大程度上得益于《金瓶梅》《红楼梦》等古典文学营养和作家马原对"古典叙述的看法"以及诗人丁当"一句诗"④的小说，就其写作惯性而言，使苏童顺势完成了《红粉》等被称为"新历史小说"的作品。然而，如果我们详细翻阅苏童的创作及其年表，则不难发现：苏童对于历史叙事的关注很早就开始了。在后来被集合成"枫杨树故事"的系列中，《飞越我的枫杨树故乡》《1934年的逃亡》均完成于1987年。⑤当时，在"寻根文学"

---

① 张清华：《天堂的哀歌——苏童论》，收入《苏童研究资料》，汪政、何平编，天津人民出版社，2007年，第442页。
② 周新民、苏童：《打开人性的皱折——苏童访谈录》，收入《苏童研究资料》，第207页。
③ 林舟、苏童：《永远的寻找——苏童访谈录》，收入《苏童研究资料》，第100页。
④ 苏童、张学昕：《回忆·想象·叙述·写作的发生》，收入《苏童研究资料》，第220—221页。
⑤ 分别见苏童：《世界两侧》，江苏文艺出版社，1993年；汪政、何平编：《苏童研究资料》之"苏童主要作品目录"，第671页。

思潮的推动下,"枫杨树乡村"这个被苏童"长期所虚构的一个所谓故乡的名字",既是"一个精神故乡"也是"一个文学故乡"。① 苏童曾通过这样一个找寻过程"触摸了祖先和故乡的脉搏"②,而"历史"就这样以漂浮不定的状态悄然地展现其偶然、不确定的一面。1993 年,长篇《我的帝王生涯》出版,苏童已在其"历史漂移"中完成了"自我搭建"——"《我的帝王生涯》是我随意搭建的宫廷,是我按自己喜欢的配方勾兑的历史故事,年代总是处于不详状态,人物似真似幻,一个不该做皇帝的人做了皇帝,一个做了皇帝的人最终又成了杂耍艺人,我迷恋于人物峰回路转的命运,只是因为我常常为人生无常历史无情所惊愕。"③ 而对于这次"搭建",作家本人显然是满意的:"我喜欢《我的帝王生涯》,是因为在创作它的时候,我的想象力发挥到了一个极致,天马行空般无所凭依,据此我创造了一个古代帝王的生活世界,它不同于历史上任何一个已经有过的王朝,却又在一些根本方面似曾相识。"④

循着想象力的"漂移"书写历史,苏童的叙事在近乎不自觉的状态下进入了文化寓言的层面。这种特点当然需要我们以另一重视角去解读其文本内在的部分。然而,仅就历史搭建的创作观念而言,我们或许首先应当关注苏童对于"历史"的"虚构的热情":"虚构在成为写作技术的同时又成为血液,它为个人有限的思想提供了新的增长点,它为个人有限的视野和目光提供了更广阔的空间,它使文学涉及的历史同时也成为个人心灵的历史。"⑤ 作家的"虚构"需要崭新的内容延续其创作,而作为一种驱动力,它终究要指向自己的内心,上述过程不由得使我们对于苏童的历史叙事涉及的诸多内容产生了兴趣。

---

① 周新民、苏童:《打开人性的皱折——苏童访谈录》,收入《苏童研究资料》,第 199 页。
② 苏童:《〈世界两侧〉自序》,收入《世界两侧》,江苏文艺出版社,1993 年,第 1 页。
③ 苏童:《〈后宫〉自序》,收入《后宫》,江苏文艺出版社,1994 年,第 1 页。
④ 林舟、苏童:《永远的寻找——苏童访谈录》,收入《苏童研究资料》,第 98—99 页。
⑤ 苏童:《虚构的热情》,收入《纸上的美女》,人民日报出版社,1998 年,第 161 页。

二 空间的"坐标"及其构成元素

苏童笔下的"历史叙事"从空间的角度上看,可以属于某种较为独特的"家族故事"。如果将早期的"枫杨树故事"作为一次缅怀祖先的系列,那么,这些"故事"以及其后的《妻妾成群》《红粉》《米》《我的帝王生涯》等,都挥不去"家族"的背影。在南方乡村、时间模糊的背景下,苏童以回忆的姿态构想着发生于"香椿树街"或是类似"枫杨树乡村"的故事。但显然,这种讲述首先在于苏童对于回忆本身和南方生活的"敌意"。苏童在其中篇《南方的堕落》中写过"南方是一种腐败而充满魅力的存在",对自己"南方的记忆"从来不认为是"愉快的、充满阳光与幸福的",他常常感到"与故乡之间一种对立的情绪"。① 也许这种"尖锐"而并不正常的情绪本身并无任何理由,但南方那种常常阴郁的色调、童年生活场景逐渐物是人非,都使得苏童在接受传统中国文学叙事原型时,不自觉地将"颓败型家庭叙事"与"南方精神"结合起来。而作为一种外来文化资源的影响,苏童在"寻根文学"浪潮之后的"历史叙事",也俨然受到马尔克斯《百年孤独》中译本的影响。他从《一九三四年的逃亡》开启的"颓败家族史",在"写什么"方面上明显受到了马尔克斯的启发和影响。②

怀着对"历史"的独特兴趣,苏童的历史"漂移"散漫、随意。"我不是对历史感兴趣,而只是对一些'发黄'的东西感兴趣。比如说,一张今天的报纸,我并不感兴趣,但是如果茶水倒上去了,弄得很脏了,我一定拿出来看一眼。对于我来说,我的兴趣并不在于历史本身。在我的所有的小说中,具体的历史事件在小说中是看不见的,是零碎的,只是布景。因此,我对历史表达从来是不完整的,甚至有时是错误的"。③ 透过那些"发黄"带有"霉味"的故事,我们可以察觉苏童对于现实和今天的疏离。

---

① 苏童、王宏图:《南方精神》,收入《苏童研究资料》,第 185 页。
② 同上书,第 191—192 页。
③ 周新民、苏童:《打开人性的皱折——苏童访谈录》,收入《苏童研究资料》,第 206—207 页。

很多人都注意到苏童1980至1990年代小说中一再出现的"逃亡"动作，"人只有恐惧了、拒绝了才会采取这样一个动作，这样一种与社会不合作的姿态，才会逃"，而"人在逃亡的过程中完成了好多所谓他的人生的价值和悲剧性的一面"①，这种常常外化为非理性、非逻辑的写作，不但决定了苏童"返回"历史的主题，同样，也在事实上成为苏童小说的结构线索。

"漂移"的历史就其主题构成元素而言，首先是"逃亡"与"灾难"。以《一九三四年的逃亡》为例，"1934年是不折不扣的灾难之年"，在这个平凡而独特的年份，"南方的历史成了暴力、性压抑的历史"，瘟疫在这里蔓延，毁灭的大火在这里燃烧，饥饿让人们凶恶暴虐，整个1934年代表着黑色的人生曲线："出生—女人—赚钱—女人—死亡"，而在这条曲线的起点与终点，苏童都分别说着"我讲述的其实就是逃亡的故事。逃亡就是这样早早地发生了，逃亡就是这样早早地开始了"。的确，虚构的历史在苏童笔下因暴力恐惧而逃亡，而逃亡又因宿命在劫难逃。其次是"怀乡"与"还乡"。对于"枫杨树故事"，苏童曾言："细心的读者可以发现其中大部分故事都以枫杨树作为背景地名，似乎刻意对福克纳的'约克纳帕塌法'县东施效颦。在这些作品中我虚拟了一个叫枫杨树的乡村，许多朋友认为这是一种'怀乡'和'还乡'情绪的流露。枫杨树乡村也许有我祖辈居住地的影子，但对于我那是漂浮不定的难以再现的影子。我用我的方法拾起已成碎片的历史，缝补缀合，这是一种很好的小说创作的过程……"②显然，重温"历史"对于苏童而言，可以实现一次次精神的"还乡"，这一过程从小说的角度来看，是以"我终将飞越遥远的枫杨树故乡"，"完成我家三代人的未竟事业"（《飞越我的枫杨树故乡》）；然而，就故事本身而言，却是以"漂移"的方式，填补了现实留给写作的空缺。最后是宿命与衰败。在《罂粟之家》中，刘家地主的儿子"沉草"与长工陈茂之间真正意义上的父子关系，构成一段特殊的"历史"。小说诸多主人公画的人物图表虽然与女性生殖器有神似之处，但这个故事却不在于生

---

① 林舟、苏童：《永远的寻找——苏童访谈录》，收入《苏童研究资料》，第104页。
② 苏童：《〈世界两侧〉自序》，收入《世界两侧》，第1页。

殖和繁衍,而更多在于人物之间的宿命轮回。先是陈茂因土地革命报复了刘家地主,而后是沉草因为报家仇而杀掉了自己的亲生父亲陈茂,最后,沉草被工作组组长执行枪决于罂粟缸里。整部作品处处弥漫着罂粟的味道,无情的宿命使生命和历史处于衰败的状态,进而游荡于苏童笔下其他"历史叙事"之中。

三 循环的结构及其象征意味

"循环的结构"在历史"漂移"的瞬间就已经开始了。当我们重读《一九三四年的逃亡》《妻妾成群》等故事,那些或是半封闭、或是封闭式的圆形结构,往往使故事本身产生宿命与循环的色彩。以《妻妾成群》为例,"四太太颂莲被抬进陈家花园时候是 19 岁,她是傍晚时分由四个乡下轿夫抬进花园西侧后门的。仆人们正在井边洗旧毛线",而后,就是颂莲走到水井边洗脸,使"陈家大院""水井"这些特定的空间位置浮出故事的表层。在结尾处,"第二年春天,陈佐千陈老爷娶了第五位太太文竹"。文竹初进陈府,经常看见一个女人在后院紫藤架下的废井旁枯坐,"有时候绕着废井一圈一圈地转,对着井中说话",这位脑子出现问题的女人就是原来的四太太颂莲,"她说她不跳井"。虽然,后院的"废井"与西侧花园的水井并不相同,但在两口同样有水的井中,我们可以读出发生在陈家大院几代女性之间近乎重复的命运,而在"第四位太太""第五位太太"这样的数字延续中,我们也不难感受新一轮的宿命正在陈家开始循环。

是这种形式感的内在支撑将读者引向苏童小说的宿命意味和循环论思想,还是"历史"的宿命意味和循环论思想决定了小说的形式?这本身就是一个值得探讨的问题。如果按照苏童的说法,"有时候好的主题与好的形式真是天衣无缝的。这么一种人物的循环、结构的循环导致了主题的、思想方面的宿命意味的呈现。有时候我并没有意识到,只是先有了形象上的回旋,写出来后我心满意足,发现了这种循环的思想意义",那么,其"历史叙事"的形式感或许是主题思想展开的重要依据,但是,形式感的驾驭显然无法离开世界观的制约,在"我对这个世界人生的看法确实有一种循环论色彩,从远处看,世界一茬接一茬、生命一茬接一茬、死亡一茬接一茬,并没有多少新的东西产生"。①将世界的本质进行一致性的理解,使苏童在创作中无意识地完成了形式与主题的"契合"。这在一定程度既体现了先锋小说由形式感向故事性转变的趋势,同时,也体现了一代作家在现代文化观念影响下,对历史持有的无目的性的观念。在上述逻辑下,"历史"的"漂移"也就自然呈现出其本质特性,"漂移"的散漫、随意以及在回溯过程中的无可奈何,都使苏童小说呈现出虚无的倾向,这里,再不见往日传统历史故事中的"宏大叙述",而留下的只是"小历史"中生命及其场景的回环。

"循环"结构就阅读而言,是"历史"本身的时间、场景并不具有显著的地位,它充其量是一个个历史寓言的"躯壳",并在作为整体的过程中产生象征意味。如果说《妻妾成群》是一个古老而颓败家庭的象征,那么,长篇《米》则以其"逃亡—挣扎(奋斗)—回乡"的三段式循环结构,在整体上构成一次历史的象征。

从枫杨树逃难出来的五龙来到异乡,因饥饿而备受屈辱,但他的怀里始终揣着一把产自家乡的生米。这个逃亡中的人在偶然的机会中进入了冯老板的米店中当伙计。而后,他通过一次次挣扎、奋斗和机缘巧合,娶到了被吕六爷遗弃的冯老板大女儿织云;在杀人越货中学会如何以武力加以报复;逐渐意识到五龙是冯家一颗灾星的冯老板,虽在临终前抓瞎了五龙的一只眼睛,但并不能阻止五龙成为米店未来的主人;实力日渐上升的五龙还设计拔除了当地势力最大的吕六爷,成为新的地头蛇;最终,五龙遭遇吕六爷儿子的报复,返还故乡,而他隐藏起来的那只小木盒中,藏着满满的泛出神秘淡蓝色光芒的米……由五龙个人奋斗史构成的《米》,虽按照时间的线性发展经营着故事的结构,但从故乡逃亡又最终返回故乡的回环却使故事本身形成一个完整的"圆圈"。然而,更为重要的,是"米"这个关于生存的意象同样对故事产生了至关重要的作用——五龙

---

① 林舟、苏童:《永远的寻找——苏童访谈录》,收入《苏童研究资料》,第102—103页。

在逃亡中的"米",米店的特殊情境,五龙在每次性行为时都选择米堆或者将米塞进女性子宫的变态行为,五龙后人的死与肮脏的交易,以及五龙最后将米作为丰厚的遗产留给后人,都造成"历史"在某一个特定环节产生相似的效果。而作为"循环结构"及其象征意味,《米》所"负载的命题"以苏童本人的解释,即为"设想的人类的种种困境,它们集中于五龙一人身上,这个人既属于过去也属于现在,人带着自身的弱点和缺陷,与整个世界、整个社会种种问题发生关系,陷入困境"。[①]

四 生存的境遇与人性的剖析

将"历史"本质化后,苏童的"漂移"唯余人性的袒露。"我的小说当中,人物不是当下的,而在历史中。但是在历史中,每个人都在顺着人性的线索,拼命地从历史中逃逸。我在这个层面上,会更多地关注人性问题。而历史在这里只是一个符号。当小说中的历史成为符号时,历史和'人'其实就分不开了。但是,在'人'的叙事中,我们还是可以窥见历史的影子,当人性无比柔韧地展开时,历史的面貌就呈现在人们的面前。因为,'人'的痕迹铺就历史,从这个意义上倒过来讲,表达'人'就是表达历史。"[②]苏童对于小说中"历史"与"人"之间的关系理解,可能与现实题材的时空限制及其需要深入挖掘有关。与需要甄别、取舍的现实性作品相比,"历史"是如此的随意,可以信马由缰地展现作家对人性的理解和写作的无限可能,这种写作意义上的召唤意识对于亲历先锋形式实验、熟悉个中三昧的苏童而言,当然可以很快将目光转向"历史"。从这个意义上说,在苏童笔下,"'历史'固然是一种内容,一种小说的现实,但同时,它又是一种形式,一种艺术的方法。'历史'的本来意义已经消失,它可以是作家艺术思维的框架,也可以是小说中人物生存境遇

[①] 林舟、苏童:《永远的寻找——苏童访谈录》,收入《苏童研究资料》,第107页。
[②] 周新民、苏童:《打开人性的皱折——苏童访谈录》,收入《苏童研究资料》,第207页。

的象征。"①

按照一般意义对苏童小说创作的划分，童年"视角"、妇女题材、新历史题材、现实性写作，大致可以构成其写作的几个重要方面。结合这种划分看待苏童的"历史漂移"，"历史"至少使其"兼容"妇女题材与新历史题材。这种创作的实际情况，在很大程度上决定了某些特定背景下"人"的生存境遇及其生命底蕴。在《妻妾成群》《红粉》这些内容陈腐不堪又遍布封建男权思想的作品中，苏童在历史的帷幕下小心翼翼地过滤出女性特有的性格气质，生存、权利以及由此而生的恩恩怨怨决定了颂莲与小萼们的斗争与命运，透过她们坎坷、悲惨的命运，人们可以触及历史深处更为深远的文化心理原型。

毫无疑问，将"人""人性"置于和"历史"同样地位的做法，对于个人从浓重的历史投影下脱颖而出具有重要的意义。在一定程度上，它可以视为具有独特意味的"个人"在当代文学中的诞生。由此联想到1990年代文学普遍存在的"个人化写作"现象，从"历史"的角度探讨个人的生存状况，揭示日常生活或是私生活对个人的压力，对看清人性自身的本来面目，营造一个独特的小说世界具有重要的意义。当然，与《妻妾成群》《红粉》《米》等这些存有具体历史场景的故事相比，还有什么作品能够像《我的帝王生涯》这部对社会、历史进行有意忽略，从而以近乎梦呓的方式表达人性与人生的呢？应当说，从主人公端白无意中成为燮国国君的时刻开始，他的悲剧人生就已经注定了。祖母皇甫夫人为了更好地控制"燮王"，不惜以篡改遗诏的方式，和自己的后人开了一个玩笑。皇甫夫人的行为使端白的第一个人生符号"燮王"具有强烈的反讽意味，但这个假皇帝摆脱这一符号的方式却是被动的，他因宫廷政变而流落江湖。他的第二个人生符号是做杂耍艺人，然而，他终究不是底层百姓，最后，他必然要在寻找、摆脱与确证的过程中，自我放逐到社会现实之外。整部作品因以第一人称"我"展开叙述而充满内心独白、自我剖析。在燮国这一生存境域或曰"存在的版图"之中，人与环境之间左冲右突的挣

---

① 吴义勤：《沦落与救赎——苏童〈我的帝王生涯〉读解》，收入《苏童研究资料》，第304页。

扎，构成了一次痛苦的人生体验。但与悲惨的命运相比，作品中诸多人物的人性是十分真实的。而人生的失落对于端白来说，最终激起了其存在的勇气，唯有确证自己的生命价值，才能自己拯救自己，这种从苍凉中获得的彻悟，构成了"一部历史""一部人生"给予我们的终极启示。

随着1990年代文学潮流的变动，《我的帝王生涯》之后苏童在创作上也逐渐从"历史"退回现实中来。这一趋势的出现，当然不是表明"历史叙事"的难以为继，而更多是在于"历史叙事"的先锋品格在特定时代场景下的弱化。但在崛起于1990年代的"晚生代作家"手中，苏童式的"历史漂移"仍然得以延续，这种因作家代际原因而产生的对"历史"的不同理解，决定了"历史叙事"在当代文学中的丰富性与可能性需要进行另一次研讨。21世纪初的苏童曾以孟姜女哭长城的传说完成长篇小说《碧奴》，这一"神话重述"证明苏童其实并未远离"历史"，至于其下一部"历史"究竟会"漂移"到何处？或许，其本身就是一个历史问题。

2010年6月

论毕飞宇小说中的女性形象

结合近年来相关的批评文章可知：擅长女性形象的塑造、刻绘，已越来越成为评价毕飞宇小说的一个重要方面。这一结论当然首先取决于毕飞宇的小说创作，不过，如果我们能够将毕飞宇的创作和他者评价进行详细比照，则不难发现两者之间一直存在着许多"裂缝"——毕飞宇何时将创作重心转移至女性形象的书写上，其间有哪些值得思考的转变轨迹等等？这些易于被忽视的内部问题使毕飞宇笔下的女性形象长期处于模糊、暧昧的状态。显然，遵循变动的原则，毕飞宇倾向于女性形象的书写并为广大读者所瞩目应当具有自身的过程性，不仅如此，这一过程也必然会与毕飞宇创作观念等系列方面的改变息息相关。至于由此产生的将以往已成定评的结论加以问题化，自然构成了本文的逻辑起点。

一 "先锋的流向"

之所以从"先锋的流向"的角度考察毕飞宇的创作历程，主要想突出一种"转变"的可能。毕飞宇，1964年生于江苏兴化，1980年代中期开始创作，属于1990年代"晚生代"或曰"新生代"作家，较早的作品是后来许多评论者多次提到的《孤岛》（1991年《花城》）……[①] 从毕飞宇登上文坛的背景并联系1990年代以来当代文学的沿革，我们至少可以从如

---

① 关于毕飞宇早年创作经历，可参见张钧：《历史缅怀与城市感伤——毕飞宇访谈录》，收入《小说的立场——新生代作家访谈录》，广西师范大学出版社，2002年，第117—118页；毕飞宇、汪政：《语言的宿命》，《南方文坛》2002年第4期。

下两个方面去考察毕飞宇的创作。其一,青年作家毕飞宇是在先锋小说及其作家群广为文坛所知的语境中登场的,他的创作是否会受到后者的影响?也许,从文学史常常秉持的相关性、相似性的角度来说,两者具有一定程度的内在联系是成立的;而事实上,一些当代文学史版本也在具体书写时强调了他们之间的"继承"。① 其二,毕飞宇如何在"影响的焦虑"下凸显自己的个性风格?从近年来的创作实绩来看,毕飞宇已经用自己的作品对此问题作出了最好的回答。但是,人们似乎仍然有理由探寻"晚生代""新生代"以及"60年代出生"作家群内在的差异性,及至辨析上述概念的准确性与合理性。只要对比如今同为南京作家、1963年出生的苏童,就可以发现"一岁之遥"竟为"两代作家",文学史的迷人之处同样在于一种"叙述"。幸运的是,作为当事人的毕飞宇倒对此保持了理性、乐观的态度②,而其很快从早期创作中摆脱出来形成自己的风格也确实证明了这一点。

着眼于"先锋的流向",毕飞宇写于1990年代的《孤岛》《楚水》《叙事》《武松打虎》甚至长篇《上海往事》等,很容易使其由于讲究"叙述"和钟情"历史"而被纳入"新历史小说"的范畴中。也许,《叙事》中的奶奶婉怡、《上海往事》中的小金宝,会成为人们谈论毕飞宇笔下女性书写时提到的形象,但由于小说主题的缘故,她们注定要被湮没于历史的烟云及命运的安排中而无法呈现自己特有的面貌。直到1996年第8期《作家》杂志推出了毕飞宇的短篇《哺乳期的女人》,人们终于看到了另外一个毕飞宇。尽管,毕飞宇认为"从本质上讲,这不是毕飞宇的小说",

---

① 比如,朱栋霖等主编的《中国现代文学史(1917—1997)》下册就强调了两者之间的"继承",高等教育出版社,1999年,第183页。
② 比如,在回答李大卫提问时,毕飞宇曾指出:"我对'新生代'没有什么话可说。我只是一个写小说的,我相信有人比我谈得更好。我不想回避什么。我只想说,对于所有热门的话题,过些日子来看可能会更好一些。当一个话题不再产生'利润'的时候,它就简单了。过些日子再谈吧。我们都年轻,有时间。……不要急。一切都取决于你是如何生活的,你关注什么,你又写了什么。"毕飞宇:《沿途的秘密》,昆仑出版社,2002年,第52—53页。

它只是"一个意外的枝杈"[①],但从评论界的反应以及获得鲁迅文学奖来看,《哺乳期的女人》的"不期而遇"是无法等闲视之的。它平凡、温润,像一首抒情诗,对视着生活的奔波、劳碌和那些容易被忽视的人们。由于这篇小说已被多次解读,再重复已显得兴味索然。这里,笔者只想借毕飞宇自己的看法来说明它特别是主人公"慧嫂"形象的意义。"我写的不是母亲、母爱,而是母性,母性的直觉,以及由这种直觉所带来的异乎寻常的、感人心脾的理解力。……对一个5岁的孩子、一个物质时代的孤独者来说,母性(未必是母亲)是他的天使。应当说,'慧嫂'也是我们的天使。……理解力尤其喜爱善良的女性,它在善良女性的内心嗜血成性。说到底理解力不来自于性格,不来自于智商,而来自你心底的善。"[②]通过毕飞宇的讲述,我们可以发现《哺乳期的女人》其实与人们追求的真善美有关,"慧嫂"虽是一个具体的形象,但却潜含着形而上的普泛价值,她和男孩旺旺、周围人群形成的结构、权利关系,已触及生存、人性和文化的命题。"慧嫂"和《哺乳期的女人》的出现,是毕飞宇截至1990年代中期之前不断跋涉于"历史缅怀"和"当代的城市感伤"两大创作主题之余的一次旁逸斜出,是病中毕飞宇渴望被抚慰、心境柔软的一次外化。[③]它预示着毕飞宇在女性形象刻绘上有着无尽的潜能,只要作家本人将抽象的主题再具体些,便能幻化出姿态各异的女性形象。

　　从1990年代文学发展的脉络来看,众多有理想、抱负的青年作家越来越不习惯于被人为地归纳到某一群落或阵营的评价方式。与时代本身相一致地,个人化的追求、讲述触动自己灵魂的故事乃至"断裂"式的表达,都是后来有"晚生代"之称的这批作家的重要文学实践方式。既然写作上的转向已不可避免,那么,将语言、叙述、情节、结构、人物等诸多元素统一起来,重新思考写作的理路就成为毕飞宇们共同面对的课题。

[①] 张钧:《历史缅怀与城市感伤——毕飞宇访谈录》,收入《小说的立场——新生代作家访谈录》,第122页。
[②] 毕飞宇:《我描写过的女人们》,收入《沿途的秘密》,第32—33页。
[③] 张钧:《历史缅怀与城市感伤——毕飞宇访谈录》,收入《小说的立场——新生代作家访谈录》,第121—122页。

为此，我们有必要对毕飞宇的创作加以阶段的划分，而后才能看到有关女性形象的书写在其笔下具有的非同一般的价值。

二 分期与对比

南京学者王彬彬曾不止一次在文章中将毕飞宇迄今为止的小说创作，"大体上"以2000年《青衣》发表为界，分为前后两个阶段。①这一看法与笔者考察毕飞宇小说中女性形象时的分期整体一致。但需要强调的是，在我看来，只有到《青衣》和《玉米》的发表，毕飞宇笔下的女性形象才在创作转向的过程中得以成熟，人们开始关注她们也始于此。在上述背景下，大量研究毕飞宇笔下女性形象的文章以及学位论文，多使用回溯的方式将此前和此后的女性形象并置于一个层面加以概括，本身就是一个有待商榷的问题。

如果一定要强调毕飞宇前期小说中女性形象与后期之间的联系，笔者期待一种"类型化"的分析方式。1990年代毕飞宇的女性形象书写基本上在三条路径上行走：其一，如《叙事》中婉怡、《上海往事》中的小金宝、《充满瓷器的时代》中的蓝田的女人，系历史布景中闪亮的符号；其二，如《生活边缘》中的小苏、《那个夏天 那个秋季》中的罗绮、《林红的假日》中的林红，她们在现实和城市中游走；其三，是《哺乳期的女人》中的慧嫂、《阿木的婚事》中的林瑶，在她们身上，毕飞宇追求的是生存问题。由于此时的毕飞宇仍过多纠结于叙事本身，所以，这些形象大都带有较为明显的"类型化"痕迹，并不如故事本身来得深刻。但那种将她们视为一种资源、一种可能的看法也许并不过分。只不过，论及塑造出让人难忘的形象及写作道路的转向，仅从形象嬗变的角度考察是远远不够的。

在谈及《青衣》的主人公筱燕秋时，我注意到毕飞宇反复表达了"命运才是性格"的说法。筱燕秋身上最让毕飞宇着迷的也正是性格和命运：

---

① 可参见王彬彬：《毕飞宇小说修辞艺术片论》，《文学评论》2006年第6期；王彬彬：《论〈推拿〉》，《中国现代文学研究丛刊》2013年第2期。

她在漫天雪花中以边舞边唱抒发了无泪的伤痛,命运宣告了她在圆梦路上的一次又一次失败,也决定了她有时连她自己都无法理解的性格。从这个意义上说,毕飞宇在动手写她的时候,"意外地发现"与那个叫筱燕秋的女人"已经很熟了";"在我的身边,筱燕秋无处不在。她内心中的那种抑制感,那种痛,那种不甘,我时时刻刻都能体会得到。"① 这是真实可信的。筱燕秋像当年的慧嫂一样和毕飞宇邂逅,她的出现既是偶然又是一种必然。像毕飞宇一样,可能没有人会喜欢她,但读完整部作品后,也不会有什么人会恨她。但一旦面对她就会产生相识已久的印象,她是一个优点、缺点并存的女人:为了艺术和《奔月》戏中的"嫦娥",她二十多年没有放弃梦想;她匆匆嫁给男人"面瓜",悉心栽培弟子春来,为了能够重新登台拼命减肥、意外怀孕以及最终失败皆源于此;她是生活中一个有血有肉的女性,诠释了命运的无奈和性格的不屈,没有她,生活是不完整的,一如毕飞宇坦然说道:"筱燕秋是一个我必须面对的女人,对我个人而言,无视了筱燕秋,就是无视了生活。"②

与筱燕秋相比,"玉米"是令人生畏的。生活的坎坷使她坚忍、成熟、洞察世事,有领导的风范。她的"宽度"和"厚度"可以使其昂首人前,应对邻里和家庭的难题;但她强大的心理能量又必然使其承担其他几个姐妹不能承担的重负,为此她以近乎自戕的方式迅速出嫁,以换得王家翻身的机会。而玉秀呢?玉秀聪明、漂亮,有心机同时也有内在的风骚与浮浪,她像一只夜晚出现的狐狸一样寻觅、游荡,她闪烁的眼神呈示着内心的欲望。还有简单、平庸的玉秧,她踏实、本分、不失调皮,她知道如何保护自己,因而又能不时流露出敏感和警觉的一面……这样的名单当然可以继续列开下去,比如《平原》中的三丫、吴蔓玲等等。2000 年之后毕飞宇笔下的女性形象相较以前发生了"质"的变化,她们姿态各异、活生生地站在读者的面前,以至于人们愿意怀着好奇的心情走进她们的世界。

连续几部有关女性作品的成功,使毕飞宇被朋友调侃为"女性的专

---

① 毕飞宇:《〈青衣〉问答》,收入《沿途的秘密》,第 47 页。
② 毕飞宇:《我描写过的女人们》,收入《沿途的秘密》,第 31 页。

家"。对此,毕飞宇的解释是"久久地望着",感悟命运。①对比曾经的女性形象的"类型化"书写,此刻的毕飞宇回到了生活、时代和心灵深处。事实上,细心的读者会发现:从《青衣》到"玉米系列",再到《平原》,毕飞宇一直在讲有关"文革"语境或是"文革"影响下的故事。这样的背景使其笔下的女性可以十分从容地穿梭于时代、社会、文化、政治、性别以及城镇和乡村之间,同时,也注定了无论怎样的性格,都必将承受悲剧命运的结局。由此思索毕飞宇小说中的重要主题及其和人物之间的关系,我们约略可以在"说起我写的人物女性的比例偏高,可能与我的创作母题有关。我的创作母题是什么呢?简单地说,伤害。我的所有的创作几乎都围绕在'伤害'的周围"②的叙述中得到一定启示。"伤害"及其深度呈现其实是需要某种特殊的语言实验场地。相对于浩瀚缥缈的历史,"文革"带给毕飞宇的记忆和其自身的主观判断甚至早年的阅读经验,都使这一背景下的生活琐事不再仅停留于观念层面。正如生活的真实体验是生活拥有厚度、广度的前提一样,时代赋予的命运最终决定了女性的性格,也间接决定了毕飞宇不一样的形象书写。她们是如此打动读者的心灵,以至于可以走出过去抵达现在,并深深地嵌入当代中国生活的现代化进程之中,道德伦理评价不能覆盖她们的全部,她们是命运困境重压下的一群人,而后才是形象丰满、性格迥异的女人!

三 手法、形式及其他

能否通过手法、形式等来探讨毕飞宇小说女性形象及相关问题呢?

从《青衣》、"玉米系列",再到《平原》《推拿》,新世纪以来毕飞宇的小说整体上都使用了写实的手法。应当说,历经先锋文学浪潮的洗

---

① 如毕飞宇在《久久地望着》中曾指出:"我'久久望着'的其实还是人的命运,准确地说,我们的命运,我们心灵的命运,我们尊严的命运,我们婚姻的命运,我们性的命运。"毕飞宇:《沿途的秘密》,第 20 页。

② 毕飞宇、汪政:《语言的宿命》,《南方文坛》2002 年第 4 期。

礼，1990年代的毕飞宇是很难喜欢现实主义的，现实主义整体上的写实、客观、真实的表达，在毕飞宇看来无疑是缺乏想象力的。但随着年龄的增长、写作的转向，成为父亲的毕飞宇逐渐修正对艺术的一贯看法："现实主义不完全是小说修辞，它首先是凝视和关注。"[①] 正是由于"凝视"和"关注"，毕飞宇发现了站在身边很久的女性，如筱燕秋、玉米等，同时，也逐渐发现了她们内心的秘密、性格和命运的关系。相对于扑面而来的生活，毕飞宇逐渐习惯了仔细观察，"我比以往任何时候都渴望做一个'现实主义'作家——不是'典型'的那种，而是最朴素的、'是这样'的那种"。[②] 既采用写实的手法，又保持自己的独特性，以《青衣》为界，毕飞宇的小说可以以此作出一种"暂时性的结论"。

而从形式上看毕飞宇的小说创作及其女性形象，短篇的技术性、精致的结构，使毕飞宇很容易在展示语言魅力的过程中产生兴趣。毕飞宇曾不止一次谈到对短篇小说的偏爱，而许多评论者也注意到他的短篇并总结出"毕飞宇的短篇精神"。[③] 短篇小说由于"不及物"而显得空灵、富有东方美学特征，它是凸显作家想象力、叙事技术和语言特点的最佳形式，它曾在1990年代毕飞宇的小说形式中占有重要的地位。与短篇相比，我们首先可以发现《青衣》《玉米》《玉秀》《玉秧》，这些堪称毕飞宇女性形象书写代表作的作品都是中篇。其次，与对短篇小说认识不同的是，毕飞宇"渴望的中篇与经验有着血肉相连的关联。它是'及物'的"，同时，也因具备分析的特征而确保"事物的本质能够最充分地呈现出来"，"使人物一下子就抵达了事件"。[④] 不难看出，选择中篇更适合毕飞宇展现人物的内心世界和故事的具体性，而且，如果联系1990年代以来的创作史，对中篇的倚重也生动地呼应了手法的变化，进而折射出毕飞宇小说

---

① 毕飞宇：《谈艺五则》，收入《沿途的秘密》，第27页。
② 毕飞宇：《〈青衣〉问答》，收入《沿途的秘密》，第49页。
③ 参见汪政、晓华：《毕飞宇的短篇精神》，《上海文学》2000年第9期。
④ 毕飞宇：《谈艺五则》，收入《沿途的秘密》，第26页。

观念的变迁。① 他需要以人物、命运、日常生活的深度描绘撞击读者的心灵，而事实上，他笔下的几位女性形象做到了这一点！

谈及长篇小说创作，毕飞宇不满意自己1990年代的两部长篇即《上海往事》《那个夏天　那个秋季》是一个值得注意的背景。② 但在《青衣》、"玉米系列"之后，毕飞宇却开始了自己的长篇之路。在2009年一次关于《推拿》的对话中，毕飞宇指出现在已将主要精力放在长篇上，"这里有一个年纪上的问题"，且对于取得成功的《推拿》来说，毕飞宇也直言不讳："我最大的心得是，我的下一部还是长篇。"③ 从小说形式的发展轨迹来看，毕飞宇1990年代以来的成功之作经历了短篇、中篇、长篇的过程，而其笔下令人难以忘怀的女性形象如慧嫂、筱燕秋、玉米三姐妹、三丫、吴蔓玲、都红等也总体上经历了大致的过程，这样，毕飞宇小说的手法、形式及其演变过程，便和其女性形象形成了一种互动的关系。

当然，在毕飞宇不断强调年龄增长与小说手法、形式之间的关联的同时，我们不应忽视其"理解力比想象力更重要"的说法。"想象力的背后是才华，理解力的背后是情怀。一个四十七岁的老男人可以很负责任地说，人到中年之后，情怀比才华重要得多。"而情怀究竟是什么？"情怀不是一句空话，它涵盖了你对人的态度，你对生活和世界的态度，更涵盖了

---

① 比如，在和汪政的对话中（毕飞宇、汪政：《语言的宿命》，《南方文坛》2002年第4期），毕飞宇就曾作如下解释："我最近一些时候短篇写得少，并不是不喜欢短篇了，而是我的内心发生了一些变化。我对人、人的命运、人与人的关系更感兴趣，简单一点说，就是对塑造人物更感兴趣，对语言不那么偏执了。短篇小说当然也可以塑造人物，但是，我现在更热衷于这种'塑造'的完整性、丰富性、开阔的程度，以及弯弯曲曲的纵深。这一来我自然会选择中篇。我在写中篇的时候有一个愿望，那就是尽我的可能绕开所谓的'诗性'，把人物的基础心态找准了，把他拧到人物的关系里去，呈现出人物之间的'物理状态'。在写中篇的时候，我企图把问题简单化，我把构成中篇小说的诸多要素归纳成了'人'的要素，还是那句话，在不伤害创作初衷的前提下，哪里能'出'人物，人物往哪里走，我就带着我的小说往哪里走。"
② 毕飞宇、汪政：《语言的宿命》，《南方文坛》2002年第4期。
③ 张莉、毕飞宇：《理解力比想象力更重要——对话〈推拿〉》，《当代作家评论》2009年第2期。

你的价值观。"①终于回到"人"的命题之上，终于提升至一种理解、一种态度。由此看待《青衣》至长篇《推拿》的写作历程，毕飞宇对人物的理解力和感受力是超乎一般的。对人物内心世界的深入捕捉不但使毕飞宇的小说具有一种现实主义的理想，更具有一种浪漫主义的情怀。从对女性甚至特殊人群心灵的感悟和触摸，毕飞宇细致入微地建立一面面"镜中之像"，他们在自我呈现的同时也照亮了读者，而是否可将多种艺术手段的共同过程称之为一种"心理现实主义"呢？尽管，上述提法并不那么确切，但它或许正告诉我们：毕飞宇的创作心态同样是一个需要研究的问题。

四　结束语

以男作家的身份塑造出众多令人难忘的女性形象，从而成为他者眼中擅长书写女性的作家，毕飞宇笔下的女性形象在认知过程中一直存在着若干值得思考的问题。客观来看，不断在创作之路上行走的毕飞宇找到了适合自己的"驿站"，并获得了极大的成功，然而，源于内在的理想冲动又使其创作不断处于发展变化的状态。在回答女性形象书写的话题时，毕飞宇曾坦言作品里"人"的重要性②，没有性别的差异，只有"人"的自由与权利。毕飞宇的态度使研究者们必须从简单的印象中走出来，而从历史、分期、形式、手法等角度言说毕飞宇小说中的女性形象，也不过只是一个简单的开始，至于其未来，是否应当由毕飞宇和研究者们共同完成？

2013 年 11 月

---

① 毕飞宇：《〈推拿〉的写作》，《扬子江评论》2011 年第 5 期。
② 如在毕飞宇、汪政的对话中，毕飞宇曾言："我甚至没有对'男性''女性'这样的概念做过学理上的辨析。在我的心中，第一重要的是'人'，'人'的舒展，'人'的自由，'人'的神圣不可侵犯的尊严，'人'的欲望。我的脑子里只有'人'，他是男性还是女性，还是次要的一个问题，甚至，是一个技术处理上的问题。"参见毕飞宇、汪政：《语言的宿命》，《南方文坛》2002 年第 4 期。

"午后"的写作及其辩证综合
——李洱小说综论

自登临文坛之日起,"难度"就一直是李洱小说的重要标志。"对于我来说,难度是我的写作动力,是对自己的挑战。取消了难度,我无法写作,写作的乐趣没有了。"[①] "难度"是李洱小说的理想追求,是众多读者阅读其小说后的普遍感受,同时也是专业读者需要面对的难题。在此前提下,本文以"综论"的形式评述李洱的小说就易于成为一次文字的冒险。但如果将"难度"视为一种历史的沉积,即它是由李洱的创作史和面对的时代、文学代际意义上的"影响的焦虑"等构成的,那么,"综论"又自有其客观意义上的合理之处。至少,她可以尽量呈现李洱小说的历史构成及其丰富性。

一 "午后"的立场

在《写作的诚命》中,李洱曾谈及自己的创作:"午后,这是暧昧的时刻……我很想把这个时代的写作称为午后的写作。"之后,李洱又结合加缪的"正午的思想",指出:"悲观与虚无,极权与暴力,在午后的阳光下,不仅仅是反对的对象,也是一种分析的对象。一旦分析起来,就可以发现成人精神世界中充满着更复杂、更多维的东西。午后的写作也由此

---

① 李洱:《九十年代写作的难度——与梁鸿的对话之四》,收入《问答录》,上海文艺出版社,2013年,第185—186页。

区别于正午的写作。在幽昧的日常生活中，面对丑和平庸，写作者的精神素质会受到根本的衡量，写作者严格的自我训练再次显示出了必要和意义。"① 由于和"正午"进行比较，我们不难体味到"午后"隐含的价值判断："午后"告别了"崇高的悲剧"，进入了暧昧、平庸的日常生活；"午后"是当下写作的写照，它充满怀疑、矛盾直至分裂与背离，衡量着写作者的积累、素养和能力，而其具体的写作也必将呈现出"开放的状态"。

发表于 1998 年第 2 期《大家》上的中篇《午后的诗学》，使"午后"一词得以名至实归。从一开始，写小说的"我"和诗人费边关于彼此初次见面时情景再现得大相径庭，就预示了这是一个记忆无法确定的故事：同样是费边朗诵了诗，但时间、地点、内容、氛围的迥然有别已决定了不一样的结果。进入 1990 年代，满腹经纶的知识分子们聚会谈论的话题大都是"那个年代特有的颂祷、幻灭、悲愤和恶作剧般的反讽"。每当此时，费边总会表现出善于"分析""观察"和"判断"的一面，他要么引经据典、高谈阔论，要么随口说出带有哲理、诗性的精彩句子，比如："诗性的迷失就是人性的迷失"和"写作就是拿自己开刀，杀死自己，让别人来守灵"。然而，这一切并不能掩饰现实生活的平庸、乏味和悲剧性的结局。费边家住这座城市的黄金地段，但每天看到的却是现代生活中最荒诞的戏剧。对于和多年朋友、如今已成上司的韩明的反目，妻子杜莉在演唱事业上的打拼与远行，费边有相当程度的自省能力，但除了妥协和以"打开笼子，让鸟飞走，把自由还给鸟笼"的诗句聊以自慰，他还能做些什么呢？杜莉独自一人北上进修后，他曾以一篇带有私人性质的自传，臆想着"一个诗人朋友"的妻子外地进修、行为出轨的故事，但文中的主人公最终还是比较冷静地说服了自己不要"拎刀东进"，这篇为晚报专栏"日常生活的诗意"所写的文章与费边的处境何其相似！出于某种考虑，文章没有被费边寄出，也就自然不会被更多读者看到，不过，它的第一个读者竟然是极有可能与杜莉有染的音乐老师。年关将至，费边本想按照杜莉的要求带着女儿到京团聚，并借机考察一下妻子的近况。意外

---

① 李洱：《写作的诫命》，《作家》1997 年第 5 期。

的是，女儿生病、韩明的自杀身亡，只能使其计划落空；而后，韩明妻子到单位的哭闹，费边再次遇见杜莉的前男友李辉，以及通过"我"所揭示的李辉、韩明与杜莉之间的复杂关系，都表明费边身边随处充满了无聊、尴尬与谎言，他的家庭已走向破裂，却只能继续这种软弱无力的日常生活……

阅读《午后的诗学》，人们可以清楚地感受到当下生活的虚无感和失败感。费边写诗，也愿意和人雄辩，他清晰地记得叶芝的诗："和别人争论，产生的是雄辩，和自己雄辩，产生的是诗。"但他的生活空有诗的外壳，早已丧失了内在的诗意。这种境遇，无疑是1990年代日常生活状态的折射，是"午后"立场的有力注脚：此时，费边们的生活状态与精神世界已不再具有同一性，他虽可以通过经典语言、诗句的援引和仿造产生雄辩的气势，但在华美、庄严、深刻的语言表层之下，那些脱口而出的哲思警句、"诗学话语"隐含的固有价值体系已经蜕变，主体思辨精神和行动能力之间也由此错位并使生活充满焦虑。然而，这一切又是真实的并负载着当下写作的意义，除了呈现当下日常生活的本真状态之外，创作本身也从往日俯视芸芸众生回归到生活之中，此时，如何完成日常生活与文学创作之间的转换，进而凸显排芜去蔓、细节真实、穿越表象的能力，自然也成为摆在当代小说家面前的重要课题。

按照李洱后来的解释："我所理解的'午后'实际上是一种后革命的意思，或者是后极权的意思。类似于哈维尔所讲的，在午后人们已经失去了发展的原动力，靠某种惯性向前滑动。那种朝气蓬勃的，对生活有巨大解释能力和创造力的时代已经过去了。是一种复制的，慵懒的，失去了创造力的时光。"① "午后"还包含着如何向历史敞开等一系列问题。正如在《午后的诗学》之外，《现场》《国道》隐含着重大题材；《错误》《遭遇》《秩序的调换》等呈现了重复、恐惧、了无生机的生活状态，"午后"的立场反思了以往创作激情、悬浮以及无法摆脱的意识形态性，力图以嵌入日常生活的方式书写当代生活，价值模糊、风格暧昧甚至叙述上的"有始无

---

① 李洱：《"日常生活"的诗学命名——与梁鸿的对话之一》，收入《问答录》，第102页。

终"等,都成为其外在的重要表征,而由此言及后现代、零散化、新历史等手法也同样不再让人感到意外!

二 "基本的形象"

李洱的小说主要塑造了知识分子形象,以书写知识分子的生活及精神世界、探索知识分子的命运为主题。纵观李洱的创作,即使是那些讲述历史、面向乡土的故事如《光和影》《故乡》《鬼子进村》《石榴树上结樱桃》等,其主人公形象仍然无法摆脱知识分子的面貌及李洱本人习惯的介入视角。结合作家的成长史可知,"基本形象"的确立首先取决于李洱的生活经历。李洱1987年毕业于华东师范大学中文系,曾在高校任教多年,后为专业作家,对校园生活、知识分子的知与行十分熟悉。他生动真实地刻画了孙良、华林、吴之刚等高级知识分子及其弟子,还有兼为诗人的费边和他的朋友,进而深入其情感世界、私人生活,皆与此有关。他不时于小说中闪现"参加会议的代表的层次越高,会议的学术品位就越低"(《夜游图书馆》)"虽然顾氏已经脱离学术界多年,但他还是没有忘记学术界的一个基本事实:只有纸上谈兵,才能够抵达学术的前沿"(《勘亮》)等既具调侃性、又富辩证性的句子,显然与其专业身份、从业经验有关。当然,如果从创作主体着眼,"知识分子"对于李洱的意义又是"多重"的。正如他可以在随笔、访谈中如数家珍地谈论加缪、库切、卡佛、博尔赫斯等西方现代作家的创作,可以准确回顾当代小说特别是新时期以来小说的发展过程,并指出当下小说创作的症结所在[①],丰厚的知识储备和阅读经验可以使其不断在创作中流露出睿智、幽默、略带狡黠的气质。他以真实的知识和虚构的力量,自由穿梭于历史与现实、城市与乡村,完成百科全书式的叙事、刻绘中国知识分子的心灵史以及复杂的生活图景,知识分子的书写和书写知识分子既是其小说的前提,也是其具体展开时基本的形象、主题与手段。

---

① 具体可参见李洱《问答录》中收录的文章,以及他与批评家梁鸿的四个"对话"。

在成名作《导师死了》(《收获》1993 年第 4 期) 中，李洱塑造了一位孜孜以求、在学术上颇有成就的知识分子吴之刚教授。作为"我"的导师，吴之刚教授善良、单纯、敏感、脆弱，无力面对琐碎而世俗的生活、摆脱婚姻的困境。出于知识分子的面子与尊严，他只是以谎言和逃避回应妻子的私通。为了避开外界的干扰，脸色忧郁的他封死了房间门窗上的所有缝隙，"这是他的生活习惯，他到哪里第一件事就是要寻找一个最封闭的房间住下"。他陪体弱多病的妻子来疗养院疗养，但决定选择住进疗养院、远离尘嚣的却是他本人。也许，是他利用了与疗养院院长的关系"加重"了自己的病情，换来了短暂的幸福，然而，接踵而至的打击（包括他导师常教授的死）却加重了他的"恐惧症"：内心焦虑、备受精神折磨的吴之刚已发展至服用含有镇静剂的药片获取片刻的平静，而疗养院对其挽留只因为他的名气很大。当最后他要求院方签字证明自己没病、可以结婚的时候，院长却认为他已经有病。绝望的吴之刚教授选择了赤身裸体跳楼自杀，这种不常见的死法让院方"感到恼怒"，因为导师之死使院方"失去了一次张扬它的妙处的良机"。从某种意义上说，《导师死了》全面改写了新时期以来知识分子题材所包含的正义、向上以及固有的启蒙价值，同时，也为李洱"后来的写作，打开了一个全新的领域"。李洱后来作品中的"一些基本主题，比如日常生活，性与权力，知识分子的话语生活，等等，都由此而来"。①

　　鉴于李洱的小说是以知识分子的书写揭示当代知识分子的生存状态，所以，当其笔下的主人公一无所有、无所依傍、陷入荒谬与恐惧时，小说家自身也必将经历灵魂的解剖。为此，李洱坦然承认自己是一个"有底线的怀疑主义者"——"怀疑主义者总在寻找意义，他观察、游移、体认并试图说出不同的价值之间的差异，怀疑主义者的价值观就孕育在他所说出的那种差异之中。……他们生活在不同的知识的缝隙之中，时刻体验着知识和文化的差异、纠葛，并在那时空、缝隙、差异和纠葛中探寻意

---

① 李洱：《〈破镜而出〉后记》，收入《破镜而出》，中国社会科学出版社，2001 年，第 254 页。

义和意义的依据。"①秉持怀疑的态度,李洱的小说从容地卸下了道德评判之重,在日常生活的低空中飞翔,且每一次捕捉都会给读者带来一定的启示:像《夜游图书馆》是以三个人文知识分子夜晚到图书馆偷书的情节,再现当代孔乙己只是为了体验"这里到处都是真理"的过程;像《暗哑的声音》中的孙良老师解释自己好久没写东西的原因不是无东西可写,而是发现自己要写的别人都写过了;像《葬礼》中的华林教授写给自己初恋情人的安慰,不过是由两位文学大师的文字拼贴而成,但他依然沾沾自喜并充满想象……李洱当然同样怀疑过自己小说的目的和意义,也因此需要常常面对写作的困惑,但他在用怀疑的目光看待世界的同时,也用怀疑的目光审视自己的怀疑,这种辩证、反思的思维使其小说形象与主题呈现出序列式的结构,而协调上述序列结构的力量正在于一种"矛盾的修辞"!

三 反讽的策略

绝大多数研究者在文章中都曾指出,反讽是李洱小说叙事的显著特点之一。对此,李洱也曾用形象的说法加以阐述:

> 反讽即消解,只是反讽更多地还是针对自身。这里面既有对公共话语的消解,也有对私人话语的反讽。②

> "反讽"确实首先针对自身,有点类似于先杀死自己,然后让别人和另一个自己一起来守灵。守灵的时候,别人和另一个自己还会有交谈。交谈的时候,眼角常有泪,眉梢常有笑。③

---

① 李洱:《"异样的真实"和"二手的虚无"——与魏天真的对话之二》,收入《问答录》,第 223 页。
② 张钧:《知识分子的叙述空间与日常生活的诗性消解——李洱访谈录》,收入《小说的立场——新生代作家访谈录》,广西师范大学出版社,2002 年,第 426 页。
③ 李洱:《"异样的真实"和"二手的虚无"——与魏天真的对话之二》,收入《问答录》,第 222 页。

不必过多地援引，李洱的解释已表达了反讽的基本义："语境对于一个陈述语的明显的歪曲，我们称之为反讽。"① 面对着没有激情的生活和 1980 年代以来当代小说已有的创作经验，被文学史划至"晚生代"或曰"新生代"的李洱自然不可能像先锋派那样，将故事的时空交给幻想的生活与渺远的历史，"当代生活是没有故事的生活，当代生活中发生的最重要的故事就是故事的消失"。② 在此前提下，采取何种方式加以叙述，写出不落俗套、耐人寻味的故事，应当是李洱以及整个"晚生代"作家需要思考的问题。"至少在我看来，小说是一种否定的启示，是在否定中寻求肯定。"③ 依然是辩证与怀疑，而这种可以理解为互相冲突、互相排斥、互相抵消的"平衡状态"④，在转化为适应时代的风格写作时，显然应当呈现一种"反讽的情境"。

无论在理论方面，还是实践方面，反讽都具有"无限的自由"。⑤ 反讽具有多样化的类型并与悖论、互文性等紧密地联系在一起，从而呈现夸大、多重、颠倒、断裂的文本效果及主题类别。以短篇《饶舌的哑巴》为例，我们可以看到在大学里教授现代汉语课程的费定老师，虽在写信时字斟句酌、讲课时触类旁通，但其实他最不会表达主旨，他啰嗦、词不达意、思维混乱，结果说的都是别人的话，正如他在课堂上讲"'主、谓、宾、定、状、补'这些概念都来自英语，所以无法穷尽复杂的汉语的现象"。无言与失语使他成为一位"饶舌的哑巴"，进入不了正常的生活角色（包括情感和事业上的）。以中篇《现场》为例，主人公马恩遇到生活的实际困难之后，将一句在他人看来是这个时代的玩笑话"我要去抢银行"付诸实践，具体行动之前，马恩已经管不住自己的嘴了，他逢人就说自己的想

---

① 克利安思·布鲁克斯：《反讽——一种结构原则》，收入《"新批评"文集》，赵毅衡编选，百花文艺出版社，2001 年，第 379 页。
② 李洱：《虚无与怀疑语境下的小说之变——与梁鸿的对话之二》，收入《问答录》，第 115 页。
③ 李洱：《"日常生活"的诗学命名——与梁鸿的对话之一》，收入《问答录》，第 105 页。
④ 尹建民主编：《比较文学术语汇释》之"反讽"，北京师范大学出版社，2011 年，第 91 页。
⑤ 索伦·奥碧·克尔凯郭尔：《论反讽概念》，汤晨溪译，中国社会科学出版社，2005 年，第 242 页。

法，一方面是缓解紧张、恐惧的精神状态，他因此变得不由自主；另一方面，他之所以有此"反常的举动"，是因为他在"寻求一种劝解，寻求一个可以不这样干的理由"。但唯一劝阻他的人被干掉了，余下听到的人因为"过不下去了"也抱有同样的"想法"。狱中的马恩津津乐道地向人讲述他的抢劫杀人故事，像卡通片人物那样简单而率真，马恩等作案之后将原本设定的逃离改为返回，是因为他们已将他者反复说过而没做过的事情做完了，而余下的事情和最后的结果也许已变得不那么重要……通过对现实生活进行轻喜剧似的描绘，李洱将沉重的生活变轻。没有现实的欢乐，也没有现实的忧愁，他随心所欲地叙述着自己的故事，从而使偶然、拆解、反形而上等注入现实的生活之中。

与现实的反讽相比，李洱笔下的"历史反讽"很像琳达·哈琴研究后现代小说时引用他者的话，指出："'反讽游戏'错综复杂地搅和进了目的、主题的严肃性。实际上，反讽可能是当今时代我们能够保持严肃的唯一方式。……必须重新思考'过去的陈词滥调'，而且只能以反讽的方式重新思考。"①中篇《遗忘》通过"我"在导师侯后毅指导下，撰写的博士论文选题究竟是《嫦娥奔月》还是《嫦娥下凡》为线索，讲述了"遗忘"在历史书写中产生的决定性作用。李洱煞有介事地以民间神话传说中嫦娥的故事为"本事"，剖析了"遗忘"及"记忆"在历史考证中的价值：唯有"遗忘"历史，才能重建历史——"历史本身是没有记忆的"；"它无法言说，它需要借助别人的嘴巴确证自身"。由于嫦娥的再次下凡及反复求证，现实生活中的人物也逐渐发现了自己历经转世后的身份并依据神话故事中的人物符号参与了历史的制造：大历史学家、博士生导师侯后毅由于过分痴迷自己的专业、服从考证的规则，将自己想象为后羿转世，他发现了嫦娥在当代下凡的具体时间、地点，他现实生活中的妻子罗宓也因此转化为神话中的洛神即宓妃；"我"即冯蒙，是侯后毅的学生也就应当是传说中后羿的弟子逢蒙转世，经考证，逢蒙即河伯，他和洛神本是夫

---

① 琳达·哈琴：《后现代主义诗学：历史·理论·小说》，李杨、李锋译，南京大学出版社，2009年，第54页。

妻,是后羿通过高超的箭术抢走了洛神,这一结论为现实生活中侯后毅从"我"手中夺走罗宓以及后来"我"和罗宓的偷情奠定了坚实的基础;嫦娥在整个故事中基本是个缺席的角色,她被丑化为一只蟾蜍,她仅有的一次谈话就揭露了罗宓淫乱的本来面目;"我"的女弟子曲平是屈原转世,屈原在历史上深爱着洛神,所以,现实的她有明显的同性恋倾向……所有历史的参与者都想青史留名,历史也因此滋生了更多的想象。然而,嫦娥与后羿的故事原初模式却使嫦娥下凡后,侯后毅陷入了两难处境。嫦娥最后再次奔月而去,"我"的论文也由主体的消失而变为"嫦娥奔月"。"我"没有得到后羿的真传,自然没法毕业,"我"只有以历史的重演、结束侯后毅的生命而一解心头之恨,进而论证出自己是后羿弟子的身份并杀死后羿的事实,"我"为此而不担心死去,因为"我"会像侯后毅一样,"虽然死于当今,却可以生于来世"。期待完全呈现《遗忘》的主题是困难的,因为历史建构、记忆留存、知识生成与学科体系以及官方、民间、道德的参与等等问题,都过于庞大芜杂,但通过"遗忘"及其主人公的再编码,我们可以感受到历史反讽过程中隐喻的力量和戏谑的价值。作为《大家》"凹凸文本"的代表作之一,《遗忘》在20世纪行将结束时出场,使小说的先锋实验精神得以再度张扬并实现文化突围,越过这道界限之后,还有什么会是写作上的难题呢?

四 "综合"的态势

如果将李洱迄今为止的作品按照时间顺序阅读[①],不难发现其中存在某种"连贯性"。"没有《饶舌的哑巴》,就没有《午后的诗学》,就没有《花腔》,它们也是衍生关系。我总是想在后面的小说中,把前面写作时产生的一些想法往前推进一点,尽量丰富一点。"[②]李洱关于自己创作具有

[①] 关于"按照时间顺序阅读",本文主要依据的《李洱作品目录》(《小说评论》2006年第4期),而具体的作品,主要依据"李洱作品系列"8卷本(上海文艺出版社,2013年)。
[②] 李洱:《"日常生活"的诗学命名——与梁鸿的对话之一》,收入《问答录》,第89页。

相互关联的解读,为人们更为全面地理解其小说带来了某种视角。而事实上,从李洱具体作品主人公身份、经验的相似性,我们也可以感受到贯穿其中的连续性和一致性。

为了能够更为深入地把握李洱小说创作的内在轨迹,进而呈现其发展过程,笔者使用"综合"一词。首先,就观念而言,"综合"是一种历时性与共时性经验的反思、重组与适当的展开。由于对当代小说特别是先锋派小说创作经验和1990年代以来日常生活处境始终抱有清醒的认识,李洱强调写作的精神高度与心智的成熟。"对这一代写作者来说,写作的过程其实应该是精神生长的过程",写作"依靠的是一个成熟的知识分子对内心世界的省悟、把握、追问"。①值得指出的是,李洱的上述言论是建立在对"个人性写作""现代性"认识的基础之上的,它同时也包含李洱个人经验、创作观念及理想追求的有效展开。李洱小说的"难度"源于此,其具体写作难于归类、风格即主题的特质也源于此。其次,就写作而言,"综合"是李洱小说技法的一种描述。如果以反讽为突出标志的叙事策略本身就会在处理复杂文本情境时,以带有张力的叙述使小说的结构得到平衡,那么,所谓因有效的命名方式及穿透力、准确性的追求而产生的"百科全书式的小说叙事"也确实构成了李洱小说的"综合"性特征。作为一个带有思辨精神的观察者,同时又是一个创作上的理想主义者,李洱调动一切资源、储备,力求让自己的文字准确、深刻,其小说技法、叙事风格的构成方式恰恰是一种分解式、碎片式的"综合"。其三,就写作道路而言,"综合"涵盖了李洱小说的发展趋势,此时,"综合"是一种包含前后有机联系的"扬弃",而非简单的、表面化意义上的"转型"与"超越"。从《花腔》到《石榴树上结樱桃》,21世纪初李洱的小说创作开始围绕长篇形式展开,显然与以往想法的衍生、经验的累积以及创作本身内在的转换机制密不可分。《花腔》将专业知识、新闻、回忆录和历史考据等引入叙事,贡献一种新的小说文体;《石榴树上结樱桃》转向乡土中国,通过"选举"将现代社会各种价值观聚合在一起,但其在石榴树上结樱

---

① 李洱:《写作的诚命》,《作家》1997年第5期。

桃的"嫁接"与"扭结"过程,依然保持着固有的立场与拼贴之后的"悲喜剧"风格,李洱小说的神髓未变,他只是在延伸、拓展中增添了一些故事、一些场景,并以"综合"的方式为其小说增添了历史与现实的厚度与广度。

当然,比较而言,《花腔》为了要更加接近"历史的真实",所以,才选择了正文和副本构成、副本对正文进行解释的独特形式。以"花腔"命名探寻的历史,本身就包含了将历史叙述看作花言巧语、一堆谎言的寓意;就具体唱法和效果来说,花腔"是一种带有装饰音的咏叹调,没有几年功夫,是学不来的",它虽声若驴叫,但能一咏三叹、抖来抖去。"花腔"在言说过程中的故弄玄虚和演唱过程中的有意装饰、失真与技巧并存,使其在欣赏与接受过程中成为历史叙事学本质的生动写照。相对于苦心孤诣的考据、探寻事实真相,戏谑的"花腔"才是历史修辞及传播时颠扑不破的真理。这一点,在小说反复解释、补充但仍在叙述、文字记录上错误百出,和演绎"爱的辩证法"即所有关心知识分子葛任、希望采取种种办法将其放走但最后又必须将其置于死地的书写中,产生了引人深思、感人至深的阅读效果。与《花腔》相比,《石榴树上结樱桃》追求的是"现实的真实"。在手机、学习英语、全球化等等已成为日常生活一部分的前提下,传统乡土价值体系在后现代语境下发生了剧烈地变化,现实生活使原本可以转化为事实的意愿变成了类似"颠倒话"式的不伦不类、事与愿违或是种瓜得豆。孔繁花精明过人,有理想、有抱负,她之所以最后在选举中败北,既与其没有完全理解基层选举的权力运作机制,同时,也与她对未来接班人孟小红的失察有关。通过生活发生"石榴树上结樱桃"般的"颠倒",往日的乡土想象、原乡神话皆已悄然远逝,这一过程虽貌似一幕"悲喜剧"或是"轻喜剧",但注定会使许多亲历者感受到精神、价值蜕变的痛苦,然而,它又是当代乡土步入现代化进程必然要经历的。总之,客观来看,长篇《花腔》《石榴树上结樱桃》都适度"综合"了李洱以往中短篇的叙事经验(其中,除本节开篇处列举的作品外,中篇《遗忘》的写作也是为《花腔》做准备的;而像《石榴树上结樱桃》的经验在我看来应当与《光和影》《故乡》的写作实践有关;而如果着眼于"先锋性""反讽"等角度,两者又可以统一在一起),并不同程度张扬了后革命或是后冷战时期的文化思绪,通过它们,李洱会发现小说的叙事空间仍没有穷尽。对于创作关于历史、现实、未来三部长篇的写作理想[1],李洱还远没有完成,这不由得使我们对其更为"综合"的写作态势充满期待!

五 一点补遗及结束语

结合现状可知,李洱的小说创作已经受到众多研究者的关注,其中,部分文章角度新颖、论证精彩纷呈。[2]当然,就李洱本人而言,他苦心设定的某些情节或命名仍然未被研究者全部发现,他在《花腔》中"巴士底病毒"以及"粪便学"的命名就可谓一例。[3]除此之外,他在小说、访谈和对话中多次提到的"诗性"一词也没有获得充分的阐释:他在《午后的诗学》借费边之口提到"诗性",后在一次访谈中指出费边的生活"恰恰没有诗性";他在对话中反复强调"诗意"与"诗性"的区别,并乐于接受以"诗性"评价他的小说,因为"诗性包含着对复杂的认知",与"小说的品质高低有着密切关系"。[4]"诗性"概念的提出,为李洱小说在品格方面预设了新的角度,限于篇幅,这里仅以"补遗"的形式,选取《花腔》对其简述,从而使本文同样获取一种"开放的状态"。

《花腔》中的主人公、革命知识分子葛任,表面上是因一首诗发表过程中的阴差阳错而备受国共双方的关注、最终死于大荒山,但实际上,他

---

[1] 李洱:《"倾听到世界的心跳"——与魏天真的对话之一》,收入《问答录》,第209页。
[2] 关于李洱研究文章较具代表性的可列举陈晓明:《后历史的焦虑——评李洱的〈遗忘〉》,《大家》1999年第4期;王鸿生:《被卷入日常存在——李洱小说论》,《当代作家评论》2001年第4期;敬文东:《历史以及历史的花腔化——评李洱的〈花腔〉》,《小说评论》2003年第6期,等等。
[3] 李洱:《百科全书式的小说叙事——与梁鸿的对话之三》,收入《问答录》,第138页。
[4] 分别见张钧:《知识分子的叙述空间与日常生活的诗性消解——李洱访谈录》,收入《小说的立场——新生代作家访谈录》,第428页;李洱:《百科全书式的小说叙事——与梁鸿的对话之三》和李洱:《"异样的真实"和"二手的虚无"——与魏天真的对话之二》,收入《问答录》,第157—158、215页。

在二里岗战死的错误消息公布于众时就已经死去了。由于革命时代英雄主题对于个体生活具有的历史强制力，葛任的名字一旦被刻上革命的纪念碑，他的命运就已经注定了。生活中的葛任聪明、善良、忧郁、单纯、羞涩，属于典型的抑郁质；他经历丰富而坎坷，始终保有自己的内心生活，他的羞怯是"个体存在的秘密之花，是对自我的细心呵护"。他多年的朋友在得知他未死、身在大荒山时，都千方百计地想把他放走，然而，在特定的年代，葛任（谐音"个人"）是不存在的，这一先决条件使来自双方的探寻与营救，在将其代号为"〇"时无论取义"没有"还是"圆圆满满"都具有一语双关喻意。葛任很清楚自己的命运，他甚至能够预测到探寻者是何许人也，同时也深知他们友善的目的，但他不会走，因为他深知自己已无处可去且稍有不慎，会造成更多亲人的"在劫难逃"（其实仍然有许多人因此而无辜被杀）。对于"他当时若是就义，便是民族英雄。可如今他甚么也不是了"这句出自革命者窦思忠嘴里的真心话，葛任早已洞若观火。患有肺病、随时可以死去的他只是想在生命最后的时间里，按照自己的内心稍事平静，完成自传《行走的影子》，不过他很清楚自己身后不会留下任何东西，所以在等待死亡即"大休息"来临之前，他烧掉了所有稿子……而由"葛任之死"引发的所有接近"真实"的努力，都因"真实"像洋葱的核，"中心虽然是空的，但这并不影响它的味道，那层层包裹起来的葱片，都有着同样的辛辣"而最终在叙述中陷入历史的虚幻。

时常脸红、不合时宜的葛任为《花腔》带来了繁复的结构、坚硬的质地。对于他，笔者一直有着强烈的感受，将其视为革命时代的吴之刚。他的命运本身就是一首悲情、感人而又晦涩的智性诗。越是看透自己的命运，越会产生一种品读的张力，而阅读感受也会随之变得更具层次感。《花腔》有着纯文学本质上固有的"诗性"："诗性"的作品从不排斥诗意，但两者之间的逻辑关系需要厘清。"诗性"实践了李洱小说关于难度的追求，呈现"诗性"的具体实践方式应当是一个持续的过程。为此，我们有必要在"暧昧的午后"，对李洱的小说有所期待……

初稿于 2013 年 12 月，修改于 2014 年 1 月

修复历史与记忆的风景
——论韩东的"下放三部曲"

经过多年的"练习"与"贮备",韩东在21世纪初笔锋一转,以长篇写作的方式"抵达前沿阵地"[①]:《扎根》(2003年)、《我和你》(2005年)、《小城好汉之英特迈往》(2008年)、《知青变形记》(2010年)的相继出版,不但标志着韩东的创作步入一个新的阶段、拥有更为广阔的表现空间,而且就阅读的角度来看也同样是反响良好、战绩不俗。其中,《扎根》《小城好汉之英特迈往》《知青变形记》三部长篇更是由于题材的一致性和结构的连续性而备受瞩目。显然,韩东这种"累牍"式的创作与其经验表达有关,而笔者将其命名为"下放三部曲"并从"修复历史与记忆的风景"的视角展开论述,正是要揭示韩东的创作理念与心路历程。

一 成长的主题及内在的悖论

《扎根》《小城好汉之英特迈往》《知青变形记》之所以被称为"下放三部曲",除了源于共同的下放题材外,主人公持续成长、经历人生不同阶段,也使其构成了一个整体。《扎根》从1969年11月老陶一家下放苏北洪泽三余村写起,主人公小陶此时大约八岁,整个下放过程持续到1976年老陶一家离开三余,进入洪泽县城;后小陶考上大学,一家返回南京,"扎根"经历主要集中于小陶十四五岁之前的生活。与《扎根》相

[①] 韩东:《〈扎根〉及我的写作》,《作家》2003年第8期。

比,《小城好汉之英特迈往》第一节"上学路上"是这样开始的:"八岁时我随父母下放苏北农村,我们家在生产队和公社都住过。1975年,我14岁,父母被抽调到共水县城里工作,我自然也跟随前往,转学来了共水县中。"由此展开的故事主要集中于"我"14岁之后初中时代的生活。《知青变形记》虽未交代主人公"我"即罗晓飞的年龄,但从其知青身份、"前史""蜕变"等经历来看,显然从开始就已步入青年阶段。三部长篇的故事主体均发生于"文革""下放"这样特定的历史阶段,并在具体展开的过程中明显呈现出"童年""少年""青年"的故事起点及成长线索。尽管,以时间叠加的方式看待三部长篇,三个故事会与历史的自然流程有一定的出入,但作为系列的文学创作,它们却可以满足韩东的生活经验及其有效的表达。正如韩东在一次访谈中谈道:"我对下放印象很深,因为正值我的童年和少年时代。我们家在生产队、公社和县城里都待过,我的小学和中学基本上是'下面'度过的。下放的经历除了与我的成长相伴随,里面还有各种复杂丰富和好玩的因素。这些,都是文学的好材料。我已经写作了《扎根》和《小城好汉之英特迈往》两部长篇以及一些有关下放的中、短篇,也许还不够。我说的不够不是指数量,而是指需要有一部书是和这些经历或者经验相当的。"[①] 以童年和少年的视角讲述下放的故事,对于韩东而言从来不是一件陌生的事情。结合韩东的经历可知,韩东8岁(1969)随父母下放苏北农村,17岁自县城中学考入大学,这段头尾长达9年的生活给韩东留下了深刻的印象,因此,"以此为材料进行小说写作是很自然的";不但如此,由于下放和韩东的少年生活纠缠一处,所以,下放成为韩东"特别的灵感源泉之一"[②]并最终转化为《扎根》《小城好汉之英特迈往》也就成为顺理成章的事情。但韩东显然对此意犹未尽,在讲述完自己亲历的童年、少年下放史后,他又以知青题材的掘进、夸张与变形满足了经验与记忆的"增长"。在韩东看来,知青历史的复杂、沉重使其从来都不宜做简单、天真或是苍白的想象。这一点,对于那些渴望

[①] 韩东、李勇:《我反对的是写作的霸权——韩东访谈录》,《小说评论》2008年第1期。
[②] 韩东:《〈扎根〉后记》,收入《扎根》,人民文学出版社,2003年,第313页。

了解历史,但又仅仅止步于当下影视文艺作品的后来者尤为重要。秉持还原历史真实的理想或曰一种文学的责任,还有什么能比多角度、多声部的成长主题更能切近这种理想呢?

按照巴赫金的看法:"时间进入人的内部,进入人物形象本身,极大地改变了人物命运及生活中一切因素所具有的意义。"[①] 成长主题式小说除了可以把握真实的历史、时间,还可以实现文本意义上的主体的生成,从而再次证诸特定的历史。"下放三部曲"以履历填写的形式相继书写了人生的三个阶段,塑造了一个独特主体的生长过程,然而,这一主体就韩东本人而言却是矛盾重重的——一方面,韩东通过"他"的成长修复了个体和历史的记忆,另一方面,韩东又必然面对这段已逝历史的已有评价以及数量巨大、面目雷同的创作,这最终使韩东很难从容摆脱于童年的经验进而呈现出创作上的别具一格,何况相对于今天,特定历史的断裂感、距离感又会加重上述的"两难处境"。因而,从下放历史中滋生出来的成长主题便注定了其与生俱来的悖论色彩——这种悖论的出现并不仅在于历史语境的不复存在和韩东渴望打破千篇一律的"知青叙述",更为重要的,它还源于故事中历史语境的特殊性以及想要深入开掘其真实性,就必然要使用某些特殊的叙述方式,进而产生与教科书上的历史不一样的阅读效果。以《扎根》为例,"扎根"用老陶的话说就是"打万年桩"——从南京下放至三余的老陶(陶培毅)一家一开始就以主动介入的姿态陷于"扎根"的命运之中。"扎根"作为一个贯穿全书的隐喻,潜含着一代人在特殊历史境遇中无可奈何的生命体验。首先,从故事情节上看,老陶一家与三余人无法调和的"分歧"除了使用煤球、屋内屙屎、盖新房这些事情外,还包括小陶学针灸、每次出门装满零食才有资格站在三余村放猪的孩子中间、给靳先生家背粪以及养过四条狗的故事等,这些故事情景是如此的琐细、平淡无奇,又是如此的真实、可信。然而,它们又处处与"扎根"的初衷相背离,即使以小陶的"童年视角"加以叙述会为故事

---

① 巴赫金:《教育小说及其在现实主义历史中的意义》,收入《巴赫金全集》第3卷,白春仁等译,河北教育出版社,2009年,第226页。

本身增加几分童趣。其次，从人物命运上看，"扎根"就意味着安身立命，为此老陶以三本笔记记录三余村生活的方方面面，让妻子苏群学医、联系群众；对于儿子小陶，老陶认为他的前途和未来是"在三余扎根，当一个农民，这是肯定了的"，因此，他期待小陶学会一门手艺，还为小陶设想过在三余娶媳妇、生儿育女，繁衍子孙；陶氏一家将埋在这里，村西头将出现老陶家的祖坟……然而，这些带有"喜庆的色彩"的设想随着有"洁癖"的陶文江（老陶的父亲）惨死于粪坑中而变得现实起来："扎根"同样也意味着他们（陶文江、陶冯氏、老陶、苏群）要死在这里，化作三余的泥土。因此，陶文江的死，骨灰埋在三余就相当于在此埋下了一条老根，让老陶一家既感空虚，又不免觉得踏实。老陶一家最终由于老陶身体的原因返回了南京，小陶也考入了大学、当起了老陶绝对不会让干的作家。老陶病逝，陶文江的骨灰也迁至南京郊区……这一切都在证明叙述者在文末"结束"一节中的议论："看来扎根并非是在某地生活下去，娶亲生子、传宗接代（像老陶说的那样），也不是土地里埋葬了亲人（像陶文江做的那样）。"那么，"扎根"的结果究竟是什么？小陶常常梦回三余，人却再也不会回三余了，老陶安排的庇护所已毫无意义，时代变化超出了老陶的预料。"扎根"使老陶奔赴死亡，小陶则从此开始走向生活，这无疑是一次命运的讽刺。

  如果悖论可以简单理解为"表面上荒谬而实际上真实的陈述"[①]，那么，《扎根》式的"悖论"在"三部曲"的其他两部中也是无处不在的：《小城好汉之英特迈往》讲述了"我"随父母下放苏北，在县中学结识两位好朋友的故事（朱红军、丁小海）。三个从小怀有梦想、性格各异的少年，后来一个死于非命，一个潦倒一生，一个功成名就。但显然，这是一个时代的故事，三个少年的命运并不仅仅取决于他们的性格，更取决于时代，而像传奇人物朱红军的死更让人无限感慨。至于《知青变形记》由于已进入成人世界，所以一开始就进入了惨淡、凝重的情境：知青罗晓飞为争取回城，积极表现，却被诬陷为"奸污母牛"、身犯重罪，后由于范氏

[①] 赵毅衡编选：《"新批评"文集》，百花文艺出版社，2001年，第353页。

兄弟打架、弟弟范为国意外死去，他才有机会冒名顶替、存活下去，但其命运显然已经"变形"。一般而言，成长过程往往会因为遭逢偶然、意外而在一定程度上存有"变数"，人生无常本身就是一次生命的悖论，但在特殊的历史情境中，历史本身的荒谬往往会使人生的荒谬透射出某种真实感、沉重感。在"三部曲"中，韩东以荒诞、夸张的手法处理现实，恰恰要还原的是这种历史真实。

二　记忆的整合与反思的策略

在《扎根》后记中，韩东写道：

> 大约十五年前我开始记一本笔记，断断续续记了约二十万字，记录了当年下放的种种生活和印象。九十年代初我开始写作中短篇小说，其中的一部分都是和下放有关的，或以下放生活为材料，或涉及其中的片段和印象。下放和我的少年生活纠缠一处，成为我特别的灵感源泉之一。
>
> ……(《扎根》)其中的部分篇章与我有关下放的中短篇似有重叠之处，但绝非这些中短篇小说的临时拼凑、集合或剪辑、扩充。《扎根》自有它的主题、节奏和结构方式。①

关于《扎根》部分"重复"韩东1990年代中短篇创作，熟悉韩东小说的读者不难察觉：《树杈间的月亮》《乃东》《农具厂回忆》《描红练习》《田园》《母狗》《富农翻身记》《小东的画书》《西天上》等故事场景都在《扎根》中浮现过。对此，学者汪跃华还在一篇分析《扎根》的文章中将其称为"复写之书"——"一般说来，重复书写区别于自我重复或自我抄袭，某种程度上它总是对第一次所讲故事的深加工，一种更加成熟的完成。如果将韩东第一次讲述的故事与他对这些故事的复写作简要的比照的话，会发现它们之间无论篇幅、结构、节奏乃至创作心态，都

---

① 韩东:《〈扎根〉后记》，收入《扎根》，第313页。

有着明显的不同，复写在各个方面都体现出一种精耕细作的品格"。① 事实上，在"三部曲"中，《小城好汉之英特迈往》同样也进行了大面积"复写"：其中，与朱红军相关的故事很容易让人想到是对中篇《古杰明传》的"整体扩写"。《知青变形记》虽未直接汲取韩东以往的创作资源，但笔者却更愿意将其视为"童年视角"与"成年视角"之间差异和作家经验自我提升的结果。"复写"是韩东对过去记忆整合的过程，并在整合之后产生"加法的效果"和"想象的留白"，进而引发作家新的书写及图景建构。当然，出于对记忆和文学创作的独特理解："记忆是不可靠的，但面对历史，它又是惟一的。所谓的历史，说到底是由人们的愿望达成的。梦是愿望的达成，历史亦然，历史如梦似幻，因此才成了文学的材料。因此，无论你是否写了所谓的'真实'，它都是虚构的。只不过文学将虚构作为合法的积极的因素而接受。"② 韩东的"复写"与"整合"既可以保证个体记忆的真实性和一致性，又可以保证文学虚构的真实性。它们当然不能被简单视为韩东的自传和身世材料的记录，但故事中的人物又显然各有其生活原型并在某些细节上具有相似性。惟其如此，韩东在写完《扎根》《小城好汉之英特迈往》之后，才会将剩余的记忆和想象整合成《知青变形记》，以显示他对下放生活的难以割舍及深刻的理解。

绝大多数研究者在评述韩东小说时都曾提到过"个人化"（尽管韩东并不承认），这一极富个性化洞见和表现力的术语从一开始就使韩东的小说指向了往日的集体性话语并浸染着"反思"及解构的策略——此时，"反思"和修复历史一样，同样是一种怀旧，但其"更关注个人的和文化的记忆"，其展现的风格"可能是讽喻的和幽默的""非终结的、片段的"③，因而必然带有鲜明的解构意识。作为 1960 年代出生的一代作家，韩东们往往在起笔的瞬间便对历史描绘充满了焦虑：对童年、少年直至青年亲历的感知，一方面使其有解释历史的资本与能力，但在另一方面，他

---

① 汪跃华：《复写之书：韩东〈扎根〉论》，《文学评论》2004 年第 5 期。
② 韩东、李勇：《我反对的是写作的霸权——韩东访谈录》，《小说评论》2008 年第 1 期。
③ 斯维特兰娜·博伊姆：《怀旧的未来》，杨德友译，译林出版社，2010 年，第 55—56 页。

们又常常不满于既定的历史解释,二者的矛盾冲突以及隐含在其中的天真幼稚、似是而非的在场感和非全景化的参与及其经验收集,常常使其在讲述怀旧故事的同时隐含着一代人的信仰危机和讲述冲动。至于他们最终以怀疑、喜剧、荒诞乃至传奇的笔调书写历史甚或采取"断裂"的姿态凸显自己的价值判断,其实都源自一种建构属于自我历史的心态。为此,除了使用一种非公共性的个人话语和特殊的情境及其组接方式,韩东们又能如何为自己争得叙述历史的权利呢?

正如韩东在 1980 年代就以一首著名的《有关大雁塔》将前辈诗人杨炼的《大雁塔》解构得七零八落,还有什么能比具体、琐碎的生活场景更能揭示生活的真实和芸芸众生的心理状态呢?在"三部曲"中,韩东很少触及重大的历史主题,他只是以日常化的叙述、个体真实的生活体验将沉重的历史融入其中,并以琐碎、片段化的叙述场景最终营造出耐人寻味的艺术效果。在有些章节中,他甚至以喜剧、幽默的情节"缓释"贫瘠、清苦的下放历史:《扎根》中靳先生惩罚迟到的学生;《小城好汉之英特迈往》中的起绰号、抓屁成风;《知青变形记》中的扒裤子、以强奸母牛取乐的场景……都与曾经的正史叙述相去甚远。除细节和场景之外,韩东还以议论、评价以及第一人称"我"的使用表达对故事的非客观化呈现和个性理解,而这些议论、评价甚或作家直接出场表现自己的态度,还常常对"三部曲"的主题和情节推动起到至关重要的作用。在《扎根》的结尾,"我"曾在谈论老陶的笔记时写道:"翻看这些笔记,对我目前写作的这本《扎根》是没有什么帮助的。但也有一个好处,就是我可以在老陶空缺的地方任意驰骋。如果老陶在他的笔记中记录了个人的信息和他一家的生活,我写《扎根》就纯属多余。……总之,我得了个便宜。老陶若地下有知,对我的做法肯定是不屑一顾的。在他看来是重要的东西,我认为一钱不值。反过来也一样,我所以为的珍宝他也觉得完全无用。这也许就是两代写书人的不同吧?"以第一人称"我"的形式直接评价小说本身并与小说的全知叙述方式同时出现,显然已使叙述具有元小说的阐释立场,它一方面可以表明写作者本人的虚构立场,另一方面又深刻揭示了两代人对历史和写作的不同理解,从而为历史的理解同时也是记忆的还原留下了诸多开放的途径。《扎根》中的这种叙述特点在《小城好汉之英特迈往》《知青变形记》中仍不时闪现,只不过却显得含蓄、隐晦了许多。是韩东叙述历史日臻成熟,还是成长的故事减少了叙述的"变数"?对此,我们完全可以从两部长篇的名字中找到缘由:《小城好汉之英特迈往》原题《英特迈往》,其语出宋代陆九渊的《荆国王文公祠堂记》,意为"英俊威武、超逸非凡",但从三位主人公的结局来看,显然与此含意大相径庭;《知青变形记》的题目有明显借鉴卡夫卡《变形记》的"嫌疑",但这次"变形"不是"以人易物",而是"以人易人"。由此可见,在成长主题的影响下,韩东越来越注重通过人物命运的悖论和变形解构所谓历史的必然性,偶然、意外、无可申诉与辩驳在这里就成为韩东留给读者的阅读线索。

三 书写历史的"真实"与"虚构"

在完成于1992年的小说《母狗》中,韩东就曾表达他对知青生活及知青题材写作的理解:"青春的葬送,寂寞和无聊,耗尽体力,头脑空空,纯朴的乡亲,对权力的畏惧,前途的无望以及妥协、等待。这就是所谓的知青生活。当然还有性、愚昧。对我来说还有喜剧,因此它必定虚幻不真。"出于记忆表达和创作的理解,韩东的"虚幻不真"在整体上构成了他在1990年代创作同类题材小说的基本逻辑,这一逻辑在很大程度上使韩东从一开始就放弃了历史本质主义的立场,进而行走于历史的"真实"与"虚构"之中。经过多年的准备,坚守个人化立场的韩东终于以大部头的文字重新面对历史,让自己的写作和自己的生活"挂钩"。对于首部长篇《扎根》,韩东的解释就颇为独特:"《扎根》说到底是一部以虚构为其方式的小说,只是我理解的'虚构'略有不同,不是'将假的写真',写得像那么回事,而是'把真的写假',写飘起来,落实到'假'。"[①]此处的"真"应当来自韩东的经历和其笔记记录的内容,而"假"才是真正意义上的虚构。韩东这种有意识地"反其道而行之"其实并不与文学创作

---

① 韩东:《〈扎根〉后记》,收入《扎根》,第313—314页。

自身的特点相悖：如果"真"是真实的生活经历和见闻记录的话，那么，"假"则在于一种深加工，为了能够全景式地呈现"扎根"者们的生存状态与历史赋予他们的生存语境，"假"无疑更具有深邃的价值和思想的力量，韩东的艺术想象及驾驭历史的能力也恰恰在此插上了飞翔的翅膀，并藉此抵达艺术真实的境地。

  同样的，书写历史的"真实"与"虚构"在《小城好汉之英特迈往》《知青变形记》中也得到延续：《小城好汉之英特迈往》中关于朱红军的故事，由于剪辑、扩充了《古杰明传》的情节，所以其"扩充"出来的部分相对于"原型"来说是虚构的，但虚构出来的朱红军可以紧贴着持枪的魏东奔跑、不被发现；可以和战友们"智俘"医院警卫排战士，却又能够真实地表现朱红军的身手敏捷、胆识过人的性格特点，正因为如此，他才更具传奇色彩，他的死才更令人叹惋。与之相比，《知青变形记》中的"虚构"明显在于变形本身，这是一次偶然与巧合中的冒名顶替，也是一场不折不扣的噩梦，但不幸的青春、命运的牺牲品显然要归咎于"一个时代"。对于韩东的历史的"真实"与"虚构"，我们大致可以从《知青变形记》的"代序"中看到因由："我认为，一个小说家，有责任连接历史与想象，连接真实与虚构，在二者之间架设一座交汇的桥梁。一个伟大或悲哀的时代应该有伟大深入的作品与其匹配……那些亲历者，旁观者不仅有记录真实见证的责任，更有以此为材料、灵感创作不朽作品的责任（如果他是一位作家、诗人）。真实历史总是比单纯想象更加精彩纷呈、复杂吊诡、充满意蕴，这就给我们的写作提供了一个得天独厚的广阔空间。趁这一茬人还没死，尚有体力和雄心，将经验记忆与想象结合；趁关于知青的概念想象尚在形成和被塑造之中，尽其所能乃是应尽的义务。虽说知青题材的文艺作品最终将掩埋关于知青的历史真实，但愿其中的文学提供给后人的想象更复杂多义一些，更深沉辽阔一些。"[①] 出于小说家的责任以及表现某一特定时代的勇气和信心，韩东期待以"真实"和"虚构"的方式为历史架设一座理解的桥梁。由于深知相对于个体，历史不但曲折无限、

[①] 韩东：《我为什么要写〈知青变形记〉》，收入《知青变形记》，花城出版社，2010年，第2页。

拥有丰富的想象空间，还拥有至高无上的权利，故此如何讲述确然成为一个难题。既然每一次艺术再现都会对后来者的历史想象产生影响、形成新的形象塑造，那么，更"复杂多义一些""深沉辽阔一些"，自然会为知青历史留下更为广阔的创作和阅读空间，而作家的使命感也正在于此。

能否将行走于历史的"真实"与"虚构"和韩东独特的艺术追求之间建立某种联系？这一问题不但涉及韩东对写作的某些基本认识，同时也必然在超出"真实"与"虚构"界限的同时，纳入当下文学创作的演变之中。事实上，无论是原始素材的真实，还是叙述加工的虚构，对韩东来说都要归结到一种写作的真实——"写作的最高品质在我看来就是真实"①，只不过，上述观念从当代小说艺术流变的角度上看则会产生另一番图景：众所周知，1980年代后半期掀起的声势浩大的先锋文学潮流在1990年代遭遇了"合法性危机"，但以韩东为代表的"晚生代"（又称"新生代""后先锋"）作家却大都以亲历者的身份将先锋派的气质继承下来，从而成为推动1990年代以后文学发展的先锋。先锋派生存语境与身份的转变自然引发当代文学创作艺术的变化，这种从审美现代性角度同样可以说得通的演进过程所需的只是先锋作家的创作实绩及其认知程度。以韩东的创作为例，"操练者的挑战""智性的写作"很早就成为评论者言说的话题。②客观来看，在"写什么"和"怎么写"、现代派和后现代等都已在过度实践中成为历史之后，韩东的小说创作确实需要某种"智性"：相对于形式主义的平实、客观；相对于写实主义的悖论、反讽，就这样成为1990年代以来小说、诗歌创作的综合性特征，至于由此表现出来的关注个体命运及生命的深度，也同样从属于此时先锋派的逻辑。

由此返观韩东的"下放三部曲"，我们完全可以从《扎根》"作家"一节中老陶的书"只写农村"、语言特点是"群众语言"、创作观念是"深入生活"，和他的大量的笔记没有丝毫的个人感受，没有一点一滴的"主

---

① 韩东：《〈此呆已死〉后记》，收入《此呆已死》，上海人民出版社，2009年，第400页。
② 见林舟：《操练者的挑战——论韩东小说的叙事策略》，收入《树杈间的月亮》，韩东著，作家出版社，1995年；晓华、汪政：《智性的写作》，收入《我们的身体》，韩东著，中国华侨出版社，1996年。

观"色彩看到两代作家的差异;同样的,我们也完全可以从韩东使用"复写"的形式创作长篇而看到1990年代先锋派处理真实和虚构的具体方式。在历史和信念可以遭受质疑、重新解读,不再成为至高律令的当下,还有什么比模糊"真实"与"虚构"的界限更能接近当下先锋式创作的本身和呈现先锋作家的创作理念呢?

四 语言、叙述与悲悯的忧伤

从语言、叙述的风格上纵观"下放三部曲",韩东依然延续着以往的风格。"他的小说意韵深长,读之却极为平淡;他的语言干净、节制,却显得过于单纯。这些特点,经常使他优秀的文学气质不经意地淹没于时代的喧嚣之中。"[①] 结合多年来的创作履历来看,韩东确然不属于那种以声势取人、大红大紫的作家,他始终坚持着自己的追求,保持着自己独特的精神气质,而其耐力和韧性也由此可见一斑。"在形式创新上我并无过分的野心。我喜欢单纯的质地、明晰有效的线性语言、透明的从各个方向都能了望的故事及其核心。喜欢着力于一点,集中精力,叙述上力图简略、超然。另外我还喜欢挖苦和戏剧性的效果。当然平易、流畅、直接和尖锐也是我孜孜以求的。"[②] 韩东对自己小说语言、叙述的解读,很容易使人觉察到"沉静""透明"但又不失"内敛"的风格特点,尽管,韩东似乎不愿意承认其小说语言的诗意特点,但其阅读后的感觉却是这样的:于平淡中见力量,于透明中见智慧。即使是"三部曲"以长篇累牍的形式让语言铺陈更显琐碎,叙述更显平缓,但诗性品格并未因此而稀释。《扎根》中"园子""小陶""小学""动物"等情节的跳跃性,节奏感的控制;《小城好汉之英特迈往》通过干净、节制的语言增加故事的密度,让众多人物在流畅、平易和镜头不断切换的叙述中栩栩如生又个性突出;《知青变形记》则将反叛的力量、悲悯的情怀控制于简单的语言和叙述结构之中……韩东以近乎

[①]《华语文学传媒大奖·2003年度小说家奖:韩东授奖词》,《当代作家评论》2004年第4期。
[②] 韩东:《我的中篇小说》,收入《我的柏拉图》,陕西师范大学出版社,2000年,第3页。

冷静的叙述,将对生命的关切内敛于语言和情节的控制之中,因此,在"三部曲"每曲阅读之余,掩卷沉思,总会获得不一样的体验与感受。

在《我的中篇小说》中,韩东曾言:"与其说我关注的是存在问题,还不如说我关注的是情感。爱情、男女之情、人与人之间以及人与动物间的感情是我写作的动因,也是我基本的主题。有时,生存的情感被抽象为关系。对关系的梳理和编织是我特殊的兴趣所在。"① 而在《关于语言、杨黎及其它》中,韩东则提到"语言指向的不是事物,是事物间的关系,即事物的意义。因此,对语言的要求不应是准确对位,而是'看见'。通过语言,我看见事物,而我看见的事物实际上是事物间的关系。"② 通过这些文字,我们大致可以看到"语言""关系""情感""生存"已成为韩东小说质素与主题之间的"对应关系"——作为一种带有鲜明在场感、存在性及至虚构性、增殖性的关系确认,韩东的语言、叙述带有明显的哲学色彩并以此烛照生存与命运。而且,"情感""生存"的关注也使韩东对卑微和痛苦者特别感兴趣,对得意者倍感乏味,这一倾向同样形成了韩东创作的另一特点。

客观来看,"三部曲"的书写会让人感到一种"悲悯的忧伤":其一,从角色和作家的情感基调上说,"三部曲"都是以"时代"的小人物为主人公,他们身份卑微、精神贫瘠乃至痛苦。尽管作家在叙述上尽量保持着冷静、克制并不时融入一些喜剧场景,但韩东对他们饱含深情的态度仍然清晰可见,这一点,在三部长篇大量情节取材于作家的童年记忆和亲历经验后会变得十分明显。其二,是成长的坎坷与命运的无奈。"三部曲"作为系列成长主题小说,始终以成长的坎坷显示时代与命运的悖论。但从韩东的创作意图来看,似乎更倾向于"命运"。比如,他在谈论《小城好汉之英特迈往》时,就多次强调:"我着力写了张早、丁小海和朱红军的父辈,这更说明我的意图:是'命运'。命运不仅从他们开始,甚至从他

---

① 韩东:《我的中篇小说》,收入《我的柏拉图》,第3页。
② 韩东:《关于语言、杨黎及其它》,《作家》2003年第8期。

们出生以前就开始了。""没有人成长,不过是命运的展开。"① 韩东这种看法何尝又不适合于《扎根》《知青变形记》! 由于韩东先验地将主人公的成长理解为"命运",所以,在"三部曲"中,细心的读者会体验到部分情节的观念先行,而成长也很容易遭受"窄化"式的理解,但由坎坷、无奈中流露出的悲悯的忧伤却会加重。其三,是回望的忧伤及其情感体验。"三部曲"以回望的姿态表达了韩东对特定岁月的重温,由于这种回望是韩东童年记忆的再现,所以韩东在书写它们的过程中总会不经意地陷入一种创作上的沉湎与难以释怀的留恋。然而,记忆与现实的"距离"及其尽力复原虽会为韩东带来写作的动力,但岁月的流逝、物是人非却注定了回望的忧伤。父辈的辞世、朋友或者英年早逝或者贫苦潦倒,使"下放三部曲"的结局要么没有看到未来出路,要么走上宿命的循环,而作家在重温时的感怀与怅惘甚或自我虚幻,正化作一种诗意的忧伤。

　　从《扎根》到《知青变形记》,韩东的"下放三部曲"越来越以成长过程中的夸张、变形、讽刺呈现出寓言化的倾向。这种倾向虽然不是詹明信谈论第三世界文学时所指出的"民族寓言",但其涵盖"下放""文革"直至当下的历史却使其成为不折不扣的"当代成长史"。从三部长篇在故事讲述时的连续性到结尾时的各不相同,我们大致可以感受到韩东对自我经历和生活多义性的态度。毫无疑问,韩东对故事的主人公及其成长过程是饱含深情的。他一方面通过修复历史和记忆的风景,整合记忆的碎片,推迟"返乡"之感;另一方面借助故事表达自己对生活的理解乃至憧憬,袒露自我怀疑的立场,却在不知不觉间流露出人到中年的心态。应当说,短短数年来,以持续的方式书写成长的系列过程,这对于一向写得慢而少的韩东来说确实耗尽了不少"经验"和"资源"。相信以写作为职业的韩东不会寂寞太久,是再一次重返历史,还是像《我和你》一样回归现实? 我们将拭目以待!

初稿于 2012 年 6 月,修改于 2013 年 6 月

---

① 分别见罗敏:《韩东:每个人都"英特迈往"》,《第一财经日报》2008 年 3 月 22 日;孙小宁:《韩东"小写"〈小城好汉〉》,《北京晚报》2008 年 3 月 18 日。

记忆美学的多重面孔
——评王蒙的《这边风景》

自2013年4月长篇小说《这边风景》上下两卷出版后，王蒙及其"文革"时期的写作再次成为文坛的热点。除众多媒体竞相报道之外，众多批评家也相继将目光投向《这边风景》，进而呈现出聚讼纷纭的态势。在笔者看来，对于这样一部在写作和出版之间存有四十余年"时间差"的长篇，不同读者产生不一样的阅读反应甚或带有质疑之声，并不让人感到意外；不仅如此，如果只是采取传统的主题、人物、艺术分析甚至强加某些理论，也极有可能收效甚微。为此，本文拟从作家姿态和读者接受的角度入手，将《这边风景》视为一部"记忆美学"，而其在不同语境下的生成与接受差异，正是它具有"多重面孔"的重要前提。

一 "旧日再现"与"双重的真实"

尽管在《王蒙自传》等多部带有传记性的文字中，人们早已获知王蒙有这部手稿，但直到2012年3月，《这边风景》的旧稿才被"偶然"发现。由此回顾小说坎坷的经历：从1972年王蒙开始考虑书写在伊犁农村的生活经验，到1974年下决心"努力写一部大长篇"，再到1978年6月改稿、8月完成初稿。然而，此时的社会形势已发生重大改变，出版社已觉得"难以使用"，作者只是在一些杂志上发表部分章节……[①]《这边风景》在

[①] 参见王蒙《这边风景》的"后记""情况简介"，花城出版社，2013年，第702—705页。

40年后终得出版，无疑堪称一次旧日再现，而王蒙所言的"重读旧稿，悲从中来，尘封四十载，终见天日"①，也带有相当程度上的真实性。毕竟一部六十余万字的长篇会花去大量的心血，何况，这部书还涉及作者刻骨铭心的记忆和难以忘怀的亲人。因此，当王蒙在"小说人语""后记"中多次提到重新阅读旧作中若干场景时，会感动得"热泪盈眶"就显得在情理之中。如果说当年更多是凭借激情与体验渴望完成一部见证时代主题的大作，那么，今天重温这些文字，感怀物是人非，作家本人为之动容同样可以归结为一种心灵的真实。

从《这边风景》的叙述，我们不难读出王蒙写作此书时的几个基本倾向。首先，作者所要着力描绘的是一幅20世纪六七十年代的新疆多民族聚居的历史画卷。小说中的人物包括在新疆伊犁生活的维吾尔族、回族、俄罗斯族、乌孜别克族、哈萨克族、塔塔族、锡伯族、汉族等民族的人民，他们有自己独特的民族习惯和民族信仰，他们在一起生活、相互融合，交织出丰富多彩的故事，具有浓郁的地域风情，阅读这段贯穿特定时代的历史，确然可以领略"回肠荡气的民族画卷"，品尝"原汁原味的新疆盛宴"。其次，是作家渴望触及与众不同的社会（重大）主题。《这边风景》以1960年代新疆伊犁一个维吾尔族聚居村落推行社会主义教育运动为主线，将故事至于中苏关系破裂、我国边境出现短暂动荡的背景之下。这一敏感而又现实的主题指向，使民族矛盾、阶级矛盾以及人与人之间的矛盾紧密地交织在一起，小说故事情节之复杂、内容之独特不仅使其迥然有别于同时代的社会生活故事，而且，也是其在1970年代末期难以出版的重要原因。再次，鲜明的政治立场。作者曾多次借助小说的叙述立场鲜明地表达了对党和国家政策的拥护、对领袖的敬仰，并力求凸显主人公坚忍不拔的血肉形象。与此相对应的，则是小说深刻揭露了那些伺机制造事端、阴谋分裂边地团结等敌对势力的险恶用心，同时，也尖锐批判了部分干部的"左"倾思想、教条主义作风。由于作者的创作时代正值"文革时代"，追求"政治正确"的痕迹是显而易见的。当然，上述倾向如果换成

---

① 王蒙：《这边风景》，第705页。

是时代为其提供了写作的方向与限度也同样说得通，因为它们本身就是一个问题的两个方面。最后，现实的手法和激情的笔调。《这边风景》以现实主义手法为主，在书写新疆民族风情、文化生活时饱含深情。正如王蒙在第三章"小说人语"中写道"谁能不爱伊犁？谁能不爱伊犁河边的春夏秋冬？谁能不爱伊犁的鸟鸣与万种生命？谁能不爱与生命为伍的善良与欢欣？"现实主义自然是那个时代提供给作者的为数不多的创作手法，但激情却源于作者本人亲历过的生命体验。比较前者，作品字里行间的激情真挚感人，生动地再现了青年时代王蒙特有的写作方式。通过以上几个方面，王蒙再次以创作验证了他喜欢说的"生活是创作的源泉"，生活不仅"提供了灵感、故事、细节与激情"，"还提供了科学与真理的光辉"[①]，而在这些堪称故事元素的背后，还有厚重的历史和一个个鲜活的生命。如果《这边风景》当年可以出版，那么，它具有强烈的现实指向性是毋庸置疑的；但它的命运却决定了它只是再现了旧日的历史，只是以叙事的方式为历史增添了一道别样的风景。

对比《这边风景》当年创作时的心灵真实，王蒙重新面对时的感动显然与前者构成了"双重的真实"。然而，在真实的背后，我们必须看到的是记忆再现、终获补偿对于作家的意义。在惊喜与感慨之余，《这边风景》的重见天日对于王蒙而言还有小说家成长史、创作史和心灵史的完整与满足。在接受记者采访的过程中，王蒙曾多次提到林斤澜"鱼之中段"的说法，并认为《这边风景》是自己的"小说的中段"皆与此有关。[②]"它不但填补了我自己的空白，更是为那个年代的文学填补了空白。"[③]王蒙的说法已告诉我们，《这边风景》的"风景"是多重的，而其理解也自然应当是多向的。

---

① 王蒙：《这边风景》，花城出版社，2013年，第557页。
② 分别参见王晶晶：《尘封35年之作〈这边风景〉出版　王蒙一本书改变了后半生》，《环球人物》2013年第12期；《王蒙：〈这边风景〉就是我的"中段"》，《文艺报》2013年5月17日。
③ 王晶晶：《尘封35年之作〈这边风景〉出版　王蒙一本书改变了后半生》。

二　距离的"调整"与阅读的"错位"

考虑到阅读语境的差异,王蒙在2012年校订《这边风景》的手稿时,曾作了如下几点调整。在内容上,"基本维持原貌,在阶级斗争、反修斗争与崇拜个人的气氛方面,做了些简易的弱化。"在时间跨度上,王蒙掌握的尺度是"保持当年的面貌,适度地拉到新世纪来"。[①]在第57章,王蒙曾写到当年犯教条主义错误的"四清工作队队员"章洋在事实澄清之后的一蹶不振,和他于2012年去世前的状态(按小说的介绍章洋时年79岁),这样的描述自然属于校订过程中增添的部分。此外,最为显著的,是王蒙为每章正文后撰写了"小说人语。"出于对《史记》有"太史公曰"、《聊斋志异》有"异史氏"之叙述形式的理解,王蒙推陈出新,运用了"小说人语"的独特形式。它具体、灵活、自由,可长可短,既收到了出版社广告词所宣称的"79岁的王蒙对39岁王蒙的点评",又以21世纪的态度和立场,对小说加以注释、给读者以交代:"在寥寥数语间,既体现了作者今日的视野,又将几近淡隐了的当年时空自然衔接起来,似乎更加凸显了陌生化效果,给小说注入了别样的韵味。"[②]

客观来看,王蒙的"调整"对于《这边风景》的阅读和接受是有积极意义的。通过调整,《这边风景》所叙述的"当年史"与今天读者之间的距离被拉近,许多因时代产生的阅读障碍被消除,同时,因作者创造性地使用了"小说人语"的形式,《这边风景》的情节、技法、情感以及若干构思、意图会更加清晰地呈现在读者面前,从而缓解因时过境迁而造成的故事与阅读之间的"张力",尽量保证了记忆还原过程中前后的一致性和完整性。

当然,就阅读而言,一旦作品进入欣赏层面,就会产生人言人殊的状态,这时,决定作品阅读效果不仅取决于他者的个性趣味,还会涉及作品之外的一些因素。就《这边风景》出版之后批评界的声音来看,我们有必

[①] 参见王蒙《这边风景》"情况简介",第705页。
[②] 艾克拜尔·米吉提:《这边风景,隔世年华》,《文学报》2013年8月8日。

要提及同时刊载于《文学报》上的两篇文章:《〈这边风景〉:深陷泥淖的写作》和《这边风景,隔世年华》。在第一篇文章中,作者认为《这边风景》"冗长乏味,不堪卒读";"其小说的思维和写作与众多的'文革'小说在构思和表现手法,以及认识水平上几乎毫无二致";没有"进行反复的修改和认真的打磨,甚至推倒重来","就急匆匆地呈现给读者",有受到"市场的诱惑"之嫌。[①] 而在第二篇文章中,作者则肯定了"小说人语"的形式实践;分析了人物形象、浓墨重彩的笔法、悬念设置等,最终得出"读罢这部六十万字的作品,会令读者回味无穷,拥有新的收获"[②] 的结论。姑且不论上述批评的客观性、合理性及介入的角度,仅就批评本身,我们就能感觉到美学趣味、批评的代际构成及其个性等会对一部作品产生怎样截然不同的阅读效果。《这边风景》若在当年出版的假设前文已经提过,如果它在当年出版是否不会得到第一篇文章那样尖锐的批评呢?如果是那样的话,"文革"时代的小说写作是否不会让人感到如此单薄、其文学史书写是否会留下新的"遗迹"呢?王蒙的创作史是否会得到和今天不一样的评价呢?在我看来,尽管历史不能假设,但并不能说历史无法还原。尊重历史和评判作家的创作,应当充分考察写作年代的社会文化语境,这一点,对于新时期前后两段中国当代文学来说尤为重要。由于特殊的"命运",《这边风景》会在当下众多读者眼中产生阅读的"错位"甚或隔阂是可以理解的,同时,也是一种必然。但评判作品应当秉持客观、全面、公允的标准,不宜为作家身份、地位所限制,以及过分强调外在的因素(如出版的宣传效应等等),也是研究本身的意义所在。

一方面是作者通过修改调整"距离",另一方面是阅读可能产生的"错位",《这边风景》在接受层面具有多重的面孔使时间的"裂痕"凸显出来,同时,也使作品自身的独特性逐渐显露出来。毫无疑问,就写作、出版、阅读等角度来看,《这边风景》是当代小说中一个较为独特的个案,它有自己的"文学史",因此,唯有拨开历史的迷障,才能使作品得到合理的解读。

---

① 唐小林:《〈这边风景〉:深陷泥淖的写作》,《文学报》2013 年 8 月 8 日。
② 艾克拜尔·米吉提:《这边风景,隔世年华》。

三 小说"前史"的前世今生

相对于王蒙 1980 年代的创作,今朝出版的《这边风景》其实是一段尘封的小说"前史"——它有鲜明的创作理想追求,同时,也有不可避免地时代印痕。但如果将其放置于"文革"文学的发展中考察会得出怎样的结论?将其作为新时期王蒙小说的"前史"去考察又会如何?对比"十七年"及同时期的小说,《这边风景》的突出特点在于追求故事繁复的同时具有自己的文化价值。小说开篇就设置了悬念:伊力哈穆在客运站遇到惨叫的乌尔汗,她的儿子波拉提江丢了,而后牵出麦子被盗案,伊萨木冬和乌尔汗夫妇被宣布为盗窃犯。这一悬念使故事情节、人物形象在错综复杂的矛盾中展开——坚韧不拔、踏实勤劳,在斗争中成长,最后形象得到直立的伊力哈穆;阴险、狡诈、虚伪、见风使舵的库图库扎尔;还有善于"变色"、钻营、制造事端的麦素木;纯洁善良、一尘不染的雪林姑丽以及平凡、坚强、正义又令人尊敬的爱弥拉克孜等等,随着故事的推进,新疆各族人的日常生活习惯以及性格特征都在不同程度上得以呈现。戴帽子的习惯、馕、维吾尔人多喜欢饮酒时唱歌抒发胸臆,还有特别的农业工具、大量的方言……选材与切入的角度使故事含有丰富的信息和文化价值,同时,也增添了阅读过程中的"陌生化"效果。

很多论者在评价王蒙小说时都曾指出王蒙有很强的"政治情结",这一点显然和王蒙的个人经历、价值观密切相关。由于《这边风景》的选题和最初成书的年代,"政治情结"是其显著的面相之一自然是不言而喻的。不仅如此,"政治情结"也确实使小说本身呈现出"主题先行"直至"叙事的分裂"的倾向①,而其书写政治斗争在艺术表现力上也明显不及日常生活的描写,但这些并不表明王蒙没有自省的态度。"难得小说人在那个年代找到了一个抓手,他可以以批评'形左实右'的'经验'为旗来

---

① 夏义生:《〈这边风景〉:主题先行与叙事的分裂——兼论王蒙"文革"后期的创作》,《南方文坛》2011 年第 4 期。

批'左'。"①《这边风景》在最后几章通过章洋及"小突击"着力批判"左"倾,讲述"二十三条"对"左"倾的调整。上述具有反思性的描述虽在一定程度上带有斧凿的痕迹,但却在时间上早于"伤痕文学""反思文学",它的气势恢宏,可以容纳更为广阔的生活,因此,其一旦重置于当代文学史的链条时便会更具独特的思想、艺术价值。

重新考察《这边风景》至王蒙新时期伊始的创作,《这边风景》在艺术上不及后来那些充满奇思妙想的中短篇,其艺术探索也无法走得更远。然而,将作品按照时间顺序重新编排,我们是否能够看到演变与转型的轨迹呢?我们从《这边风景》中大量的心理描写看到了之后王蒙创作的种种可能和追赶时代、超越时代的契机以及如此关注一个个属于生命的"季节"。王蒙不仅钟情于历史题材,也钟情于主人公的成长史;他重视人格心态和心灵世界的变化、期待深入灵魂的发现与剖白;他无限感怀自己的新疆经历,又为其创作加入了异域风情。从这个意义上说,《这边风景》是新时期王蒙小说创作的"前世",作家的生活记忆已在此存档、铭刻;至于它的浮世,应当是一种幸运,因为品读它的"今生",我们可以更加完整的了解王蒙,了解20世纪六七十年代的中国。

反复阅读《这边风景》,品味封底"手写的书稿　尘封四十载终见天日","心写的历史　'文革'桎梏下动情述说";想象今天不同年龄段、层面读者的阅读感受,忽然想到由马尔克斯《百年孤独》引申出的著名语式:"多少年之前/多少年之后。"多少年之前,王蒙曾"戴着镣铐"激情舞蹈,完成鸿篇巨制,那时他肯定没有想到《这边风景》要在"多少年之后"问世;"多少年之后",《这边风景》从沉睡中醒来,它仍然使作者感动,但却无法确定读者的反映。所幸的是,《这边风景》一经出版便构建起自己的阅读史:任何一种评价都是对其阅读史的有效填充,而其流传下去的生命力也正在于此!

2013年10月1日

---

① 王蒙:《这边风景》,第403页。

林白论
——女性先锋、现实的对话与转型

本文以林白多年来的创作为背景，力求揭示其创作道路上的转变，进而凸显其文学创作的意义和价值。作为一位将写作视为生命、富于探索精神的女性作家，林白曾一度以其鲜明的性别意识和文本叙事，为1990年代批评界所瞩目。随着"个人化写作""私人化写作"等概念的不胫而走，林白的创作一度被局限于特定的视野之中，但无论从林白创作的整体态势，还是就21世纪初十年的眼光来看，林白的创作都需要重新定位。在这个涉及作家观念、创作等层面变化的历史过程中，林白将为我们敞开更为丰富的文学世界。

一 "逃离情结"与自我空间

1994年出版的长篇小说《一个人的战争》，无疑是林白的代表作，同时也是其争议之作。在这部极具自传色彩的作品中，主人公多米主要的生命状态就是"逃离"："多米是一个逃跑主义者。一失败就要逃跑"，通过不断的逃离，多米逃离世界、逃离自己。然而，世界之大却似乎没有她的存身之地，"逃跑的路途曲折遥远。逃跑的路上孤独无助"，最后，她唯有在挣扎中逃向自己，所幸的是，林白在小说的"尾声：逃离"中留给她最后的一丝光明："多米给自己找到了一个辉煌的逃离之地，这给了她极大的安慰。她就死里逃生，复苏了过来。"多米在"脱胎换骨"中完成了

"旧的多米已经死去"[1]，然而，我们在同情和庆幸她的命运之余，却不难发现：这个孤独的逃离者其实具有强大的内心力量，否则一次次挫败和逃离都会彻底摧垮她，而这种文本意义上的生命姿态，是否可以因其强烈的自传色彩而同样展现了作家林白的内心世界呢？

结合林白的成长历史，我们大致可知：这个来自"鬼门关"（即广西北流县）的女子，对于自我存在的状态十分敏感。她时常惊恐、焦虑，父亲的早逝使林白缺乏安全感，害怕接近包括动物和人在内的一切生物，甚至于自己的母亲。年幼胆小的她独自一个人住一幢大房子，自己应付所有的事情。她曾不止一次表白："从小我害怕这个世界"，"任何东西对我都有压迫"[2]，而长大后"面对现实，我是一个脆弱的人，不击自碎，不战亦败。对这样的一个人来说，写作不是一种选择，而是一种宿命"。[3] 多年来，凭借一个"弱者"对文学的"巨大的依靠"，林白写下了"自己的恐惧"，此即为她"个人的文学"。[4] 而一旦"不写作"，林白就会"陷入抑郁，情绪低落、焦虑、烦躁不安"，这表明写作已成为林白重要的"生活方式"，她的焦虑、恐惧乃至灵魂，将在文学中得到"安放"。[5]

应当说，这种始自于童年的"逃离"在日后既成为林白的一种"情结"，同时，也成为贯穿林白1990年代创作的重要主题之一。[6] 而作为一种必然的结果，"逃离"自然造成了小说主人公走向自我的空间，"她"常常在这个外化为"房间""窗户"的空间中营造出属于自我的"镜像结构"，一如林白多次以议论的方式重复"一个人的战争意味着一个巴掌自己拍自己，一面墙自己挡住自己，一朵花自己毁灭自己。一个人的战争意

---

[1] 林白：《一个人的战争》，江苏文艺出版社，1997年，第222—223页。
[2] 林白：《生命热情何在——与我创作有关的一些词》，《当代作家评论》2005年第4期。
[3] 林白：《内心的故乡》，收入《秘密之花》，新华出版社，2005年，第83页。
[4] 林白：《生命热情何在——与我创作有关的一些词》。
[5] 林白：《内心的故乡》，收入《秘密之花》，第83—85页。
[6] 张钧：《小说的立场——新生代作家访谈录》之林白部分，广西师范大学出版社，2002年，第279—280页。

味着一个女人自己嫁给自己"。① 显然地,在"左边是墙,右边是墙"的空间中,林白笔下的主人公已不自觉地呈现出近乎封闭的状态和所谓的"私密性"。"空间"在这里既是一种拒绝,同时也是自我记忆和想象滋长的温床。她们一方面企图藉此远离现实,远离现实可能带给她们的伤害,而另一方面,她们又不断回味曾经受到的伤害,进而顾影自怜,自我迷恋,毫无遮掩,这种近乎矛盾的状态在很大程度上也折射出林白的心理状态。

事实上,早在写于1989年的《同心爱者不能分手》中,林白就已呈现出她于1990年代将要书写的上述主题。同名于前苏联电影的《同心爱者不能分手》,以时空倒错、双线突进的方式,讲述了当年红得发紫的女人隐居沙街的故事。此刻,陪伴她的只有哑姑娘和母狗吉,吉经常被女人拔去生长的牙齿,直到有一天吉因女主人病了而疯狂地长出牙齿,咬断了进入女人平静生活世界的男教师左手的食指。后女人因此在天井中勒死了它并自焚,这个故事当然涉及爱情与往日空间的分裂……而在另一个场景中,现代女孩都噜自信、随性的生活,她是"坏女孩",也是"能吸引最棒的男人的女孩",这个故事纠葛着女主人公失败的过去和现时交流的再失败,同时,也因对应着"另一个世界"和独特的时空结构而潜藏着林白叙事过程中的实验策略,这些在一定程度上成为林白1990年代小说的重要起点。

二 后现代视野下的个人化写作

林白登临文坛的年代,恰逢先锋文学浪潮、实验之风进行得如火如荼。有关林白的创作是否同样受到这股浪潮的影响,林白并未以文字的形式给予回答。但阅读其1980年代至1990年代初期的作品,我们却明显可以感受到寻根文学和拉美魔幻现实主义在其创作上留下的痕迹。如

---

① 可见林白的小说《同心爱者不能分手》,收入《林白文集》第1卷,江苏文艺出版社,1997年,第153页;《〈一个人的战争〉题记》与《一个人的战争》,收入《林白文集》第2卷,第225页。

果说"小说时间的革命"是"先锋的任务"①,那么,在林白笔下时间主要呈现出"循环的状态":在《裸窗》(即《北流往事》,1989)、《回廊之椅》(1993)、《瓶中之水》(1993)等作品中,林白曾不断重复"多少年以后"这道堪称先锋小说中重要的时间母题,这一点一旦与林白的"如果我要写现在,我常常喜欢把自己放在未来的时间中,眼前的一切变成过去",和"现在的一切都将被写出,但那必须在多年以后,或者假设在多年以后"的观念结合在一起,那么,林白的小说在时间上发生形变也就显得不足为奇。而事实上,林白也曾指出:"在我的写作中,回望是一个基本的态势,这使我以及我所凝望的事物都置身于一片广大的时间之中。"②"回望"姿态的出现,使林白的创作很容易就与时间、记忆等词语产生关联,进而影响到林白小说的结构形式。

很难说,在林白的写作中,"记忆的碎片总是像雨后的云一样弥漫,它们聚集、分离、重复、层叠,像水一样流动,又像泡沫一样消失,使我的作品缺乏严密的结构和公认的秩序"③,与"我有相当一部分作品是片断式的。长中短篇都有。我知道这不合规范,看上去零乱,没有难度,离素材只有一步之遥,让某些专家嗤之以鼻,让饱受训练的读者心存疑虑。但我热爱片断。片断使我兴奋,也使我感到安全"④之间,究竟存在怎样的逻辑关系,但由此而产生的林白小说的片断式结构与遍布的记忆碎片,却是不争的事实。除此之外,林白还在叙述中有意采用镜头式的组接以及嵌入大量曾经写作过的片段场景和人物形象,比如:北诺、朱凉、姚琼等等,这些拼贴、重复的方式,也成为林白小说结构呈现开放性姿态的重要原因。

如果说上述特点已经证明了林白的写作是后现代场景下的性别先锋,那么,林白有关"个人化写作"的论述则从历史和观念上进一步证明了这

---

① 刘恪:《先锋小说技巧讲堂》,百花文艺出版社,2007年,第18页。
② 林白:《记忆与个人化写作》,收入《林白文集》第4卷,江苏文艺出版社,1997年,第294—295页。
③ 同上书,第293页。
④ 林白:《生命热情何在——与我创作有关的一些词》,《当代作家评论》2005年第4期。

一点。在《记忆与个人化写作》中,林白曾言:"对我来说,个人化写作建立在个人体验与个人记忆的基础上,通过个人化的写作,将包括被集体叙事视为禁忌的个人性经历从受到压抑的记忆中释放出来,我看到它们来回飞翔,它们的身影在民族、国家、政治的集体话语中显得边缘而陌生,正是这种陌生确立了它的独特性。"①林白相对于集体记忆的个人姿态,生动地呈现了她以边缘"对抗""解构",从而释放个人鲜活生命意识的渴望。当然,无论怎样在个人记忆的基础上滋生个人想象,林白都无法抹去作为女性作家的文化记忆和表达方式,正如她注意到主流叙事的覆盖下还有男性叙事的覆盖并可以与前者有时相互重叠,林白的"个人化写作"认识最终上升为其写作的本身,并使女性先锋这一命名获得历史的坐实。

结合以上论述看待林白《一个人的战争》之后的创作,写于1995年的《致命的飞翔》无疑是重要的篇章。"北诺曾经在我的青春期一闪而过,如同某种奇怪的闪电,后来她消失在我的故事中,一直没有出现。我再次看到她的时候许多年已经过去了。"在作品的开头,林白就有意将人物和故事纳入她惯常的叙事轨道之中,但更为重要的是,"飞翔"本身给林白带来了不一样的故事质地。它浓密、黏稠、繁复、绚丽,而"飞翔"本身在这里既指"超出平常的一种状态"②,同时,也指写作的本身(即"写作也是一种飞翔")。③鉴于林白经常表达自己对女权或女性主义理论知之甚少④,而林白的"飞翔"本身也与西方女性主义文学批评中的"飞翔"相去甚远⑤,我们只能将其作为一次由内向外,寻找记忆和现实关系而又发生错位的写作,这里有林白倾诉内心世界时语言叙述的激情,而其遗留的线索将在下一次写作中浮现。

---

① 林白:《记忆与个人化写作》,收入《林白文集》第4卷,第295—296页。
② 林白:《选择的过程与追忆——关于〈致命的飞翔〉》,收入《林白文集》第4卷,第303页。
③ 林白:《空中的碎片》,收入《林白文集》第4卷,第306页。
④ 林白:《生命热情何在——与我创作有关的一些词》,《当代作家评论》2005年第4期。
⑤ 参见埃莱娜·西苏:《美杜莎的笑声》,收入《当代女性主义文学批评》,张京媛主编,北京大学出版社,1992年,第203页。其中"飞翔"既有"飞行"也有"盗取"之意。

三　寻找现实对话的可能

林白在《致命的飞翔》中，将两个互不相识的女人（北诺与李莴）在两个不同时空中的性经验合在一起同时写，复数第一人称"我们"穿插其中的写法①，曾在1997年的长篇《说吧，房间》中得到延续，对于这样一种从单个人称过渡到"我们"的写法，林白认为"这样给人的感觉好像比较有力量一点。"②如果这种感觉确然来自于"我"突出的是女性个体遭遇的生命体验，而"我们"则表达了女性遭遇的社会性表述方式，那么，随时写作的深入和时代造成的价值观转变，先锋实验精神的相对弱化和必然走向现实生活的场景俨然是这种写作的重要前提。从某种意义上说，《说吧，房间》就题目而言，已经确立了作者期待由内向外的对话意识。林白曾在小说的题记中写道："在说中沉默，在沉默中说。"这种期待无语又渴望发出声音的矛盾状态，是否会以隐喻和象征的方式，成为林白超越以往写作的一次实践，本身就成为林白创作历史化过程中的重要一环。

《说吧，房间》讲述了女记者老黑因与丈夫闵文起极不和谐的性生活而导致离婚，之后，失去依靠的她又被报社解聘，生活窘迫，被迫独闯深圳，居住在一个叫"赤尾村"这个听起来就有穷途末路之感的地方。女友南红由于感情的失败和身体的原因与老黑同住在一起，解聘、人工流产、离婚、上环、求职等等事情成为困扰两位女性的现实问题。剃光头发的南红"开始对我说她自己的事，控制不住地说了又说"，"诉说使她舒服"，而"我"在倾听她诉说的时候，忽然想把她的故事写成小说，但几年没有触及文字的"我"几乎完全丧失了语言能力。小说一面讲述"我"的感受，一面嵌入"关于南红的笔记"，这使"我"的思路总是不能长久地集中在南红身上，而"我生命的力量也已经被极大地分散了"。直到有一天，老黑突然听到南红意外死亡的消息，这显然给老黑沉重的一击⋯⋯

尽管林白说"现实中我的下岗与写作这部小说没有因果关系"，"除

---

① 林白：《选择的过程与追忆——关于〈致命的飞翔〉》，收入《林白文集》第4卷，第302页。
② 张钧：《小说的立场——新生代作家访谈录》之林白部分，第278页。

了下岗这个时间在现实中有一个框架之外,小说里所有的东西都是虚构的。包括很多身体上的感受,比如小说中关于乳房的感觉、骨头的感觉等,都是写作时的想象。并不是我首先在现实生活中有过很细致的身体体验,然后把那种体验写出来。在生活中,我并没有这么细微的体察能力,我是在写作过程中诞生在纸上的体验,是一种想象和创作"[1],但《说吧,房间》依然与林白以往的写作有很大的不同。即使仅从"下岗""解聘"这些当时尚属流行的字眼儿来看,林白也显示了她介入现实的努力。或许,1996年夏天去瑞典斯德哥尔摩开会的琐碎事情,缓解了是年4月林白下岗的愤怒,但从《说吧,房间》的结局来看,这仍是一个难以掩饰绝望的文本,而小说中具体描写"求职的过程是一个人变成老鼠的过程"的一段更是令人心碎欲绝。作为描写当代都市职业女性的小说,林白深刻感受到了社会转型给其带来的生存压力。在现实生活中,她们不仅有来自身体的痛苦,而且,还有来自灵魂的伤痛。借着南红的悲剧命运,林白其实映照的是叙述者老黑的生存状态。正如陈晓明在解读《说吧,房间》时指出"南红可以理解为老黑的另一个自我,一个对现实的老黑超越的幻想的自我"[2],南红的勇于出击、不计后果与老黑不断退回内心生活,构成了小说的双线结构。但无论怎样,现实的残酷、性别的弱势,最终使两种看来相反方向的选择均遭遇失败。这一切都在表明:从往日那些自传式又带有神秘色彩的故事中走出来的林白,已开始寻找现实对话的可能。尽管这样的对话依然充满悲剧、绝望的色调,尽管这样的故事难免带有作家主观强行对现实编目的倾向,但林白依然一如既往贯彻她与现实对话的意图,而此时,"现实"离我们已不再遥远。

---

[1] 张钧:《小说的立场——新生代作家访谈录》之林白部分,第276页。
[2] 陈晓明:《不说,写作和飞翔》,收入《不死的纯文学》,北京大学出版社,2007年,第177页。

四　21世纪初的现实转型

21世纪初的生活际遇无疑在一个特定的时间里给林白的创作带来了"转机"。2000年,林白接受中青社邀请,在5月到9月间沿着黄河流域旅行了两万多里。行走黄河的结果,使林白更多地与外界接触并最终完成了"跨文体作品"《枕黄记》。在这番游历中,林白自身的焦虑得到缓解,在创作上也出现了很大的转变,上述过程可以视为林白创作主题转变的开端。

在主客观因素的影响下,林白的创作风格从早期的"个人化"叙事发展为"社会化"特别是"乡村社会化"的叙述方式。正如她所言:"原先我小说中的某种女人消失了,她们曾经古怪、神秘、歇斯底里、自怨自艾,也性感,也优雅,也魅惑,但现在她们不见了。阴雨天的窃窃私语,窗帘掩映的故事,尖叫、呻吟、呼喊、失神的目光,留到最后又剪掉的长发,她们生活在我的纸上,到现在,有十多年了吧?但她们说不见就不见了,就像出了一场太阳,水汽立马就干了。"① 在《万物花开》之后的那些小说中,林白笔下出现的是完全不同于先前的人物形象。他们和林白一样"变成了一个从未见过的人",或是像脑袋里长了五个瘤子的"大头"一样(《万物花开》),跟脑袋里的瘤子说话,厮混于南瓜和牛群之中,在死亡的边缘冷眼旁观乡村生活的生老病死、日常起居;或是如木珍们一样(《妇女闲聊录》),成为直率、泼辣、爽利的农村妇女,在那个叫做王榨的小乡村里为生计奔波劳碌、操劳一家子的琐事,但仍生机勃勃,像一株株坚强的植物开放在农村和城市的每一个角落。

对于一个以自我为创作中心的女作家来讲,转向乡村底层的写作无疑是一次不小的挑战。然而,对于这次"暴风骤雨"般的转变,林白有着深刻的认识——"多少年来我把自己隔绝在世界之外,内心黑暗阴冷,充满焦虑和不安,对他人强烈不信任。我和世界之间的通道就这样被我关闭了。许多年来,我只热爱纸上的生活,对许多东西视而不见。对我而

---

① 林白:《野生的万物》,收入《万物花开》,人民文学出版社,2003年,第283页。

言,写作就是一切,世界是不存在的。我不知道,忽然有一天我会听到别人的声音,人世的一切会从这个声音中汹涌而来,带着世俗生活的全部声色与热闹,把我席卷而去,把我带到一个辽阔光明的世界,使我重新感到山河日月,千湖浩荡。"① 新世纪林白小说主题转变之后的创作,除了包括长篇《枕黄记》《万物花开》《致一九七五》《妇女闲聊录》,还包括短篇小说集《枪,或以梦为马》中的部分创作。在上述小说中,最具"转变"代表性的是《妇女闲聊录》。在这部作品中,林白不但彻底地抛开了以往私语化写作的模式和手法,从一个全新的创作视角(民间叙事)入手,呈现出的是一幅栩栩如生的乡村生活长卷,而且,还以"闲聊"的实践,为文学发现了一种更为自由的写作形式。

与风格变化一致的是,林白新世纪小说的语言也发生了相应的变化。长期以来,林白曾以潮湿、空灵而又毛茸茸的语言为文坛注目,这种颇有柔软质感而又不失抒情性的语言与林白一贯拒绝新闻语言的干扰,追求小说语言的诗化有关。熟悉林白的读者都知道,林白文学创作起手于诗歌,而那种随意赋形的语言恰恰可以如丰盈而缓慢的流水"浸润"读者阅读时的感官印象,进而获得来自女性同时又是来自某种先锋实验式的艺术感受。然而,这种流动的语言在跨越世纪的门槛后进入更为广阔的地带:《枕黄记》的游记、日记、散文式的"跨文体"风格;《致一九七五》因还原革命时代的历史想象而展开的直陈其事;《妇女闲聊录》更是以纪实的笔法完成了一次"记录体长篇小说"。"我听到的和写下的,都是真人的声音,是口语,它们粗糙、拖沓、重复、单调,同时也生动朴素,眉飞色舞,是人的声音和神的声音交织在一起,没有受到文人更多的伤害。我是喜欢的,我愿意多向民间语言学习。更愿意多向生活学习。"为了能够使心灵如大地一般辽阔,林白希望把"自己从纸上解救出来,还给自己以活泼的生命"②,上述还原过程一方面可以视为林白生活态度转变的结果,另一方面则可以视为期待以创作转变的方式,获得更为广阔、丰富同时又

---

① 林白:《世界如此辽阔》,收入《妇女闲聊录》,新星出版社,2008年,第226页。
② 同上书,第226页。

是宁静、满足的内心体验。而从历史的角度来看,这一过程使林白的创作明显呈现出前后不同的分界。

　　置身于新世纪的视野看待林白的创作,这位将写作当作"宿命"的女作家,不但告别了往日沉湎于语言中的自我,也告别了往日的生活姿态。"把自己写飞,这是我最后的理想,在通往狂欢的道路上,我这就放弃文学的野心,放弃任何执着。我相信,内心的故乡将在写作中出现。"① 林白的话告诉我们:她始终把自己放在写作中,并不断以求新求异回归"内心的故乡",这使其新世纪的小说创作相对于早期创作风格既有延续又有变化,而这种不断在创作路上超越自我的实践,正是她能持续带给我们阅读惊喜的可能。

2010 年 7 月

---

① 林白:《内心的故乡》,收入《秘密之花》,第 86 页。

第三编

诗意的先锋

杨炼、臧棣、戈麦、朵渔、宇向的诗是先锋式的,或者难懂,或者充满意味。我爱诗歌,并对先锋诗歌保持着敬畏之心……

杨炼论

随着2012年1月在意大利获得诺尼诺国际文学奖，7月在北京启动"北京文艺网国际华文诗歌奖"并出任评审委员会主任委员等系列活动，漂流国外多年的杨炼越来越引起当下中国诗坛的关注。作为1970年代以后中国新诗史上"最难懂"的诗人之一，杨炼多年来一直蓄留着披肩长发，这种可以不断从其诗集、散文集①照片上得到的印象，在一定程度上已成为杨炼持续不变之人生态度、创作态度的生动写照。在旅居境外多年、文化的涵义及汉语诗歌处境均发生变化的背景下，杨炼依然以其晦涩艰深、繁复庞杂的诗歌面目示人，其写作背后蕴含的深刻与坚守，既常常让人望而却步但又令人肃然起敬。"杨炼专注于开创中文古典传统和当代写作间的创造性联系，强调对人生思考之'深'与创作形式之'新'间的必要性。"②也许，这种"暂时性的结论"对于杨炼而言还不够全面、为期尚早，但如果着眼于"深""新"的追求以及理念的持之以恒，杨炼确然可以被称为全球化时代汉语诗歌写作最具代表性的诗人：他执着、坚忍，不惜为此付出"无根"与"难解"的代价，而他的不懈努力与"漂流"又使其跻身于国际诗坛，以跨越中西方文化边界的姿态建构汉语诗歌写作的丰富性及可能性。杨炼的写作风格与诗艺经历决定了只有将其三十

---

① 相关文集指：《鬼话·智力的空间——杨炼作品1982—1997散文·文论卷》，上海文艺出版社，1998年；《大海停止之处——杨炼作品1982—1997诗歌卷》，上海文艺出版社，2003年；《幸福鬼魂手记——杨炼新作1998—2002诗歌·散文·文论》，上海文艺出版社，2003年；杨炼：《一座向下修建的塔》，凤凰出版社，2009年；杨炼：《叙事诗》，华夏出版社，2011年。

② 杨炼：《叙事诗·杨炼小传》，华夏出版社，2011年，第2页。

余年的创作汇聚成一部"年代史",才能得到全面、深入地解读,而本文大致以编年的顺序、从四方面来评述杨炼的创作也正以此为逻辑起点。

一 "朦胧"的邂逅与"历史"的出场

谈及1980年代初期杨炼的创作,首先应当对杨炼作为"朦胧诗人"的身份加以甄别,而后才能切实把握其写作的发展路向。杨炼,1955年生于瑞士,长于北京,早年有插队经历。杨炼于1970年代后期开始发表作品,在日后回答何时开始写诗时曾多次强调具有象征意义的1976年1月7日,杨炼的母亲于这一天去世,使其从此"失去了几乎唯一"可以写信倾诉自己感受的人。为了重新找到"对话者",杨炼开始写作。① 其早期创作包括系列组诗《太阳,每天都是新的》等,既发表于《诗刊》《上海文学》等官方名刊,也发表于民刊《今天》。1983年,杨炼以发表长诗《诺日朗》产生轰动性的影响。② 此后,他被视为"朦胧诗"的代表诗人并常常和江河放在一起加以讨论,就逐渐发展为一种"定评"。③ 鉴于

---

① 见杨炼的《"在死亡里没有归宿"——答问》《冥思板块的移动——答叶辉访谈》,后曾一起收入杨炼的文艺论集《一座向下修建的塔》。
② 为组诗《礼魂》之一部,曾发表于《上海文学》1983年第5期。整部组诗《礼魂》写作于1982—1984年。
③ 关于这种"定评"的发展过程,大致可以包括如下几个阶段:1983年初,徐敬亚在其后来备受关注的文章《崛起的诗群——评我国诗歌的现代倾向》中,曾列举作为青年诗人的杨炼之名字并以其具体诗作为例证;1985年11月,由阎月君等编选的《朦胧诗选》在沈阳春风文艺出版社出版,其中收入杨炼的作品5首(其中含《诺日朗》等系列组诗3种);1986年12月,北京作家出版社编选了《五人诗选》,有明显将北岛、舒婷、顾城、杨炼、江河五人作为朦胧诗代表的倾向。此后,在1980年代后期至1990年代出版的当代文学史、诗歌史中,基本将上述五人作为朦胧诗最重要的研究对象并长期沿用。当然,对于杨炼、江河与北岛等其他三位诗人在创作上的差异,众多研究者以及文学史评述还是给予了一定程度上的关注。在这种关注中,杨炼的创作被作为朦胧诗运动的"第二次浪潮"并与"寻根文学"潮流关系密切,也是颇为流行的一种看法。此外,作为一种"前史",杨炼在《今天》上发表作品,一些自印诗集如1982年辽宁大学中文系编印的《朦胧诗选》(油印本);1985年1月,由老木编选的《新诗潮诗集》上下由北京大学五四文学社印行

"朦胧诗"代表诗人的确定客观上滞后于"朦胧诗"的论争以及读者的一般阅读接受、传播与研究之间的差异,杨炼作为其代表诗人的"身份"来得稍晚一些或许不难理解,但在不断历史化的进程中,"朦胧诗"的整体命名是否依然可以概括当时诗人的创作个性以及为当事人所认同,却极易转化为见仁见智的新的"论断"。在"朦胧诗"被认为是"新的美学原则"崛起的背景下,杨炼就以其历史题材的实践而凸显出不同的创作个性。而事实上,在1985年与美国学者杰姆逊的对话中,杨炼关于"朦胧诗"提法的"不同意"以及"最初提出这个名称时是针对1979年以前的诗歌——不是诗的诗。当时很多人不理解。当时已包含着现在的不同流派"①的回答,也反映了"朦胧诗"内在的差异和杨炼本人潜在的创作立场。从这个意义上说,杨炼在1998年出版的《大海停止之处——杨炼作品1982—1997诗歌卷》中有意删掉1982年以前"至少五年""包括被认为朦胧诗人的时期"的作品②绝非偶然。此外,从杨炼对由《五人诗选》确立的"朦胧诗"代表诗人群落的态度,即"我觉得不必过多理睬这些所谓的选本。因为当时中国有很多局限性,历史的、社会的、政治的,同时别忘了语言和写作观念等。那些选本将来都不足以作为一种历史标志来对待。朦胧诗其实从来不是一个美学概念,也不是诗的概念"③,也可明显感受到他对"朦胧诗"概念的多方存疑,这种存乎于命名和写作间的差异形象地呈现了历史的"诡计"及其讲述的"权利"。

  出版,上述编辑印行均收入杨炼的作品,这些对于杨炼被列入"朦胧诗人"阵营究竟起到怎样的作用也可以置于考察的视野,尽管就实际操作而言,这些自印本所起的作用往往很难判断。

① 杨炼、弗·杰姆逊:《中国现代主义诗歌与西方后现代主义文化批评(对话)》,收入《八十年代文化意识》,甘阳主编,上海人民出版社,2006年,第214页。

② 参见杨炼:《"后锋"诗学及其他——与唐晓渡、张学昕谈二十世纪八十年代以来诗歌创作》,对于"删掉",杨炼曾自言"我认为那个杨炼不存在。我认为诗人都有起步阶段,而且一定要自己删掉那个阶段,不值得留着那么多废话。"杨炼:《一座向下修建的塔》,第311页。

③ 杨炼:《"后锋"诗学及其他——与唐晓渡、张学昕谈二十世纪八十年代以来诗歌创作》,收入《一座向下修建的塔》,第300页。

"同样一个第一人称在我的诗中,从 1980 年到 1985 年有一个很大的变化。基于对历史、传统和现实的压迫和思考,'我'作为反抗者,比较接近浪漫主义的自我。"[①] 正如杨炼本人所言,其初登诗坛的作品清新、洒脱,充满了理想主义精神:《金芦笙交响诗》《走向生活》《我的诗》《铸》等作品,在书写爱情、生活与理想时,往往由于"我"的反复介入而带有浪漫的气质。但很快,他的创作就在反思和触及历史的过程中过渡至当代史诗的状态。《大雁塔》《自白——给圆明园的废墟》《我们从自己的脚印上……》《一个北方人唱给长江的歌》等,都呈现了杨炼与其他"朦胧诗人"并不一致的写作方式。而在诗歌之外,杨炼的文章《从临摹到创造——同友人谈诗》及其"诗观"——"我要创造一个与客观现实相对应的世界。诗不是临摹,而是要通过具有强烈象征性的形象,完成诗人对自然、历史和现实生活的加入。在诗人面前,万物都不过仅仅是语言。诗的运动、变化和重新组合,使诗人和人类全部的思索与追求连在一起"[②],也充分显现了他独树一帜的姿态。

显然,唯有将"朦胧诗"视为当时新诗潮中最有活力的部分,北岛、舒婷已分别为社会现实主题提供诗歌样本之后,杨炼的历史书写才会显示其推波助澜的时代意义。从 1982 年开始,杨炼逐步致力于西部地区历史文化遗迹和自然景观底蕴的挖掘,相继创作了组诗《半坡》《敦煌》《诺日朗》(后合称为《礼魂》)。以此为标志,杨炼的诗歌风格发生了重大转变,往日年轻、明朗、浪漫的情调已为古老的文化和原始的生命力所取代。在超越和摒弃社会政治文化视角和简单的理想主义抒情之后,杨炼将目光投向了古老的民族文化和人类生命的本源。"从《礼魂》那个时期起,我对人生处境的理解、对任何在一种思想深度上达成语言的创造

---

① 杨炼、弗·杰姆逊:《中国现代主义诗歌与西方后现代主义文化批评(对话)》,收入《八十年代文化意识》,上海人民出版社,2006 年,第 212 页。
② 杨炼:《杨炼之诗观》,《上海文学》1981 年第 4 期。配发于其诗作《一个北方人唱给长江的歌》之后。

性,终于建立了一个比较清晰的、比较完整的想法。"[①] 应当说,《礼魂》时期的杨炼告别了往日表层反思的写作,整合了此前已经显露的"历史/文化"倾向,其文化、生命(元素)的视野开始固定,第一人称"我"的视点介入较为一致,系列组诗的形式颇具规模,其艺术独特性开始显露,审美个性也随即成熟。

如果说《诺日朗》的发表曾经引起人们的论争,指责其表现了不健康的内容,那么,这种现象的出现,究其原因,"不过是当时的人们难以接受诗人所持的生命价值视角",但在诗人的眼里,"那些内容却正是生命的展现。它表现着诗人对人的生命激情、想象力和创造力及其遭遇的思考"。[②] 至于由此向内深掘,则很容易看到东方文化、现代生命哲学对于诗人的影响以及诗人一贯秉持的文化、死亡观念。正如杨炼在写于1982年的《传统与我们》一文中所反复强调的:"传统,一个永远的现在时,忽视它就等于忽视我们自己;发掘其'内在因素'并使之融合于我们的诗,以我们的创造来丰富传统,从而让诗本身体现出诗的感情和威力;这应成为我们创作和批评的出发点。我们占有得越多,对自身创新的使命认识得越清晰,争夺的'历史空间'也越大。"而为此需要思考、实践的则包括"必须进行新的综合"、必须进行"重新发现",使我们的诗同时成为"中国的"和"现代的"。[③] 出于对当时创作模式雷同的不满和文化传统的人为割裂,杨炼强调以诗人所属的文化传统为纵轴,以诗人所处时代的人类文明(哲学、文学、艺术、宗教等)为横轴,进而不断以自己所处时代中人类文明的最新成就"反观"自己的传统,因其切中诗歌创作的若干问题而具有现实性与前卫意识。而事实上,杨炼也以近乎偏执、狂热的态度实践着自己的想法,"传统在各个时代都将选择某些诗人作

[①] 杨炼:《"后锋"诗学及其他——与唐晓渡、张学昕谈二十世纪八十年代以来诗歌创作》,收入《一座向下修建的塔》,第312页。
[②] 李新宇:《中国当代诗歌艺术演变史》,浙江大学出版社,2000年,第269页。
[③] 杨炼:《传统与我们》,原文写于1982年,后发表于《山花》1983年第9期。本文依据的是《鬼话·智力的空间——杨炼作品1982—1997散文·文论卷》,第155、153—154页。

为自己的标志和象征,是的,我们已经意识到了这种光荣。"① 在这句话中,我们完全可以感受到杨炼当时激情澎湃的心理感受和急需倾诉的情绪意识。

历史地看,"朦胧诗"浪潮在经历 1979、1980 年迅速覆盖各种文学期刊版面之后,在 1983 年至 1984 年上半年间已趋于瓦解。这一现象的出现,就外部环境来看,基本可以归结为"朦胧诗"以及"崛起论"不断遭受"质疑"之声,"朦胧诗"阵营的作品发表锐减。但就内部环境而言,"朦胧诗人"创作呈现出自我复制、魅力日减的状态,也是重要原因之一。由于"朦胧诗"的爆发本身就与社会思想转型关系密切,具有鲜明的思想启蒙、精神解放的倾向,因而,当社会生活环境由转折步入正轨、对诗歌提出新的要求之后,"朦胧诗"原有秉持的观念便很容易与现实生活之间呈现出表述的"缝隙"。何况,在经历多年创作储备之后的迅速成名也很难使这些诗人可以很快完成自我的转换,这样,"朦胧诗"陷入停滞状态也就不可避免。由"朦胧诗"的发展趋势看待其后起之秀的杨炼,"第二阶段浪潮"的代表、"寻根倾向"都使其无法摆脱"朦胧诗"一词所具有的浓重投影。不但如此,如果从"朦胧诗"在社会、现实主题方面已呈现疲态的角度上看,杨炼的出场、转向在很大程度上拯救了或至少说延续了"朦胧诗"的历史。在 1982、1983 年间,四川一批青年诗人已自称"第三代诗人",用以区别"朦胧诗"一代;韩东的名篇《有关大雁塔》也已出手的背景下,杨炼将目光投向悠远的历史更显其可贵之处,因为从写作资源的角度来看,杨炼的创作为"朦胧诗"提供了一种文化、历史的补充。当然,对于自己的"转向"会与"寻根"文学浪潮的"重合",杨炼有自己的看法:"这一代人的思想和写作,曾经被我概括为'噩梦的灵感':从'文革'的现实,向历史幽暗的深处追问,再进一步反思(注意:从来不是浮泛煽情的'寻根'!)埋藏在每个人深处的传统思维方式,直到再次触摸中文——那作为苦难和力量的源头。"② 显然,对于字面上的"寻根",

---

① 杨炼:《鬼话·智力的空间——杨炼作品 1982—1997 散文·文论卷》,第 154—155 页。
② 杨炼:《墨乐:当代中国艺术的思想活力》,收入《一座向下修建的塔》,第 12—13 页。

杨炼更注重诗歌创作的深广意识和诗人自我的创作定位。然而,这并未左右评论者将当代文学作为一个整体考察后对其作出的判断,同样,也没有影响将其视为"朦胧诗""终结者"及其辩证认识的出现。①

二 "文化史诗"与"智力的写作"

对于由《半坡》《敦煌》《诺日朗》而获得的"写历史""写文化"的评价,杨炼是"报之以冷笑加苦笑"②的。杨炼这种不以为然但又无可奈何的态度,反映了读者阅读与其写作之间的"深刻"的误读关系。写"历史"与"文化"当然是这些作品的重要表征之一,但仅仅止步于题目与字面的读法显然没有抵达杨炼追求的"深"的境地。1985年至1988年的杨炼,在经历上述"文化"书写的第一步后,开始了平均每年一部的《𝕐》的写作。"𝕐"作为诗集总名是杨炼以中国古代造字法造成的"无字之字"。"人贯穿于日,象形含义为'天人合一',与中国传统文化的命题相同";其读音与"一"相同,与"易"和"诗"同韵。③整部诗以《易经》六十四卦为内在结构,分《自在者说》《与死亡对称》《幽居》《降临节》四部,每部十六节。其中,《自在者说》的"特定内涵是:人与自然。中心意象:气。卦象:天与风";《与死亡对称》的"特定内涵是:人与历史。中心意象:土。卦象:地与山";《幽居》的"特定内涵是:人与自我。中心意象:水。卦象:水与泽";《降临节》的"特定内涵是:人与超越,中心意象:火。卦象:火与雷",四部分既是互相关联的整体,又各有独特

---

① 比如,陈晓明在其《中国当代文学主潮》中曾这样评价朦胧诗时代的杨炼:"杨炼以他独有的繁复深奥的历史记忆把朦胧诗引向集体无意识的深渊,使已经与现实渐行渐远的朦胧诗只能在历史深处走向终结。如此说来,杨炼是朦胧诗的终结者,这似乎很不公平。而事实上可能正是如此。"北京大学出版社,2009年,第275页。
② 杨炼:《"再被古老的背叛所感动"——关于诗的虚拟谈话》,收入《鬼话·智力的空间——杨炼作品1982—1997散文·文论卷》,第313页。
③ 杨炼:《关于〈𝕐〉》,收入《鬼话·智力的空间——杨炼作品1982—1997散文·文论卷》,第240页。

的结构、语言方式和内涵；它们互相联系，层层深入，构成一个精神上的同心圆，而其同一圆心即为"人之存在"。①

《𢆉》的出现，显示了杨炼对于诗歌的独特追求及其相应的时代认知力：一方面，作为出生于1950年代、成长于1970年代的一员，他对历史、文化保持浓厚的兴趣是真实的，同时也是可信的；另一方面，作为一位有理想、激情的诗人，他在北岛等将社会、现实题材刻上"纪念碑"、自己转向遥远的历史取得初步成功之后，以走得更远的实践方式建构一种恢宏的诗歌体系进而渴望穷尽"人与诗""人与存在"的关系，获得来自写作和时代层面上的"双重合理性"——"这部诗本身，将成为在一个诗人身上复活的中国文化传统。这种'复活'不是复制，只能是创造。在诗中，这创造最集中地表现在语言上，通过对中文文字特点和表现力的挖掘，把人在自然、历史、社会、自我乃至文化中遭遇的极度困境，提升（或深化）为启示。"②这种回溯性的写作不仅是"复活"的、"创造"的，也是深掘的、启谕的，但其深层潜在的超越甚或反叛，却始终走不出时代与个体记忆赋予写作本身的边界与限度。

当然，相对于时代和诗歌潮流的演变，杨炼在《𢆉》中倾注的无与伦比的艺术个性无疑是其创作中最有价值的部分。回顾1980年代中期之前的新诗历史，从没有人像杨炼这样以鲜明的立场专注于《易经》中古老的文化意象：《𢆉》反复描绘华夏文明的起源元素，并大量嵌入历史人物、自我意识，表达诗人对于生命、历史、文化等的多义性理解。它以令人震惊的想象力反复穿越在生命与时间之中，触及原始而又深奥的哲学命题；它还原着汉语文字第一次诞生时的场景，又可被视为预示着汉语文字的末日景象，它是由"深"而"新"的一次伟大而冒险的尝试，但很多评论者却忽视了杨炼在文艺随笔中为读者留下的"辨识密码"，此即为"智力的空间"。

---

① 杨炼：《关于〈𢆉〉》，收入《鬼话·智力的空间——杨炼作品1982—1997散文·文论卷》，第243—246页。
② 同上书，第239—240页。

在写于 1990 年代的一篇文章中，杨炼曾明确指出："一九八四年，在完成了大型组诗《礼魂》之后，我为它的自费油印版写了一篇'代序'《智力的空间》，这篇文章，在以后的十年间，是我的诗学大纲。"① 何为"智力的空间"？为何杨炼对其情有独钟并多年坚守？在杨炼看来，"诗提供一个空间"，"从空间的方式把握诗，从结构空间的能力上把握诗的丰富与深刻的程度，正是我们创作与批评的主要出发点"，"一首成熟的诗，一个智力的空间，是通过人为努力建立起来的一个自足的实体"。而"智力的空间作为一种标准，将向诗提出"：

> 诗的质量不在于词的强度，而在于空间感的强度；不在于情绪的高低，而在于聚合复杂经验的智力的高低；简单的诗是不存在的，只有从复杂提升到单纯的诗；对具体事务的分析和对整体的沉思，使感觉包含了思想的最大纵深，也在最丰富的思想枝头体现出像感觉一样的多重可能性。层次的发掘越充分，思想的意向越丰富，整体综合的程度越高，内部运动和外在宁静间张力越大，诗，越具有成为伟大作品的那些标志。②

即使从字面上理解，"智力的空间"也至少包括"空间""自足""整体""综合"等方面的内容。这一主张，带有鲜明的哲学思辨色彩和结构主义倾向。它的出现，对杨炼后来的诗歌创作产生了深远的影响，而杨炼的诗歌观念也由此形成并得以持续的发展：除了类似"一个完美结构的能量不是其中各部分的和，而是它们的乘积"这样立体、综合的诗歌结构观念之外，建构"空间"、取消（实际上是包容）时间，以"共时"的语言丰富和深化"中文性"的程度，都成为杨炼诗歌观念中最富积极意义的部分，而其持续的发展及其有效的实践，也确实在杨炼之后一些青年诗人那

---

① 杨炼：《建构诗意的空间，以敞开生之可能》，收入《鬼话·智力的空间——杨炼作品 1982—1997 散文·文论卷》，第 251 页。
② 杨炼：《智力的空间》，收入《鬼话·智力的空间——杨炼作品 1982—1997 散文·文论卷》，第 157—161 页。

里产生了不同程度的影响。①

《𡘙》的完成，标志着杨炼创作一个阶段的结束。出人意料的是，《𡘙》完成时，杨炼已到国外，而他在《𡘙》中留给读者的最后两首竟然是《还乡》与《远游》：

> 所有无人　回不去时回到故乡　　——《火·第七·还乡》
> 从此出走的世界和出走的我携手同行
> 　　　　　　　　　　　　　　——《火·第八·远游》

两句貌似相反方向的诗，但在细细品读之后，它们又是抵达人生的可怕"诗意"的一种必然："深""新"追求使杨炼需要更为广阔的文化、生活视野；汉语原初状态的体验又使其"向世界敞开"成为可能。但下一个起点在哪里？尤其在杨炼已感受到"天空从未开始／这断壁残垣"（《与死亡对称·地·第八》）之后。

三　死亡的主题与漂流的心态

1988年，杨炼开始了"世界性的漂流"，但作为写作意义上的"漂流"，这一切很早就开始了。

起于母亲死亡日子的写作，从一开始就使杨炼的诗歌与"死亡"这个敏感的词联系在一起——"诗从开始已教会我：从死亡去审视生活，并恪守写作的私人性质——这两点，是那个噩耗传来的寒冷早晨的意义。"② 阅读杨炼的诗，"死亡"是无处不在的。"死亡是惟一的立法者"；"看不见死亡就从未活过"（《自在者说·天·第七》）；"现在诞生就是死亡"（《与死

---

① 这些观念可参见《智力的空间》《建构诗意的空间，以敞开生之可能》《中文之内》等，均收入杨炼的《鬼话·智力的空间——杨炼作品1982—1997散文·文论卷》。此外，关于其产生的影响主要是指当时四川的部分青年诗人，他们在1980年代中期曾打出过"新传统主义""整体主义"的旗帜。
② 杨炼：《"在死亡里没有归宿"——答问》，收入《鬼话·智力的空间——杨炼作品1982—1997散文·文论卷》，第208页。

亡对称·山·第一》）；"从此死亡的峡谷在我一动不动的躯体中／开凿它的运河／一次远游以乱花的方式步入太阳"（《降临节·火·第八》）；"张开翅膀／以死亡的形式诞生才真的诞生"（《无人称·纸鸟》）；"在时间之外／我回来　继续死去"（《无人称·失踪》）；"到处是异乡／在死亡里没有归宿"（《无人称·流亡的死者》）；"直到一切名字都说出死亡"（《大海停止之处·安魂曲，或倒流的河》）……这样的诗句可以不断罗列下去，正如"死亡的美学　唆使花朵们蜂拥而出"（《大海停止之处·黑暗们》），"死亡"是杨炼诗歌的重要主题和"形而上"的美学，是杨炼表达"诗的自觉"的重要载体，而"漂泊"也终将与这种独特的体验密不可分。

"生命，无论多么喧嚣忙碌，它每时每刻指向一个主题：死亡。"①杨炼在回答"是什么原因使你不停谈到死亡"时的这句话为生命赋予了否定式的本质意义。"只要诗人还面对着白纸，死亡就一定是不够的。""别人说你写死亡。你自己知道，你是在写生命。""生活，成为一件被死亡的意识精美雕琢的作品。"出于这样的认知，杨炼将自己的诗称之为"死亡的形而上学"俨然是不言而喻的。这道独特的美学风景有语言、形式和思想的要求：中文是建构诗的死亡形而上学的"绝佳材料"；死亡的形而上学，"要求用一种贯穿千年的体裁写作"；"对我来说，每首诗，都是一篇遗作。当它完成，只能和我一起承受死亡的厄运。我必须死去，为了在下一首诗中复活"。②"死亡的主题"使杨炼的诗可以自由穿梭于历史与现实，并在卸下"恐惧"的过程中构成杨炼诗的一种自觉，这使杨炼的诗在关注到"死亡"之后就无法摆脱它的阴影。他的每一首诗从此都成为"最后一首"，又同时成为"第一首"。"死者无所不在的目光／刺激一滴水　疯长成银白食肉的草／死后　疯长进我们的断壁残垣"（《同心圆·第三章》）。这句关于"死亡"的诗，恰恰填补了上文《与死亡对称》最后一

---

① 杨炼：《"在死亡里没有归宿"——答问》，收入《鬼话·智力的空间——杨炼作品1982—1997散文·文论卷》，第216页。
② 这些言论，分别出自《为什么一定是散文——〈鬼话〉自序》《日蚀》《"在死亡里没有归宿"——答问》《遗作》，均收入《鬼话·智力的空间——杨炼作品1982—1997散文·文论卷》。

句中隐含的"空白"。

我们是在杨炼关于"在死亡里没有归宿"的答问中大致建立起"死亡主题"与"漂流心态"之间联系的:"我的写作,以'出国'为界,确有变化。但不止是环境影响所致,更来自'诗'之内在要求——来自我前述的'自觉'。"① 由于深切感受到在精神的死亡里"没有归宿",所以,"诗人是先天的漂泊者"便构成了与之对抗的姿态:

> 你一边书写一边
> 欣赏自己被删去
>
> ——《流亡之书》

> 到处是异乡
> 在死亡里没有归宿
>
> 一行诗满载尸体就这么漂走
> 就这么漂走
> ……
>
> 日子不是真的　可日复一日
> 我们越来越远地离开我们
>
> ——《流亡的死者》

由于杨炼极力清除诗歌的政治负担,所以,"流亡"可以作为"漂流"或"漂泊"的同义语。"漂流"是杨炼自己选择的一种心态,在精神层面它与诗人主体出不出国无关,它是杨炼不断追求诗歌自觉扩张的结果,与杨炼的"死亡主题"具有共同的倾向:"一个漂泊世界的诗人,是一块大陆到另一块大陆,永远面对陌生的面孔——那正是与诗相同的厄运与幸运:没有任何一行诗是'最后一行'。永远是下一片空白,在要求诗人继

---

① 杨炼:《"在死亡里没有归宿"——答问》,收入《鬼话·智力的空间——杨炼作品1982—1997散文·文论卷》,第215页。

续走去。"①

当然,"漂流"是艰难的,即使诗人已意识到现实的"无根"正是"精神之根"。"在远离故土的外国找到一种本地感,比纯粹的漂流更怪诞。作为当代中国诗人,从1980年代末踏上漂泊之途起,二十多个国家在脚下滑过。'无根'的痛苦不难理解,'无家可归'的悲哀甚至是一种必须。"② 1992—1993年,杨炼在经历漂流途中"最黑暗的时期"的过程中,完成了诗集《大海停止之处》的创作。这是一部短诗集,从诗人将开始的几首诗命名为"黑暗们",并写出"另一个世界还是这个世界　黑暗说""黑暗太多了　以致生命从未抵达它一次"的诗句,我们不难读出杨炼孤独的心境。但杨炼终究没有在异域的漂流中沉没于"黑暗"之中,"这是从岸边眺望自己出海之处","漂泊"与"尽头"的主题及经验书写终于在发挥至极致的同时,得到了一种经验的触及:《大海停止之处》共计五章,五个层次,一步步追问诗人当下的"心灵状态",诗人借此重返他往日最熟悉的"空间结构",而在此之后完成的长诗《同心圆》(1994—1997),也因与杨炼1980年代中期作品遥相呼应、"完成一个轮回"而展现出一个文学创作上的"同心圆"。

四　"本地中的国际"与"后锋"写作的认同

在《本地中的国际》《我的文学写作》中,杨炼曾按照自己人生地理的变迁,将写作分为"中国手稿""南太平洋手稿"和"欧洲手稿"三部分。三个地域,三个写作时期,杨炼的"世界性漂流"一方面不停地融入他写作,形成地质般的沉积,另一方面又不断地向世界展开,"没有国际,只有不同的本地",不断经历的"本地"使"国际"变得真实而可感知,一场真正的、全方位的、超越现实的时空对话也只有在这样的前提下

---

① 杨炼:《沉默之门》,收入《鬼话·智力的空间——杨炼作品1982—1997散文·文论卷》,第234页。
② 杨炼:《本地中的国际》,收入《一座向下修建的塔》,第137页。

展开。从1990年代至21世纪初杨炼的经历与写作来看，长期居于外语环境、参与世界各地文学活动、以外文翻译的作品获奖、频繁穿行于各国……客观的环境条件、诗歌对现实的汲取以及诗人敏感的天性，都会在一定程度上对杨炼的生活和写作方式产生影响，但作为一种稳定的关系：诗与诗人、语言却又使其拒绝着空洞的"国际"，这样，在"变与不变"的矛盾交织中，杨炼的"漂流"只能在"本地"的前提下一如既往。

既然"当下的处境"已获得了心理认同，如何继续写作就成为一个问题。"现实是我性格的一部分／春天又接受了死者四溢的绿"。在完成于2000年的诗集《幸福鬼魂手记》中，人们首先读到的就是这样的两行诗（具体诗名为《伦敦》）。面对现实是写作的客观存在，但诗人在此将其内化为性格的一部分，由此"本地"也就不再因为具体地点的改变而变得无可适应；但"死者四溢"的修饰还是让人感到震惊：生命从死亡开始，没有死亡就没有诞生，这个杨炼熟悉的逻辑似乎已宣告其写作依然要面对的问题。"幸福鬼魂手记"——惯于使用第一人称的杨炼使用这样的题目，谁是"鬼魂"？怎样"幸福"？或许只需要以阅读的形式检视这跨世纪的诗行就已足够：

痛苦必须有它自己的角落

——《海的慢板》

没有无家可归的鬼魂
没有归宿的是家

——《幸福鬼魂手记·十一》

重申此夜　鬼魂幸福的初夜

——《幸福鬼魂手记·二十四》

游荡的鬼魂，辩证的思索，"死亡没有不同的语言／诗人哪儿也返回不了"（《幸福鬼魂手记·二十四》），想来杨炼是以某种经验化、日常化的方式，将诗歌重新纳入自己熟悉的轨道，而同样被纳入的还有《李河谷的诗》(按照杨炼的说法,"李河谷"是伦敦市内少数原始沼泽保留地之一,从诗人的居所步行十分钟即可到达)。值得注意的是,所有"内化"在杨炼这里都得到了"深度"的处理——"注射到深处　烛光摇着无限远/鬼魂暴露在隘口上/鬼魂的演奏　只挑选/肉质的隘口……但鬼魂灌溉的/鬼魂还热烈采摘着　挣脱/鳞　即兴的死又刷新即兴的生"(《李河谷的诗·鬼魂奏鸣曲》)。透过这些诡异甚或有点不知所云的诗句,人们可以再次触及那个"鬼魂":他飘忽地诉说着生与死;他主动按照自己的方式呈现主体的特征。"我知道在后现代流行的今天,谈论且标举'深度',似乎不合时宜。但不得不如此。我们选择'活法',就是选择'想法',更确切些说,是建立对内心困境的自觉。"① 走遍千山万水之后,杨炼依然矢志不渝,徘徊于"深""新"的界面之上。他以自己的实践写出了诗歌对于存在的领悟,抵达哲学的高度;他是一个"自觉的诗人","返回"与"出走"在他身上得到了双向互动;他说"世界文学就是个性文学",而他的"个性文学"突出了创作的难度、深度与广度,面对他深入灵魂的诗句,我们又能甚至又会说些什么呢?

在21世纪初一次关于诗歌的对话中,杨炼曾提出"后锋诗学"的说法。和先锋相反,"后锋"比的是耐力和后劲。"后锋诗学""要求的就是思想和诗学的深度,而深度来自敏感和深思。"② 从"文革"插队,到1980年代"朦胧诗"写作遭遇批判,再到海外的漂泊,东西方文化的冲突,现代性观念的精神体验,汉语的"远距离"感受等等,都可以使一个诗人停止写作或放弃曾经坚持的理念。然而,杨炼没有。"后锋诗学"概念的提出,表明他依然要在诗歌的旅途上驰骋且初衷不改。在网络媒介高度发展、中外文化交流极度频繁的今天,1988年之后中国诗坛的发展及其变化趋势,相信杨炼会有所了解;但他仍然要接续传统与现在、语言与文化、生存与死亡等这些古老而又饱含深意的话题。他从东西方文化的交

---

① 杨炼:《雁对我说》,收入《一座向下修建的塔》,第7页。
② 杨炼:《"后锋"诗学及其他——与唐晓渡、张学昕谈二十世纪八十年代以来诗歌创作》,收入《一座向下修建的塔》,第316页。

汇处启航，又在这样的语境下返回，而庞大的结构、对生命的关注和对"深""新"的追求，最终使其晦涩艰深成为一道永不褪色的风景——它是一部完整的书，只有连续读完，才能理解其思想的深度和"不变之变"的先锋意识。

2011年2月，杨炼出版了诗集《叙事诗》。在这部堪称"思想上、诗学上的集大成之作"中，杨炼以个人的成长史为线索：《童年地理学》《饥饿再教育》《鬼魂作曲家——自白》等以及一首首"现实哀歌""历史哀歌"，和他以往的长诗创作构成正、反、合的关系。由于《叙事诗》切近诗人的现实经历，所以，它既显亲切，又显自然；既层次分明，又自由穿越。漂泊多年的杨炼开始书写自己的生活并重温晚近的历史，这种明显带有怀旧意识的创作显示了诗人叙述的能力。"《叙事诗》希冀传承的，乃是绵延三千余年的中文诗歌精美传统之风。"① 依然是传统与历史，但"家风"主题却使杨炼更加接近了当代和读者。这是一次写作上的蜕变，还是某种心态使然？或许，个体命运与历史纠结本身就是"历史"和"传统"的一部分，但对长度、难度、深度的追求依然证明《叙事诗》是杨炼的专属。而作为一部活生生的"年代史"，杨炼所要诉说的或许正是我们期待已久的——由此往前反过来读杨炼，一部由远及近的"历史"正在揭开其朦胧的面纱……

初稿于2012年4月，修改于2013年4月

---

① 杨炼：《家风——〈叙事诗〉序》，收入《叙事诗》，华夏出版社，2011年，第3—4页。

诗与文的"互训"
——臧棣论

随着诗集《宇宙是扁的》《未名湖》《慧根丛书》的出版,臧棣的创作不但达到了相当的数量,而且,其习惯以"协会""未名湖""某某丛书"作为诗集中每首诗标题的"系列形式",也很容易让人感受到其诗歌技艺、经验已同样进入一种新的状态:词尾后缀的"同题"或"重复"除了显示臧棣在创作上的自信心,还显示了臧棣诗歌的容纳能力及扩张感。① 由此审视臧棣二十余年的创作之路,追逐语言表现的可能性已成为臧棣诗歌的动力和资本。然而,随之而来的问题则是解读臧棣创作所要面对的"冒险性"——这种由于臧棣苛求技艺而造成的写作、接受和品评层面上的"难度",在笔者看来,一直潜含着文学的自我、历史和现实之间的对话问题。对臧棣的解读应当是多义性的,而这种多义性绝非仅源于研究者的视觉差异,还在于臧棣诗歌本身的复杂与艰深——作为一个

---

① 比如,在臧棣、胡少卿的《建立中国新诗的认证机制———臧棣访谈》(《西湖》2013年第9期)中,臧棣曾指出:"我发现,一旦开始对观察对象使用'协会'的命名,事物之间很多模糊的联系会突然变得异常清晰,仿佛它们本身就可以成为新的诗歌组织。""我的'丛书诗',有些是对非常具体的事物的命名。在这背后,包含着我的一个想法:'丛书'是很重的东西,大部头的,体系性的,有预设性的,有很强的规划性。而我们对待细小的事物时,恰恰要放下点身段来;这意味着,诗人可以用体系性的东西、很重的东西,去关注卑微事物所处的境况。不要以为那种很细小的东西,很卑微的东西,跟'丛书'这种宏大的格局不匹配。一旦放下姿态,我们就会发现,很多东西其实以前都没有细心地去关怀过。所以,要说'丛书'有一个诗歌的含义的话,那就是用新的眼光重新审视我们的人生境况。要说'丛书'有一个诗歌的含义的话,那就是用新的眼光重新审视我们的人生境况。"而在臧棣、木朵的《诗歌就是不怯魅力》(《青年文学》2006年第9期)中,臧棣则指出:"'未名湖',是一个我的诗歌系列。……它渴望建立的是一种与自言自语截然不同的自我对话。有时是反讽的,但更多的是内省的。"

业已形成观念、"风格化"了的诗人,臧棣诗歌在很大程度上体现了一种近乎现代性本质的延展过程。事实上,他也经常将现代性的建构意识运用于诗论之中,获得雄辩的气势和时间的穿透力。言及至此,或许我们有必要注意诗坛对于臧棣的"态度":一位堪称1990年代以来的代表性诗人与重要诗歌批评家,他的批评更清晰地张扬了自己的诗歌观念、理想,进而成为其写作的最佳注脚之一。因此,我们完全有理由选取一种训诂的方式,尝试通过诗、文的相互解读感受臧棣的诗歌实践。

一 "一个宇宙的风景"及其构成

"宇宙风景"可以理解为臧棣的一首"诗",完成于1998年11月。但在这里,"宇宙"是与未名湖紧密地联系在一起的:臧棣在书写未名湖时,"宇宙"是一个出现频率极高的词,而以未名湖为题的诗在臧棣创作中又占有相当可观的数量。翻开2010年出版的诗集《未名湖》,从1988年至2008年,20年100首以"未名湖"为题的诗,充分显示了臧棣对未名湖的深情与挚爱。在这些诗中,"宇宙"时而是未名湖的象征及隐喻,时而是广袤无垠的世界,而无论相对于未名湖的有形书写还是整体或局部的感知,"宇宙"都可以从如下两个方面加以理解:其一,它呈现了臧棣在展现诗歌世界时渴望抵达的广度和境界;其二,它修饰未名湖又使未名湖成为一个由空间、时间、物质和能量构成的统一体。"未名湖是一个宇宙"——在笔者看来,这不仅隐含着臧棣多年创作的成长史,还隐含着臧棣诗歌创作的风景乃至全部密码!"今晚,我愿意学习一些新的语言/……这理应是/语言的起点。会呼吸的语言,/时辰一到,它能突破任何表面现象——/而我想掌握的,正是这种知道/如何从水底醒来的语言。"[①]面对着湖水,臧棣坦言自己的渴望:语言的起点孕育着新生的语言和语言的可能性。在湖水的浸润下,语言潮湿、仿佛"鱼鳃";语言先

[①] 值得指出的是,"宇宙"也是臧棣其他几种诗集中经常用于表现时空和风景喻义的词语。
文中引用的诗见臧棣诗集《未名湖》,系"未名湖"第28首,海南出版社,2010年,第40页。

于个体的存在,只等待发现的契机。这一点,和臧棣在《人怎样通过诗歌说话》中的"你怎样看待语言,你有什么话不得不通过诗歌来说。这不仅意味着对语言的信赖,这种信赖如此神秘,如此重大——用布罗茨基引申奥登的话讲——以致诗人实际上表现为语言的工具"①,竟是如此的"诗""意"相通!

未名湖,作为北京大学的标志性景观,无疑为一代代北大学子留下了难以磨灭的记忆。不仅如此,未名湖及其岸边的博雅塔、钟亭、临湖轩和埃德加·斯诺墓等,也因富有诗意而成为北大诗人的书写对象。"湖光塔影""一塔湖图"以及那首流行已久的"未名湖是个海洋,/诗人都藏在水底,/灵魂们若是一条鱼,/也会从水面跃起。"或以燕园文化精髓的概括,或以诗情画意的想象,讲述着未名湖"未名"的魅力。对于未名湖,臧棣早在1988年的一首《未名湖》中就曾不无深情地写过:"已在内心为它取了/一个亲昵的名字/我熟知这种秘密 因为/我曾参与制造这种秘密"。②出于对未名湖的熟悉和依恋,臧棣曾写过"湖水清凉/让我省悟这一切只能在想象中进行";对比海水,臧棣又写出:"湖面上的涟漪,远比海中的浪涛来得温柔;/但是涌动的浪涛,特别是那些泡沫/似乎离动荡的人性更近。"③……当然,在更多时候,臧棣会将未名湖当作一个"宇宙"或是在这里看见"另一个宇宙"。至于"一个宇宙的风景"究竟拥有哪些独特的内涵甚或构成方式,相关讨论必将使我们重审其文化底蕴和一个诗人的成长史。

结合"诗人访谈"和"创作年表"④,我们大致可以看到臧棣的诗歌成长史:臧棣于1983年秋天考入北京大学中文系,并开始诗歌创作。"80

---

① 臧棣:《人怎样通过诗歌说话》,收入《风吹草动》,中国工人出版社,2000年,第3页。
② 《未名湖》,写于1988年,原收入《风吹草动》,第290页;后收入《未名湖》,系该诗集第20首,海南出版社,2010年,第29页。
③ 依次参见《未名湖》第21首、第9首,第11、30页。
④ 此处的"访谈"和"年表",主要参考了臧棣:《假如我们真的不知道我们在写些什么……——答诗人西渡的书面采访》,收入《从最小的可能性开始》,人民文学出版社,2000年;臧棣:《新鲜的荆棘》"创作年表",新世界出版社,2002年,第350—355页。

年代前期的北大校园,文学气氛相当浓厚,像我这样对文学有强烈的好奇心的人,很容易受到那种氛围的影响。"①跨进北京大学的门槛,一方面融会贯通了臧棣中学时代积累的阅读经验,另一方面则释放了他青春期的文学冲动。加入北大五四文学社,结识西川、清平、麦芒等诗人,在校刊上发表处女作,再到大量写作诗歌、打印第一本个人诗集,开始悉心研读法国自波德莱尔至瓦雷里的象征主义诗歌,倡导"新纯诗"的写作,成为一个"无可救药"的语言"神秘主义者",以及继续在北大攻读硕士学位……都为臧棣日后诗歌观念的形成和创作奠定了坚实的基础。正如人们在阅读臧棣的诗歌时总会体味到西方现代派诗学传统对其产生的深刻影响,阅读其诗论文章时总会为其敏锐的眼光、雄辩的气势和深厚的理论功底所折服,未名湖畔的阅读、写作、积淀和活动显然极大地丰富了臧棣的诗歌世界并助长了其诗歌才华(当然,以此称其为"学院派诗人"还需甄别这一提法在具体语言环境中的准确性)。即使至1990年,臧棣开始与朋友创办《发现》,"自觉要做一个诗人",其诗歌风格也发生了相应的变化,但从未名湖作为一个宇宙的风景角度来看,臧棣诗歌那些业已形成的本质化成分却没有发生改变:"我从象征主义诗歌中辨认出的一些文学标记,诸如优美、复杂、细致、柔韧、轻逸,已渗入我的感知力;我不会为任何新的文学时尚而抛弃它们。"②同样的,未名湖所包含的宇宙的风景,也不断在臧棣的笔下得以延伸——

    面对这小湖,我练习保持沉默。
    小湖的倒影里,有些内容和我的沉默相似,
    但我的沉默不同于湖水的沉默。
    ……
    我的沉默不会下沉到湖底,

---

① 臧棣:《假如我们真的不知道我们在写些什么……——答诗人西渡的书面采访》,收入《从最小的可能性开始》,人民文学出版社,2000年,第258页。
② 同上书,第258页。

面对的意思是,我的沉默仅限于
这小湖有一个超越自然的表面。

——《未名湖》

岁月的流逝让诗人在湖前保持沉默,这是一种"自然的难度",也是一种时间的积淀和见证,而"宇宙的风景"也由此得到了多义性的内涵。

二 "适应时代的写作风格"

结合臧棣的诗论,人们可以清楚地感受到他对自己所处时代以及这个时代诗歌位置的认识,这使其在积极参与时代诗歌写作的过程中,具有十分明确的诗歌史意识——"每一个时代的诗歌写作,其实都是处理它所面对(经常是有意选择)的其自身的诗歌史的问题。"[①] 作为一位成名于1990年代并可以代表1990年代某种写作流向的诗人,臧棣"适应时代的风格写作"的观念首先集中体现在一种历史的清理:"由对朦胧诗所借助的语言规约的反叛,很快衍生出一种新的诗歌意识:汉语现代诗歌应该在一场激进的语言实验中来重新加以塑造;不仅如此,还应把汉语现代诗歌的本质寄托在写作的可能性上。……由此,后朦胧诗最基本的写作策略诞生了,它将'诗歌应是怎样的'、中国现代诗歌'应依傍什么样的传统'等诗学设想暂时搁置起来,先行进入写作本身,在那里倾尽全力占有历史所给予的写作的可能性;让中国现代诗歌的本质依附于进行中的诗歌的写作,而不是相反。"[②] 正是由于对后朦胧诗的历史价值及其进入1990年代之后写作限度的清楚认识,臧棣才会读出后朦胧诗之后即1990年代诗歌相对于历史呈现的新的美学症候。在臧棣看来,指陈诗歌是"一种写作",更有助于"理解当代诗歌",且对"自己的写作起着一种警醒

[①] 臧棣:《人怎样通过诗歌说话》,收入《风吹草动》,第2页。
[②] 臧棣:《后朦胧诗:作为一种写作的诗歌》,《文艺争鸣》1996年第1期。

的美学作用"。① 而对于 1990 年代诗歌，臧棣则在强调其诗歌主题实际上只有"历史的个人化和语言的欢乐"两个的过程中，揭示出了 1990 年代诗歌所经历的"从情感到意识"的审美转向。② 当然，从臧棣渴望回答或曰面对 T. S. 艾略特的问题，即"一个人在 25 岁以后还要不要当诗人"时的自我剖析中，人们可以清楚地察觉到其转变、成熟似乎带有某种神秘主义的倾向③，但在笔者看来，这一明显由持续阅读、写作而得到的"年代巧合"是自我意识和时代意识共同作用下的结果：一个诗人走向真正的艺术自觉不仅依赖于个人的才华，还依赖于其对历史的敏锐洞察力。

相应于观念的认知，1990 年代臧棣诗歌的具体转变呈现在对以往诗歌写作的留存与超越，并最终形成适应时代的写作风格。在访谈《假如我们真的不知道我们在写些什么……》中，臧棣曾反复提及"风格"这一关键词：

> 在大学期间，我养成了对语言的细节和准确的偏爱。这种偏爱，作为一种风格意识，一直到今天都没有减弱……
>
> 如果敏感于语言和经验之间的张力，那么风格的变化也许就会显得是一件非常自然的事情。处在别的时代，或许会有不同的想法，但在写了六七年诗以后，我认为摆在我们这一代诗人面前的共同的课题是：必须认识到精确是一种伟大的力量。完整的经验无不来自语言的精确……
>
> 我是一个自觉地追求风格的诗人，但是我也强烈地避免受制于一种过去明显的风格上的标记。我也许最终是一个风格化的诗人，但是现在，我必须发明出好几种东西来推迟或分解某

---

① 臧棣：《假如我们真的不知道我们在写些什么……——答诗人西渡的书面采访》，收入《从最小的可能性开始》，第 282—283 页。
② 臧棣：《九十年代诗歌：从情感到意识》，《郑州大学学报》1998 年第 1 期。
③ 参见臧棣：《人怎样通过诗歌说话》，收入《风吹草动》；以及臧棣：《假如我们真的不知道我们在写些什么……——答诗人西渡的书面采访》，收入《从最小的可能性开始》，第 263 页。

种正在成形的东西……

讲求技艺的目的是要实现一种风格。①

从臧棣对"风格"的多项解读中,我们不难看到"语言"(的精确)和(讲求)"技艺"是其风格追求和实现的核心内容。作为诗歌写作的基本构成元素及外化状态,臧棣的风格适应了后朦胧诗以来新诗潮的实验精神,并以自我辩证意识整合其合理的部分、提升其个性品位:"就风格而言,我希望我的诗让感性获得智性的尊严,让智性焕发感性的魔力";"最终,技艺是一种让写作获得魅力和力量的方式。对阅读而言,技艺还可能是一种道德。"②从技艺本身思考写作与阅读,使臧棣的创作充满着智性的色彩,由此涉及的语言、风格等层面也在技艺的凸显中实现了一种统一。

大致从《在埃德加·斯诺墓前》开始,臧棣进入了他诗歌的1990年代。《在埃德加·斯诺墓前》初稿写于1989年12月至1990年12月之间,这是臧棣的第一首长诗,同时也被臧棣视为"向自己早年的写作进行告别的一种仪式"。埃德加·斯诺曾是臧棣读大学时很景仰的美国左翼记者,其衣冠冢就在未名湖畔。按照臧棣的说法,"这首诗的基本场景是,一个人与他在成长过程中所受到的历史教育之间的对话,而一个死者的想象中的灵魂被视为明了一切的听众":

> 我孤独地站在这里
> 发现历史更孤独
> 它甚至无法找到一个机会
> 让它的崇拜者幸福地站在它的身前
> ——《在埃德加·斯诺墓前·11》

> 亲爱的先生,在你墓前徘徊的

---

① 臧棣:《假如我们真的不知道我们在写些什么……——答诗人西渡的书面采访》,收入《从最小的可能性开始》,第262、263、271—272、275页。

② 同上书,第272、275页。

> 不止是我：一个有罪的超人
> 灵魂像树那样被昼与夜均匀地分割成
> 两部分，苍白的根和灰暗的枝
> ——《在埃德加·斯诺墓前·18》

由于《在埃德加·斯诺墓前》是一首凭经验写作的长诗，其"最基本的方式是对观察进行想象，然后再对建立在观察之上的想象进行评论"①，所以，写完这首诗之后，臧棣第一次感觉到历史对自己而言不再构成"一种压抑的力量"。像一幅幅舞台上精心设计的戏剧化场景，臧棣以斯诺墓前不同身份和角色的自我，讲述着成长的省悟和历史、个体面对现实可能存在的虚无感。在20世纪八九十年代之交，在具有象征性的斯诺墓前，"我孤独地站在这里／发现历史更孤独／它甚至无法找到一个机会／让它的崇拜者幸福地站在它的身前"。随着成长神话与历史神话相继分裂为一个个片段或是镜头，诗人也旋即摆脱了1980年代惯常的诗歌方式，进入他所言的历史的个人化的境地。

三　叙述的"智慧"与"综合"的解读

很多研究者在评价臧棣的写作时都曾提及其精湛的技艺，很多人在阅读臧棣的诗后都曾提及其晦涩、难懂甚至"千首一面"，这两种表面上看起来貌似对立的结论在反复体味后其实并不矛盾，不但如此，它们还可以引申出新的话题：一、作为当代诗歌的书写者，臧棣在技艺等层面已达到了相当的高度；二、臧棣的诗需要在技艺等层面加以解读并实现一定程度的"风格化"指认——如果臧棣的名字确实已成为1990年代以来中国当代诗歌的某种"符号"甚至"标志"。显然，就目前的情况而言，臧棣的位置决定我们对于引申出来的话题需要采取一种实践性的描绘与剥离。

---

① 臧棣：《假如我们真的不知道我们在写些什么……——答诗人西渡的书面采访》，收入《从最小的可能性开始》，第264页。

针对臧棣的诗中几乎没有传统抒情诗的直露,在无法读出其内心的激情与冲动的前提下,如何通过叙述深入这个时代,与现实生活紧密相连,本身就表达了一种"智慧"。只不过,对于"智慧"这个极富个性化色彩并包含对事物能迅速、灵活、正确理解及处理的词,感知远比解读更耐人寻味。

  由于《在埃德加·斯诺墓前》之后的臧棣已感受到如何用语言来提炼经验所带来的新鲜的刺激,并体味到"完全存在着把想象当成经验来运用这样一回事情"①,所以,臧棣诗歌叙述的"智慧"首先就呈现于语言对经验的转化及表达能力之上。以短诗代表作《割草机》为例②:"我们的女儿"将停在马路对面的一辆小轿车,当作自己的"新发现",她将这辆德国统一后出产小轿车叫"割草机"。"这种情形已经有过好多次了。/她用她的童话更正我的常识,/坚持把那些她看得上眼的小轿车/叫割草机。她还用在动物园中的/所见所闻,分别给它们起名字——/最心爱的是老虎割草机,其次是/大象割草机,狮子割草机和/熊猫割草机。她讨厌猴子,/而且根本不作任何解释;所以/没有猴子割草机。/她只有四岁……"孩子的天真自然是父母所喜爱并亲历的,但如何将这种纯洁可爱的经验转化为诗句却需要一种叙述的智慧。为了能够将一个涉及成长、认知、童趣和城市化问题、环境保护的主题叙述得完整而又颇具场景化,臧棣还在后面以对话的形式写到了"她"知道什么是草,如何以揪出"我"的一根头发说两者"绝不一样",进而很快离谱地"管绿树叫大草"。应当说,为了能够将一个儿童的"误读"描绘得有声有色并凸显其内部的张力,臧棣调动了多种手段并在具体叙述的过程中不露雕琢的痕迹。这种经验转化的能力其实也充分表达了臧棣一贯秉持的对"写作可能性的发现"的写作立场。

---

① 臧棣:《假如我们真的不知道我们在写些什么……——答诗人西渡的书面采访》,收入《从最小的可能性开始》,第264页。
② 值得指出的是,在《假如我们真的不知道我们在写些什么……——答诗人西渡的书面采访》中,臧棣曾将《给予》《七日书·玫瑰主题》《在埃德加·斯诺墓前》《禁区快讯》《液体弹簧》《说明书》,《割草机》《照耀,或驳柏拉图》《月亮》《锻炼》作为自己(截止到目前)的10首代表作,收入《从最小的可能性开始》,第295—296页。

如果诗歌写作归根结底是一种语言的形式,那么,臧棣对"写作可能性的发现"最终必将转化为对"语言可能性的发现"。结合1990年代以来臧棣的诗歌创作大致可以看到,对"语言可能性的发现"主要集中在以下两个方面:其一,是日常领域和日常语言的发现与挖掘;其二,是大致可以称之为"细节辩证法"的独特称谓及其相关内容。从《液体弹簧》《在楼梯上》《菠菜》等短制中,我们可以读出臧棣在日常生活中发现诗意和细节表现的能力:"液体弹簧"的潜在张力会让人看到生活的重复、平淡以及一个女人一生的隐喻,倒冷水的女人"婉言拒绝了潜在的帮手",而"倒进去的水还远远不够 / 而这涉及她怎样度过她的 / 后半生";因电梯停运,晚归的"我"只好"在楼梯上"爬行,领略当代城市居民生活的一种风景:楼梯昏暗,每层灯泡都已烧坏,"电灯开关还在。在幽暗中 / 它还有一小部分面孔流露出来 / 像是这座居民楼的良心 / 或是有关它的良心的隐喻",其反讽式的书写是不露声色的;《菠菜》以"鲜明的菠菜 / 是最脆弱的政治",一面揭示了平凡的日常生活及烦恼人生,一面以"面对面交谈"方式,将诗歌中隐含的主人公以及平铺式的网状结构等特色精心地揭示出来。按照臧棣自己的说法:"我对现实,对日常经验的理解,可能与很大部分诗人都不相同。在我看来,日常领域是非常暧昧和神秘的,我着迷的仍是现实的抽象性。日常领域,日常事物,日常经验,对我来说,是需要用一种艺术实验才能抵达或捕捉的境界";"早年我认为诗歌语言是一种特殊的文学语言,和日常语言有绝对的分别。但后来,我意识到这只是一种特殊的看待诗歌语言的观念。我现在倾向于认为也许取消诗歌语言和日常语言之间的界限,可能更有助于激活诗歌的表现力。"[1] 无论是日常领域、日常经验,还是日常语言,臧棣的"发现"都源自诗歌表现力的深入与抵达。具体至写作过程中的布局谋篇,"日常"是如此的亲切、熟悉又不会背负远离生活、故作姿态的指责,这种和1990年代流行的"个人化写作""日常化""叙事性"等具有一致性倾向的看法及实践,

---

[1] 臧棣:《假如我们真的不知道我们在写些什么……——答诗人西渡的书面采访》,收入《从最小的可能性开始》,第261、278页。

实际上反映了臧棣对当代诗歌写作趋势的洞察和自我修正。

而对于"细节辩证法"——这一出自《后朦胧诗：作为一种写作的诗歌》的提法，在笔者看来，其呈现的是诗歌对微观世界的深入与发现以及语言固有的张力。除上述的"日常生活"题材的作品外，臧棣在长诗《月亮》《七日书·玫瑰主题》《锻炼》中，又以延展、介入、分析、评价等立体交织的方式，展示了自己语言发现的能力。在所谓"细节辩证法"的不带有情绪色彩的概念指涉下，语言的精确性、以小见大甚或见微知著的能力正得以增殖、扩张。而就写作主体而言，驾驭语言的能力一向被臧棣视为一个好的诗人的基本素质。当然，在另一层面，一如臧棣认同罗兰·巴特所言的"听任我们的表达能力在语言自身上滑行"[①]，"细节辩证法"还包含着语言的不确定的、微妙的、游荡不定的表达，而此刻分析臧棣的某些作品，语境、反讽、悖论、张力等关乎新批评的常用术语以及"细读法"综合、扩展式的阅读，往往会成为一种行之有效的策略，而臧棣的诗也因此会呈现出立体的、多层次的图景。

四　完整的生命感与理想意识

在一首写于1990年代中期名为《诗歌的未来》的诗中，臧棣曾直接表达对诗歌写作的看法："对待它就像对待生命本身。/ 对像我这样一个出生于六十年代的人：/ 已蒙面的盛年像匿名者赠奉的一笔遗产。/ 我不再会考虑太多的礼节问题。/ 尽可能优美的简洁 / 已成为我爱抚它的主要方式。"很少读到臧棣以诗歌的形式读解诗歌自身，但这种在一定程度上放弃某些技巧的叙述却表露了诗人的"一种态度"——正如臧棣在诗中将"它"比作另一个生命，坦率地称它为"亲密的朋友"或"伟大的冒险"，以及在结尾处强调"我困惑于自己有能力随时放弃它"。对待诗歌的"态度"决定了臧棣"诗歌的未来"以及一个关于"诗歌未来"的理想。作为一位

[①] 臧棣：《假如我们真的不知道我们在写些什么……——答诗人西渡的书面采访》，收入《从最小的可能性开始》，第278页。

1960年代出生的诗人,臧棣虽很晚才建立"写作的信心",但对写作技艺的苛刻追求和写作本身的习惯,却使其很难摆脱一种严肃性和唯美倾向式的完整性,并在沉湎于诗歌的情境中使诗歌与生命相互交融,这样,"我现在意识到,诗歌所依赖的最本质的东西并不是个人经验;当然,也不是一种简单意义上的集体经验,而是一种为人类所独有的生命意识"。[①]便成为臧棣对诗歌完整生命意识关注的生动写照。

谈及"完整的生命意识",很容易让人联想到臧棣对诗歌现代性的看法:"我认为我的诗歌在某种意义上仍对现代性保持着巨大的兴趣。比如,我很难接受诗歌在文本上的破碎。……我喜欢看起来完整的事物。对我来说,完整更像是一种积极的幻觉,而破碎则像是一种消极的幻觉。"[②]臧棣诗歌现代性的看法一方面使其很难倾向于后现代式的诗歌,另一方面,则使其在现代性的框架里对诗歌写作本身持有完整、积极、自信的态度。正是由于臧棣认同"现代性不是对过去的承继,而是对未来的投身(或说敞开)",所以,才会得出"新诗对现代性的追求——这一宏大的现象本身已自足地构成一种新的诗歌传统的历史"这一颇具乐观主义倾向的结论。[③]而具体到自己的诗歌创作,臧棣也确实秉持着一种带有别样色彩的现代性观念:"我梦想写出的是这样一种类型的诗歌:它将人的自我意识总结成为特殊的历史。诗歌能使一个人获得一种更集中、更强烈的生活";"任何意义上的死亡都奈何不了诗歌,更不消说结束诗歌。用并不那么难懂的话讲,诗歌具有的不是一种宏伟的不朽,而是一种深刻的魔力。"[④]由此大致可以判断,他的诗歌必将会充满建构意识及相应的理想性。

事实上,在写于21世纪初的大量关于"丛书"的系列作品中,臧棣曾以诗歌谈论诗歌艺术的方式向读者讲述自己颇有信心的态度:

---

① 臧棣:《假如我们真的不知道我们在写些什么……——答诗人西渡的书面采访》,收入《从最小的可能性开始》,第268—269页。
② 同上书,第281页。
③ 臧棣:《现代性与新诗的评价》,《文艺争鸣》1998年第3期。
④ 臧棣:《信心的建设》,收入《中国当代先锋诗人随笔选》,汪剑钊编,中国社会科学出版社,1998年,第376、377页。

>每个人都应学会捕捉韵律，
>这样，诗，就会发生在你去过的任何地方。
>
>——《诗歌现场丛书》

>那被缠过的东西，有很多次，虚无到了极点，
>却在诗生活中深深地扎下根。
>
>——《慧根丛书》

我们是从诸如"要将诗歌建构成一种关乎我们生存状况的特殊的知识"①的论述中读出臧棣诗歌的生命感和理想情怀，同时，我们又可以在《新诗的百年孤独》中读出臧棣对新诗历史的自我理解与深切关注。经历多年的实践、可能汲取的诗歌资源的清理以及诗歌历史的反思，在臧棣的诗中，人们能够清楚地意识到他如何对"传统"和"资源"的规避、借用、转化与自我超越。有关这一点，完全可以从惠特曼对其产生影响的转化中得到证明。②将诗歌建构成一种关于人类生存状况的特殊知识，其实，就包含通过写作对诗歌历史的建构或曰"发现"，包含了对诗歌艺术的审美再思：

>我现在只想回到一种简单的立场。
>我不需要做太多的移动。

---

① 臧棣：《当代诗歌中的知识分子写作》，《诗探索》1999 年第 4 辑。
② 比如，在接受胡少卿访谈过程中，臧棣针对"你的写作受哪些外国诗人的影响比较大"的提问，曾回答："最突出的，是惠特曼，他在我的中学时代给了我启示性的影响。还有后期象征主义诗人，叶芝，里尔克，瓦雷里。上大学时给我影响最大的是蒙塔莱。随后是奥登，布罗茨基，艾米丽·狄金森，拉金，布莱克，但丁。"应当说，在臧棣当下的诗歌风格中很难看到惠特曼的影子，对此，臧棣解释："我也喜欢罗列万物，但方式上可能已转化了。但是有些地方，比如对语言气势的偏爱、对雄辩的偏爱、对开放性视野的坚持，这都和我对惠特曼的理解有关。典型的惠特曼就是滔滔不绝、包罗万象、雄辩、精力旺盛。还有一点非常重要，我的诗歌里很少有怨恨和抱怨。"参见臧棣、胡少卿：《建立中国新诗的认证机制——臧棣访谈》，《西湖》2013 年第 9 期。阅读这段话，很容易让人理解臧棣诗歌的资源"转化"，而且，如果将惠特曼风格和臧棣的诗论联系在一起，那么又很容易让人感受到"转化"后的去处及另一种呈现。

我将这块冰立起来,竖在爱情的对面。

我猜想生活的艺术就是这么诞生的:
随着时间的流逝,巨大的冰块会不断融合。
汩汩的融水会因四处流淌,渗到地下,并获得

一种象征的力量。
……
——《生活的艺术丛书》

你从未走出过废墟。废墟万岁。
闪念中已没有顽念,你已原谅唯有命运
是由不肯革命的事物构成的。
他们的命运如此。你的命运
也绝不会特殊过这首诗的命运。
——《生命密码丛书》

  既然通过"捕捉"可以随处发现诗意,既然命运无法超越生命密码所隐含的诗歌,对诗歌抱有的态度就会转化为对待生命的态度:"诗歌是我们用语言追忆到的人类的自我之歌。"[1] 阅读臧棣对于诗歌本身充满诗意的概括,不由得会让许多人产生他会持续写下去、持续追忆下去的想法。是的,保持一种从容、优雅、自由的姿态写作,本身就构成了完整的生命感和理想意识。而按照这样的逻辑推断下去,或许,臧棣更好的作品就应当属于不久的将来。

初稿于 2012 年 8 月,修改于 2013 年 11 月

---

[1] 臧棣:《假如我们真的不知道我们在写些什么……——答诗人西渡的书面采访》,收入《从最小的可能性开始》,第 296 页。

用"语言的利斧"归还一切
——析戈麦的《最后一日》兼及其他

《最后一日》写于1990年8月,曾被戈麦的好友、诗人西渡认为"这是一个神明最后一次怅望人间。这是他留给朋友们的遗言"。① 这个结论从今天的眼光看来,至少包括诗歌主题意蕴以及艺术价值两个层次的内容。毫无疑问,戈麦是一个以全部生命实践其创作的诗人;从《戈麦诗全编》收录其遗作的情况来看,戈麦的文学生涯不过短短的4年(1987年7月至1991年9月),但其自觉的精神、独创的风格以及生命的沉思却足以使其作品成为"语言的利斧"——"诗歌应当是语言的利斧,它能够剖开心灵的冰河。在词与词的交汇、融合、分解、对抗的创造中,一定会显现出犀利夺目的语言之光照亮人的生存。诗歌直接从属于幻想,它能够拓展心灵与生存的空间,能够让不可能的成为可能。"② 戈麦对诗歌的认识决定了诗歌在其心中的位置,因而,诗歌、语言与生存最终在其笔下可以得到完整的统一、融合,不过是自然的逻辑。

一

顾名思义,"最后一日"在客观叙述上呈现某种终结的意味,而从诗人主体的角度来看,则带有强烈的"诀别"意识。尽管,翻开《戈麦诗全编》,《末日》《岁末十四行》《死亡诗章》《死后看不见阳光的人》等作

---

① 西渡:《戈麦的里程》,收入《守望与倾听》,中央编译出版社,2000年,第216页。
② 戈麦:《关于诗歌》,收入《戈麦诗全编》,西渡编,生活·读书·新知三联书店,1999年,第426页。

品单纯从题目上看，就具有强烈的"死亡意识"，但具体到《最后一日》本身，其濒临"界限"的书写仍然如此与众不同：

> 我把心灵打开
> 我把幸福留下
> 我把信仰升至空中
> 我把空旷当作关怀

在"最后一日"，诗人的生命姿态竟然如此澄明清澈。他以近乎超然的心态面对生命、死亡和芸芸众生，那种"凌空蹈虚"般的姿态体现了沉思冥想后某种日趋成熟的"勇气"——"既然我们的生命每一天都要被夺走一部分——既然我们每一天都处于死亡之中——我们停止生存的最后那一刻本身并未带来死亡，它仅仅完成了死亡的过程。与这最终时刻相联系的恐怖只是一种起于想象的东西。当把我们投射给死亡的恐怖面罩摘掉后，恐怖也就消失了。"[1] 这显然是属于诗人的"最后一日"，属于坦荡面对生命的一日。由此联想到古今中外多少诗人以身殉诗、慨然赴死的历史，所谓"诗人之死"以及"最后的书写"始终包含着对人性、生存终极的叩问与质询，那些"向死而生"的锋芒毕现，使其在揭示和批判人性的限度时往往毫不留情。但此刻，戈麦的《最后一日》却显现了内心剧烈冲突已经闪过的倾向，"我把黑夜托付给黑夜/我把黎明托付给黎明/让不应占有的不再占有/让应当归还的尽早归还"，诗人以如此高度的理性表达"最后一日"的所作所为，他的情感饱满但绝无过分的伤感，这一写作本身在一定程度上与海子晚期的抒情诗有几分相似之处，"眷恋""托付"以及宗教般的情怀，构成了"最后一日"独特的风景。

按照笔者现有掌握戈麦诗歌创作的材料，《最后一日》属于"厌世者时期"之后的作品。[2] 无论就是诗歌《厌世者》本身，还是作为自印合办

---

[1] P. 蒂利希：《存在的勇气》，唐蓓译，贵州人民出版社，1998年，第13—14页。
[2] 《厌世者》一诗写于1990年5月1日，《厌世者》作为与友人合办刊物在1990年4月至6月，共出5期，之后戈麦开始刊印《铁与砂》，具体可参见西渡：《死是不可能的》，收入《戈麦诗全编》，第5页。

刊物之《厌世者》,之后的戈麦"一变过去的写法,创造了一种全新的形式":"这是他天才焕发的最初的日子。之后,他的创作就进入一个完全自觉的时期,而他也因此陷入了全面的孤独。"[1] 而后,即1990年7至8月,戈麦又完成了诗集《铁与砂》,在这部被友人称之为"关于他的生命,关于诗歌,关于人和世界的命运"[2] 的创作,显然构成了戈麦创作的一次"综合"与"转向"——无论从主题还是诗艺,《最后一日》对于曾经的写作具有总结性的意义,从此,他进入了生命同时也是创作的最后阶段;《最后一日》同样也是一种关于生命和写作的告别,诗人最后的生命选择在这里已显露出"预兆"。

二

戈麦,原名褚福军,来自黑龙江边境的一个农场。1985年考入北大中文系,但与当时一代大学生普遍对文学怀有浓厚的兴趣相比,戈麦开始写作似乎有些见迟:"直到1987年,应当说是生活自身的激流强大地把我推向了创作,当我已经具备权衡一些彼此并列的道路的能力的时候,我认识到:不去写诗可能是一种损失。"[3] 1987年以后,戈麦开始正式接触现代诗歌,并开始着手创作。1989年大学毕业后,开始使用"戈麦"这个笔名,在朋友眼中,诗人终于在"戈麦"这个笔名中找到了自己——"某种坚实、严峻的东西。"不过,对于另外一些人来说,却将戈麦的早逝和他的笔名联系起来,认为"戈麦"这个名字不吉利,"戈"为兵器,加于"麦","分明意味着杀戮"[4],但显然,"戈麦"两个字无论从单字解读还是谐音角度,都具有不同的意蕴,这种与生俱来的意象性所指,或许正是诗人臧棣评价时指出的诗人的"天赋之债是最难理喻的。"[5]

---

[1] 西渡:《死是不可能的》,收入《戈麦诗全编》,第5页。
[2] 同上书,第6页。
[3] 戈麦:《〈核心〉序》,收入《戈麦诗全编》,第420页。
[4] 西渡:《燕园学诗琐忆》,收入《守望与倾听》,中央编译出版社,2000年,第195页。
[5] 臧棣:《犀利的汉语之光——论戈麦及其诗歌精神》,收入《戈麦诗全编》,第436页。

从意象的角度,《最后一日》使用了黑夜、黎明、田野、谷穗、往日等元素,这些元素在配合整首诗那种时而哲理、时而叙述、时而遥想、时而回顾的笔触过程中,构成了某种怀旧的情调:

> 屋宇宽敞洁净
> 穹寰熠熠生辉
> 劳作的人安于田上
> 行旅的人四处奔忙
>
> 我把黑夜托付给黑夜
> 我把黎明托付给黎明
> 让不应占有的不再占有
> 让应当归还的尽早归还
>
> 眷恋于我的
> 还能再看一看
> 看这房屋空无一物
> 看这温暖空无一人

此时,戈麦的诗歌态度,既构成了汉语诗人进入"青春写作"所流露的典型状态,同时,又不可避免地流露出有幸进入语言与艺术层面上的孤独直至疏离的状态。可以想象的是,正如《戈麦自述》中提到的那样,"戈麦欣赏叔本华的哲学,我怀疑若能从头再来的话,他很可能放弃文学生涯,因为他对哲学和思想史的东西有更大的兴趣","戈麦经常面露倦容,有时甚至不愿想 25 岁之后的光景"[①],构成(也许,使用"反衬"更为合适)了此刻《最后一日》中表现出来的思想、形象与智慧共同构筑的景象。"诗是对人的生存和内心的省悟,是语言的冒险。"[②]《最后一日》中那带有明显古典主义气息的味道,显现了诗人对理想、情感、生命经验的把握能

---

① 戈麦:《戈麦自述》,收入《戈麦诗全编》,第 425 页。
② 戈麦:《〈核心〉序》,收入《戈麦诗全编》,第 421 页。

力。在几个简单的意象遍布之间,戈麦对于汉语诗歌本身的洞察力超越了他对诗歌意象与素材本身的洞察,他由写作本身表现出来的悬浮状态,在很大程度上体现了语言所能抵达的可能与高度。

三

《最后一日》曾多次提到第一人称"我",其中处于句首位置的更多达八次。"我"之人称的反复出现,很容易让人想到那些浪漫主义式的抒情诗篇。但在这里,戈麦对于"我"的使用却更多偏重一种对应结构——"我"与生存世界的"对应"。在"最后一日","末日"般的启示来自于心灵的感知与外化。"我"把幸福留下,并不意味着"我"无所眷恋;而那"始终惦念着的",又成为某种"遥想",在《最后一日》中,"你"仅出现一次,但显然,此刻的"你"与"我"获得了统一。在可以面向任何一个对象的同时,戈麦使诗作获得了广阔的空间,从而获得了自由与毫无限制的交流。

在《文字生涯》中,戈麦曾写道:"我常常在夜里坐在庭院之中空望明月,直到曙光升起。我将一轮明月看作一面虚幻和真实世界的镜子。有时,从它的面庞上还能看到一些不可思议的事情,还有我。这种习惯与死亡相通,我在过着一种无死无生的日子。有时,我对这样一种文字生涯有些惶惑。"[①] 由此可见,对于《最后一日》以及此前写作中大量出现的"我",除了可以理解为某种"理性的抒情",还可以理解为某种"自我想象"直至"自我虚幻"的结果。戈麦以"我"的形式将生命的讯息和自我的经验撒播给写作,他的宽博、恬淡以及虚拟和写作之间的"矛盾感",都在一定程度上体现了主体对"自我"和文字负载的多义性理解。正如戈麦在同篇文章中提及他心仪的文学大师博尔赫斯,那位洞彻万物又因此陷入唯心、孤独的阿根廷作家,和关于他"因痛苦而幸福,因沉湎于

---

① 戈麦:《文字生涯》,收入《戈麦诗全编》,第428页。

细琐而抵达无限"①的判断,谁说不与戈麦的《最后一日》具有异曲同工之处?

由此推究戈麦这位"死于青春"的诗人,其过早的辞世一方面在于"我"的分裂直至丧失,另一方面,则在于主体把握语言时代焦虑渗透生命的旅程。"诗人之死的助推力主要不是由性格和心理因素产生的,而是对语言的欲望产生的"②,说明了写作在一个被规训的历史情境下,可能引发的语言的悲剧。作为一个使用现代汉语写作的年轻诗人,戈麦以自己的个性回应写作带给他的压力。他对语言的贪婪和欢乐构成了生命中某种神秘意识,同时,也构成了对自我的严重消耗,"不能说:这时候的我就是现在的我""像一笔坚硬的债,我要用全部生命偿还",戈麦在《未来某一时刻自我的画像》中的诗句不只一次以类似的表象出现在其写作之中。"我是唯一的表演者,观众们在周围复仇似的歌唱",体现了戈麦面对自我时刻的冷峻、高傲和毫不留情:"他追求绝对和彻底。他不能容忍妥协,这人性的弱点。他在内心里默默承受了生活和时代的全部分量。他实现了里尔克的名言:'挺住意味着一切'。"③是的,戈麦以燃烧自我的方式凝视"最后一日",此时,他唯余肉体和灵魂的"自我的分离"。

四

从以上《最后一日》中关于"我"的解读,再联系诗中的铺叙,比如:

> 我把黑夜托付给黑夜
> 我把黎明托付给黎明
> 让不应占有的不再占有
> 让应当归还的尽早归还
> ……

---

① 戈麦:《文字生涯》,收入《戈麦诗全编》,第432页。
② 臧棣:《犀利的汉语之光——论戈麦及其诗歌精神》,收入《戈麦诗全编》,第435页。
③ 西渡:《死是不可能的》,收入《戈麦诗全编》,第8页。

> 但是也只能再看一看
> 但是也只能再想一想
> 我把肉体还给肉体
> 我把灵魂还给灵魂

诗人妄图通过语言"归还"一切已一目了然。但是,值得指出的是,这些平淡无奇的句子,一直隐含着诗人在"最后一日"的"自我分裂"。显然,此刻的戈麦期待以"语言的利斧"将不属于自己的东西"归还",进而回归"源出"或者介入"未来"的情境,但这种诗意的想象,在现实意义上反映的却是语言和生存环境之间的张力。如果可以进一步联系戈麦以往的创作,在写于1989年末的《家》中反复出现"我要抛开我的肉体所有的家",《誓言》中的"我已经可以完成一次重要的分裂",那么,《最后一日》的"归还"或许只是一个阶段的终结。

当代诗歌发展到1990年代,究竟使用怎样一种语言进行写作和表达生存问题已成为重要的课题。无论从"第三代诗歌"带来的口语化、浅表化和世俗化情境,还是生存问题本就是文化转型之1990年代的"第一要务",都对往日的诗歌写作或曰传统的诗歌标准给予了解构。从这个意义上说,那些以语言实践和生命探寻为己任的诗人往往倍感孤独,海子、戈麦之死在一定程度都可以理解为语言"涨破"生命的结果。反思上述事实,不难发现:在某些时候,"曲高和寡"和"难以为继"具有等同的意义。"我把肉体还给肉体/我把灵魂还给灵魂",代表了诗人以语言还原生命的过程,只是这样的刀锋隐含着自我的戕害,其分裂的伤痛始终大于外在的压力。"灵魂与肉身在此世相互找寻使生命变得沉重,如果它们不再相互找寻,生命就变轻"[①],刘小枫关于"沉重的肉身"的论断,很能说明《最后一日》中的语言的"归还",在"拓展"与"承受"之间,能给诗人提供最大限度的自由正在于"生命不能承受如此之轻"。

从诗歌本身看待戈麦最后的日子,"我"的隐退使《眺望时光消逝》

---

① 刘小枫:《沉重的肉身》,华夏出版社,2004年,第93页。

(一)、《眺望时光消逝》(二)、《关于死亡札记》等充满了末日预言的特质。从事实的角度,这无疑是一个重要的启示:戈麦已经告别了个人的倾诉走向了世界本身,而这,正是其处理个人与世界的最后的方式……

2009 年 5 月

附戈麦原作:

最后一日

我把心灵打开
我把幸福留下
我把信仰升至空中
我把空旷当作关怀

屋宇宽敞洁净
穹寰熠熠生辉
劳作的人安于田上
行旅的人四处奔忙

我把黑夜托付给黑夜
我把黎明托付给黎明
让不应占有的不再占有
让应当归还的尽早归还

眷恋于我的
还能再看一看
看这房屋空无一物
看这温暖空无一人

那始终惦念着的

你还能再度遥想
一个远离天涯的谷穗
今日已长大成人

但是也只能再看一看
但是也只能再想一想
我把肉体还给肉体
我把灵魂还给灵魂

1990.8.16

"一个幽闭天才"的写作精神
——论朵渔的诗

在一首名为《2006年春天的自画像》的诗中,朵渔曾写道:"我,一个幽闭的天才/从冬季燃尽的烟灰里/爬起来,捞出被悲哀浸泡的心。"这样的叙述使作品在开篇处就带有"切身的痛感"和独立的姿态。而事实上,当同代许多诗人尚处于确认自我形象的焦虑状态时,1973年出生的朵渔已开始以"恢复汉语的尊严"为己任,进而以坚定的"个人本位意识"莅临喧嚣的诗歌现场。由此联想到"第十五届柔刚诗歌年奖"颁给朵渔的"授奖词"——"无论处于何种境地,朵渔都坚持自己的声音和判断,因此他总能自如地不受干扰地写作。"[①]本文标题中"幽闭天才"的称谓,或许还潜藏着"担当和愤怒""冷静与执着"。这些关乎精神世界的语词,使对朵渔的评价瞬间就超过了一般意义的写作。

一 自我的认同

毫无疑问,朵渔是"70后"诗人群中较为出色的一位,而且,这种出色在很大程度上是以一种较为清醒的"自我意识"和"历史的认同"为首要表征的。面对着网络时代诗歌的处境与现状,以及"世纪后"频繁出现的代际划分和"拥挤状态",朵渔总保持着近乎"置身事外"的客观态

---

① 《第十五届柔刚诗歌年奖·朵渔》之"授奖词",《诗歌与人》2007年第1期(黄礼孩主编,"柔刚诗歌奖专号(1992—2006)")。

度。"70后是'被吓破了胆的一代',他们集体呆在上一代诗人为他们制造的阴影中却不敢反抗,在'影响的焦虑'下无限期地延长着自己的学徒期。"①"70后诗人"在很长一段时间内的"无所适从",以及迅速面对新一代诗人的"奋起直追",在很大程度上与其主体欲望和历史之间存在的"断裂状态"有关。因而,"70后一代"诗人就必须通过建立真实和完整的自我,体认当前文化象征秩序中的位置,进而在不断逾越中展开自己的写作路径。

但无论怎样,写作总是一件"路漫漫其修远兮"的事情,这一点,对于时至今日仍常常处于被湮没状态的"70后"诗人,或许尤显紧迫。为此,我们必要要注意到朵渔在《前程也许是》中的精神自况:"带着出生地的滞重,我躲在/背阴的房间里读书/像一个家神 保持矜持的安静/与孤独/写感官快乐的诗/在想象中完成高潮/没有什么值得去追求了/伦理学是一种烦躁。"作为一个"幽闭的天才",诗中的朵渔似乎已经进入了一种超然物外的状态。然而,接下来的叙述却暴露了朵渔的"目的性":

> 我死于两种可能性:让自己消失
> 或让命运安排前程
> 前一种意味着彻悟
> 后一种说明
> 我尚需努力

与"70后一代"诗人常常带有的写作话语大于实践的现象相比,同样操持所谓话语主张的朵渔从未将"自我"演化为某种"空洞的能指";相反,朵渔那种近乎勇敢者的姿态,可以使其始终保持义无反顾的独立精神,并最终建构属于纯粹意义上的"自我形象"。

为了摆脱时刻纠缠的"羞耻感",朵渔曾自叙2004年底如何成为一

---

① 朵渔:《需要在黑暗中呆多久》,收入《诗江湖·2001网络诗歌年选》,符马活编,青海人民出版社,2002年,第248页。

个没有单位的人。① 朵渔将赋闲在家"视作自己写作生涯的真正开始",在一定程度上反映了一位诗人的"自我认同"。毕竟,从某种意义上说,写作和诗人都是孤独者的事业,更何况,"在巨大的耻辱面前,我更愿意/呆在家里,独自感受"(《2006年春天的自画像》)。如果由此进一步联想到诗人曾经创作的《宿命的熊》,"一头熊自动选择了一个地点/所有的决定来自它的一闪念","它失眠,贫穷/它的叫喊没人愿意保存/虽然合唱队取消了它的声音/它说它对此已漠不关心"。那么,所谓"幽闭的天才"似乎还具有某种"转向性"以及由此产生的"历史化"倾向:尽管,这极有可能造就诗人个体与群体生活处于一种陌生的状态,但是,这种颇具冒险意识的行为却可以使诗人从另一方面体验生活,并一如诗人的"感同身受":"我就是这样被无可名状的生命本能激励着,心怀恐惧上路,仿佛前方有伟大的事物就要出现。"②

二 真实感和现实感

按照出生年代的自然特点,朵渔所在的"70后"诗人仍可以从属于拥有"历史记忆"的一代。但与此同时,生存语境的急遽变化却使这一代诗人难以掩饰写作、"自我"与现实之间的"紧张感":相比较而言,"70后"诗人在其成长阶段并未背负起前代诗人的沉重历史,但他们却深刻体味到了城市化进程带来的强烈心灵冲击;然而,在文化暴涨的年代,"70后"诗人也从未像更为年轻的一代那样无所顾忌,早熟于文化转型的日子。因而,即使以激烈甚或叛逆的面貌出现,"70后"诗人也很难摆脱某种其与生俱来的精神气质。他们需要以不断思考的方式修正自己的写作,尽管,这样的做法会使其写作在具体呈现时常常充满"二律背反"的效果。

在《读〈辋川集〉》一诗中,朵渔曾以"如此年轻/就想隐居起来,毕竟不是/好事情/赶紧戴上面孔 上街 听市声 读晚报 买二斤栗子回

---

① 朵渔:《柔刚诗歌年奖》之"受奖词",《诗歌与人》2007年第1期。
② 同上。

家",展现了面向生活之后的另一侧面:虽然,在一段时间内,朵渔将"对羞耻感的某种回应"作为自己的"写作伦理"①,但在现实面前,诗人作为社会成员的身份却使其无法彻底地从容与坦然。显而易见,上述状态的出现,具有一定程度上的逻辑矛盾,然而,这种趋势却生动反映了当前"个体/社会"复杂关系中的一种"真实感"和"现实感",以及"70后一代"诗人整体的文化性格。

究竟采取怎样的方式直面现实才能体现一种真实?在更多的情况下,朵渔的坚定仅仅与某种感伤的情绪有关:"秋天了,妈妈/忙于收获。电话里/问我是否找到了工作/我说没有,我还呆在家里/我不知道除此之外/还能做些什么/所有的工作,看上去都略带耻辱。"(《妈妈,您别难过》)同样书写自我的独立,朵渔的诗却难免一丝无奈。由此联想到进入1990年代之后,"生存是人生第一要务"的论断,朵渔的诗歌现状无疑揭示了一种时代的真相,而裹挟其中真实的"阵痛感",也不妨视为对当下进行的一次自我解构后的责问。

从以上引证看待朵渔的写作,真实感和现实感的相互缠绕必然涉及一代诗人肩负的道德意识。一般来说,当代诗歌更多聚焦于日常化视点之后,"个人化写作"更容易使诗人以底层的目光,抒写自己的所见所闻并直至从作品中流露出品评的倾向。在这一整体趋势下,诗人的才华也逐渐倾斜为现实的抗争、尊严的叩问以及洞见世相的能力。在晚近的写作中,朵渔的《乡村史》《2006年春天的自画像》《妈妈,您别难过》《有一点薄薄的小雪……》等作品,都生动地体现了真实、现实赋予诗歌的审美空间。当然,如果由此判断朵渔的诗歌写实与"时代性"的关系,却必将陷入另一种"误读"。"关于'诗歌与时代'的廉价论说仍然在继续,这种论调似乎具有先天的优势和道德优越感,如对底层、草根、打工阶层的关注,对所谓'小文人诗歌'的道德训诫等等,但无论其如何变换

---

① 朵渔:《柔刚诗歌年奖》之"受奖词"。

花样，都只是呈现了当代汉语诗人贫乏、幼稚的一面，不能持守。"① 作为一个"幽闭的天才"，朵渔只是以自我感知的方式完成了真实与现实的描述，而在描述中，朵渔更多追求的只是诗歌的警醒效应，以及由此呈现出来的悲悯、高蹈的写作精神。

三 "一种广泛的真挚的爱"

与以特有的方式感怀现实相比，朵渔从未在直面世道人心的同时，放弃自己内心欲念。这个从此选择居家写作的诗人，看待世界的角度唯余真实。遍览朵渔的创作，他总是期待以"首先解决掉自己，放弃可放弃的一切"的理想完成一次次"自我"追寻。而作为一种后果，这一写作方式使朵渔在揭示时代真相的同时，表现出"一种广泛的真挚的爱"。

《"不要被你低水平的对手扼住……"》是朵渔近年来少有的优秀作品，整首诗充满着"叙述中的自我"：

> 我不与小人为敌，事实上，我喂养他们
> 以绿叶、笑脸和洗净的心
> 我从敌意里吸取力量，小小的敌意
> 存在于小小的心脏，在一个无聊的时代
> 像一段小夜曲，出入风议
> 非但令我不快，事实上
> 还带给我无穷的消遣……

长期以来，朵渔总是通过"自我"的眼光，揭露存在于现实生活中的具象。他以冷静的叙述臧否事实：在无聊的年代里，"小人"是传言者、是"敌人"，总之可以存在于"空气之中"，笼罩大地；因此，只有置身事外，才可以看清一切："它没有脸，周身布满了幻听的耳朵"，同时，还带

---

① 朵渔：《论诗歌作为一种自我修正之道，或：对常识的坚守总是很难的》，收入《2006 中国新诗年鉴》，杨克主编，花城出版社，2007 年，第 293 页。

来一群"窃窃私语者",在"笔杆摇落之间,如街谈巷议一般……"诗人对上述现象的剖析可谓入木三分,但作品却从未因"过度铺陈和叙述"而感到拖沓。整首诗更像一次心灵的表达,而将充满破坏性的"小人"作为一种消遣,却更多源自某种彻悟的眼光与宽容的心态。

在"不要被你低水平的对手扼住"的前提下,朵渔的"喂养敌人",显然具有"一种广泛的真挚的爱"。"敌人"形象可以作为一种实体,同时,也可以像小说家格非笔下的长篇《敌人》那样,使恐惧无处不在。为此,我们必须惊讶朵渔本人也写过《我的敌人》式的作品。在那首诗中,朵渔将"敌人"置于童年的背景之上,对于那场赤手空拳的"个人搏击",其深意就在于揭示一种记忆,可以让"我感到体内有一种与生俱来的/胆怯"。由此可以猜测的是:时过境迁,已过而立之年的朵渔终于明白"敌人"确实是生存的伴生物,因此,对待他们的方法首先在于保持何种心态。

由以上内容可知:"一种广泛的真挚的爱"不但为朵渔诗歌赋予了宽博之感,还最终提升了诗人的写作境界——尽管,所谓"广泛而真挚的爱"本身就具有强烈的反讽效果,但置身于"70后诗人"群落之中,仍使诗人的创作具有卓然的姿态。以短诗《我恨你》为例,"必须用爱,才能平息爱;/必须用恨,才能打倒恨"的诗句一直潜藏着抒情主体的理性思维:既然对人性的思考已经上升为某种哲理,那么,"我梦见自己是那遍及全国的雨/为你押送一场淋漓的崩溃/大地收藏起落叶,我来/收留你——"就构成了"劫后余生"的戏剧化场景,而阅读这样平淡无奇但却充满"陌生化"的诗句,我们只能感叹诗人所言的"真正感人的是对人性的最深切的关注,这也是诗歌情感的秘密通道。"

四 冷静而坚定的文本实践

针对2006年"小文人诗歌"的批判,朵渔曾指出:"'我们都是时代的快乐的俘虏',在这个巨大的掌心里,作为汉语精神的创造者和传承者,当代诗人保持一种常识感是必要的";"诗歌首先是一种精神活动,是语言的创造,'创造就是生活两次'……"① 朵渔的认识使其在整个论争中冷静而不失尖锐。当然,如果就透过言论看本质的角度而言,朵渔的言论同样也代表了他对诗歌是"一种语言创造"的看法。

如果一个"幽闭的天才"更多的时候应当领受寂寞,那么,在诸如《寂寞的人大叫三声》的作品中,"寂寞人的晚餐并不快活/他对着刀叉说话,对着食物说话/他听到的回音/对他是一种蔑视"的开头本身,就与其结尾"寂寞人的四肢美丽修长/他的嗓子已冰冻三尺/寂寞的人大叫了三声/就叫醒了三米外的恐怖",就构成了一种明显的对应关系:以"距离"之间的互文甚至回环往复,生动地昭示"寂寞"的可怕;作者以客体的形象化,自然地揭示了寂寞带来的生存状态以及"无言/呼喊"中难以摆脱的困顿。《寂寞的人大叫三声》作为朵渔写作中一个个案,较为全面地体现了朵渔平中见奇、晓畅凝练的语言特色。至2007年《诗歌与人》编选"柔刚诗歌年奖"专辑时,综观朵渔的被选作品,如何以简单而又准确的意象发现诗,已成为读者认识诗人的一个重要标志。

无论怎样辨析1990年代以来当代中国新诗的语言走向,"叙事性"的成分增强和口语化的繁荣,已成为跨世纪中国诗坛的整体趋势。朵渔的上述诗歌同样体现了这一趋势,但却从未因此而影响其作品的思想高度和情感的深度。当然,最终将朵渔定位于"冷静而坚定的文本实践者",还与其一贯具有的鲜明反叛意识有关——长期以来,朵渔总是坚持自己的声音和判断,执着于对人性的关注与探索,即使在类似《2006年春天的自画像》《妈妈,您别难过》《凶手的酒》等篇幅较长、叙事性较强的作品中,朵渔的写作理想也会因秉承汉语诗歌的尊严和创造精神而得到最大限度的体现,这自然使诗人的写作风格在客观、冷静的叙述中不断以过滤的方式呈现边界的清晰,并最终以一种定型化的方式为人们所认可。

至此,朵渔的诗歌终于在重塑一个诗人的良知中完成一个近乎历史

---

① 朵渔:《论诗歌作为一种自我修正之道,或:对常识的坚守总是很难的》,收入《2006中国新诗年鉴》,第294页。

化的过程，同时，这一过程也会因其特有的忧患意识而提供警醒的力量。当朵渔在《用一把锋利的钥匙……》中写下"用一把锋利的钥匙／砸开那墙壁／光涌入，一个心碎的天才／坐在黑暗里，独自修补／那半个月亮"，诗人的冷静叙述会因为"一个天才"而得到"无言的表达"——朵渔的写作一直以独特的自我走向广阔的诗意空间，接近和阅读朵渔或许并不是件困难的事情，只不过，在感受的过程中，我们将持续获得某种新的触动！

2008 年 6 月

窗子内外的镜像与风景
——宇向论

当以"窗子内外的镜像与风景"为题言说宇向的诗歌时,作为评论者,我们当然期待能够藉此来概括一个诗人的创作。但是,照片上那张深邃而又充满个性的脸,却必将冲破预先设定的企图。正如宇向在发表获奖感言时曾说过:"我还有时间相信我的谦卑、我的叛逆、我的安静、我的自大、我的容纳、我的偏执、我的坚持、我的脆弱、我的天资……能够使我成为我最热爱的人们中的一员,并且能够有足够大的力量去背叛他们!"[①]宇向的姿态表明她诗歌业已存在的棱角、质感和力量。不过,鉴于今天的诗歌发展,历史"表述"和历史"事实"之间的关系常常会涵盖曲折无限的内容。因此,在所谓命名的能指与所指之间,宇向的诗本身就如此刻窗外的风景,充满层次感和多义性。

一 "生存的写照"

上述逻辑使宇向的诗歌研讨只能成为一种自说自话的"关键词"。但无论怎样,宇向从 2000 年开始写诗,不久就获得许多人的认同,作品数量并不占优势,一直与"气质独特""出手不凡"这样的词语"过从甚密"。阅读宇向的诗,总会让人触摸到一丝丝饱经沧桑之感:她在一个幽暗的高处俯视种种世相,她所写的只是身边的生活却能洞彻读者的心扉,而这一切又不过仅仅出自于一个"70 后"的年轻女子之手,其作品"年

---

① 《第十一届柔刚诗歌年奖》之"宇向受奖辞",《诗歌与人》2007 年第 1 期。

龄"和实际年龄间的差异,本身就构成了一定程度的引人注目。

如果"生存的写照"必然成为写作的一个重要归属,那么,对于宇向而言,"生存的写照"并不仅仅局囿于揭示生存的宿命,更为重要的,还在于宇向如何通过诗意的叙述,生动形象地完成了诗歌与生存之间的对应关系。即使以自况的方式看待类似《半首诗》式的创作——"时不时的,我写半首诗/我从来不打算把它们写完/一首诗/不能带我去死/也不能让我以此为生/我写它干什么/一首诗/会被认识的或不相干的人拿走/被爱你的或你厌倦的人拿走/半首诗是留给自己的",诗人对诗歌的认识以及潜在的"另一半秘密",也足以构成当下写作处境的真实写照;写作本就应当是一件轻松的事情,它几乎不会给诗人带来任何生存变化的机遇;但诗歌又会在诗人不断发出"我写它干什么"的疑问中,成为心灵慰藉的一部分。没有任何令人吃惊的语词,宇向就以时而置身事外、时而沉浸其中的平易叙述,完成了一次关于当代诗歌写作本质层次上的"元写作",但其毫不生涩、运作自如的姿态,却早已超乎诗歌自身负载的重量。

对于诗坛已经流行多年的"70后"的提法,笔者始终认为代际的自然差异并不是这一代诗人独立出来的根本依据。"70后"(乃至更为晚近一代)可以成为"自为的一代"关键在于可否真实、艺术、敏感地表达自己,以及如何借助诗歌反映生存时空紧缩之后带来的切肤之感和由此萌生的反思力度。当抵达遥远的地平线和"想象的图景"已经成为一种负担,简单的书写却能摆脱"庄严的虚伪"和"不可捉摸",往日"悬浮的距离"终于返回写作的自身,这一代诗人的情与爱唯余"透明的真实"……至此,我们需要看到的只能是教科书般的"原则与规范",正被还原为一次次任意而为的生活细节描写。在宇向的诗中,比如:《低调》,往日高亢的声音正逐渐被暗夜里的沉寂所替代:"一片叶子落下来/一夜之间只有一片叶子落下来/一年四季每夜都有一片叶子落下来/叶子落下来/落下来。听不见声音/就好像一个人独自呆了很久,然后死去。""落叶无声"当然只是一种形象的书写,就像那些平淡的日子,生命其实和叶子的生长一样,只是一个简单而真实的过程;然而,如果可以借"低调"为题,隐喻出二者之间的"过程性",并进而对照出以往写作的"宏大历史",则无疑构成了一首诗的深刻意蕴。至于基于此,可否判定一个诗人的音色魅力和驾驭能力,或许也同样不失为是一种历史的隐喻。

使用简单的语句、舒缓的节奏,却可以穿透此刻"写作"的本质,从某种意义上,是宇向诗歌特立独行的重要原因之一。宇向的作品很少长篇累牍,但这并不表明她的诗缺少复杂的现代经验和词语组接后的紧张感。广为大家认可的四句短诗《理所当然》,几乎倾注了宇向对存在的全部认识:

> 当我年事已高,有些人
> 依然会　千里迢迢
> 赶来爱我;而另一些人
> 会再次抛弃我

如此开阔的视野充分表达了一个诗人心灵企及的高度。通过起首句将生命的时空推移至晚年,但那种自负式的王者姿态仍然使"我"处于浪漫的激情与爱的漩涡之中;然而,不断找寻和不断离开却始终公平地交织在一起。这一矛盾关系由于"历史化"而滤去许多爱恨缠绵的往事,但"理所当然"的题目却道出了历史的真实性甚至是无情的一面。毫无疑问,《理所当然》是属于今天的人生处境的,它因为避开习以为常的方式而与生存之间构成了"另一道风景",作为一位近乎命运的先知先觉者,宇向一下子就点亮了宿命状态下生命的全部轨迹。

二　观看及其视点

很多论者在评价宇向的诗时,都提到了"窗子"这一意象元素。[①]"我想到的窗子是美丽的/因为它们框住了流动的风景/从里面看总是这样",

---

[①] 具体见黄礼孩、江涛主编的《诗歌与人》2004 年第 10 期"最受读者喜欢的 10 位女诗人"专号。其中涉及上述内容的文章包括朵渔:《打开一扇窗以便看到流动的风景》;安歌:《如果你再坏一点——窗里窗外看宇向》。

诗作《窗》曾以开门见山的形式,揭示了宇向看待"流动的风景"的一个重要视点。"我自己的窗子在一层/它框住随意经过的人/和一个刻意到这里的人",显然,这样视点下沉的工作环境,会使诗人拥有走上"高处"的欲望;但对比"我妈妈的窗子在二十层/每次看到它/我都会有冲出去的想法",一层的窗子却使写作在渴望悬浮之余,最终立足在坚实的地面上。"我的办公室在地下/窗子开在最上方/在一个扁小的长方形里/我要抬头/才能看到污水、彷徨和失落",地下室中的观察者终于看到了平凡而伟大的世间真相,这说明:只有身在底层,才可以看见更多真实的"风景"。

按照诗人朵渔的说法:"窗子隐喻了宇向与世界的全部关系。"[①] 确然,窗子不但一直是宇向喜爱的意象,同时,也为宇向的目光转向窗外时,带来了朝向阳光的"圣洁的一面"。"为了让更多的阳光进来/整个上午我都在擦洗一块玻璃","过后我陷进沙发里/欣赏那一方块充足的阳光",作为一个在写作、绘画等前卫艺术均有涉猎的诗人,宇向总是以无所谓甚至懒散的目光完成自己的创作。就像窗子里的世界虽然并不广阔,但宇向却总可以通过简单的表达和深邃的目光超越视野的局限。为此,在《圣洁的一面》中,另一个大胆设置的意象,即"苍蝇"或许也并不那样肮脏,它以及它们只是卑微地重现了一次"围城"式的景观和"我"的内心独白——"我想我的生活和这些苍蝇的生活没有多大区别/我一直幻想朝向圣洁的一面",而具有普遍意义上的"人生围困"不过同样是"窗内/窗外"观看的所得。

从诗人的"观看及其视点"的角度来说,宇向已经通过"窗"找到了属于自己的表达方式。这种习惯性的"近距离观察"虽可说是来自女性的天性直觉,但却因其自然生发的感性品质和鲜明的画面感而最终挣脱了狭窄的束缚。不过,从发展的角度来看,宇向的写作却注定要从那扇透明的玻璃背后转身而出。为此,我们必须注意这样两点事实,即"其一,是'窗子上的玻璃'将反向折射出宇向心中多少'潜藏';其二,是这一

---

① 朵渔:《打开一扇窗以便看到流动的风景》,《诗歌与人》2004 年第 10 期。

视点将发生怎样的位移才会扩展字向的诗歌世界"的前提下,涉及"街头"以及更为直接的现代城市空间。"顺便谈一谈街头,在路边摊上","顺便剥开紧紧跟随我们的夏日","顺便剥开紧紧跟随我们的往事";"简单的爱/就是说,我们衣着简单,用情简单/简单到 遇见人/就爱了。是的。"在这样两组分别由"顺便"和"简单"作为重复结构的诗行中,《街头》中的"展览"简单而无所顾忌。撑开时间的范围之后,"顺便"和"简单"必然使"街头"同样充满"流动的风景":

  顺便去爱　一个人
  或另一个人,顺便
  把他们的悲伤带到街头

"街头"已经使诗人接近了我们周围更大的生存单元。在《我几乎看到滚滚尘埃》中,"一群牲口"曾走在柏油马路上,"它们是干净的,它们走在城市的街道上/像一群城市里的人";"一群牲口走在城市马路上/它们一个一个走来/它们走过我身旁",这次城市书写在于物化的人群及其物化后的芸芸之相。与安静地行走相比,荡起"滚滚尘埃"主要与仓促、奔跑、受惊等行走状态有关。但无论保持怎样的行走状态,处于街头、马路上的"我"都会因无声的沉默而被画上身份的问号——这种疑问,需要我们回到以上提及的第一点事实中,进而构建"镜像的结构"。

三　镜像的结构

在《我真的这样想》中,"你/我"之间是以如下方式并置在一起的:"我想拥抱你/现在,我的右手搭在我的左肩/我的左手搭在我的右肩上/我只想拥抱你,我想着/下巴就垂到胸口/现在,你就站在我面前/我多想拥抱你/迫切地紧紧地拥抱你/我这样想/我的双手就更紧地抱住了我的双肩。"初读这首诗,会想到一次真挚的爱情。然而,在反复阅读之后,却发现所谓的主人公"你"一直处于安静无声的状态,"我抱紧你等于我自己"当然要比那种直接走向"你"的爱深沉、凝重,但这一切不过只是一次主观想象的结果:想象中,"你"一面建构着"我"的想象,一面分解着"我"的想象,"你"像一面镜子一样映出"我"的想象和形象,这一颇有几分神似精神心理的结构,同样是"窥视"宇向诗歌秘密的一个重要方面。

证诸诗歌,宇向会因"我"的频繁使用和指向内心而成为一个"抒情诗人"——尽管,她总是在诗中呈现出直接、偏执、冷漠甚至有些怪异的成分,但对待第一人称"我",她似乎从不吝惜笔墨并习惯于在对应结构中完成一次又一次的自我欣赏:《自闭》《我的房子》《一阵风》《我几乎看到滚滚尘埃》《2002,我有》《白痴》等,其实都潜藏着一个近乎"窗子"和"镜子"的内在结构;不但如此,与所谓"镜中"那些客观化的影像(比如:你)相比,"我"是具有强烈主体精神的。由此联想到法国精神分析学家雅克·拉康于"镜像世界"中涉及的"他者"概念,"他者"既是主体的建构力量,又颠覆着主体,这一逻辑不但产生了主体和客体之间尚未发生裂痕的"天真的语言观"[①],同样也会获得来自女权主义文论等诸多文化领域的认同。当然,对于宇向来说,那个最终外化为鄙视镜中恶俗不堪,同时又在完成肉体超越中"痛苦不堪的人",关键就在于一种"心灵的真实"——

>镜子中的那个人比我痛苦
>她全部的痛苦和我有关
>她像为挑剔我而生
>像一个喜好探听别人隐私的婆娘
>
>……
>她为我盯住她看而痛苦

[①] 本文在涉及这一内容时,主要参考了拉康:《助成"我"的功能形成的镜子阶段——精神分析经验所揭示的一个阶段》,收入《拉康选集》,褚孝泉译,上海三联书店,2001年;陆扬:《精神分析文论》,山东教育出版社,1998年;张岩冰:《女权主义文论》,山东教育出版社,1998年。

> 为我不理睬她而痛苦
>
> 为我用洗地板的抹布擦她的身体而痛苦
>
> 唉。我痛苦的时候她痛苦
>
> 我快乐的时候她也痛苦
>
> 镜子中的那个人比我痛苦
>
> 她为与我一模一样而痛苦
>
> 为不能成为我而痛苦
>
> ——《痛苦的人》

看来,"镜中人"的痛苦是来自一种忍耐的极限和心意相通,"她"需要不断显露影像裂解的过程,来诠释一个"痛苦者"的不可名状。在消除"心灵—客体"之二元对立模式的过程中,宇向的"真实性行为"不但制约了诗歌的语言,而且,也必然印证那面来自历史和思想领域的"心灵之镜",即"外部世界不是心灵及其对象之间的一张帷幕,而是心灵自身的一幅图画,绘制这幅图画的目的是帮助它自己进行自我审视"。[①] 进入这一刻,宇向已经真正地在其诗歌中获取了栖居之所,因为"形而上/形而下""肉体/灵魂"已经可以平衡地同时又是共时性地矗立在她的表达之中。

四　阳光下的生命质感

或许,从感官到感受,再逐渐发展为灵魂的提升,将成为一个成熟作家必然经历的心路历程。阳光以及阳光下的风景,之所以会成为宇向写作的又一重要侧面,本身就极有可能成为其潜意识中平衡诗歌创作的手段之一。而事实上,从窗口涌向街头,在欣赏城市风景的时候,完成自身的"镜像"转换,本身就构成了一道生动而独特的风景。此刻,阳光肯定

---

① R. G. 柯林伍德:《精神镜像:或知识地图》,赵志义、朱宁嘉译,广西师范大学出版社,2006年,第308页。

会照在它可以照射的地方，但街头的宇向依然采用她习惯的那种主观化的书写：

> 阳光从来不照在不需要它的地方
> 阳光照在我身上
> 有时它不照在我身上

阳光可以照到"向日葵"和"马路"，但阳光却始终照不到记忆中的童年和幻灭的人生。这样，阳光"有时它不照在我身上"，就在呈现非线性时间倾向的同时，具有一定程度上的反讽甚或抵抗意味。而与之相对立的，自然是躯体的硬度和生命的质感。

作为一位女性诗人，宇向其实从不缺乏关于女性自身的关怀，只是这种关怀的"温度"，往往只有通过诗作前后叙述之间的张力才可以察觉。长诗《她们》就曾以日常化的写作，完成一次期待在"一个明朗的下午"，遇见其中任何一位悲剧女性的企望。但在更多时候，宇向凭借的只是良好的艺术直觉和洞悉世相的能力，这自然使那些撒满阳光的位置只能较为隐晦地成为其特征的展现之处。深感生活中的无奈，宇向曾将造成秩序颠覆的《势力》摆在街头；曾以安静、悬浮的方式写出《寂静的大白天》……然而，最能体现阳光下生命质感的却是身体内在的触摸。以《你滚吧，太阳》为例，宇向在诗中曾再现了对阳光的钟爱，只不过，这次表达是借一个"瞎子"的口吻来感受太阳：与"我"交谈的时候，"太阳在我周围／它不只在我的周围／太阳在我的上下左右滚／太阳在我的身体里面滚"，证明了面前这个"瞎子"比"我"更多地感受到了太阳的存在；他在黑暗中的表达和宿命般的抗争，使他深切感受到时间和生命的宝贵，因而，其存在也就更显真实与无奈："我瞎了　我说着太阳／我知道的太阳是个没皮的蛋／我咬它　让它有用／我摸它　让它流淌／我叫它滚　我知道／它还会来"。上述内容已说明：在某些时候，"质感"是一种可以感知的存在，是一种弹性和力度，就像那些在阳光下转瞬即逝的景象，生命的质感所思考的是如何在喧嚣和流逝中凸现自我的精神意识。

以上内容使宇向的诗歌呈现出鲜明的对立、统一倾向。她一面体验着自我精神和灵魂的状态，一面安静地观察日常化的生活，这不但使她的诗歌充满极度的渴望甚至痴狂，同时，也造就了那些戏谑式的、口语式的写作一直潜藏着思想化、本质化的力量。这种内在的表象仿佛被一扇窗子隔开的两个世界：窗子、阳光、镜像、生命、风景等或许并不一致的元素交织在这样的世界之中，而交织后，女诗人宇向的诗，直接、澄澈、逍遥而又风景无限。

2008 年 3 月

第四编

视野之外

如果先锋是一种精神,那么,它常常会裹挟在文学现象中成为某些需要辨识的"成分","视野之外"力图向这个方向进发……

历史的"终结"与"浮现"

——关于新时期以来中国当代文学的一种解读

随着"新世纪文学"或曰"世纪初文学"逐渐成为当下文学研究的热点,一种新的命名渴望逐渐成为推动文学历史的动力。在这种明显带有主客观倾向的历史化进程中,对年代的敏感或许正是人们强加给时间以限定的基本初衷——即使忽视20世纪中国文学渐行渐远的脚步,批评与理解的热情也会让难以捉摸的历史总是存有充满诱惑的空间。然而,在詹姆逊那句堪称"绝对口号"的"永远历史化"[①]中,所谓历史本身是否已经让人感受到一种层次感?尽管,"新世纪文学"或曰"世纪初文学"应当是在着眼于超越20世纪文学本身而被提出的,但是,正如任何一个时代的文学总不能凭空而起,"新世纪文学"特别是"世纪初文学"提法本身的时空短暂,已经决定了这一命名方式只有在相应于它晚近的时间段时,才能显露其存在的价值。不但如此,"新世纪文学"自身所具有的艺术新质也只有通过一种"延续""发展"的视角,才能得到历史性的呈现。因此,以"终结"与"浮现"来言说这一历史化进程,就在于通过重新审视自"新时期文学"以来近三十年中国文学的历程,廓清一些历史性的问题。

---

① 弗雷德里克·詹姆逊:《政治无意识》,王逢振、陈永国译,中国社会科学出版社,1999年,第3页。

一 "新时期文学"的"终结"

通过追溯"新时期文学"的方式看待"新世纪文学",或许不失为一种研究的策略。自 1970 年代末期"新时期文学"在"文革"结束后剧烈变动的文化语境中诞生以来,"新时期文学"就在成为一个崭新的文学史分期概念之余,处于一种不断延伸的状态并直至"新时期文学二十年"提法的出现。[①] 然而,正如历史上每一次文学分期在起始阶段,总是带有边界模糊、命名相对滞后那样,"新时期文学"作为当代文学批评中使用频率最高的语汇之一,在理解与使用特别是关于命名的理解上也同样存在着一种"过程性":即一方面,从政治意义的角度上,"新时期文学"应当是"新时期"概念介入文学的结果,其命名的权威性确认主要体现在 1978 年中国文联的会议决议以及稍后第四次文代会的报告之中[②];而另一方面,从文学研究的角度上,则是指文艺工作者通过命名的出现而进行的"追溯",在这种追溯中,"新时期文学"的诞生不但具有明确的历史时间,而且,也常常更为细致地体现在具体的文学体式与创作之

[①] 对于"新时期文学"概念的使用一直处于一种模糊的状态,作为一个不断为批评文章所引用的概念,即使"80 年代文学""90 年代文学""后新时期文学"等更为细小的概念出现,也并未影响以"新时期文学"囊括上述概念并频繁使用的现象。在 2001 年由上海教育出版社出版的由王铁仙等编著的《新时期文学二十年》一书中,"新时期文学"是在尽力破除时间概念而作为一个整体出现的,而且,这种提法也使"新时期文学"向下延伸并使"新时期文学二十年"成为一种实践上的可能。

[②] 这一过程大致为 1978 年 5 月 11 日《光明日报》发表著名的《实践是检验真理的唯一标准》,最早从政治意义上提出"新时期"概念之后,《文学评论》《文艺报》等文学核心刊物纷纷将这一概念置于文学批评的视野之中;而后,在同年 6 月 5 日《中国文联第三届全国委员会第三次扩大会议的决议》中,文学艺术"为实现新时期的总任务服务"以及"新时期文艺"等字样的出现,已经为"新时期文学"浮出历史的地表进行了铺垫。当然,作为一种带有权威性的确证,一般以为,周扬在 1979 年 11 月 1 日第四次文代会上的报告《继往开来,繁荣社会主义新时期文艺》才是使"新时期"成为一个崭新文学史分期概念的重要标志。

上。^①不过，无论从哪种角度看待"新时期文学"的诞生，上述命名都没有摆脱按照政治语境的变动进行文学史分期的逻辑，这使得"新时期文学"从其出现之日起，就具有一种强烈的意识形态性。

在"新时期文学"二十余年的发展道路上，不断以新的命名方式对"新时期文学"进行细化，无疑是"新时期文学"本身具有层次感的外部体现。除一度引人注目的"后新时期文学"之外，诸如"80年代文学""90年代文学"用最基本的年代方式划分这20年文学创作，也同样反映了"新时期文学"前后存有的差异性和阶段性。^②"新时期文学"无疑是一个变化繁复、艺术纷呈的历史时期，而时间上的近距离、文艺上的复苏和迅速置身于"世界性场域"又使得这一"变化"与"纷呈"具体而生动。一般而言，"新时期文学"是在接续20世纪中国文学一度中断的"现代性"并迅速融合"后现代性"而完成其历史性的转换的，但由于这次转换来得过于急促并在实际发展中远远超过人们的预想，所以，"新时期文学"在出现不久就遭遇新命名的挑战便其势难免。

如果仅从"后新时期文学"出现的角度看待"新时期文学"的"终结"，那么，"新时期文学"呈现的层次感及其"终结"的内在原因必然要面临某种简单化的理解，不但如此，所谓"新时期文学""终结"本身也包含着事实意义上的"阶段性"。^③"新时期文学"的"终结"当然是其完成阶段性收束或至少是其自身发生裂变的结果，而隐含于其中的实质内

---

① 比如，在出版于1980年代之后的许多文学史版本中，对发生于1976年4月5日天安门诗歌运动先导作用的确认，就使得"新时期文学"的界限变得明晰起来。这些专著包括中国社会科学院文学研究所当代文学研究室编写的《新时期文学六年——"1976·10—1982·9"》，中国社会科学出版社，1985年；何西来：《新时期文学思潮论》，江苏文艺出版社，1985年，等等。

② 比如洪子诚在《中国当代文学史》中就使用了这种划分方法，见该书下编"80年代以来的文学"，北京大学出版社，1999年。

③ 所谓"新时期文学"的事实性"终结"，以今天的眼光看来，至少应当包括两次：即一是1986年左右学界对"新时期文学"走向的再确认并进而引发"后新时期文学"命名的出现；二是当下批评界在"新世纪文学"或曰"世纪初文学"命名的渴望中，对"新时期文学20年"这一整体概念予以终结。

容则是历史意义和艺术价值的双重承担。对于1980年代文学思潮的演进过程，几乎所有研究者都注意到这样一个事实：即1985年以后的中国当代文学曾发生重大的转变，除"寻根文学""先锋实验小说""新写实小说"的风云继起，形成一种超越中的多元局面之外，因"方法论""文学主体性"甚至包括稍后的"重写文学史"等引起的理论争鸣而造成的文学写作观念与批评方法的转变，都可以成为"新时期文学"发生变化的重要原因。然而，以历史的眼光看来，造成"新时期文学"内部发生更迭、"新时期文学危机论"[①]的出现直至"后新时期文学"这一极具争议性概念的提出，却在于"新时期文学"自身意识形态性的变迁。对于1980年代"新时期文学"的演进轨迹乃至整个"新时期文学20年"来说，一个显著的现象就是以政治标准进行分期和设计的"新时期文学"，与其实际发展形成了巨大的落差。正如1985年之后出现的种种"实验性文本"，总是通过专注自我、形式主义等方式，拆解启蒙式文学所构建的诸如理性、价值、意义、进步等"宏大叙事"内容，"新时期文学"在1980年代中期之后的创作实绩，已远远超出其构建时代的"理论想象"。而在不断融合本土传统文化资源和不断接受、实践外来文化资源这一双向互动的过程中，个体自我意识的自由张扬并获得相应的释放空间，正是这一时期文学日趋走向丰富多彩、包容多元的重要内因。

相对于"后新时期文学"，以"世纪初文学"终结"新时期文学"更切近一种历史纪年的整体性原则，毕竟一个世纪的结束与20个世纪的完整性是带有一种可遇而不可求的机遇。然而，这种命名在更大的历史空间看来势必也会存在令人质疑之处：在"永远历史化"和迅速区分历史阶段的必然性策略之中，一切"暂时性命名"都因为其时效性而陷于一种不言自明的逻辑之内。因此，妄图通过单纯追求"世纪初文学"究竟出现哪些新质而终结"新时期文学"，就在无法完全抵达"终结"本身应有的意义承担中，忽视了"新时期文学"再次终结的历史因果。

---

① 丁帆、朱丽丽：《新时期文学》，收入《当代文学关键词》，洪子诚、孟繁华主编，广西师范大学出版社，2002年，第156页。

二 "后新时期文学"的再审视

在"新时期文学"二十余年的发展道路中,"后新时期文学"无疑是一个妄图"终结"前者、并最终和前者一道走向"终结"的命名,对于这样一个直接脱胎于西方"后"之流行语汇的概念,其引人注目之处或许就在于它自出现之日起,就面临着一种聚讼纷纭的言说状态。① 不过,正如有论者指出的那样:"'后新时期文学'从1985年还是1987年'后'起,这无关紧要。"② "后新时期文学"出现的关键之处或许正在于它究竟为世纪之交中国文学带来了什么,而后才是如何修复历史并最终要为历史所再次修复。

无论在时间界限与内涵确定上存有怎样的争议,"后新时期文学"都由于它的"后"之前缀而使其与"新时期文学"最初设定的框架区别开来,并进而为新潮批评家展示自己的才华和文学"想象"找到了一个历史切入点。"后新时期文学"的倡导者无疑是在1980年代中期琳琅满目的文学实验中敏锐地感受到一种试图重返文学自身和走出一段特定历史阴影的"个人性",而在步入所谓"文化转型时代"种种"实验文学"的迅速衰退,一种从琐碎而平庸的日常生活中发掘凡人趣味的市民文学的代之而起,都使得"后新时期文学"的出现拥有了萌生的契机。

正如在列举大量发生于"文化转型时期"文学现象之后,并进一步将其归结到"它们是一次告别、一次洗礼、一次突发式的断裂、一个象征

---

① 比如,在最先提出"后新时期文学"一词的谢冕先生笔下,"后新时期文学"应当是从1980年代后半期,新时期文学内部产生新质并开始裂变而开始的,见《新时期文学的转型——关于"后新时期文学"》,《文学自由谈》1992年第4期;而在谢冕与张颐武合著的《大转型——后新时期文化研究》一书中,"后新时期"则被概括为"是对90年代以来中国大陆文化新变化的概括,它既是一个分期的概念,又是对文化中出现的众多新现象的归纳和描述"。见该书第9页,黑龙江教育出版社,1995年;此外,陈晓明在《表意的焦虑》一书中,将"后新时期"大致定位于1987年之后,见该书第1页注释,中央编译出版社,2002年。

② 宋遂良:《漂流的文学》,收入《大转型——后新时期文化研究》,黑龙江教育出版社,1995年,第430页。

性的界标。它们不仅仅意味着1980年代'新时期'文化的终结,也意味着'现代性'伟大寻求的幻灭"这样的历史高度,可以众声喧哗的"后新时期文学"曾被归结为是"社会市场化""审美泛俗化""文化价值多元化"①共谋的结果。确然,"后新时期文学"的出现及其理解当然不能仅仅停留在"后之主义"已逐渐为人熟识乃至模仿的表层意义上,至少,"后新时期文学"应当是文化渗入文学、文学退位于现实生存的客观实际反映:激进许久的文学写作精神及其功用意识在这里缓速下来;一度成为引领文学风尚的代表性作家或是隐匿,或是跻身于商业写作浪潮之中;往日神圣的文学在这一时期遭遇价值和意义的放逐,并不断在走向边缘和世俗的过程中迅速成为大众文化的一部分,而与此相应的则是,"王朔现象""《废都》现象"等"热点"无论从写作、出版、评判的角度上看,都已超出了往日文学本身应有的界限。

或许只有这样,"后新时期文学"的合理性才会凸现出来。1980年代末期中国文学的转变速度无疑是令人惊讶的,作家似乎在一夜之间将对日常生活的批判和诘问转变为冷静的认同,在类似"冷也好热也好活着就好"那种近乎屈从的态度中,生活以及写作的基本旨趣确乎成了"一地鸡毛";而为了弥补"文化转型时代"震颤一代人心灵的"真空",通俗诗歌、通俗小说的一纸风行,以及为了掩饰文学滑向边缘而不断制造的"新"字号文学语汇,都在表明商业化运作策略下文学诸多质素的变化与消费性的增强。对于进入1990年代以后的中国文学而言,一个显而易见的事实即为:文学写作无论在构成方式还是传播媒介上都逐步成为市场和消费选择的结果,这使得写作虽然可以在艺术和现实并重中重返文学的自身,然而,回返之余却是文学地位的降低和意识形态功能的逐步弱化,何况,以"后新时期"命名这一阶段的文学也充分体现了一种"世界性的场域"及其"对话关系",这种变化不但使1990年代文学与1980年代文学区别开来,而且,从某种意义上说,也使其与百年中国文学一直所处的激进状态区分开来。

然而,随之而来的则是"后新时期文学"与生俱来的有限性:由于

---

① 谢冕、张颐武:《大转型——后新时期文化研究》,第9—18页。

"后新时期文学"无论在命名还是走向上,都存在着"权利意识"和"意识形态"的匮乏,所以,与传统文学观念相异的是,"有许多因素影响和制约着'后新时期文学'的发展。使它先天不足,后天也难以调理"。①即使忽视"后新时期"与"后现代性"叠加之后,现代性框架与知识分子本身拯救意识和启蒙意识遭遇前所未有的质疑与滑落,以及"后"之命名无法以不断重复的事实,一个与文学自身呈现相呼应的是,这一时期文学在整体反思与世纪末情绪下,也逐渐步入了沉淀、选择和调整的过程。只不过,对于"后新时期文学"来说,一个令人尴尬的事实是规范的匮乏和迟迟没有建构起自己的文学范式,因而,这一时期的文学也就在表面的纷繁变幻中成为一段"无根之旅"——在"后新时期文学"的发展脉络中,精英意识与启蒙意识仍然具有自己的空间,不过,这时二者存在的空间与呈现的方式却往往是以保守面貌出现的。而作为整体写作的另一侧面,在历史意识相对"减轻"和所谓"无根一代"横空出世之后,文学也只能在写作难以协调现实的前提下,一度走向欲望化的书写。

三 "世纪初文学"与"当代文学"的浮现

"新时期文学"的"终结"与重新审视"后新时期文学",不由得会给人带来这样的思考:"新世纪文学"或曰"世纪初文学"的提法是否也存有自身的有限性与暂时性?而由此追究下去,关于"世纪初文学"以及所谓的"终结"与"浮现",势必又要再次回到文学史分期这样陈旧并难以拓清的话题之上。

遍览与此相关的研究,将"新时期文学""后新时期文学"以及"新世纪文学"置于"当代文学史"②的思路或许正是解决这一问题的重要途

---

① 宋遂良:《漂流的文学》,收入《大转型——后新时期文化研究》,第430页。
② 此类研究,笔者主要参考了赵毅衡在区分"新时期文学""后新时期文学"时所用的"二种当代文学"的说法,见《二种当代文学》,收入《大转型——后新时期文化研究》,谢冕、张颐武,第439—440页;以及程光炜的文章《新世纪文学与当代文学史》,《文艺争鸣》2005年第6期。

径。然而，这里所言的"当代文学"是有其独特历史意义的——传统意义上的"当代文学"划分，在"20世纪中国文学"成为一种"共识"时就已经遭遇挑战，而像一度出现的按照文学内部艺术整体演变而进行的"新界说"及其相关著作，也证实了强调文学史分期与历史分期一致势必要取消文学自身的独立性与特殊性。[①] 不过，即便如此，"当代文学"由于其独特的阶段性、流动性以及能指和所指之间的不确定性，也决定了"当代的维度"只有立于历史的制高点上，才能摆脱时间的限制。

　　假若让笔者进行现当代文学史分期的话，笔者会在"永远历史化"和"文学史分期应当采取综合性而避免单一标准往往带来的较大限制"的标准下重新确定文学史的分期。对于"当代文学"这一不断处于动态的流程，其"行走"的特点以及真实性的期待效果，都缘自一种被"本质化"了的文学历史以及由此可以产生的权威性的价值判断。作为至今仍在文学史写作中产生强大作用的"新中国成立标志当代文学生成"划分标准，一个无可避免的事实就是：除了社会、历史的变动会为文学的变迁带来巨大作用力之外，在这一意识形态下，如何将其文艺政策贯穿下去并形成历史性的实践才是文学可以进行"经典化沉积"的重要依据。尽管，在这种情况下，"原本是历史性的理解方式显然不可避免地滑向了对这种理解方式的意识形态化，而这构成了一种不完备的历史观念的功能"[②]，但是，这种充分考虑社会、历史、文化等系统联系的综合性思考方式，却能够在将"文学本身"视为一个多元开放的"本体系统"中，使文学史切实地回到文学的本身。"新时期文学"之所以在不到10年的时间里，就遭遇质疑

[①] 所谓"新界说"主要是将现代文学和当代文学的界限确定在"文革"结束，这种划分的依据，即"中国现代文学六十年"的主要依据是文学的意识形态性、思维模式的二元对立，而其深层依据则是历史进化论与历史唯物论，见朱德发：《主体思维与文学史观》，山东教育出版社，1997年，第395—400页；而可以为此进行例证的著作则可以参见许志英、邹恬主编的《中国现代文学主潮》（上下册），其时间界限为"中国现代文学60年"即1917—1976年之划分标准，福建教育出版社，2001年。

[②] 詹明信：《晚期资本主义的文化逻辑》，张旭东编，陈清侨等译，生活·读书·新知三联出版社，1997年，第54页。

乃至"第一次终结",关键就在于其发展的实绩迅速涨破了设定的范围。而作为一个时间上继起的阶段,"后新时期文学"虽可以对当代文学写作上的变化进行命名,但或许在命名的同时,"后新时期文学"本身带有的焦虑感、急迫感,都使这一命名最终在无法承担时代之重后,形成一种特定历史的"反讽"效果。在市场化已经成为一种写作意义上的意识形态之后,作家在现实面前表现的从容与不适都可以成为纯粹精英意识的一曲挽歌。因此,在不断期待反思历史营造新世纪文学生长点的氛围下,将欲望化写作、个人化写作导向一种现实的甚至带有悲悯情怀的创作,正是"当代文学"在符合社会现实与历史传统后应当拥有的发展趋势。

由以上论述看待"世纪初文学",一个显著的变化就是自1990年代以来的"个人化写作"在日趋狭窄的空间中耗尽了"自我"之后,被迫再次向时代和现实敞开。当然,对于诸多作家在21世纪初文坛写作中的变化,或许在很早就已经开始了。出现于1990年代中期的"现实主义冲击波"以及反腐作品一度盛行并不断与影视结缘,都是"世纪初文学"呼唤理想人性,关注社会现实的前奏。而由此可以引申的则是,大面积浮现于"世纪初文学"中的"打工诗歌""底层写作""人民性"等现象,正是"世纪初文学"区别以往的阶段并可以或曰使其成为独立概念的重要前提。然而,需要指出的是:在这种带有群体意识和理想情怀的写作中,其自身隐含的问题却在于一种新意识形态性的确立。

如果说反乌托邦迎合了后现代主义,而乌托邦本身也是一种模糊的理想,那么,释放自己的想象力和制造或许本不存在的乌托邦文学却完全在于对现实原则本身的正视。对于"世纪初文学"来说,除了反思1990年代文学创作的走势并不乏社会的引导之外,开拓写作题材与写作新形式的内在演变机制无疑是个人写作重返道德伦理、自觉走向群体意识的重要原因——为了填补欲望化写作以及市场对当下文学的过度制约,营造一种融合多元文化的乌托邦想象,并通过权利的普泛性表达底层生存,正是以适度的写实主义重新修正主观、自我式写作的有效途径之一。当然,这种写作也同样具有变质的可能,在出版与引发读者阅读的客观现实面前,任何一种写作都容易在不断重复中迅速走向枯竭;同样的,作为写作者本身，所谓源于底层的写作者也可以迅速蜕变为新的中产阶级，从而造成一种心态意识的改变。

"世纪初文学"的意识形态性及其有限的规约，不但使"后新时期文学"必然面对自身的终结，而且，也使得当代文学重新以"意识形态与乌托邦"的方式开启了新的历史阶段。不过，"世纪初文学"及其文学新质毕竟是以多重方式完成一种历史的转换的，这种转换的机制往往使"世纪初文学"在一种更为丰富的创作空间中，蕴涵着一种开放性的意识。"世纪初文学"特别是"新世纪文学"无疑会在历史化的逻辑中，被赋予时间的标准，然而，这种历史化的进程却必将是以当代文学无限延伸和不断呈现崭新阶段为特征的，这样，所谓文学的历史又必将在不断"终结"和"浮现"中走向未来。

2006 年 10 月

"后革命"视域下的中国当代文学
——以"革命"和"历史"为起点

"后革命"一词的直接理论来源是美国历史学家、汉学家阿里夫·德里克的《后革命氛围》一书,该书在检视后殖民批评及其相关问题时提出了这一概念。德里克认为:双重意义的"后革命"比"后殖民"能更好地涵括后殖民论的前提和要求。① 借用德里克的术语,作为一种历史分期的描述,当代中国同样也存在一个"后革命"阶段:1978年之后,中国逐渐告别了往日激进的"革命",进入了一个建设性的崭新时代。"后革命"时期的兴起,决定了以"革命"为坐标的历史正经历着一次文化的转型,而文学的历史也必将产生新的内容。

着眼于"后革命"的视域,本文以"革命"和"历史"的主题为出发点研讨中国当代文学的发展。需要指出的是,尽管上述时间的划分决定了"后革命"时期的当代文学在整体上与"改革开放以来中国当代文学"趋于一致,但既然"后革命"的提法本身就带有浓厚的历史意识以及过渡时代的象征,那么,对某一类文学进行分析就具有明显的针对性和有效性。而事实上,对于始终"困扰"1980年代文学的现代性、革命、文化反思、先锋叙事的文学策略等命题,唯有着眼于其历史交接点所产生各种问

---

① 参见阿里夫·德里克:《后革命氛围》,王宁等译,中国社会科学出版社,1999年。其中,双重意义的"后革命"指"以后"与"反对"。德里克使用这一概念有意避免后殖民的提法,并在全球化空间角度上,强调这一概念"有助于更广泛地理解后殖民时代世界形势的思想与政治内涵",而从时间上,则强调"能够更有效地传达后殖民性所描述的状况(换言之,历史分期问题)及其对这一状况的立场"。见该书第83—84页。

题的相互关系,才能更为广泛地开启这一时期文学的种种维度。就当代中国的现实而言,"革命文化"并未因中国全面步入全球化和"告别历史"而消失,它只是以更加辩证的方式置身于历史文化之中。因而,从"后革命"的视点出发,不但可以获取读解历史的独特方式,同时,也会提升革命时代之后文学新的意义和价值。①

一 "告别革命"与历史反思

"后革命"时期的中国当代文学首先从告别"革命"、反思"历史"展开自身的文化逻辑。当我们今天重新阅读刘心武的《班主任》、卢新华的《伤痕》等被称之为"伤痕文学"的作品,不难发现:对"伤痕"的真实再现,其实仍停留在"文革"的苦难记忆之中。即使此时"文革"已宣告结束,但"革命"和"历史"强有力的惯性仍然制约着文学的思维观念。从艺术的角度上,揭示"伤痕"只是简单地再现历史和历史造成的心灵伤害,而不需要过多地源于生活并高于生活。"伤痕文学"揭示的现象表明,所谓"告别革命"同样存在着一个时间、方式的问题。不过,"伤痕文学"毕竟属于过渡年代的文学类型,其思想性和艺术性的不协调,决定了"历史"必然从简单揭露步入反思的过程。承接"伤痕文学"的潮流,1980年代初期的"反思文学"以及逐渐形成高潮的"知青文学",掀开了历史崭新的一页。以"反思文学"为主的文学类型是作家们痛定思痛的产物,其创作大多体现了以理性的利刃解剖历史、探求历史灾难形成之谜的倾向,因而普遍具有历史的深度和广度。张贤亮的《绿化树》《男人的一半是女人》、古华的《芙蓉镇》、高晓声的《李顺大造屋》等名篇,充分体现了现实主义深化与个人经历融合、碰撞的结果。至反思文学即将结束的阶段,诸如王蒙《名医梁有志传奇》等一系列喜剧性作品的出现,似乎正说明当一段"历史"即将消逝,人们如何以愉快的心态与之告别的内在逻辑。

---

① 需要指出的是,本文的"后革命"概念使用与德里克的立场并不一致,究其原因,与中国自身的历史语境密切相关。

"伤痕文学""反思文学"作为具有内在延续性的历史叙事,从一开始就潜藏着重新建构历史总体性的愿望。正如陈晓明所言:"在'新时期'的文学创作冲动的初始动机中,存在着强烈的主体自我认同的愿望。一个从历史阴影底下走出的个体,极力要建构(修复)一段完整的历史,使历史重新神圣化,在这个历史中,重新确认文学写作者的历史位置和角色。"[①]"告别革命"的历史并未立即给创作主体以"边际"和"定位",这种在一定程度上可以称为"历史限度"的状态同样蕴含着"主体的限度":它使怀有冲动的主体不断以自我修正的方式与"历史"进行对话,并以主题变动的形式建立历史和现实之间的关联,然而,此刻的历史与现实往往只是一个相对而言的概念——这种文学与历史、现实构成的复杂想象、补充关系,不但表现了当时人们对于现实主义的本质化认识,同时,也在一定程度上反映了文学对于历史和现实的"置换作用":在随即展开的波澜壮阔的"改革文学"中,我们在反复阅读那些程式化、理想化的作品后,不难察觉"革命"时代的某种写作框架,如何及时而有效地以集体想象的方式,建构属于今天的历史的。

与"伤痕文学""反思文学"等竞相浮世、迅速登场的局面相比,"朦胧诗"的命运自然显得坎坷许多。接续"文革"地下诗歌,如今天广为人知的"白洋淀诗群"之潜流,"朦胧诗"虽可早于"伤痕文学",但却始终存在着与主流文化论争与认可的过程。北岛《回答》中的冷峻与拒绝,顾城《一代人》中敏感的象征,江河《纪念碑》中搏动的历史记录……虽在读者群落中产生同样巨大的反响,但在他们发出"请听听我们的声音"的背后,这批年青诗人的写作仍然不断受到传统诗歌观念及其鉴赏力的质疑和限制。"朦胧诗"从批评者一方的文章中得以命名,正说明其暧昧而又吊诡的历史特征——或者是诗歌本身的跳跃与朦胧,或是启蒙意识、个性复苏来得过早,或是悲情英雄、现代精神本就沉重不堪,"朦胧诗"与"崛起论"的历史边缘化正表明,在"告别革命"和历史反思之间,历史期许的限度与其制约之间,也许从未有过泾渭分明的界限。

---

① 陈晓明:《表意的焦虑》,中央编译出版社,2002年,第3页。

二　历史的对话与"现代"转向

"告别革命"使历史书写的空间逐渐拓展、开阔起来。随着拨乱反正，国家的工作重心逐步转移到经济建设和改革开放上来之后，文学也孕育了与历史进行重新对话的需求。自蒋子龙在 1979 年第 7 期《人民文学》发表《乔厂长上任记》，"改革文学"的名字就在重建现实理想的渴望中繁荣开来。"改革文学"的出现，接续的是当代文学固有的理想主义精神，并坚守现实主义文学规范的"传统"。但显然，此时的文学主题已由当年的意识形态革命变成今天的经济建设，因而其理性的、务实的倾向也越发增强。"改革文学"的顶峰阶段，是其题材开始拓展到农村联产承包责任制以及新一代改革英雄的出现，长篇小说《新星》中李向南形象的出现，以及"改革文学"日益呈现出地域化、"非城市化"，都标志着其走向顶峰的状态。当然，随之而来的则是：现实主义的表现空间在历史和现实面前已达到近乎饱和的状态，而此时，无论就反思文学的历史，还是改革开放必然面对的文化涌动，都构成了文学从其内部和外部发生"转向"的重要原因。

改革开放的一个重要后果，是让我们看到了西方现代派琳琅满目的创作态势。经历 1980 年代初期西方现代派现象逐一在文坛亮相，再到 1982 年西方"现代派文艺"的大讨论及其价值重估之后，现代主义一直与现实主义进行艰难的身份转换。"现代"和"革命"一样，成为这一时期文学的重要方面之后，1980 年代文学便再次接续了自 1940 年代中断的文学"现代性"，进而获得了新的写作源泉。如果说围绕"现代派"的讨论及其深入的结果，是使很多人意识到众多的"拟现代派"并不能长久维系本土的创作，那么，以拉美魔幻现实主义及其代表作家加西亚·马尔克斯的《百年孤独》给同样处于"第三世界"中国作家带来的刺激，或许不能仅以时间、地域、文化标准来衡量其深远的历史意义。从后来被称为"寻根文学"的创作中，如何在自觉融合外来文化影响的基础上，探寻符合本土文化资源和现实条件的创作，俨然已成为当代中国文学"现代转向"过程中的崭新姿态。

作为一种特色鲜明的创作倾向与文学潮流,"寻根文学"不但体现为一种文学运动及其内部逻辑演变的结果,而且,也体现为一种在文化浪潮激变过程中的心态意识。"寻根文学"普遍接受此前诸如汪曾祺《受戒》《大淖纪事》式的地域文化小说的影响,以及"寻根者"普遍由"知青作家"构成的现实,都使得"寻根文学"具有自身潜在的历史。但"寻根派"的独特之处,就在于其不约而同地指向了中国传统文化,并为现代派文学赋予了民族的内容。在被视为是"寻根文学"宣言的名文《文学的"根"》中,韩少功曾不无动情地写道:"文学有根,文学之根应深植于传统的文化的土壤里,根不深,则叶难茂";"横移一些主题和手法,势必是无源之水,很难有新的生机和生气"。① 这种呼吁通过艺术实践实现文学"超越"的声音,包含的内容是多方面的。此后,文学在开启种种历史维度的同时,还获得了历史的深度和广度,这一趋势表明:在"革命话语"不再是解释一切、产生深刻转折的前提下,"意识形态的脉络"也"骤然显出了分歧甚至矛盾的一面","历史驶入了一个开阔地带,坐标的重新设定成为一个不可回避的问题"。②

三 先锋叙事与重建历史的修辞

20世纪中国革命的历史已告诉我们:革命和斗争曾为主体的存在提供了强有力的依据,尽管"革命"年代的标准和要求可能带有禁锢般的强制与苛刻,但为之奋斗的目标和未来的指向却往往使个体获得历史的归宿感。在"革命"成为主潮的年代里,文学及其创作主体同样概莫能外,革命火热的激情感动同时也制约着那些具有文人气质的人们,业已被历史化情境了的"革命现实主义""革命浪漫主义"无疑是这种文学风格的最佳注脚。就上述逻辑而言,"后革命"时代的出现及其历史认定,在很大程度上决定了对"革命"文学主题的"疏离"过程。因而,当文学再次

---

① 韩少功:《文学的"根"》,收入《完美的假定》,作家出版社,1996年,第3页。
② 南帆:《后革命的转移》,北京大学出版社,2005年,第40页。

面向"革命"时，一种崭新的历史修辞正应运而生。

当我们重新审视 1980 年代中期文学的历史，以莫言《红高粱》为标志开启的"先锋叙事"浪潮，为"革命"故事带来了某种前所未有的视觉冲击和解放活力。"我爷爷""我奶奶"的叙事方式以及余占鳌杀人越货、勇武粗豪、土匪与英雄难辨的形象，显然呈现了如今已是"革命子孙"一代讲述革命故事时怀有的时间意识和道德尺度：面对着前辈敢爱敢恨、可歌可泣的英魂，在"革命历史"中成长起来的"不肖子孙"相形见绌。在"纯种的高粱地"和浓烈高粱酒飘荡的土地上，野蛮、神秘而又不失暧昧的历史，构成了对正统历史叙事及其人物、英雄观念的重大颠覆。电影《红高粱》获得了多项国际大奖，其国际评价与国内评价差强人意。一个简单的抗日故事形成了沸沸扬扬的"红高粱现象"，我们才发觉：原来使用奇异而新鲜的艺术感觉揭示民族生命和文化心理的审美观念变化，竟能释放出如此灿烂动人的艺术光辉！

从某种意义上说，以莫言《红高粱》为代表的"后期寻根派"至"先锋小说""新历史小说"的发展脉络，最能反映"后革命"时期文学与"革命""历史"之间的复杂关系：一方面，革命的历史记忆并未在这批 20 世纪五六十年代出生的作家身上消耗殆尽，另一方面，崭新的文学观念和叙事经验又使文学与"革命"、主体与"历史"获得了并驾齐驱甚或可以"任意妄为"的位置。这一趋势，无论就文化背景，还是就批评与命名的角度，顺而生发了"后现代（主义）""新历史（主义）"等理论术语。

即使忽视命名的歧义（比如："新历史小说"还是"新历史主义小说"），海登·怀特关于文本叙事与历史之间的讽喻观点："准确地说，就历史叙事赋予真实事件各种否则只能在神话和文学中发现的意义而言，我们把它看作讽喻（allegories）的产物是有道理的。因而，我们不应把每一历史叙事看作神话或意识形态的，而应把它看作讽喻的，即，言一物而指他物。"① 也同样适合于这一时期文学的叙事策略。在格非的《迷舟》

---

① 海登·怀特：《形式的内容：叙事话语与历史再现》，董立河译，文津出版社，2005 年，第 63 页。

《大年》等作品中，读者可以察觉"革命"与人性、欲望与性之间的复杂关系；在余华的《一个地主的死》等作品中，读者可以看到对革命人物的改写；而刘震云的《温故一九四二》《故乡天下黄花》则以独特的题材处理，揭示了语言、时间、权力在历史中的错综关系，进而在把握革命历史中显露了强烈的主体意识。

在以"小历史"取代"大历史"、"偶然性"代替"必然性"的过程中，"先锋叙事"在重述历史故事时都具有反讽历史的倾向。曾经如此强有力的革命事实和历史逻辑，如今已成为青年作家炫耀叙事技巧、任意编码的创作题材，这种叛逆性行为当然只有在"后革命"的语境下才能获得萌生与阐释的空间。然而从另一方面视之，"后革命"叙事的独特性又具有某种与生俱来的宿命感：只有借用或曰寄生于"革命"与"历史"的躯体，它才能获得阅读消费过程中的"真实性"与"吸引力"，并由此证明"后革命"自身存在的知识谱系。

四　精神还乡与文化寓言

历史进入 1990 年代，革命俨然已成为一种遥远的"记忆"。在经历文化转型的洗礼之后，当代中国社会越来越清晰地感到置身于全球化时代的文化气息，而这一境遇的结果是人们可以从文学中体悟到自 1980 年代以来萌生的两种相互对立的倾向逐步清晰起来：一方面是大力呼唤现代化的来临，将历史交付于市场之手，另一方面则是全球化的过程又引发某种记忆的抗拒，直至产生对过去历史（记忆）的再度重温并自我疑惑，从而使文学在精神还乡的同时形成某种寓言倾向。

1993 年出版的《白鹿原》是一部关于渭河平原 50 年变迁的雄奇史诗，同时，也是一部关于白、鹿两家几代人复杂纠葛的家族小说。在一本厚达近五十万字的小说扉页上，陈忠实引用了巴尔扎克的"小说被认为是一个民族的秘史"，这似乎表达了作者对小说价值的期待与证明：对于长篇小说而言，还有什么比"民族"和"历史"更为重要的呢？如果只是从革命场景的书写角度来看，《白鹿原》中的地下活动、学生运动、策反、叛变等等,并没有超越"十七年文学"的革命历史小说,但作为一次历史的"重现",《白鹿原》却揭示了儒家文化与现代革命和社会脱节的问题。显然,这一生动体现"后革命"时代文化反思的情节主题不仅仅是为了表达某种叙事的"技术"。在白鹿原上斑斓多姿、触目惊心的生活画卷上,族长、祠堂、"耕读传家"的信念、对女性特别是尤物般人物田小娥的轻视,以及传奇人物朱先生的生动刻绘,都成为《白鹿原》带给读者的重要"隐喻"。作家对儒家文化义无反顾的皈依以及儒家文化在现代社会式微历史之间的"张力",构成了"后革命"时代历史叙事的某种可能。更何况在全球化时代文化竞争的背景下,《白鹿原》对东方民族及其文化的历史召唤,本身就已将作品带入了更高的境界层次。

应当说,以"革命"还原"乡土中国"是"后革命"时代最能展现民族和历史丰富文化底蕴的写作方式,这一判断与一部生动的革命史总围绕"乡土"展开存有密不可分的关系,并呈现历史的开放状态。在时间的延伸中,"乡土"既是一种文化,也是一种象征,而且在"土地"上展开的生老病死、饮食男女等情节,也是最能形象说明"处于跨国资本主义时代中的第三世界文学"身份与特征——"第三世界的文本,甚至那些看起来好像是关于个人和利比多趋力的文本,总是以民族寓言的形式来投射一种政治:关于个人命运的故事包含着第三世界的大众文化和社会受到冲击的寓言"[①]的有效方式之一。然而,需要指出的是,"后革命"时代的"还乡"毕竟是当代语境下的一次精神追溯,这种主体与历史之间的"断层"往往造成某种不自觉的悲剧性体验:曾经苦心孤诣想象的"历史",一旦在介入时才发现早已变得支离破碎,而个人记忆和集体记忆的分裂似乎又只能加重这一破碎感受。对于经历先锋实验洗礼的1990年代中国作家而言,采取何种写作方式叙述历史的完整性早已不再存有难度,存在的难度或许只在于叙述历史的原初动力。

---

① 詹姆逊:《处于跨国资本主义时代中的第三世界文学》,收入《晚期资本主义的文化逻辑》,张旭东编,陈清侨等译,生活·读书·新知三联书店,1997年,第523页。

陈晓明曾认为:"从某种意义上来说,陈忠实的《白鹿原》(1993)是最后一部汉语言的史诗式的长篇小说,此后,人们已经无力构造一部完整自足的乡土中国的历史(精神史或心灵史)。"① 在《白鹿原》之后,刘震云的《故乡面和花朵》、阎连科的《日光流年》,均堪称 1990 年代以长篇表现"乡土中国"题材的力作,但其或者荒诞、或者绝望的叙述,却只能使"还乡"成为历史的文化寓言。上述事实表明:虚构的危机在本质上是意识形态的危机,是历史无法确证的结果,它极大程度地折射出革命时代对文学强化的意义,而其潜藏的文化意蕴则是"后革命"时代值得珍视的精神遗产。

五 "唯新"逻辑下的"经典"重温

随着作家代际的迅速更新,在出版空间日趋广阔的 1990 年代,"革命"和"历史"似乎已成为越来越远的主题。"新状态""新生代""新都市"等系列"新"之命名迅速崛起、更迭,充斥各个刊物主要版面,表明这个年代的文学在实际上已经越来越没有艺术和思想的目标,文学迅速更新、变革的动力仅来源于"现实"的自我内耗:唯有"新"才能追上时代、阅读与文学之间的距离,唯有"新"才能表现文学的进步。1998 年,《作家》杂志以专号的形式醒目推出一组"70 后出生"女作家小说之后,文坛已经失去了从美学角度对文学群落进行把握的兴趣甚或能力,其后,无论是向前或向后"10 年一代"的命名,都表明新鲜而刺激的生活经验将成为历史失忆后文学的审美观念与趣味。

然而,无论怎样,"后革命"毕竟"不是直接对于革命的瓦解。后革命是革命行动涣散,而革命又还具有精神上的感染力的时候表现出的一种社会特殊状态"。② 在"后革命"时代,"革命"及其"历史"的风物依

---

① 陈晓明:《表意的焦虑》,第 360 页。
② 任剑涛:《后革命时代的公共政治文化》,广东人民出版社,2008 年,第 19 页。

然存在，但从传播、接受和消费的角度，却极有可能呈现出泾渭分明的差异。以 1993 年出版、流行至今的《红太阳》盒带为例，其商业行为、年龄接受等方面就已明显超出文学艺术的范围，此外，"红色经典小说"及其在 1990 年代的电视剧改编与热播，都至少在构造和接受层面上萌生了"经典重现"的可能，而裹挟其中的心态意识也同样可以成为一种重要的现实"切入点"——这与 1990 年代文学本身氛围的不景气、历史记忆的衰退以及市场导向有着重大的关系。不但如此，透过 1990 年代对类似"红色经典"的怀旧情结，也不难发现：其欣赏者群落本身还存有年龄趋同的现象，受众者普遍的中年以及中年以上的年龄与心态正说明其隐蔽的成规。当然，在上述"红色经典"或曰"红色记忆"繁荣的同时，我们也必须注意到后现代解构式的戏拟与改写现象。这一现象的出现及其争鸣本身证明了在市场逻辑制约的机制之外，"革命"和"历史"主题创作始终还包含着文化与意识形态的内容。因是否保持原著完整性、严肃性和经典性，而产生于"官方""商业运作"以及"民间"三者之间的纠缠、紧张，充分展现了"文化研究"视野中"身份"与"权力"的复杂关系。

至此，在一面告别"革命"和"历史"，一面又在意识形态上继承社会主义革命遗产的矛盾过程中，我们终于在回顾文学历史的同时，看到所有在这种主导意识形态规范下的文学和思想都不能摆脱某种近乎悖论的情境：它既把对革命遗产的继承、摆脱、篡改塑造成一种"后革命"的行为和文化，又在此边界之外，不断扩展文学的公共空间。上述趋势除了反映"张扬后革命思绪，刻画公共政治文化"[①]的时代精神，还从"有效"和"限制"的角度提出建立一种"后革命"理论的必要性。在全球化时代，这个后革命理论既是读解革命、历史的有效方式，同时，也是一种对文化消费时代对待革命遗产及其处理方式的理解。

---

① 任剑涛：《后革命与公共文化的兴起》，收入《后革命时代的公共政治文化》，第 21 页。

六 21世纪初中国的历史洞察

21世纪初的文坛,是以"底层叙事""打工文学""文学道德伦理"等似曾相识的"语汇"展开其书写图景的:即使姑且不论其命名的合理性,这些大量关于描写底层人民苦难命运的创作也足以说明现实主义的"革命历史"资源。至于其可以作为各种评奖体系的标准与尺度,则更说明了文学的"潮头回溯"具有的潜在魅力。在文化普遍进入全球化的时代,文学却回到苦难与记忆之中,其中的"想象"与"补充"关系,不但包括历史的检视,更为重要的,还折射着当代文学的自我批判意识。

当然,"现实的复归"虽使这一阶段的文学重现了历史上某些似曾相识的场景,但不同作家关注角度以及写作取向的差异,还是决定了对历史洞察时的复杂多义。以擅长书写苦难的作家阎连科为例,在"寻求超越主义的现实"[①]的旗帜下,一部《受活》曾惊动了文学圈。《受活》的冲击力交汇了作家自身与"革命历史"之间的双重能量。在对现实主义充满矛盾焦虑的表述中,革命的记忆正以"轮回"的方式营造着一个所谓"反乌托邦的乌托邦叙事"[②],而由字里行间透露出来的怪诞、反讽、悲愤似乎最终都可以归结到"革命""历史"与现实和欲望在不同时空下碰撞的结果。这一例证在一定程度上说明:"后革命"对于当代文学而言,还是一个无法确定终止年代的"模糊性词语",而从阐释的角度,"后革命"相对而有效的辩证法则,或许正是其在后现代场景下极具活力的重要品格之一。

如果说阎连科是以一个知名作家的创作实践21世纪初中国文学的历史洞察,那么,在从属于"世纪初文学"范畴里显现的创作中,"底层叙事""打工文学"则更多体现了意识形态的召唤和民生话题的关注。从历史的角度上看,上述提法当然属于一个古老的话题,但将其赋予"有产阶级""伦理意识"却显现了革命和历史话语转换的能力。从曹征路的

---

① 阎连科:《寻求超越主义的现实》,收入《受活》,人民日报出版社,2007年,第364—366页。
② 王鸿生:《反乌托邦的乌托邦叙事——读〈受活〉》,收入《受活》,第367—382页。

小说《那儿》以及众多诗歌创作的文本来看,这一类写作一直含有较为强烈的政治文化意识和现实的指向。当然,究竟是上述创作影响了这一阶段文学的历史走向,还是历史价值取向影响了这一时期文学的创作,或许本身就存在着耐人寻味之处。但值得我们注意的是:"底层"包容空间的无限广阔,数量者众如何与历史话语之间完成现实的转喻,进而在重返集体意识的过程中呈现出循环、"向下"的效果,而此时,讲述者既是话语本身,同时,也自足地成为历史的本身。

2009年6月

"重返80年代"的"文学心态"及其历史问题

在本文中,所谓"重返80年代"的"文学心态"主要侧重的是研究者持有的观念、视角以及进入"文学历史"的具体阐释方式。面对着近年来逐渐升温的"重返80年代""80年代文学研究"现象,一个可以确证的内容就是:上述有关从"历史"和"问题"中引发的研究现象,同样具有鲜明的重释、构建甚或近乎本质化的倾向。正如任何一次"重返"归根结底都可以视为一次"重写文学史"的"有效过程",在"重返"的过程中,对作家、作品的重评、辨识乃至历史的重新编码,都交织着实践者"今天化"了的旨趣与渴望。这样,在有关"重返80年代""80年代文学研究"的文章、专集已达到相当深度和厚度的前提下,笔者只想选取重温"80年代文学"时心理状态这一角度,并结合已有的"材料"(比如:已有的和不断处于发掘的史料和现有的研究成果),对上述现象给予相应的"再解析",进而触及某些历史问题。

一 "重返80年代"的文学视野

毫无疑问,"重返80年代""80年代文学研究"在一定程度上生动地体现了世纪初的立场和视野。作为一种历史的追溯,"重返80年代"很容易让人联系到旅美学者张旭东《幻想的秩序》(牛津大学出版社,1997年)一书的序言(在1998年第2期《读书》上作为单篇文章的发表)。在文中,张旭东以一个"远眺者"的姿态,表达了他渴望通过重返1980年代文化的"内部风景",进而"重返"1980年代充满激情与理想的"情绪记忆"。在"80年代的'西学热'或'理论方法热'(诚如许多人所指出的,这是'文化热'的核心)不是一个文化怀旧的话题,而是当代思想史上有待澄清的一个问题"的前提下,张旭东曾指出——"把80年代文化范型历史地描述为经济主义世俗化意识形态的乌托邦幻觉,尚没有触及这场思想文化运动的唯物主义内容。意识形态的集体表述不仅为自身制造出种种神话,它也必然对应着某种文化生产方式的变化和变革。从符号生产和符号消费的经济学角度看,'文化热'揭开了当代中国符号资本'原始积累'的帷幕,其规模之浩大,足以作为近代史上继洋务和'五四'之后的又一高峰。大批20世纪西方哲学、史学、文学批评、政治学、社会学和经济学基本著作的译介带来了当代中国话语生产的一次飞跃。它不但使中国知识分子在世界性的当代背景下反思和'重写'历史和想象未来,更通过具体的话语操作和语言习得将当代中国的经验表达紧密地编织进以西方话语为中心的国际符号生产的分工和秩序网络之中。"[①] 从张旭东的论述可知:1980年代掀起的"文化热"以及各色形式实验和创新,对于当代中国进入全球化视野具有怎样的文化意义。这种"重返"时获得的历史体验,无疑对1980—1990年代中国文化"内部流程"的把握及其背后的意识形态解读具有重要的启示。但显然,文学意义上的"重返"与文化、思想意义上的"重返"是不同的。文学意义上的"重返"建构于文学自身的"风景",这一视域的特殊性决定"重返"需要从更为具体的部分"见微知著"。1980年代文学当然不是一个独立的发展过程,至少历史地看,它不但要关联其后的历史,更为重要的,它还要处理之前的历史及其转变过程,而如何从一个更为广阔的视野,比如,从当代文学史的角度凸显"80年代文学"的重要意义,正是"重返"历史的逻辑起点之一。

与张旭东的文章相比,近年来文学研究意义上的"重返80年代"就其现有成果而言,至少包括以下几种状态。其一,是与1980年代密切相关的一批回忆录、传记和史料的出版。这一部分内容结合近年来在1980

[①] 张旭东:《重返八十年代》,收入《批评的踪迹——文化理论与文化批评1985—2002》,生活・读书・新知三联书店,2003年,第110—111页。

年代文学研究领域取得显著成绩的程光炜著作看，大致可以包括"刘锡诚的《在文坛边缘上——编辑手记》（河南大学出版社，2004年）、陈为人的《唐达成文坛风雨五十年》（香港，溪流出版社，2005年）、徐庆全的《风雨送春归——新时期文坛思想解放运动记事》（河南大学出版社，2005年）、《知情者眼中的周扬》（经济日报出版社，2003年）、《周扬与冯雪峰》（湖北人民出版社，2005年）等等"①，这份书目名单当然可以以分门别类的方式不断罗列下去，而且，我们更多应当关注这些材料的"原生态面貌"及其在"重返"1980年代文学历史过程中的有效价值。值得一提的是，2006年5月，由北京三联书店推出的查建英的《八十年代访谈录》一书，曾在读书界掀起一股"80年代文化热"。该书在上市后迅速热销，并在2007年11月印刷7次，而被访谈的当事人也在讲述中揭示了许多被历史遮蔽的内容。其二，是文学研究系列成果的出现。自2005年开始，中国人民大学教授程光炜和北京大学教授李杨分别在其任教的大学开设"80年代文学研究"相关的研究生课程，并以系列学术论文的发表和在《当代作家评论》共同主持"重返80年代"专栏的形式，对1980年代诸多文学事件、论争、经典萌生等系列问题的清理，此外，就是另外一些学者写作的关于1980年代文学的研究论文。至2009年9月，程光炜主编"八十年代研究丛书"一套三种在北京大学出版社出版，收入程光炜个人专著《文学讲稿："八十年代"作为方法》及其编辑的相关文章20余篇。②其三，是世纪初几年来出版、修订版的当代文学史版本。文学史作为一种文字历史和经典排列，在具体的课堂教学实践中起到的作用或许很难用某种量化标准加以衡量。翻阅2009年出版的文学史教材，比如：孟繁华、程光炜著的《中国当代文学发展史》（第二版），"新世纪文学"业已进入文学史版本的记录之中。③这一现象的出现，至少表明当代中国

---

① 程光炜：《文学讲稿："八十年代"作为方法》，北京大学出版社，2009年，第50页。
② 除程光炜个人专著之外，其他两种皆为程光炜编辑的文章专集。具体包括洪子诚等著、程光炜编：《重返八十年代》；杨庆祥等著、程光炜编：《文学史的多重面孔：八十年代文学事件再讨论》，皆由北京大学出版社2009年出版。后两种文集收录文章共计26篇。
③ 参见孟繁华、程光炜：《中国当代文学发展史》（第二版），中国人民大学出版社，2009年。

文学历史的编排、沉积程度越来越需要一种重新构建的方式。置身其中，"80年代文学"由于时间、转折等历史原因，在相对于"十七年文学""文革文学"的前提下，自然是"第一个"需要重新面对的历史阶段。从世纪初几年文学研究以及几次当代文学年会的主题可知：终结与1980年代文学密切相关的"新时期文学"这一所指模糊但又使用频率最高的历史概念，俨然成为"重返80年代"及其文学场域的一个重要"契机"。作为充分体现治史者立场、语境的成果状态，这一部分内容虽然模糊但却最具历史效力，它会在不断讲授、阅读的过程中影响接受者的观念和认识，而其不断面临"重写"的态势又决定包括"80年代文学"在内的文学历史，都可以在书写的过程中呈现开放的状态。

谈及关于1980年代文学的"重返"，就其直观感受很容易让人想到怀旧的记忆，与1990年代以来文学的生存境遇相比，1980年代文学是如此的激情洋溢并可以产生巨大的轰动效应。但事实上，上述同样可以视为1980年代文学立场、观念的感受忽视了"重返者"今天的立场与观点，而研究者本身的客观、审慎甚至是代际因素，都决定了"重返"过程的科学性和颠覆性。正如李杨在一次与人民大学研究生对话中指出的那样：

> 自80年代以来，对80年代文学的研究从来都没有停止过，在任何一部中国当代文学史写作中，80年代都是最重要的部分，那么为什么要提出"重返80年代"这个口号呢？套用福柯的那句大家都已经非常熟悉的话：重要的不是作为研究对象的年代，而是确立研究对象的年代。也就是说，为什么80年代文学会在今天重新变成一个问题，一个我们必须重新面对的问题。或者说，我们是在何种问题意识的驱使下"重返"，这是必须弄清楚的。"重返"意味着我们已经不在"80年代"——有的同学可能会觉得这种说法非常可笑，我们现在已经是在21世纪了，当然已经不在20世纪80年代了。但是，在我看来，我们中的大多数人实际上仍生活在80年代，就是说，80年代建立起的观念仍然是我们理解这个世界的基本框架。也就是说，今天我们对文学的理解，对文化政治的理解框架仍然是80年代奠定的。正是

基于这一认识,就我的工作目标而言,是将 80 年代重新变成一个问题,也就是将那些已经变成了我们理论预设的框架重新变成一个问题。①

既然有关 1980 年代的文学史框架已经与当前研究者的知识立场、文学史观产生时代意义上的裂隙,那么,"重返 80 年代"就意味着将 1980 年代文学诸多"熟悉"的现象、命题"陌生化"与"问题化"。当然,这一过程绝非贬低 1980 年代文学的历史记忆与风景,这一研究实践只为"重返"过程中解构、发现以及历史重建。从这个意义上说,"重返 80 年代文学"与文学史意义上的"反思"与"重写"1980 年代文学具有等同意义。至于如何"重返",必将是一个历史与实践的过程。

二 作为研究"方法"的"八十年代"

在"重返 80 年代文学"的"研究热"中,程光炜的系列论文尤有价值,反响很大。2009 年 9 月,程光炜曾将这些论文成果冠名以《文学讲稿:"八十年代"作为方法》出版,让阅读者整体领略了其研究的观念、视角以及进入"文学历史"的具体阐释方式。为了能够将"重返 80 年代文学"的"心态"典型化,本节主要以阅读该书感受的方式,言及此次"重返"给予的种种启示。

翻阅《文学讲稿:"八十年代"作为方法》,引发笔者产生思考契机的首先就在于作者也谈到了一种"80 年代文学心态"——"什么是 80 年代文学的心态呢?简单概括说,就是一代人经历了'文革'社会的暴虐之后,通过对极"左"路线的沉痛批判和反思,希望在文化废墟上重新建立所谓五四式的文学的自由和民主的精神。正由于如此,他们标榜'探索',鼓励'创新',抱着怀疑的精神重审当代文学传统中那些过于意识形态化

---

① 李杨:《重返 80 年代:为何重返以及如何重返——就"80 年代文学"研究与人大研究生对话》,收入《重返八十年代》,洪子诚等著,程光炜编,北京大学出版社,2009 年,第 13—14 页。

的东西,试图让文学摆脱非文学因素的干预、干扰,从而实现'文学自主性'的目标。凭心而论,这种愿望、心态,是当代历史教训带来的结果,是响应改革开放社会发展的一种积极的文学创新态度,它的历史意义是值得肯定的。但是,这种心态过于急切,说是反思,其实反思的只是历史、别人、他者,并没有把自己作为反思对象,尤其是对自己与反思对象同样受到当代社会极"左"思潮长时间影响的文化思想结构缺乏清理、质疑、辨认,这一今天看来更为重要的工作与80年代'失之交臂'。相反,那种急于攻占话语阵地、目标的心理却在80年代大多数作家、批评家那里普遍存在。不断进行新的文学实验,发明新的批评概念、术语固然是件好事,但是,发明、推出之后并没有再进行细化、深化,马上丢在一旁不管,又接着去实验、发明新的东西去了,这样的文学心态,究竟暴露出了肤浅、可怕的东西。"①显然,程光炜的"重返80年代文学心态"正是以这种"固有"的心态为"调整目标"的。既然,"在这种文学心态中产生的,是80年代的文学制度、文学生产方式、创作方式、批评意识、读者接受,等等",那么,"以此为起点",就必然会有"许多相关问题可以展开、深入和延伸,有不少值得研究的空间"。②这种通过研究、比较得出的"存疑心态",就成书状态而言,构成了作者"重返80年代文学"实践的内在动力。

但"重返"之旅往往也意味着一种自我的"解惑":自2005年底开始,在中国人民大学文学院为博士生开设这门"重返80年代"的讨论课,程光炜就在"对话"与"研讨"中注意到,"关于80年代文学的认识、评价和结论,已经被固定在大量的文学史教材和研究论文之中,很多后来的研究,一定程度上是从那里面'拿来'的。这种现象的存在,也许并非没有道理。因为所谓的'历史'是必须先被'固定'下来,才成其为'历史'的,否则后面的人们都无法与之对话",然而,在历史语境、人们的生活方式、思维方式都发生深刻变化的今天,上述"80年代文学"的历史逻辑,其高度的"共识"和"成规"密布在研究者的周边,既可以"成为

---

① 程光炜:《文学讲稿:"八十年代"作为方法》,第221—222页。
② 同上书,第222页。

'当代文学'研究的重要根据,同时也对进一步的研究造成巨大的障碍"。这种"认识"使程光炜在"尊重"已有的成果和重新研究时,显得小心翼翼。但正如其自我剖析时所指出的:"对我来说,很大程度上有一个'当事人'和'旁观者'的双重角色,在我写文章以及参与讨论的过程中,它们一直纠缠着我,疑惑、清醒、矛盾、冲突时常发生。"① 程光炜这种谨慎甚或矛盾的态度,充分体现了历史"亲历者"这一最有资格讲述历史者应有的清醒意识,惟其如此,"亲历者"在自我讲述、"建构"历史时,不至于陷入"只缘身在此山中"的怪圈。

《文学讲稿:"八十年代"作为方法》在具体结构安排上共计16讲,分为"文学史研究""文学思潮和批评研究""文学作品的文化研究"三个组成部分。鉴于篇幅的限制以及"文学史"这一读者观念中的"高阶地位","文学史研究"部分无疑是言及"重返80年代文学"呈现的重要"历史景观"和作者心态的"集中体现"。首先,在"文学史研究"过程中,程光炜秉持的是"当代文学"的整体立场以及对"当代"的复杂性认识。建构于"当代文学"多年来研究的基础以及当代文学史写作的经验,程光炜的"历史重释"一直以"当代文学"学科建设、"现代文学"对其施加影响的"纵向坐标",和1980年代以来"新启蒙""海外汉学"与立足于今天的知识立场、"重返"当代的"横向坐标"之间的有效结合,作为自己"重返"历史的拓展路径。正是认识到"一方面,历史重释继续在影响着文学史的规划和研究,另一方面,又在干扰、制约着一种更为积极、有效的当代文学的学科认同和良性的发展。人们与其是在质疑已经出版的多种当代文学史著作,不如说更想质疑的是它们背后的那种历史重释的历史有效性"② 的"客观事实",程光炜才从当代文学60年特别是"十七年文学""文革文学"向1980年代文学的"转型"中,看到诸多历史因素纠缠、交叉、重合与并置在一起后存在的"多种历史面孔",并强调"我们所希望看到的贯穿在文学史叙述之中的'当代',并不绝对是一个必须

---

① 程光炜:《文学讲稿:"八十年代"作为方法》,第2页。
② 同上书,第9页。

外在于它之外的'非文学'因素,而恰恰是另一种意义上的'文学史因素';正因为它是贯穿了痛苦、迂回、政治、人性、文学、非文学种种复杂因素,因而才被称之为真正属于'当代'的一种文学史事实。"① 这种"大文学史观"以及对历史的复杂性认识,自然为"重返"与"重释"奠定了扎实而深厚的根基,至于由此而呈现的"当代立场"及其历史开放性,则在于"当'当代'既不是五六十年代(包括'文革'),也不单单是1980年代,更不等于市场经济的1990年代的时候,我们的'当代'实际具有的是一副多种思想面孔。我们实际已经无法回到'个人意义'上的'当代'之中,因为它已经变成一个被历史重释不断改造、装饰和增添的历史面具,或者说它已经是一个历史话语层积的结果。事实上,只要历史重释的活动不会停歇,那么'重写文学史'就不会失去它的意义"。②

其次,是反思简单历史进化论的理解方式。这一点,对于程光炜"重返80年代文学"的研究主要体现在"新时期文学"的历史定位以及凸显"80年代文学"这一历史概念上。鉴于"新时期文学"自产生之日起一直绵延至今的使用历史,程光炜曾指出:"人们之所以仍在使用这个概念,是因为相信,新时期不光确指1978年以来的这一历史阶段,而且也是表明这一阶段文学性质、任务和审美选择的一个最根本的特征。更何况,它被视为是一种对'十七年文学'和'文革文学'清算、反拨、矫正和超越的文学形态,具有显而易见的'历史进步性',充分显示出'当代文学'对文学性的恢复与坚持的态度。正是这一点,成为它稳固存在的一个相当有说服力的历史依据。"对于熟悉当代文学历史的人来说,程光炜的这段论述并不陌生。包括"新时期文学"在内的诸多当代文学史概念本就带有鲜明的进化论、进步性色彩,然而,证诸历史,上述概念却难以掩饰其与生俱来的意识形态色彩。作为一个从社会文化意义层面引入文学范畴内的概念,"新时期文学"自其出现之日起就没有摆脱按照政治语境的变动进行文学史分期的逻辑。尽管从历史的角度看,众多研究者很早就以

---

① 程光炜:《文学讲稿:"八十年代"作为方法》,第22页。
② 同上书,第27页。

敏锐的眼光发现了这一概念的问题，进而使用"后新时期"一词试图指出前者在具体发展过程中的"模糊性"甚至"断裂性"[①]，但在许多人那里，"新时期文学"的使用频率依旧居高不下。这种"顺其自然"的使用事实上使"新时期文学"变成了超出文学史意义的"泛文化"概念，变成了各种互相矛盾的知识的堆积，并进而造成"它与'80年代文学'、'90年代文学'、'当代文学'等概念之间的概念偷换和混用"[②]，这一因简单进化论而造就的过度想象当然会由于历史化的进程遭遇抵抗。从洪子诚的《中国当代文学史》下编使用"80年代以来的文学"，孟繁华、程光炜的《中国当代文学发展史》凸显"80年代"的"转型"可知，不以简单的"进化论"为线索，换用"一般时间"线索看待本时期文学的发展、变化，正是以冷静、客观的姿态"重返"文学史的新动向。而作为一种文学"前史"的书写，上述反思后的处理方式，也会摆脱那种"80年代文学"与此前文学"断裂"的说法，进而呈现历史联系的复杂性和多线索性。

再次，是对"重写""重评"以及部分亲历者提供"史料"的重视。在讲述1980年代"主流文学"时，程光炜发现："仅仅20年时间，本时期文学史叙述的80年代'主流文学'，与80年代的文学史对于它的叙述，就已经有了很大差别，许多对问题的判断、认识和所得出的结论都变了"，因而，作者关注的问题是："它的变化的目的、方式和结果，不同时期撰写者与历史境遇的关系，以及新的文学史秩序对一些现象的回收和排斥，等等。"[③]无论怎样客观、公正，文学史书写都会因无法完全反映文学历史的全貌以及结构、叙述的安排，而呈现出鲜明的个人性，这种处于史家和历史之间的"二难处境"必将使不同版本的文学史建构着具有"唯一性"的历史序列。结合《文学讲稿："八十年代"作为方法》一书中对于"《苦恋》风波"的讲述，通过《公开的情书》《飞天》与1980年代"主流批

[①] 关于这一内容的论述，可参见本书第198—207页《历史的"终结"与"浮现"——关于新时期以来中国当代文学的一种解读》一文。
[②] 程光炜：《文学讲稿："八十年代"作为方法》，第47页。
[③] 同上书，第50页。

评"看待"文学的紧张",以及程光炜写作《中国当代文学发展史》中对"80年代文学"的具体处理方式,比如,"中国作协"和"社科院文学所""四次文代会""80年代的'评奖制度'"等等,可知"重返"与"重写""重评"之间的紧密联系。这种关于认定标准和介入角度的调整,极有可能对传统1980年代文学史形成颠覆性的挑战,进而产生崭新的文学史经典序列结构。当然,新的图景描绘必然要建立在新的历史史料发现上。在这一环节上,我们可以饶有兴趣地看到程光炜对于1980年代"亲历者"提供的回忆录、传记和史料的重视(具体见前文提供的书目及注释),而其对于"重返80年代文学"的意义和价值则在于:"近年来问世的回忆录、传记和史料,证明国家已放弃了对个人历史叙述的垄断;也说明,这些当代文学学科之外的研究者,对专业研究者的'特权地位'表示了不满。这一独特的当代文学史研究,确实为我们提供了另一种进入文学史的方式和途径。"①

最后,是关于"重返80年代文学"若干"历史问题"的提供。这一部分包括1980年代文学的"起止时间"、具体的"理解方式""现代派文学"等问题,可以视为是程光炜对于"重返80年代文学"诸多"关节点"问题的自我认识,同时,也可以视为是他为"重返者"提供了诸多可以延伸的话题。

三 "现代"及"先锋"问题的再评估

"重返80年代文学",究竟有哪些现象和问题是我们必须重新面对或曰无法逾越的?这就研究者的主体层次而言,本身就是一个可以影响到"文学史写作"的课题。"80年代文学"当然有很多话题值得重新探讨,但就受众层面和所谓研究意义上的"摆动频率"而言,"现代"以及"先锋"无疑可以作为不容忽视的关注层面。

"现代"以及"先锋"的概念与主题,在1980年代文学批评、研究中

---

① 程光炜:《文学讲稿:"八十年代"作为方法》,第61页。

已多次呈现,反复提及。这两个原本可以属于"创作方法"与"创作潮流"的词语,在研究者不断的释义中早已产生了所指的多义性,即使最终将相对于历史和本土意义上的"现代"以及"先锋"融合在一起,也并不令人感到意外。但在"重返80年代文学"之余,我们应当推究的是"如何现代""为何先锋"这样的问题及其背后隐含的批评心态。纵观1980年代以来文学批评的历史呈现,那些活跃的批评家均对此乐此不疲进而以此成名;而"现代"以及"先锋"带给人们的"召唤意识",就在于对世界文学潮流的认同与追赶和批评主体意义上的对前沿文学潮头的把握,这一不折不扣涉及"文化领导权"的问题,因其普泛意义而成为回望1980年代文学中的重要"关节点"。

如果将有关"现代"的系列词语,比如"现代性""现代化""现代主义""现代派""后现代"等,和有关"先锋"的系列术语,比如"先锋小说""先锋诗歌""先锋戏剧""女性先锋文学"等,共同置于近二十年文学创作、批评的平台之上,我们就不难发现:所谓一部1980年代以来的批评史,"现代"以及"先锋"及其模糊概念是如何占据主流批评的地位的——"现代"以及"先锋"的气质及其理想化状态,会制约每一次创作和批评的心态。但显然,"80年代文学"以及"重返80年代文学"面对的"现代"以及"先锋"是有特定对象的,我们以今天的视点读解它们,不仅仅要带有一种历史的眼光,同样也要在将其历史化、经典化的过程中,看到其存在的问题甚至"误区"。

无论出自对"现代"以及"先锋"怎样的偏爱,"现代"以及"先锋"的"大行其道"都会以抑制其他文学生长的态势,使文学创作和文学史面貌产生单一化的认识。但对于1980年代以来当代中国文学而言,"现代"以及"先锋"的权利赋予就在于它们在告别历史时理想化的状态以及如何使中国当代文学完成一种世界性的回应,进而表达跻身其中的渴望。由此回想"现代""先锋"在其萌生过程中那些激动人心的场景,告别革命与反思历史的情怀,极易使其以并不相称的"类比"完成一种"后革命"的姿态。尽管在回首历史的时候,我们可以感叹"现代"及其相关内容,在1980年代最初要通过"现代化"这样具有社会总体目标和发展方向的词语小心翼翼地登临历史舞台,但几经坎坷的历史更验证了它旺盛的生命力以及崛起于1980年代文坛一代作家的理想情怀。正是由于"朦胧诗""第三代诗歌""现代派""寻根派""先锋文学""新历史小说""实验戏剧"这些潮流在1980年代空间上的继起与并置,才会使1980年代文学如此朝气蓬勃、令人缅怀。然而,就对"现代"最初的理解看待其后的历史,所谓"现代派文学之争,其实牵涉到如何理解和从什么层面上理解现代化的问题。"① 那种在1980年代前期将"现代派"转化为"现代化"的特定逻辑,恰恰体现了1980年代对"现代性"多义层面进行单一理解的历史背景及其可能。

当然,无论是"现代派""现代化"还是稍后认识层面的"后现代派",其发生、发展都离不开社会、文化的进步以及商品经济的运行。对于以经济发展为目的的"现代化"追寻,事实上,鲜明地体现了当代中国旧有经济文化体制向"现代"过渡的形态。"现代化"对于生活全面改造、改善的渴望,就其实质而言,是科技化、物质化、日常化以及世俗化的过程。置身于这样一个历史发展语境下看待中国"现代派"的发生、发展与走向,除了"现代"一词的混同使用之外,"个人性"的追求,也必将成为文学"现代化"的现实途径以及重要的参照系统。然而,文学回归"个人"并不仅仅表现个体生存的精神状态以及如何告别历史,其在具体实践过程中还包括以"个体"为本位的创作理想追求。这一逻辑本身使"现代派"以及1980年代文学在整体发展趋向上,显现出文化元素内外共同催生、演绎的动力之源。但显然,此时文学的"个人性"表现不可能像1990年代后期"个人化写作"可以通过"取悦的方式"形成写作的外在表象,而"个人"在当时就其作家心态而言,也往往带有文化精英、高度自我的意识。这样,在1980年代前期"现代派"的展开过程中,物质层面的"现代化"与精神层面的"个人性"虽对后来文学的走向与面貌都产生了重要的影响,但其难以摆脱的内在矛盾也必然随着彼此的日益扩张而呈现出摇摆的状态:它们可以使文学具有不可解脱的"二重性"并在某

---

① 程光炜:《文学讲稿:"八十年代"作为方法》,第87页。

一特定时段此消彼长,进而在急剧运转的过程中容纳更多文化内容。

由 1980 年代当代文学的"现代派"历史,看待所谓"第三代诗歌""先锋小说""新历史主义小说"等可以日后归纳到"先锋文学"名下的文学流脉,如何"踏入"后现代是一个值得思考的问题。如果只是通过找寻后现代因子判定其具体写作,那么,在刘索拉、徐星笔下就已经出现了这一倾向,而与"现代派"对应的"寻根派",也会因为借鉴拉美魔幻现实主义而具有"后现代"的特性。但显然,唯有"先锋小说"及其之后的文学更能体现中国后现代的特点。这表明:在形式化实践、语言变革以及真实观重新确认等前卫探索的过程中,当代中国的"先锋文学"在"现代派"之后深化了其文化借鉴的内容,并滋生出五花八门、琳琅满目的创作形式。"先锋文学"之后的"新历史小说"在很大程度上是先锋实践重新转向历史的结果,这种可以从"寻根派"中找到踪迹并普遍呈现"生存"主题和意义的创作,在很大程度上表现了"现代派"能够迂回、反复的特性——这当然是由现实和现代化目标共同决定的,然而,就置身于当时的历史语境来看,我们能够感受的或许只是"超越"式的文学浪潮。

正如佛克马所言:"现代主义和存在主义从未在中国真正地兴盛过,这一事实使得人们难以在这个国家发现后现代主义的作品。很清楚,某些后现代主义的技巧曾经被中国作家运用过。当代作家借助的是冷面和绝望的描述,而如果说有人曾创作过在主题和形式方面与后现代主义都很相近的故事的话,那么它将是和中国近期的历史联系在一起的一种后现代主义,因而不同于西方的后现代主义。"① 这一由西方学者看待中国 1980 年代文学中的"现代"以及"先锋"的态度,极有可能代表西方看待中国当代文学中现代派的一个普遍观点,并进而引申出新的研究增长点。无独有偶,在李杨的文章中,我们同样可以看到一位美国汉学家与其谈论时的如下内容——"对于中国的现代派是不是'真的现代派'这样的问题我不关心。我来中国研究中国的现代派,是想了解 80 年代的中国为

---

① 佛克马、蚁布思:《文学研究与文化参与》,俞国强译,北京大学出版社,1996 年,第 110—111 页。

什么会出现一场被称为'现代派'的运动,为什么中国作家和批评家要以'现代派'和'现代主义'来命名自己的文学创作和文学批评,我想了解这场运动的发生意味着什么。"①这种被李杨称之为知识考古学的思路,对于我们"重返80年代文学"后思考"现代"以及"先锋"具有重要的启示,只是此时,解释的内容已不是"现代"以及"先锋"可以独自承担和解决的问题。

四 "文学"与"政治":"转型时代"的历史问题

从对1980年代文学"现代"及其"先锋"的研讨中,大致可以看到"文学"与"政治"始终是困扰这一时期文学的内在线索。即使我们都知道詹姆逊著名的"政治无意识"已将"一切事物"归结为社会和历史的,并最终归结为"政治"的②,但在普遍性和特殊性之间,在传统观念与历史现实之间,重提"文学"与"政治"的命题,对于"重返80年代文学"这一"转型时代"的历史却具有较为独特的价值和意义。

一般而言,谈及"政治"这一敏感的词语,总会让人想到阶级斗争、国家大事。上述观念就历史来看,本身就反映了某种中国式"记忆"及其历史影响。进入1990年代以来,随着西方马克思主义理论、后现代知识、文化研究等理论、方法的不断引入,对"政治"及其相关术语的认识也发生了变化。"我们对现代派敌视文学传统的态度的认识,就不能再束缚于'文学政治'的单一理解框架,或者也不能再简单把'政治'理解成'非文学'的东西,而应进一步看清楚在中国语境中二者之间的纠结、矛盾和错综复杂的关联。"③贺桂梅从后冷战语境中对1980年代中国文学中的

---

① 李杨:《重返80年代:为何重返以及如何重返——就"80年代文学"研究与人大研究生对话》,收入《重返八十年代》,26页。
② 弗雷德里克·詹姆逊:《政治无意识》,王逢振、陈永国译,中国社会科学出版社,1999年,第11页。
③ 贺桂梅:《后/冷战情境中的现代主义文化政治——西方"现代派"和80年代中国文学》,收入《重返八十年代》,第116页。

"现代派"认识在很大程度上已经涉及问题的本质。由于"现代派""现代主义"在当代很长一段时间内处于阶级属性、意识形态的评判体制之中,所以,摆脱束缚的认识起点就在于一种理解的"松动"与"重建"。然而,或许是源于一种矫枉过正的逻辑,或许是在告别历史的瞬间无法制约渴望的心态,1985年以后"现代"以及"先锋"的浪潮竟是如此的不可遏制,直至尚未彻底甄别、消化便匆匆地驶过当代的文坛。这种出于"纯文学""让文学回到文学自身"目的的渴望,本身就是一个"文学"与"政治"的问题。

按照程光炜谈及1980年代"外国文学翻译与先锋文学思潮"时的说法,"值得注意的是,在'外国文学翻译'这些'异域文学'在进入、参与80年代各种'先锋思潮'的过程中,中国先锋作家和批评家往往会'遗忘'它本身包含的'文学意识形态',而把西方现代文学仅仅理解成一种'非历史化'等'纯形式'的东西"[①],这种说法无疑是在尊重当时文学现实以及历史背景的前提下,切中了1980年代文学发展过程中的一个重要现象,即以本土眼光和回避历史记忆而造成了"纯粹"的"文学想象"。客观地说,上述总体上可以归纳为"纯文学"的主张属于一个有意"超越"当时文化语境的文学史概念,它的积极的作用和简约的方式使其在思考与西方现代派接轨、进行文学"自救"的过程中,对当时文学语境自身的复杂性以及更为深层的部分给予了简单的理解,这一点,就1980年代文学发展的态势而言,同样也波及1980年代末期的"重写文学史"浪潮。

从1980年代文学发展的潮流来看,"伤痕文学""反思文学""知青文学""改革文学""寻根文学""现代派""先锋文学"等各式名目的文学创作,无一不以文学的"反思性"拓展自己的路径。但与1980年代前期的主题性反思不同的是,"寻根文学""现代派""先锋文学"等是以关于文学本体性反思介入历史的。置身其中,我们既可以感受西方文学思潮、"方法论"的出现对于这种文学内部形态的刺激,同时,也同样可以感受"反思"自身的多义性、层次感以及超越的意识。1980年代

---

① 孟繁华、程光炜:《中国当代文学发展史》(第二版),第174页。

前期文学浪潮的迅速更迭,"转型时期"历史赋予的不同代际作家可以迅速登临历史舞台,就事实而言,是将"文学"与"政治"在以不同形式表现的紧张汰变中走向极端直至"历史的背面"。从这个意义上说,"现代派""先锋文学"基于自身真实的文学想象、适应当时文学社会价值取向的"简单理解",以及文本呈现的历史意识的淡漠,不但构成日后文学再次转向历史与现实的趋势(比如"新历史小说"与"新写实小说"),同时,也构成了对这一时期文学重新评价的必要前提。只不过,这种问题对于1990年代文学来说,"社会公共空间"对文学"个人书写"的挤压不仅包含观念层面上的内容,还来自消费时代阅读对二者之间的有效调整,而这一点,在很大程度上也是1980年代文学在"文学"与"政治"之间留下诸多思考线索的空间构成。

在探讨1980年代现代派文学时,程光炜曾谈及围绕1980年代现代派的论争:"文学界实际已对'当代文学'的文化身份、历史内涵和文学功能作了重新阐释。正是在这样的阐释视野中,出现了两个含义不同的'当代文学':一个是'社会主义'意义上的'当代文学',另一个是'现代主义'意义上的'当代文学'。这两种'当代文学'虽然同时存在于中国的社会主义历史条件下,出现在改革开放的年代,但已经在历史道路上公然地分道扬镳。"这种现实虽然使"80年代现代派已构成另一个'当代文学'的说法,在目前还是一个假想,或许是出于在'今天'重新审视当代文学学科的某种需要的权宜之计。然而,也不能说这个假想就完全不会存在"。① 程光炜的说法无疑是耐人寻味的。1980年代围绕现代派的讨论以及先锋文学的出场,在创作技法、表现主题甚至语言使用上都与前代文学发生了迥然不同的变化,这当然可以作为一种划分的依据,但更为重要的,却是这种创作在精神气质上与此前文学发生怎样的转变(这一时间段可以从传统意义上的当代文学,比如"十七年文学"直至1980年代初期算起)。由此联想到学术界曾经对"现代文学""当代文学"重新划分的设想,当代文学在不断历史化过程中将1980年代文学作为一个"驿

---

① 程光炜:《文学讲稿:"八十年代"作为方法》,第242、244页。

站"也不失为一种有效策略。但这时的1980年代是完整意义上的"80年代"吗？在"伤痕文学""反思文学""改革文学"与"现代派""先锋派"的比较中，1980年代文学的"转型"必将重新引发有关"文学"与"政治"的历史再思。

五　结束语

至此，"重返80年代文学"的"文学心态"及其历史问题，大致已通过"心态"的剖析呈现出自身的历史问题。在"重返"的过程中，需要揭示的问题以及经典的再识，当然会因角度不同而呈现出多元的景观；即使限于篇幅，仅能以构成的方式揭示"重返80年代文学"中的某些关节性问题，但"重返80年代"也足以在隐含新时期文学经典化渴望的同时，不断影响当代文学史的具体实践过程。而作为一种"当代性"的立场，所谓主体意义上的"重返"，也意味着不断"体味历史温暖"的同时的自我构建乃至不可避免的自我繁衍。由此想到詹姆逊"关于解释的任何真正有意义的讨论的出发点，决不是解释的性质，而是最初对解释的需要。换句话说，最初需要解释的，不是我们如何正确地解释一部作品，而是为什么我们必须这样做。一切关于解释的思考，必须深入阐释环境的陌生性和非自然性；用另一种方式说，每一个单独的解释必须包括对它自身存在的某种解释，必须表明它自己的证据并证明自己合乎道理：每一个评论必须同时也是一种评论之评论"①的"元评论"的说法，"重返80年代文学"的阐释空间必将是无限与有限的辩证结合，至于由此生发的文学心态与具体的历史问题也必将持续下去，进而生成写作与阅读意义上的常读常新。

2010年7月

---

① 弗雷德里克·詹姆逊：《快感：文化与政治》，王逢振译，中国社会科学出版社，1998年，第3—4页。

"经典"的生成与变动过程
——论"张爱玲现象"的当代接受兼及《小团圆》

有关张爱玲文学的当代接受及其炙热程度,至少应当包括阅读和研究两方面。仅以大陆的景况而言,从1980年代中期以来张爱玲创作的再生,到1990年代走向巅峰,"张迷"的为数众多,与"张爱玲学"(简称"张学")浮出历史的地表并博取"显学"地位[①],都印证了张爱玲文学的传奇魅力。近年来,有关张爱玲的接受已越来越转向为"生平与历史"的考证,以及接受媒介的改编(比如电影、电视剧等),这种趋势的出现以及研究者从以往的张氏小说逐步向散文、翻译、戏剧等层面的"开掘",都在一定程度上呈现出张爱玲文学接受的成熟及其包孕的空间。但在上述不断升温的"张爱玲热"中,人们也不难察觉诸多文学以外因素的介入进而发挥效力。鉴于业已成为经典之张爱玲文学在接受层面上存在的多义性倾向,本文使用"张爱玲现象"这一笼统的说法[②],试图涵盖其接受上的复杂内容。在稍后的论述中,我们将通过历史分析、接受心理等方式,具体涉及"张爱玲现象"的生成、发展与变化过程,并进而在研讨张氏遗作《小团圆》的同时,审视这一现象的"新动向"。

---

① 比如,在上海书店出版社2008年12月出版的《重读张爱玲》一书的序言中,编者陈子善就曾联系美国学者高全之2003年3月在台北出版的《张爱玲学:批评、考证、钩沉》一书,以及张爱玲在1980年代以后的研究现状,指出"张学"已成为20世纪中国文学研究的一门"显学"。

② 这里提及的"张爱玲现象",主要从接受视野的角度,与王德威在《落地的麦子不死——张爱玲与"张派"传人》中所言的"张爱玲现象——现代性、女性主义、世纪末视野的传奇"之狭义说法不同,见王德威:《落地的麦子不死——张爱玲与"张派"传人》,山东画报出版社,2004年。

一 "当代"的概观

谈及张爱玲文学的当代接受及所谓经典的生成,不能不追溯其在1940年代横空出世的历史。张爱玲文学作为一个"现象",诞生于1940年代沦陷区的上海。1943年,年仅22周岁的张爱玲相继推出《沉香屑 第一炉香》《沉香屑 第二炉香》《茉莉香片》《心经》《倾城之恋》《封锁》《金锁记》等小说篇目之后,当时的上海文坛就到处充满着"传奇世界"。"张爱玲作品风靡流行的时候,还具有带领'一代风骚'的气概,曾出现了好多位青年男女作家,倾心于张爱玲独特的风格和文采,专门模仿她的技巧笔法。形成过一个'张爱玲派'。"① 张爱玲是一位天才的小说家,同时又是一位独特的散文家,1944年小说集《传奇》和散文集《流言》的出版,既是张爱玲文学的出发点,也是其巅峰之作。然而,与张爱玲当年红遍上海滩的景象相比,张爱玲文学在当代的"接受"却是历尽沧桑。对于熟悉现当代文学历史的人们来说,在一个相当长的时期内,张爱玲文学如同其诞生场特殊的时间和空间一样,始终存在于正统的话语体制之外。应当说,张爱玲独特的生活经历、文学积累和成名于沦陷区的历史,都决定了她在不同历史阶段获得评价的差异性;而张爱玲年少成名的"渴望"②、独特的个性以及与胡兰成的恋爱关系,也极易使其陷于

---

① 魏绍昌:《在上海的最后几年》,收入《金锁沉香张爱玲》,关露编选,人民文学出版社,2002年,第139页。
② 关于张爱玲年少成名的"渴望",反映在张爱玲《〈传奇〉再版序》中,即为"出名要趁早呀!来得太晚的话,快乐也不那么痛快"。参见《张爱玲文集》第4卷,安徽文艺出版社,1992年。关于张爱玲盼望早日成名,以实现自己的各种生活愿望,在有关张爱玲的各种传记、评论文章中多有记录。这无疑是一个与生活经历、个性使然等因素相关的复杂问题。张爱玲出生贵族、少年坎坷以及天才意识、生性孤立等,都决定了她在成名伊始,不接受前辈的劝说不分背景与否在各种刊物频繁发稿的行为。这一点,在柯灵写于1980年代的《遥寄张爱玲》一文中记录得较为清晰。尽管,以今天的眼光,我们可以接受"张爱玲是实际的、功利的,但她的实际和功利来自她意识深处的危机感和困惑感"的判断(参见于青:《张爱玲传》,花城出版社,2008年,第80页),但在抗战胜利尤其是新的文艺评价体制形成之后,其人和文学获得怎样的评价是可想而知的。

"诟病"的逻辑之中,因而,张爱玲在一个阶段不见中国现代文学史,毫不足怪。但历史毕竟是公平的,张爱玲及其在文学上的是非得失,始终是一个客观存在的"时间问题"。

张爱玲1952年离开大陆,对此,很多人为她感到庆幸是理智而客观的。尽管,此前张爱玲曾使用笔名"梁京"在《亦报》连载深受欢迎的《十八春》(1950—1951年),试图改变自己,表达融入新中国的努力,但文学场的改变最终还是使其离开了祖国,漂流远方。张爱玲先到香港,继而到美国,此后再也未回过中国。暂居香港期间,张爱玲曾用英文写过《秧歌》和《赤地之恋》两部长篇,但从日后的言论中可以明显看出因"迁就"而完成的写作是无法令其满意的。① 1957年定居美国之后,张爱玲长期为生计而奔波,除了将过去的作品进行改写和一度赴台湾进行电影剧本的写作之外,已很少有作品问世,这使其与全盛期相比,逊色不少。

对于"50年代以后的张爱玲及张爱玲文学的接受场",邵迎建在《传奇文学与流言人生——张爱玲的文学》中,曾分为"寻求认同""继承——在台湾""再生——在大陆"②三个部分,结合张爱玲文学1950年代之后的接受实际,上述划分基本反映了张氏文学接受的历史现状。当张爱玲文学在当代文学视野中一度消失的同时,另一个关于张爱玲的"热潮"却在台湾悄然兴起。1957年,夏志清应其兄夏济安邀稿,将英文版《中国现代小说史》中的"张爱玲"一章寄送,夏济安亲自将其翻译成中文并分两次刊发,这两篇文章,"绝对肯定了张爱玲的成就,当时可能很受注意。后来我认识了好几位旅美小说家,他们都是读了我的文章后才去找张爱玲的作品来读的,而且他们自认在创作方面也受了她的影响"。③ 应当说,夏志清1961年《中国现代小说史》的出版及其中译本的

---

① 张爱玲:《忆胡适之》,收入《张爱玲散文全编》,浙江文艺出版社,1992年,第302—303页。
② 邵迎建:《传奇文学与流言人生——张爱玲的文学》,生活·读书·新知三联书店,1998年,第208—227页。
③ 夏志清:《〈张爱玲的小说艺术〉序》,收入《替张爱玲补妆》,水晶著,山东画报出版社,2004年,第4页。

陆续出版,以及花费42页的篇幅论张爱玲,而仅用26页论鲁迅的具体写法,对于重塑张爱玲文学史上的地位产生了不容忽视的意义。[①] 1973年,水晶发表了《张爱玲的小说艺术》,这是继夏志清之后,第一部研究张爱玲作品的专著。此书运用了西方文艺批评理论,分析了张爱玲的《传奇》,还特别加上了《蝉——夜访张爱玲》这一珍贵的访问资料,此书在一定程度上可以视为掀起了对张爱玲文学再评价的热潮。[②] 当然,在这一阶段台湾对张爱玲的接受,不仅只有赞美,也有如唐文标等持不同看法的人,但如就接受的层面而言,上述研究在推动"张爱玲热"时都无疑起到了殊途同归的作用。

大陆当代文坛对张爱玲重新发出声音是其离开故乡30年之后的事情。1985年,曾经在沦陷区担任文艺杂志《万象》主编的柯灵,写了一封情意深长的信《遥寄张爱玲》。在文章中,柯灵回顾了当年的历史,肯定了张爱玲的文学创作,并将时间的检验留给了历史。[③] 以此为契机,《传奇》和《流言》在上海重印,一批旧作史料也逐渐被挖掘出来。1989年,孟悦、戴锦华从女性主义的角度出发,在其重要著作《浮出历史的地表》中,高度评价了张爱玲的文学,将其定位于现代女性文学的成熟点。进入1990年代之后,张爱玲的各种传记、文集相继出版,都为张爱玲的当代接受产生重要意义。其中,1992年浙江文艺出版社出版的《张爱玲散文全编》,安徽文艺出版社的《张爱玲文集》4卷,可以视为张爱玲去世前大陆关于其作品的"权威版本"。1995年中秋,张爱玲在远离中国的太平洋彼岸悄然辞世,消息迅速传遍两岸三地,在中国人中再次引起震动,并迅速将"张爱玲文学热"推到顶峰。到目前为止,粗略统计,大陆出版的"张爱玲(评)传"已不下十余种;关于张爱玲的研究资料、学术会议文集不下数十种,其中值得一提有陈子善编撰的《私语张爱玲》(浙江文

[①] 夏志清的《中国现代小说史》有1961年的英文版,以及1979、1991年在香港和台湾的中译繁体版,目前在大陆可以看到复旦大学出版社2005年的中译简体字增删本。
[②] 水晶:《张爱玲的小说艺术》,收入《替张爱玲补妆》,山东画报出版社,2004年。
[③] 柯灵:《遥寄张爱玲》,收入《张爱玲文集》第4卷,安徽文艺出版社,1992年。

艺出版社,1995年),以及陈子善、罗岗主编的《阅读张爱玲书系》5卷本(山东画报出版社,2004年。内中收录包括"1949年前张爱玲评说",王德威著《落地的麦子不死——张爱玲与"张派"传人》,台湾学者水晶著《张爱玲小说艺术》《张爱玲未完》,刘绍铭等编《再读张爱玲》等原来在香港等地出版的文献),而2008年由陈子善编的《重读张爱玲》作为张爱玲学术研讨会的第四部论文集(上海书店出版社),则体现了近年来张爱玲最新研究成果;关于张爱玲文集方面,冠名为"精品集""作品集""文集·补遗""典藏全集""全集"等名目的已不下十余种,此外,不断被改编,搬上银幕、荧屏的张氏作品也同样琳琅满目,至于将其作为学位论文(学士、硕士)更是难以估量……

二 接受的时代性与艺术本质

"回顾张爱玲文学的诞生、承传、沉寂、再生的整个过程,可以发现一个惊人的事实。这就是,每当张爱玲文学出场时,中国的历史都在一个结节点上,即国家或地区的认同发生重大危机的时候。认识到这个接受场的特点后,重读张爱玲的作品,大约人们会再次惊愕吧,张爱玲的作品本身所描写的正是陷于认同危机中的人们的故事。"[①] 邵迎建的论断告诉我们:张爱玲文学的热潮始终包含着深远的历史内容,唯有认识这一重关系,张爱玲的文学才会与历史发生相互缠绕的过程中,凸显其时空衬托下的认同价值。

张爱玲成名于抗战相持阶段的沦陷区上海。在这一阶段,沦陷区相对的平静,斗争文学失去发表的阵地,伪政府的"宣传文学"以及"汉奸文学"无人理睬,通俗文学、消遣之作的泛滥,都使纯文学的创作几近空白。"上海那时是日本军事占领下的沦陷区。当年夏季,我受聘接受编商业性杂志《万象》,正在寻求作家的支持,偶尔翻阅《紫罗兰》杂志,奇

---

① 邵迎建:《传奇文学与流言人生——张爱玲的文学》,生活·读书·新知三联书店,1998年,第5页。

迹似的发现了《沉香屑 第一炉香》。"① 柯灵在回忆张爱玲的文章中讲述当时不得不在其他报刊上搜寻好作者的事实,便说明了当时作家队伍的匮乏。而张爱玲的出现,正是在这一背景下以一个纯文学作家的身份对上海文坛进行了适度的填空。"是乱世为她提供了成功的机会,是才华使她在乱世中放出来光彩。如果不是当时上海文坛上优秀作家销声匿迹,如果不是当时的纯文学创作领域近乎空白,她的才华完全可能被淹没。从文学史的角度来说,她的出现是一个漂亮的填空。当后人们逐渐把这个空儿看的越来越大的时候,张爱玲填空的分值便越来越高。"② 刘川鄂在《张爱玲传》中的这段论述客观而真实地说明了张爱玲文学成功的前提。

当然,张爱玲文学的成功与其自身的艺术成就同样具有密不可分的关系。鉴于对于张爱玲文学艺术尤其是小说艺术的分析已经达到汗牛充栋的程度,这里,仅从接受的角度谈及其艺术与时代、读者之间的共生关系。第一,张爱玲是以一个智者的眼光,写出一个又一个苍凉、没落又常常带有荒诞意味的故事。她的笔下有漫不经心的讽刺、嘲弄,又渗透着令人刻骨铭心的寒意。应当说,张爱玲较为独特的生活经历决定她很早就将世间一切看得透彻了。其透彻的眼光与特有的才华,使其小说遍布读来令人吃惊的语句。而事实上,张爱玲毫不留情的讽刺也决定了她是鲁迅之后这方面最为杰出的作家。今天的读者,之所以喜欢张爱玲也与喜欢她的行事和行文有关。正如张爱玲在《〈传奇〉再版序》中写过"有一天我们的文明,不论是升华还是浮华,都要成为过去。如果我最常用的字是'荒凉',那是因为思想背景里有这惘惘的威胁"③;在《自己的文章》中写过"我是喜欢悲壮,更喜欢苍凉……苍凉之所以有更深长的回味,就因为它像葱绿配桃红,是一种参差的对照……悲壮是一种完成,而苍凉则是一种启示"。④ 所谓"惘惘的威胁"主要来自作家现时生存的那个

---

① 柯灵:《遥寄张爱玲》,收入《张爱玲文集》第4卷,第421页。
② 刘川鄂:《张爱玲传》,北京十月文艺出版社,2003年,第92页。
③ 张爱玲:《〈传奇〉再版序》,收入《张爱玲文集》第4卷,第135页。
④ 张爱玲:《自己的文章》,收入《张爱玲文集》第4卷,第173页。

无可救药的社会，而"苍凉"却在于震撼人心的悲剧感和荒谬感，两者都体现了"现代"的精神。第二，张爱玲笔下的人物和生活场景虽然格局较窄，属于日常化的叙述，但其用笔之处却集中在人性的开掘、女性的命运、婚恋的"封锁"、欲念的变形之上，诸如《金锁记》中曹七巧式的触目惊心、直逼内心的形象，已经抓住了中国传统文化中个体灵魂深处的"鬼影"。这种经常体现为否定价值判断的写作，在个体充满虚无的时代必将产生回响与共鸣。第三，张爱玲的文学具有贯通古今中西的特质。仅就小说而言，中国古代小说《金瓶梅》《红楼梦》和英国作家毛姆对张爱玲的影响早已在张爱玲成名时得到认证。不但如此，张爱玲还是一位具有自觉意识的作家，是为数不多的"为创作而创作"的现代作家，惟其如此，她才能不带偏见地尝试各种问题，才能避免受到外部社会的干扰，孜孜以求地经营自己的艺术世界，并最终形成了雅俗共赏、卓尔不群的张爱玲风格。"她具有非凡的转化中外文学传统能力，她是把中国古代文人小说精华与现代西洋小说技巧结合得最好的现代作家之一；她具有对人性的精深的洞察与描写能力。她笔下人物的人性深度和美学意蕴远远高于一般现代作家的作品。"① 这一评判自然呈现了张爱玲可以经受住时间和读者考验，走向经典的趋向。第四，透过支撑张爱玲文学世界又常常被人"忽视"的散文，比如《流言》，我们可以读出独特的"人性味"。作为一位很少涉猎时代重大主题，而用全部体验去感知世俗化生存境遇的女性作家，张爱玲运用的是一种可以逸出意识形态的边缘性话语，这一窃窃"私语"的行文方式对于特定年代或者特定读者群落来说，无疑会产生非凡的吸引力。

张爱玲的文学，之所以在1960年代的台湾产生影响，除了夏志清的《中国现代小说史》，一个重要的原因即为"历史的认同"。在远离中国大陆本土，远离中国大陆人民的情感这一共同境遇的前提下，台湾认同了张爱玲。一方面，是此时的台岛文学在种种限制下陷入"沙漠状态"，另一方面是远离大陆本土之后自身的困惑极易与张爱玲的文学产生契合。在

---

① 刘川鄂：《张爱玲传》，第5页。

经历几次关于张爱玲文学的讨论之后,台湾文坛陆续出现了题材、文体、语言等方面的"仿张体"现象。这一现象,结合当时众多作家(比如施叔青、白先勇、李昂、三毛等)的创作、言论来看,不难发现其中包含着自发式的亲切感。

对于张爱玲文学在1990年代之后的大陆发展为"张爱玲现象",必须要明确的是意识形态的弱化和启蒙神话的远遁,此时,无论就研究界的知识分子,还是文学界的写作者而言,位置的边缘和价值的滑落,都是其切身理解张爱玲的重要原因。进入市场经济时代之后,物化的生活很容易使人产生存在的焦虑,而这时,始终远离权力,意识形态话语的张爱玲及张爱玲文学,无异于带来了一个自我更新、自我发现的"梦境"。由此回想柯灵"偌大的文坛,哪个阶段都安放不下一个张爱玲"[①]的说法,不由得会产生这样的思考:"张爱玲现象"体现了现代中国文学(主题)与历史(主题)之间的复杂纠葛与沉浮关系。在"难以容身"而又"无处不在"的对峙下,张爱玲作品中超越二元对立的特性,构成了其创作在接受过程中历史与文学的"反比逻辑",因此,其自身"位置"的重建超越其单一的创作层面,进而纳入某种历史语境下的主体接受。

三 影像叙事的"他者接受"

张爱玲与电影的结缘无疑为其文学的传播和接受产生重要影响。张爱玲不仅是优秀的小说家,散文家,同时还是优秀的剧作家。她的电影剧本和话剧剧本在当时影响很大,并直接与其文学创作结合起来,相得益彰。早在1944年,张爱玲就曾将其小说《倾城之恋》改编成四幕八场话剧,连演十八场,场场爆满,这可以视为是张爱玲的另一个"传奇"。张爱玲1947年初完成电影剧本《不了情》,在此之前,看电影一直是张爱玲多年的爱好,她出道也是从写影评开始的。《不了情》1947年4月被导演桑弘搬上荧幕,公演后获得很高评价。同期,张爱玲又将剧本《不了

[①] 柯灵:《遥寄张爱玲》,收入《张爱玲文集》第4卷,第427页。

情》改编为小说《多少恨》发表,这可以视为电影和文学创作在张爱玲笔下的一次融合。1947年12月,张爱玲电影剧本《太太万岁》在上海公演,观众十分踊跃,但与观众和传媒对《太太万岁》不绝于耳的赞美声相比,评论界却对此展开了一场不小的争论。评论界评判标准的差异性特别是剧作家洪深态度的前后变化,对这部电影以及张爱玲的电影事业影响很大。① 虽说,张爱玲未就《太太万岁》的非议发表意见,但当时文华影业公司准备把《金锁记》搬上银幕计划的流产,却大致可以证明两者之间的微妙关系。

所谓张爱玲小说的影视改编史主要按照电影和电视剧两条线索进行,当然也存在着一个时间和历史的问题。尽管张爱玲1960年代的赴台进行电影剧本创作,具有因生计而重操旧业的客观因素,但《情场如战场》《人财两得》《桃花运》《南北一家亲》《南北喜相逢》等电影,与张爱玲自己的文学改编基本没有关联。因此,影像叙事接受视野中的张爱玲文学实际上是1980年代之后的事情了。1983年,香港导演许鞍华改编、拍摄了张爱玲小说《倾城之恋》(主演:周润发、缪骞人),在忠实于原作的基础上突出影片的浪漫爱情,虽然,这部电影就结果而言是没有深入挖掘原作的精神,但其价值却在于开创了八九十年代张爱玲小说影视改编的先河。1988年,台湾导演但汉章拍摄了改编自《金锁记》的《怨女》(夏文汐饰演银娣);1994年,关锦鹏导演了《红玫瑰与白玫瑰》(主演赵文瑄、陈冲、叶玉卿);1997年,导演许鞍华再次改编、拍摄了张爱玲的《半生缘》(改编自《十八春》,主演黎明、吴倩莲、梅艳芳,并有葛优、王志文等大陆演员加盟)。这是许鞍华的得意之作,得到了广泛的认可。影片无论在环境景物还是情节气氛、主人公人物细节刻画上,都在汲取上次改编张爱玲小说的教训,拍出来怀旧和人生的苍凉,其结果是吴倩莲和梅

---

① 关于这场争议可参见陈子善的《私语张爱玲》,其中洪深的文章为《恕我不领受这番盛情——一个丈夫对于〈太太万岁〉的回答》,原文刊载于1948年1月7日上海《大公报·戏剧与电影》第64期,后收入《张爱玲的风气——1949年前张爱玲评说》,山东画报出版社,2004年。

艳芳饰演的曼桢和曼璐获得一系列电影奖项（吴倩莲，香港电影评论学会1998年第四届最佳女演员；梅艳芳，香港电影金像奖1998年第十七届最佳女配角，香港金紫荆奖1998年第三届最佳女配角）。1998年，导演侯孝贤拍摄、改编了张爱玲的《海上花列传》（主演：梁朝伟、刘嘉玲、李嘉欣）；2007年，导演李安改编了张爱玲的"争议之作"《色·戒》（主演：梁朝伟、汤唯）。这是一部涉及"性与政治""革命与身体"的故事，这两方面，无论从历史还是现实的角度，都是最容易触动人们神经、引发人们思考的内容。该片在第64届威尼斯电影节颁奖礼上，获得最佳影片"金狮"奖。

与张爱玲小说的电影改编相比，其电视剧改编拍摄大有姗姗来迟之势。2003年，胡雪扬导演的30集电视连续剧《半生缘》（主演：林心如、蒋勤勤、谭耀文、李立群）上映，反映热烈；2004年，导演穆德远导演了20集电视连续剧《金锁记》（主演：邵峰、刘欣、奚美娟、程前），增加了许多商业化、通俗性的成分；2009年，导演梦继拍摄了34集电视剧《倾城之恋》（主演：陈数、黄觉、王学兵），再次热播……

纵观张爱玲文学的影视改编，其创作宗旨都难免于张爱玲的"盛名所累"而试图还原张氏小说的苍凉味道。从许鞍华《倾城之恋》、关锦鹏《红玫瑰与白玫瑰》的"不满意"程度来看，"张迷"对于张氏文学电影版的期待始终潜藏着一个"张爱玲的高度"。这样的接受心理一方面使其电影改编成为一件吃力不讨好的事情，另一方面，又会存有强烈的接受期待的过程为影视带来机遇和挑战。如何拍出张爱玲小说原作那种寒彻透骨的故事和人格心理，始终是张氏改编电影的重要课题之一。值得注意的是，影视改编毕竟是"二度叙事"，而且，其具体改编也受到时代文化语境的影响，张爱玲的作品之所以会受到银幕和荧屏的宠爱，其实反映了张氏文学的经典程度和品牌效应。但消费时代的影像化叙事的"症结"在于能否盈利，投资商和广告商的加盟等外部因素在一定程度会起到不可估量的作用，这样，所谓导演的解读能力、鉴赏眼光以及领悟能力，无疑会成为再度叙事的关键。许鞍华《半生缘》和李安《色·戒》取得的不俗成绩在一定程度上反映了张爱玲文学与其影像化叙事之间的辩证关系，由这种张力扭结产生的观众热潮说明张爱玲的文学仍具有经久不衰的魅力,当然,这对张爱玲文学的接受及其经典化程度的提升,也起到"另一面相"的意义。

在关于张爱玲文学的影像化叙事中,1990年上映,由严浩导演、三毛编剧的《滚滚红尘》(主演:林青霞、秦汉、张曼玉)是需要提及的一部。这部以张爱玲的爱情故事为原型的电影剧本公映后历久不衰。片中女主角韶华(林青霞扮演,即是张爱玲的化身),开篇被囚禁的场景,与张爱玲年少时被父亲囚禁并最终逃离家庭的故事何其相似!而作为电影本身的爱情悲剧,又与张爱玲和胡兰成的爱情原型呈现为相似结构。这个故事因为张爱玲、三毛乃至林青霞三个女性的传奇和情感故事而显现出宿命般的重叠。只是就张爱玲现象的接受来说,它已进入近似生平索隐的层次。

四 "评传""研究"与"考证"

随着张爱玲文学热在当代的兴起,张爱玲的评传、研究资料汇编以及研究专著的出版,同样也呈现出琳琅满目的态势。鉴于张爱玲文学的热度,在当代重新被接受后,《张爱玲传》《张爱玲评传》的迅速出版无疑为详细了解这位传奇女作家的一生提供了资料佐证。但"作家传记"毕竟要建立在对作家的了解程度和材料的挖掘程度上。因而,对于那些已成刻板传奇形式和怀有强烈情感因素以及过度想象的写作必须予以甄别判断。事实上,张爱玲生前一直有心为自己写传。这当然是一个和张爱玲一样复杂的问题。张爱玲在文学、生活以及作品传达出来的立场,本身就构成了自由作家写作与身份的多义性。长达18万字的《小团圆》是最近才出版的事情,在此之前,许多人只能在张氏沉默的生前和安静的辞世后为她编写传记传奇。这种现状很容易在偏重张爱玲传奇一生的过程中将写作成为一部传记小说。而对于张爱玲生平资料的另一类,比如夏志清认为的较为重要的,"(一)胡兰成《今生今世》中的《民国女子》一章;(二)张子静提供资料由季季整理写出的《我的姊姊张爱玲》;(三)林式同长文《有缘得识张爱玲》；（四）司马新《张爱玲与赖雅》。"[①]虽信实程度较高，但却只是抓住张爱玲某一阶段的生活特质，这样的资料挖掘和汇编从客观的角度上说已趋于成熟。

由上述内容可见，再写一次或多写一次生平传记，其结果极有可能成为画蛇添足。但在另一方面，这样的现状似乎并未减少"张迷"对张爱玲生平的热度。正如多种关于张爱玲的传记中都指出的那样：张爱玲由于自幼家庭生活的原因，性格内向、不善交际。定居美国的张爱玲在爱人赖雅谢世之后，更是过着离群索居的生活。张爱玲晚景是落寞的，这时的她已经很少接触陌生人，而对于故土，她更是怀着恍如隔世的感觉，再也没有归来。张爱玲生平本就如其小说集"传奇"一样，而晚年的生活则更增加了这种传奇色彩。因胡兰成《今生今世》引发的"访胡"而"看张"事例，1980年代因窥探张爱玲而产生的"垃圾事件"[②]，在很大程度上都体现了对张爱玲逸事的好奇心理。以上事实就接受视野中的问题是可以反映"张爱玲现象"的丰富性的，但若就品读张爱玲文学却势必会因猎奇心理、乃至商业文化因素而大打折扣。张爱玲的接受无论就现代还是当代而言，都应当以尊重作家作品为主体，而后才是参考那些有价值的传记、材料。张爱玲散文中关于自己生平和创作的文章，比如《烬余录》《童言无忌》《私语》《自己的文章》《惘然记》序等，傅雷的《论张爱玲的小说》、柯灵的《遥寄张爱玲》、张子静的《我的姐姐张爱玲》以及夏志清、水晶、司马新的文章，之所以有相当的可信度，就在于这是出自于本人或者了解、接触过作家本人的资料，只有这样，张爱玲复杂的"传奇"才能获得客观、真实的解读。

那么，对于可以提升"张爱玲现象"品味的研究领域，又将如何真实还原张爱玲，或至少是文学意义上的张爱玲呢？结合现代文学开启至1990年代以来达到繁盛状态的张爱玲文学研究来说，"着重文学技巧的探讨""从社会意识批评作品思想内涵""从女性本位的立场来评论张爱玲

[①] 周芬伶：《艳异——张爱玲与中国文学》，中国华侨出版社，2003年，第32页。
[②] 以上均可参见刘川鄂《张爱玲传》的相关部分。

小说的价值""从精神分析的角度研究张爱玲"①,已经成为以往研究张爱玲文学的几个重要方向。显然,对张爱玲离开大陆前的小说研究已达到相当成熟的程度,然而,这并不是说张爱玲研究已经达到饱和状态。相反的,在人们津津乐道张爱玲小说及其现实原型以及作家本人的生平事迹时,张爱玲的散文,张爱玲的戏剧、电影创作,张爱玲文学与影视之间的改编,张爱玲文学研究(《红楼梦魇》《海上花列传》),张爱玲研究之研究、张爱玲的平行比较研究(比如鲁迅、海派文学和当代女性作家等)仍有相当的探索空间。在《漫谈中国现代文学中的"颓废"》一文中,李欧梵的"而真正从一个现代的立场、但又从古典诗词戏曲中找到灵感并进而反抗五四以来的历史洪流的作家,我认为是张爱玲"②之说法,同样可以作为张爱玲文学独特现代性的一个重要佐证,这本身就是一个关乎文学史的命题,而对其详加探讨,自然会涉"张爱玲与中国文学"本身这一宏大的命题。

总之,在"张爱玲现象"当代接受的过程中,评传、研究和考证作为重要的组成部分,一直影响着张爱玲现象的整体接受和走向。这是一个需要沉积的过程,同时又是一个不断拓展的问题。面对着张爱玲已成文化商品生产、消费、再生产的一种时尚,一个符号,张爱玲现象的接受也应当向社会、历史、政治、经济、文化等层面敞开,而在不断去伪存真的过程中,如何使张爱玲及其文学得到整体全面的认识,正是"张爱玲现象"及其当代接受的重要途径。

五 《小团圆》:一个作家神话的终结?

作为一种前史,《小团圆》对于张爱玲的读者和研究者而言,可说是一桩"悬案":从大量关于张爱玲的传记书写中提及此文,到猜测其可能被沉埋甚或遗失,《小团圆》由于涉及张爱玲的自传而为张氏一生留

---

① 周芬伶:《艳异——张爱玲与中国文学》,第7—14页。
② 李欧梵:《现代性的追求》,生活·读书·新知三联书店,2000年,第166页。

下了许多谜团。不过,从此前掌握的材料大致可以了解,《小团圆》写作于1970年代中期,全书长达十八万字,当时初稿已经杀青。只是鉴于作品是根据同胡兰成这段恩怨故事加以改编的,牵涉太广,颇为敏感,以致张爱玲对初稿顾虑重重,觉得"需要改写,相当麻烦"。直至张爱玲去世,"《小团圆》仍未改好,永远无法改好了,初稿手稿也下落不明,至今仍是个谜"。①对《小团圆》的期待,决定了作品出版时存在的"期待视野",因而,2009年4月《小团圆》终于在北京十月文艺出版社隆重出场时,封面上介绍的"全球3000万张迷翘首企盼""张爱玲最神秘的小说遗稿、浓缩毕生心血的巅峰杰作"就绝非空穴来风。然而,就目前的反映情况来看,围绕《小团圆》产生的争议或许远远超过了作品本身。即使仅从《小团圆》是否"合法出版"以及"生平索隐"的角度,《小团圆》也过多注入了文学之外的内容,何况,围绕作品艺术性而产生的不同观点更加大了阅读与期待之间的"距离感",这使得使用"《小团圆》现象"比简单的作品命名更具客观性和现实性。

《小团圆》的出版无疑解决了"张迷们"多年来的"夙愿",但关于作品本身艺术性的探讨尚未深入之前,围绕《小团圆》而产生的争议性话题已经蜂拥而至。在讲究热点追踪的逻辑演绎下,《文汇读书周报》《中华读书报》《文学报》《文汇报》《光明日报》《深圳晚报》等报纸以自身的快捷方式,迅速报道了关于该书的"评价",而更多关于张氏遗作的出版计划,比如《雷峰塔》、书信、《重访边城》等,也大有跟踪而至的趋势。想来,出版商出于自身的考虑不愿意失去"重现张爱玲"这一大好机会。但与新一轮"张爱玲热潮"蓬勃兴起的局面相比,《小团圆》获得的"正面评价"却明显呈现了堪忧的态势。除了被指认为违背张爱玲意愿,是"合法盗版","拒买、拒看、拒评"甚至"严重侵权行为"之

---

① 陈子善:《从〈小团圆〉到〈同学少年都不贱〉》,收入《说不尽的张爱玲》,上海三联书店,2004年,第178—179页。

外①,作品的艺术性也受到很大的质疑。"读者当然相信这就是张爱玲与胡兰成的故事。问题是我们看不到作品有任何道德评价,也绝不像出版社广告所说的是写出了'爱情的万转千回',整个给人印象就是理不清的怨怼。这部作品保持有张爱玲那种细腻刻写的风格,挖掘人性中某些隐秘的东西,但这是她晚年心性不太健全的境遇中写的,过于黏着具体人事,缺少道德的观照,多少带有泄私愤的味道,整体艺术水准下降了,当然,对于了解这位作家的生平创作会有些价值。现在出版社和传媒结合,似乎又在造势,推动新一轮'张爱玲热',这背后恐怕主要是商业驱动,对读者不见得负责任。"②上述现象无疑对"张爱玲现象"的接受增添了新的看点与内容。

  毫无疑问,熟悉张爱玲生平的人,都能轻易看出《小团圆》强烈的自传色彩。不过,既然题材"定位"于长篇小说,那么,其文学的特质就势必与一般意义上的生平传记有所区别。面对着《小团圆》出版后产生的种种议论,所谓作品的"前世今生"同样成为一个重要的问题,因此,如何解读它,不但能够让读者更为清楚地认识定居美国之后的张爱玲,也必然会对总体意义上的"张爱玲现象"产生影响。首先,《小团圆》中女主人公盛九莉的经历可以视为是张爱玲的化身——盛九莉逃出家庭;与母亲蕊秋之间;盛九莉将稿件投给汤孤鹜(可以视为周瘦鹃的化身)及其经过;稿件发表后受到汪伪政府汉奸邵之雍的评价;邵之雍与盛九莉一起写婚书:"邵之雍盛九莉签定终身,结为夫妇。岁月静好,现世安稳。"盛九莉长途跋涉去看望邵之雍;邵之雍的婚姻纠葛及离婚;盛九莉在纽约与汝狄结婚后用药线打胎……这些故事情节与张爱玲的一生以及与胡兰成、再婚赖雅的事实基本吻合,因而,将其定位于自传体长篇小说没有问题。

  其次,《小团圆》在张爱玲晚年完成,几经"辗转"却未出版,在很大

---

① 《张爱玲遗作出版引发争议——国内学者再指〈小团圆〉出版"严重侵权"》,《中华读书报》2009 年 4 月 22 日。
② 温儒敏:《对"张爱玲热"持续"高烧"不妨泼点冷水》,《文汇读书周报》2009 年 4 月 24 日。

程度上是出于可能产生争议的考虑。刘川鄂的《张爱玲传》记录了1990年代初期张爱玲给皇冠出版社编辑写信的内容，涉及《小团圆》的情况。这一记录在大陆版《小团圆》出版的"前言"中得到证实，但时间却是1975年左右的事情。"我在《小团圆》里讲到自己也很不客气，这种地方总是自己来揭发的好。当然也并是否定自己。"（1975年7月18日）"赶写《小团圆》的动机之一是朱西宁来信说他根据胡兰成的话动手写我的传记，我回了封短信说我近年来尽量de-personalize读者对我的印象，希望他不要写。当然不会生效，但是这篇小说的内容有一半以上也都不相干。"（1975年10月16日）"《小团圆》是写过去的事，虽然是我一直要写的，胡兰成现在在台湾，让他更得了意。实在不犯着，所以矛盾得厉害，一面补写，别的事上还是心神不属。"（1975年11月6日）"《小团圆》情节复杂，很有戏剧性，full of shocks，是个爱情故事，不是打笔墨官司的白皮书，里面对胡兰成的憎笑也没像后来那样。"（1976年1月25日）"我写《小团圆》并不是为了发泄出气，我一直认为最好的材料是你最深知道材料，但是为了国家主义的制裁，一直无法写。"（1976年4月4日）这些出于张爱玲信件中的内容，大致可以让读者窥视到张爱玲写作此长篇的矛盾心态。胡兰成于1950年代初从内地逃到香港后又逃奔日本。他在日本写了回忆录《山河岁月》和《今生今世》，后在台湾出版。在《今生今世》里，他以两万多字的篇幅写了他和张爱玲的恋情。台湾作家朱西宁想根据胡兰成的话写一部张爱玲传。朱西宁给张爱玲写了信。胡兰成把《今生今世》寄给了张爱玲。其意图不乏存在澄清历史、与胡兰成版本对峙的倾向，但写作往往并不能贯彻作家的意图，《小团圆》今天的样子证明了"意图"与"文本"之间的距离，而且，张爱玲也对其出版存有顾忌，这自然也是其没有彻底修改并在给宋淇（即林以亮）的遗嘱中要求"销毁"的重要原因。①

最后，《小团圆》系张爱玲晚期之作，充分体现了张爱玲晚期的创作

---

① 关于"销毁"和信件内容引用，均见宋以朗：《〈小团圆〉前言》，收入《小团圆》，张爱玲著，北京十月文艺出版社，2009年，第2—5页。

风格。"对于张爱玲的晚年,在生命与文学之间的选择是更为艰难复杂的";"由于种种生理心理的原因,使她的写作出现了障碍甚或危机"。①只要看看张爱玲的《同学少年都不贱》《浮花浪蕊》《色·戒》等晚年之作便可以看到:张爱玲晚期的创作与"过去"的心路历程有着重大的关系,其语言风格也变化很多。"第一、二章太乱,有点像点名簿……如果在报纸上连载,可能吸引不住读者'追'下去读。"②宋淇在1976年4月28日回信大致说明了"读者初读"《小团圆》的问题。相比较而言,《小团圆》就其艺术性来说,比全盛期的张爱玲相差很远,而且,这一"败笔"如果结合主人公的"生活索隐",那么,也必将使张爱玲的评价横生许多"枝节"。从这个意义上说,《小团圆》犹如一面镜子,它照出了一个闭门谢客,以回忆慰藉生命与写作的张爱玲,同时,也照出了许多"私密"背后,在生命和艺术都走向衰老的张爱玲。

从"接受"的万千瞩目角度,《小团圆》可以视为张爱玲创作生涯的一次谢幕,同时,也是张爱玲对其传奇生平的自我注释。曲尽人散,主要演员集体卸妆,从幕后走到台前。谜底揭出,悬念尽释。然而,是否如此,《小团圆》就意味着"张爱玲热"的降温甚或终结?这种艺术上可以被称之为降低的"趋势",或许在接受上并不如此。正如接受本身具有复杂的多义性和层次感一样,构成"张爱玲热潮"的因素不仅仅包括文学,还包括其他诸方面的"合力"。在张爱玲的接受史中,必须客观承认这样一个事实:张爱玲的杰作在沦陷区时代已全部出场,这使得今天我们谈及张爱玲的当代接受一直具有经典重构和"被动书写"的倾向。但无论怎样,鉴于张爱玲及其文学如此耐人寻味,并不断引发持续的关注热点,"张爱玲现象"已构成阅读消费意义上的"经典"。虽然,在全球华语想象的年代,"张爱玲现象"的意义已今非昔比,但在20世纪中国作家中,张爱玲唯有鲁迅所不逮的景况仍使其虽逝犹荣。张爱玲曾言:"蛮荒世界里得势的

---

① 陈建华:《张爱玲"晚期风格"初探》,收入《重读张爱玲》,陈子善,上海书店出版社,2008年,第163页。
② 宋以朗:《〈小团圆〉前言》,收入《小团圆》,第8页。

女人,其实并不是一般幻想中的野玫瑰……将来的荒原下,断瓦颓垣里,只有蹦蹦戏花旦这样的女人,她能够夷然地活下去,在任何时代,任何社会里,到处是她的家。"① 这番话,约略印证了今天的"张爱玲现象",而其"自我放逐"的传奇,又将长久的漂泊下去……

2009 年 10 月

---

① 张爱玲:《〈传奇〉再版序》,收入《张爱玲文集》第 4 卷,安徽文艺出版社,1992 年,第 136—137 页。

从柳青到路遥：
现实主义创作的当代流变及思考

结合以往的阅读和创作经验，作家路遥在《平凡的世界》的创作随笔《早晨从中午开始》中曾表达了"现实主义照样有广阔的革新前景"的看法。从路遥的话中，我们不难读解出此处的"现实主义"既是一个历史性的话题，又是一个可以持续发展的话题。由此联想到1980年代中期以后，各式创作浪潮在文坛上风起云涌，现实主义作为一种创作方法已受到"冷落"，大有"过时"之嫌，路遥的看法及其最终获得的成功，无疑是值得人们思考的。"究竟应当怎样理解现实主义，才会使其焕发创作上的生命力？"这个涉及历史、现实和未来的问题显然需要以典型个案、动态视野的研究方式予以解答。

一

之所以采用从柳青到路遥的思路考察现实主义的当代流变，除了源于两者都采用现实主义的创作方法进行小说创作且成就卓越外，还在于他们二者在创作上具有"内在的延续性"。从路遥高度赞扬前辈作家柳青、将其视为文学"教父"以及痴迷《创业史》①的情况可知，柳青与路遥

---

① 这些言论可见路遥的《病危中的柳青》《柳青的遗产》两篇文章以及《早晨从中午开始——〈平凡的世界〉创作随笔》等文章。其中，在《病危中的柳青》《柳青的遗产》中，路遥高度赞扬柳青及《创业史》，称柳青为"严肃的现实主义作家""杰出的现实主义作家"；在《早晨从中午开始——〈平凡的世界〉创作随笔》中，路遥将柳青称之为文学的"教父"，

在创作代际、传承等方面一直具有密切的关系，而这种关系决定了他们可以作为当代文学不同时期现实主义的代表作家，同样，他们在现实主义层面上由于身处不同阶段而形成的"同中有异"的关系，也有助于从流变的角度考察当代文学的同类创作。

作为由解放区进入新中国的作家，柳青在当代的文学创作显然从一开始就自觉接受了社会主义现实主义的创作原则。自周扬在 1952 年 12 月完成为苏联《旗帜》杂志撰写的论文《社会主义现实主义——中国文学前进的道路》被《人民日报》转载，提出"社会主义现实主义，现在已成为全世界一切进步作家的旗帜，中国人民的文学正在这个旗帜之下前进"①，社会主义现实主义的创作原则越来越为广大文艺工作者所重视。1953 年 9 月，第二次全国文代会正式确认了"以社会主义现实主义作为我们文艺界创作和批评的最高准则"，社会主义现实主义的典范地位已得到了全面地确立。尽管在 1958 年"大跃进"时期，毛泽东在一个党内会议上提议收集民歌的同时，倡导革命现实主义与革命浪漫主义相结合的创作方法（即著名的"两结合"），对社会主义现实主义进行了"修正"，进而在展现领袖个人浪漫气质的同时，表达了当时中国文艺界和苏联文艺界之间的分歧，但就具体创作而言，"两结合"的提出很难使社会主义现实主义在具体应用的过程中发生本质的改变：它只是将原本就存在的革命浪漫主义的地位提升，并以"浪漫是理想，现实是基础"的方式将其作为现实主义的补充，从而试图在一定程度上改变现实主义业已呈现的公式化、概念化的创作模式。按照李希凡当时著文对柳青《创业史》的评价，于 1959 年完成的《创业史》（第一部）显然已被纳入"两结合"的批

具体见《路遥全集·早晨从中午开始》，北京十月文艺出版社，2010 年，第 5、24、26、119 页。此外，他还在《关于〈人生〉和阎纲的通信》《漫谈小说创作》中多次谈及对柳青的崇拜及柳青对其创作的直接指导、产生重大的影响。而其痴迷于《创业史》，除上述文章外，还可以从后来的回忆文章，如闻频的《雨雪纷飞话路遥》等加以佐证，具体见申晓主编：《守望路遥》，太白文艺出版社，2007 年。

① 周扬：《社会主义现实主义——中国文学前进的道路》，收入《周扬文集》第 2 卷，人民文学出版社，1985 年。

评视野。① 这种将革命浪漫主义理解为"革命的理想主义""是革命的理想主义在艺术方法上的表现"②，进而对应《创业史》的人物（如梁生宝），虽会因达到"预定视野"而流露出机械、牵强的倾向，不过，其批评的逻辑却十分真实地反映了20世纪五六十年代当代文学批评的特点和社会主义现实主义的必然走向及其历史构成。

结合柳青本人的看法，革命的现实主义文学不仅要揭示"细节的真实"即"生活的真实"，还要创造出"典型环境的典型性格"这一更高的"艺术的真实"；而"典型是真实和理想的结合，它既不仅仅是真实，也不仅仅是理想。……革命的现实主义和革命的浪漫主义相结合的创作方法，千准万确地体现了这个精神"。③ 人们可以清楚地看到社会主义现实主义理论以及当时"两结合"的提法对其创作产生的重要影响。而实际上，生活中的柳青也一贯坚持"生活是创作的基础"的原则；他长期生活在农民群众之中，悉心体验现实生活，积累了丰富的创作素材；他以强烈的历史意识和生活真实感完成了里程碑式的作品《创业史》，塑造了梁生宝、梁三老汉等一系列生动鲜活的形象，都充分表明了其作为现实主义作家一贯秉持的立场与观念。《创业史》在出版之后，由于其真实而深入地描写了合作化前后错综复杂的社会关系，探索了中国农民的生活道路和如何真正走上创业之路，以及宏大的结构与细节描写、心理刻画、哲理性的议论等特点，成为"十七年文学"史上的巨作，同样也显示了现实主义创作原则的伟大与广阔。

熟悉路遥的读者几乎都知道，柳青曾对其创作产生过极其"重大的影响"。路遥对柳青的崇敬特别是对《创业史》的偏爱，可以首先从如下两点加以说明：第一，作为前辈作家，柳青以其作品魅力和人格魅力影响到了包括路遥在内的众多当代陕西作家，这种影响在很大程度上可以视为是一种"师承关系"；第二，柳青与路遥是陕西同乡，有着共同的地域

---

① 李希凡：《漫谈〈创业史〉的思想和艺术》，《文艺报》1960年第17、18期合刊。
② 同上。
③ 柳青：《美学笔记》，收入《柳青文集》第4卷，人民文学出版社，2005年，第277—288页。

文化背景，同时，两者还有在农村长大的经历，有着丰厚的乡土生活经验积累，上述特点使其易于在创作上存有共同的题材指向、产生相近的艺术风格。当然，如果从现实主义流变的角度看待柳青、路遥两代作家之间的"关系"，问题还需进一步地深入：除了都自觉继承延安文学精神之外[①]，同属靠"吃透生活"而进行创作的经验也使他们对文学和从事这个事业有着相同的"深刻的理解"[②]，路遥将柳青称为"严肃的现实主义作家"，认为柳青的创作可以启示我们，"仅仅满足于自己所认识的那个生活小圈子，或者干脆躲进自己的内心世界去搞创作，是不会有什么出息的"。[③]都表明二者在继承现实主义传统过程中可能存在的"一致性"。以比照《创业史》和《平凡的世界》为例，两部出自不同时期的作品在风格上有着十分鲜明的共性：对社会重大主题的关注及政治化的视角；对时代生活本质的开掘和全景式描绘；鲜明的道德立场与关怀底层人民意识；逼真的细节描写与人物内心世界的挖掘，等等。综上所述，我们在判定路遥自觉继承现实主义文学传统的同时，也同样可以将这种判定具体为路遥自觉继承了以柳青《创业史》为代表的"十七年文学"的社会主义现实主义传统。

值得指出的是，路遥成长及创作的年代，显然与柳青相去甚远。这一客观存在的时代背景使路遥在继承社会主义现实主义创作风格的同时，还必将面对许多新的问题。"作家永远不能丧失普通劳动者的感觉。如果对于最广大的劳动人民采取冷淡的态度，那么，我们的作品只能变成无根草。在另一方面，我们同时又不能迎合社会上的某种低级的艺术趣味。一个热爱人民的艺术家，有责任提高公众的审美水平。我们正处于前所未有的变革时代，作为当代作家，反映自己所处年月的生活，这是我们当然的使命。"[④]依然是严肃的现实主义，依然是真实感和人民关怀，但时过

[①] 可分别参见柳青的随笔《延安精神》，收入《柳青文集》第4卷；路遥的随笔《严肃地继承这份宝贵的遗产》，收入《路遥全集·早晨从中午开始》，北京十月文艺出版社，2010年。
[②] 路遥：《关于〈人生〉和阎纲的通信》，收入《路遥全集·早晨从中午开始》，第311页。
[③] 路遥：《柳青的遗产》，收入《路遥全集·早晨从中午开始》，第24、26页。
[④] 路遥：《关注建筑中的新生活大厦》，收入《路遥全集·早晨从中午开始》，第177页。

境迁，作家以作品反映时代的难度及困扰也相应增加，这样，对于路遥这一代作家而言，如何在迎接时代挑战的同时实现现实主义的"突破"，便成为一个历史的课题。

二

如果以《人生》《平凡的世界》两部代表作发表的时间，将路遥1980年代的创作分为前后两个阶段，那么，1980年代中期恰好可以作为路遥创作的一个分界线。1980年代前期的路遥因受到秦兆阳的"慧眼识金"，在《当代》发表了自己的成名作中篇小说《惊心动魄的一幕》(《当代》1980年第3期)，此后，他又相继发表了中篇小说《在困难的日子里》(《当代》1982年第5期)、中篇小说《人生》(《收获》1982年第3期)。在1980年代初期，新时期文学起步的年代，路遥三年三篇作品发表于文学大刊并屡屡获奖(《惊心动魄的一幕》获1979—1981年度《当代》文学荣誉奖、1981年《文艺报》中篇小说奖、第一届全国优秀中篇小说奖；《在困难的日子里》获1982年《当代》文学中长篇小说奖；中篇小说《人生》获1983年第二届全国优秀中篇小说奖)，这在文学尚可以产生轰动的年代，自然为路遥的声名远播奠定了坚实的基础。《人生》在发表后被中央人民广播电台制作成广播剧全国热播，后又被改编成电影(1984)，更使路遥成为全国知名的作家。综观路遥这一时期的创作，其写作手法除了应用现实主义一贯追求的原则之外，有两点突出的变化可以作为路遥适应新时代、新生活而实现的"突破"。第一，是充分揭示了时代语境下传统与当下价值观的矛盾冲突。如果说以柳青《创业史》为代表的"十七年小说"在书写农村时更多将笔法聚焦于农村物质生活和精神生活的改造之上，那么，路遥已将笔触突进至"城乡交叉地带"[①]——这个在

[①] 关于"城乡交叉地带"，可参见路遥的《致〈中篇小说选刊〉》《〈路遥小说选〉自序》《路遥自传》《关于〈人生〉和阎纲的通信》等文章，后均收入《路遥全集·早晨从中午开始》。由于其文字大同小异，这里不一一具体注明。

路遥随笔、创作谈中反复提到的词语,既符合路遥本人的生活经历,又符合1980年代中国社会由农村向城市过渡的发展实际。随着城市和农村本身在1980年代的变化与发展,"城市生活对农村生活的冲击""农村生活城市化的追求倾向","城乡交叉地带"中的生活现象与矛盾冲突,越来越具有重要的社会价值——它不但可以生动再现新旧两种价值观念的冲突,切中特定时代的生活主题,还可以以空间隐喻的方式深刻记录年青一代的成长焦虑乃至人格的分裂,深度把握当时人们的心灵世界,而1949年以来人们物质生活和精神生活的变迁史就这样在路遥笔下得到了集中而全新的表达。第二,与上述内容相一致的是路遥为其笔下的主人公赋予了较为鲜明的个人意识。对比《创业史》中近乎完美的英雄人物梁生宝,《人生》中的高加林之所以在当时评论界被反复追问"是什么样的人",其根本原因就在于路遥"改写"了20世纪五六十年代文学中青年一代简单的"返乡模式"和固有的"集体意识",塑造出一个性格复杂但又真实可信的典型形象:他有理想、有抱负,渴望跳出农村,因而在机遇面前,主动接受了别人为其铺设的并不合理合法的"阶梯";他有农民的质朴、善良,追求自由、幸福、美好的爱情,但最终为自己的前途背叛了良心和深爱他的巧珍;他是一个失败的奋斗者,在他身上充分展现了"乡下人进城"的过程性和曲折性,而其悲剧意义则在于相对于"历史"的觉醒和觉醒后面对现实过程中遭受不可预知的打击。

与第一阶段相比,路遥在第二阶段的创作主要体现为如何承受文学新形势的压力和在长篇小说实践上继续现实主义并实现"突破"。阅读路遥的创作随笔《早晨从中午开始》,不难看到《人生》的成功曾给作家本人带来了烦恼和压力,而不断"劳动"和"超越"自我的焦虑最终使路遥"决定要写一部规模很大的书"[①],此即为后来的《平凡的世界》。从1982至1985年着手准备,到1985年冬天完成第一稿、1986年夏天完成第二稿,《平凡的世界》第一部就耗时4年之久。在收集材料、准备创作特别

---

① 路遥:《早晨从中午开始——〈平凡的世界〉创作随笔》,收入《路遥全集·早晨从中午开始》,第78—82页。

是"用什么方式构造"的过程中,路遥首先感受到的是当时中国文学形势发生的巨大变化以及由此产生的压力:"在当前各种文学思潮文学流派日新月异风起云涌的背景下,是否还能用类似《人生》式的已被宣布为过时的创作手法完成这部作品?"① 这对于习惯使用现实主义手法进行创作的路遥来说,确实是一个问题。"实际上,我并不排斥现代派作品。我十分留心阅读和思考现实主义以外的各种流派。其间许多大师的作品我十分崇敬。……我要表明的是,我当时并非不可以用不同于《人生》式的现实主义手法结构这部作品,而是我对这些问题和许多人有完全不同的看法。"② 从路遥的话中,我们不难读出他对当时文坛已经兴起的现代派风潮绝非完全陌生,而且对于自己即将开始的创作也完全可以"改弦更张",但在他看来,由于历史的原因,现实主义手法还远未达到成熟,而"现实主义过时论"更值得商榷。"现实主义在文学中的表现,绝不仅仅是一个创作方法问题,而主要应该是一种精神。从这样的高度纵观我们的当代文学,就不难看出,许多用所谓现实主义方法创作的作品,实际上和文学要求的现实主义精神大相径庭。几十年的作品我们不必一一指出,仅就'大跃进'前后乃至'文革'十年中的作品就足以说明问题。许多标榜'现实主义'的文学,实际上对现实生活做了根本性的歪曲。……此外,考察一种文学现象是否'过时',目光应该投向读者大众。一般情况下,读者仍然接受和欢迎的东西,就说明它有理由继续存在。……出色的现实主义作品甚至可以满足各个层面的读者,而新潮作品至少在目前的中国还做不到这一点。"③

客观来说,路遥最终决定使用现实主义手法结构这部规模庞大的作品,既源于其"现实主义照样有广阔的革新前景"的认识,也源于其针对首部长篇实践"绝不能盲目而任性""失败不起"的基本心理动机。针对

---

① 路遥:《早晨从中午开始——〈平凡的世界〉创作随笔》,收入《路遥全集·早晨从中午开始》,第86页。
② 同上书,第86—87页。
③ 同上书,第89—90页。

当代现实主义创作长期存在的问题和当前文学形势的压力,路遥自然为即将展开的现实主义实践作了一些革新与探索,比如,对于长篇小说的结构,路遥就曾指出:"从我国当代现实主义长篇小说的结构看,大都采用封闭式的结构,因此作品对社会生活的概括和描述都受到相当大的约束。某些点不敢连接为线,而一些线又不敢作广大的延伸,其实,现实主义作品的结构,尤其是大规模的作品,完全可能作开放式结构而未必就'散架'。问题在于结构的中心点或主线应具有强大的'磁场'效应。从某种意义上说,现实主义长篇小说就是结构的艺术,它要求作家的魄力、想象力和洞察力;要求作家既敢恣肆汪洋又能细针密线,以使作品最终借助一砖一瓦而造成磅礴之势。"[①] 应当说,路遥对于现实主义的反思与历史再识已成为其应对文学形势、完成现实主义创作上"突破"的一个重要方面,这种通过阅读和实践而获得的宝贵经验,自然为丰富和发展我国当代现实主义创作提供了某种典范。

三

在1988年致蔡葵的一封信中,路遥曾不无抱怨地指出:"尽管我们群起而反对'现实主义',但我国当代文学究竟有过多少真正的现实主义?我们过去的所谓现实主义,大都是虚假的现实主义。应该说,我们和缺乏现代主义一样缺乏(真正的)现实主义。我是在这种文学历史的背景下努力的,因此仍然带有摸索前行的性质。"[②] 从现实主义在20世纪五六十年代文学创作中的"经典化""模式化",到"文革"结束后的"伤痕文学""反思文学""改革文学"等虽力图真实地反映社会生活的面貌,但仍存在着简单化倾向,从此发展轨迹来看,路遥的看法是不无道理的。然而,当路遥苦心孤诣地探寻现实主义革新之路时,文坛的形势已发生了

---

① 路遥:《早晨从中午开始——〈平凡的世界〉创作随笔》,收入《路遥全集·早晨从中午开始》,第98页。

② 路遥:《致蔡葵(二)》,收入《路遥全集·早晨从中午开始》,第320页。

他所感受到的变化：1980年代中期之后，围绕各式"现代派""先锋派"的解读而使用的批评方法、理论体系、审美标准，日趋成为当代文学批评的主潮并延续至今。这种不断标榜"现代""新"的趋势就后果而言，一方面使现实主义创作在新时期尚未充分展开、获得相应的认识就成为"明日黄花"、少人问津；另一方面，则使1980年代末期以来大量以现实主义手法创作的文学作品没有得到合理的解读甚或被"忽视"。事实上，1990年代以来"新写实小说""现实主义冲击波"，以"反腐题材"为代表的"主旋律"创作以及世纪初的"底层写作""打工文学"等等，都带有十分鲜明的现实主义特征。然而，在特定考察视野以及创作心态的制约下，这些特征往往被人为地"忽略"掉了，而像"路遥现象"近年来在批评界颇为引人关注，更深刻反映了当下文学批评界存在的"断层""斥力"以及"自我封闭"的现象。

结合文学史上由法国理论家罗杰·加洛蒂提出的著名的"无边的现实主义"①及其引发的争鸣，我们不难看到这个颇受非议的提法虽在一方面将包括现代主义在内的一切文学思潮罗织于现实主义的范围之内，从而消解了20世纪文学思潮的丰富性和多样性，但其针对唯我独尊的社会主义现实主义理论发起挑战，指出现实主义应当呈现出开放的姿态、没有明确的边界限制以及对其进行动态式的考察，却无疑是具有非凡的洞见的。显然，"现实主义"在19世纪欧洲达到顶峰并被人们确立为文学创作的基本方法之后，现实主义的创作仍然在延续，并随着时代、生活、文化语境的变化而不断衍生出新的形态。从这个意义上说，现实主义自成为传统之日起，就像浪漫主义、现代主义一样不存在着"过时"与"终结"，同样，现实主义在与其他创作方法相比较的过程中也从不应当有什么高低优劣之分。问题的关键在于我们如何认识现实主义创作以及使用这种方法进行的创作能否会给读者带来审美的愉悦和心灵的震撼，而在此过程中，艺术创作必然带有的想象、虚构等成分，从一开始就注定了现

---

① 可参见罗杰·加洛蒂：《论无边的现实主义》，吴岳添译，百花文艺出版社，2008年。

实主义的理论是韦勒克所言的"一种坏的美学"。①

事实上，在近年来部分研究者的笔下，围绕现实主义话题展开的研究甚至是现实主义概念本身，均在很大程度上呈现出相对于历史的变化。以王嘉良等著的《中国新文学现实主义形态论》为例，作者就曾在"作为思潮性的文学现象看待，现实主义不只是一种创作方法，更重要的是一个哲学范畴、一种创作精神，甚至是一种人生立场、人生态度，其内涵应当是十分宽泛的"的立论前提下，将20世纪中国文学的现实主义以形态即类型划分的方式加以研究，在这种研究视野下，柳青的《创业史》既属于"社会批判"和"社会剖析"式现实主义的"史诗模式"，又属于"政治阐释"型的现实主义，而路遥的创作则是反思历史之余"为人生"的现实主义文学传统的回归与延伸，可以归属于"人生观照"型的现实主义。② 而在杨春时著的《现代性与中国文学思潮》一书中，作者以现代性的视野，强调首先破除所谓现实主义、浪漫主义式的"创作方法"概念，恢复"文学思潮"的原本内涵，并进而在"现代性与中国现实主义文学思潮"的论述中，指出"经典现实主义的缺席，或者说中国现实主义的非典型性"。③上述两种观点就研究的角度而言，自然可以作进一步深入的探索乃至争鸣，然而他们能够从中国新文学特定的历史、文艺思想长期受俄苏影响、有自己的局限性以及只是将现实主义简约为创作方法等基本前提出发，或角度新颖，或视野广阔，确实为人们思索现实主义这一貌似"陈旧""过时"的话题带来某些启示。由此返观路遥的"现实主义照样有广阔的革新前景"，我们不难理解：随着社会生活的不断变化，同样处于变动状态的现实主义依然会有广阔的发展空间。

至此，从柳青到路遥的创作历程，我们可以清晰地把握现实主义在当代演变的线索：从社会主义现实主义在新中国的确立到"两结合"提法的修正，柳青的《创业史》在此时诞生，具有那个时代的历史特征，到此

---

① 雷内·韦勒克：《批评的概念》，张金言译，中国美术学院出版社，1999年，第245页。
② 王嘉良等：《中国新文学现实主义形态论》，文化艺术出版社，2002年，第9、187、337页。
③ 杨春时：《现代性与中国文学思潮》，生活·读书·新知三联书店，2009年，第18、251页。

后许多标榜现实主义的作品，实际上只对现实生活做了"根本性的歪曲"（路遥语），再到"文革"以后，具备现实主义品格的作品逐渐出现，但远未达到成熟，而路遥在此时开始崭露文坛，在"反思"和"改写"中拓展现实主义的道路，直至1980年代中期遭遇现代派的挑战，完成新一轮的转型与深化。现实主义在当代中国的发展道路可谓曲折不平。无论从现实主义自身的特点还是从题材的表现永无止境的逻辑上看，现实主义都有"广阔的革新前景"，更何况相对于艺术的创作，现实性的书写总是绕不过去的"基石"。现实主义在当前最基本的问题是需要通过作家与批评家思维的转变和批评的切实关注，从而摆脱传统的教科书意识，完成自身适应时代发展的理论建构。能够证明这一结论的个案当然还有很多，而"从柳青到路遥"不过是其中的一道风景而已！

2012年4月

作家的自我认同与读者接受
——解读"路遥现象"

为了能够全面、深入地解读近年来的"路遥热"及其相关问题,本文所言的"路遥现象"除了包括学界普遍注意到的文学史书写以及先锋批评家对路遥小说的漠视与大众对路遥小说持久阅读之间形成的"两极对比",还将其作为一个融合作家创作心理、读者接受以及随时代发展而呈现某种变化的问题加以审视。结合近年来为数众多的研究者大有通过文章为路遥"正名"的态势,笔者以为:只有从更为广阔的文学史视野来看待"路遥现象",并具体涉及当代文学创作方法、文学批评标准的变迁以及近年来文学的创作现状等问题,才能在还原路遥及其创作的同时,得出合理的解释。

一 现实主义的"资源构成"与"历史书写"

关于路遥是现实主义作家的历史定位,自路遥创作被关注之日起,就成为一个共识性的话题。结合路遥的创作、言论,人们可以清楚地看到现实主义对于路遥创作的深刻影响。然而,就研究的角度而言,路遥创作中现实主义的资源构成及其合理展开至今似乎并未得到全面地梳理,这一点,显然会影响到路遥创作的准确定位。如果对路遥的现实主义资源进行一次"历史的描述",那么,中国传统的现实主义巨著和19世纪欧洲的批判现实主义传统可以首先成为其资源构成的一个重要方面:通过路遥多次介绍自己喜爱的中外名著以及熟练引用其代表作家的言论,我们不难感受到《红楼梦》和以列夫·托尔斯泰、巴尔扎克为代表的现实主义大师对其创作产生的影响。[①] 而作为一种"延伸",路遥自觉继承我国革命现实主义的传统特别是以柳青《创业史》为代表的创作,又可以作为其现实主义资源的"当代构成"的重要方面。这一点,可以从路遥强调严肃继承《讲话》的"宝贵遗产"[②]、高度赞扬前辈作家柳青,将其作为文学"教父"以及痴迷于《创业史》的行为中得到证明。当然,作为一个有着丰富阅读经验的作家,路遥自然懂得现实主义在不同时代会因生活的变化而丰富、发展的道理。正如他在《平凡的世界》的创作随笔中指出:"现实主义在文学中的表现,绝不仅仅是一个创作方法问题,而主要应该是一种精神。从这样的高度纵观我们的当代文学,就不难看出,许多用所谓现实主义方法创作的作品,实际上和文学要求的现实主义精神大相径庭。几十年的作品我们不必一一指出,仅就'大跃进'前后乃至'文革'十年中的作品就足以说明问题。许多标榜'现实主义'的文学,实际上对现实生活做了根本性的歪曲。……'文革'以后,具备现实主义品格的作品逐渐出现了一些,但根本谈不到总体意义上的成熟,更没有多少容量巨大的作品。尤其是初期一些轰动社会的作品,虽然力图真实地反映出社会生活的面貌,可是仍然存在简单化的倾向。……和真正现实主义要求对人和人与人关系的深刻揭示相去甚远。"[③] 显然,在路遥看来,现实主义不仅是一个创作方法的问题,还是一种深刻表现时代生活的写作精神;这种精神应当随着时代的发展而发展,并在日新月异的当代生活中呈现"新的内容"。由此结合路遥在 1980 年代创作的《人生》《平凡的世界》,所谓现实主义"发展"的一个重要方面就是路遥以高加林、孙少平的形象为

[①] 关于路遥对这些作家、作品的喜爱以及言论引用,可参见路遥:《答〈延河〉编辑部问》,收入《路遥全集·早晨从中午开始》,北京十月文艺出版社,2010 年,第 34 页;《早晨从中午开始——〈平凡的世界〉创作随笔》,收入《路遥全集·早晨从中午开始》,第 86、94 页。

[②] 路遥:《严肃地继承这份宝贵的遗产》,收入《路遥全集·早晨从中午开始》,第 27—29 页。

[③] 路遥:《早晨从中午开始——〈平凡的世界〉创作随笔》,收入《路遥全集·早晨从中午开始》,第 89 页。

代表，写出了这一时期青年一代的成长主题以及潜藏于主人公身上的个人主义的东西。不但如此，与以往现实主义题材的创作相比，路遥还敏锐地注意到了所谓"城乡交叉地带"的丰富内涵。《人生》之所以在发表之后产生全国性的"轰动"、高加林的形象之所以在当时评论界被反复追问"是什么样的人"，其根本原因就在于路遥"改写"了五六十年代文学中青年一代简单的"返乡模式"，塑造出一个既真实可信又性格复杂的典型形象。除此之外，在对传统现实主义"改写"的过程中，路遥还发现小说形式的某种更新同样可以改变传统的现实主义手法。比如，在创作《平凡的世界》的过程中，路遥就注意到："从我国当代现实主义长篇小说的结构看，大都采用封闭式的结构，因此作品对社会生活的概括和描述都受到相当大的约束。某些点不敢连接为线，而一些线又不敢作广大的延伸，其实，现实主义作品的结构，尤其是大规模的作品，完全可能作开放式结构而未必就'散架'。问题在于结构的中心点或主线应具有强大的'磁场'效应。从某种意义上说，现实主义长篇小说就是结构的艺术，它要求作家的魄力、想象力和洞察力；要求作家既敢恣肆汪洋又能细针密线，以使作品最终借助一砖一瓦而造成磅礴之势。"[①] 应当说，路遥对于现实主义的深刻认识已成为影响其创作的一个重要方面，而事实上，结合其创作也不难发现这也正是其最终敢于选择以"类似《人生》式的已被宣布为过时的创作手法完成这部作品"[②] 的重要原因之一。

历史地看，尽管路遥对现实主义创作方法的倚重，客观上仅取决于自身的成长道路和阅读经验的汲取与转化等因素，但这种在1980年代已遭遇严峻"挑战"的方法依然使路遥的创作在当时产生了重大的影响。相对于《人生》《平凡的世界》在发表后，相继被中央人民广播电台制作成广播剧全国热播，后又分别被改编成电影（《人生》1984）、电视剧（《平凡的世界》1989）的局面，路遥笔下的"现实主义"除了可以全景式、真

[①] 路遥：《早晨从中午开始——〈平凡的世界〉创作随笔》，收入《路遥全集·早晨从中午开始》，第98—99页。
[②] 同上书，第86页。

实地再现社会生活场景之外,切中特定时代的生活主题、深度把握当时人们的心灵世界、揭示传统与当下价值观的矛盾冲突,也成为其获得成功的决定性因素。以路遥在随笔、创作谈中反复提到的"城乡交叉地带"为例,路遥本人的生活经历无疑使其最熟悉和最适合展现这块连接于农村和城市之间的"交叉地带",进而揭示其在整个社会生活中所具有的"深刻而巨大的意义"①:随着城市和农村本身在1980年代的变化与发展,"城市生活对农村生活的冲击","农村生活城市化的追求倾向","城乡交叉地带"中的生活现象与矛盾冲突,越来越具有重要的社会价值——它不但可以生动再现新旧两种价值观念的冲突,还可以以空间隐喻的方式揭示年青一代的成长焦虑乃至人格的分裂,而1949年以来人们物质生活和精神生活的变迁史就这样在路遥笔下得到了全新而集中的表达。

如果将路遥对现实主义传统的"继承"与"改写"作为其创作观念的一个重要组成部分,那么,坚持文学现实性与现代性相统一的原则俨然成为路遥上述创作观念的一个显著特征。然而,在这一观念呈现的过程中,如何达到热播、热读甚至大有经久不衰的态势,却不能不说是一个耐人寻味的问题。按照有些论者在阐释路遥小说时所持有的"通俗性"的观点②,我们确实可以从路遥小说的阅读难度以及《人生》《姐姐》《平凡的世界》中的主人公恋爱模式("城/乡""失败"式的)中看到蛛丝马迹,但这个就路遥本人来说恐怕无论如何也不能接受的评价"字眼儿",却更多应当归结为革命现实主义的传统及其潜移默化的"规训效果"。既然路遥已经将"整合"后的现实主义带进一个全新的空间地带,那么,或许只有从现实主义的生命力、作家的创作心理和读者接受的角度加以全面的考察,才能得出潜藏于"路遥现象"背后的复杂内容。

按照路遥"实际上,我并不排斥现代派作品。我十分留心阅读和思

---

① 关于"城乡交叉地带",可参见路遥的《致〈中篇小说选刊〉》《〈路遥小说选〉自序》《路遥自传》《关于〈人生〉和阎纲的通信》等文章,后均收入《路遥全集·早晨从中午开始》。由于其文字大同小异,这里不一一具体注明。
② 张书群:《"80年代"文学:历史对话的可能性——"路遥与'80年代'文学的展开"国际学术研讨会纪要》,《文艺争鸣》2011年第10期。

考现实主义以外的各种流派。其间许多大师的作品我十分崇敬。我的精神常如火如荼地沉浸于从陀思妥耶夫斯基和卡夫卡开始直至欧美及伟大的拉丁美洲当代文学之中,他们都极其深刻地影响了我"的说法,人们似乎不难明白在《平凡的世界》的创作过程中,路遥为什么要强调:"我当时并非不可以用不同于《人生》式的现实主义手法结构这部作品,而是我对这些问题和许多人有完全不同的看法。"① 由于秉持任何一种新文学流派和样式的产生,都不可能脱离特定的人文历史和社会环境,所以,在路遥看来,当时所谓的"现实主义过时论"自然更值得商榷。怀着对于当时中国文坛现状和现实主义生命力的认识,路遥自然会采用一种对比后的"选择"以及针对读者的"考量":

> 此外,考察一种文学现象是否"过时",目光应该投向读者大众。一般情况下,读者仍然接受和欢迎的东西,就说明它有理由继续存在。当然,我国的读者层次比较复杂。这就更有必要以多种文学形式满足社会的需要,何况大多数读者群更容易接受这种文学样式。"现代派"作品的读者群小,这在当前的中国是事实;这种文学样式应该存在和发展,这也毋庸置疑;只是我们不能因此而不负责任地弃大多数读者不顾,只满足少数人。更重要的是,出色的现实主义作品甚至可以满足各个层面的读者,而新潮作品至少在目前的中国还做不到这一点。
>
> 至于一定要在现实主义创作方法和现代派创作方法之间分出优劣高下,实际上是一种批评的荒唐。从根本上说,任何手法都可能写出高水平的作品,也可能写出低下的作品。问题不在于用什么方法创作,而在于作家如何克服思想和艺术的平庸。②

显然,路遥对于现实主义同时也包括现代派创作的客观认识,构成了

---

① 路遥:《早晨从中午开始——〈平凡的世界〉创作随笔》,收入《路遥全集·早晨从中午开始》,第86—87页。
② 同上书,第89—90页。

他最终使用此手法进行《平凡的世界》创作的前提。当然,与此同时,路遥也坦然承认对于这样一部耗时数年的作品,在创作时绝不能"盲目而任性",它需要以自己熟悉的和可以把握的方式进行。这样,路遥所持有的"冥顽而不识时务的态度",也就在成为其创作基本心理动机的同时,具有某种"挑战"意识。①

二　作家的责任及其心理探析

对现实主义创作方法的一贯性认同,自然也影响到了路遥小说的艺术特征与接受层面。正如所有阅读过路遥创作的人,都注意到了路遥在创作过程中始终保持着圣徒般的品格、高度的责任感、严肃的现实精神以及强烈的读者意识。这一特点,事实上也成为路遥作品颇受大众读者喜爱的重要原因。当然,若将本文所言的"路遥现象"作为一个阅读接受的问题,那么,其具体展开及有效分析的途径无疑是"反方向的"。

早在写于1980年代初期的一些随笔中,路遥就强调面对现实生活的变化,作家应当有义务用"一种折光来投射"现实生活,进而使读者在欣赏的过程中,"获得认识方面的价值"。②出于对自己农民身份的无意识认同和对土地、人民的挚爱,路遥深知:"劳动人民的斗争,他们的痛苦与欢乐,幸福与不幸,成功与失败,矛盾和冲突,前途和命运,永远应该是作家全神贯注所关注的。不关心劳动人民的生活,而一味地躲在自己的小天地里喃喃自语,结果只能使读者失望,也使自己失望。"③为此,对于自己的创作,路遥首先强调艺术的真诚:"真正的艺术作品的魅力,正在于作家用生活的真情实感去打动读者的心。"④其次,则是作家进行创作活

---

① 路遥:《早晨从中午开始——〈平凡的世界〉创作随笔》,收入《路遥全集·早晨从中午开始》,第91页。
② 路遥:《这束淡弱的折光——关于〈在困难的日子里〉》,收入《路遥全集·早晨从中午开始》,第15—16页。
③ 路遥:《不丧失普通劳动者的感觉》,收入《路遥全集·早晨从中午开始》,第18页。
④ 路遥:《答〈延河〉编辑部问》,收入《路遥全集·早晨从中午开始》,第33页。

动时,必须对社会抱有高度的责任感:"归根结蒂,我们劳动的全部目的,都是为了人类生活更加美好";"一个热爱人民的艺术家,有责任提高公众的审美水平。"① 由于对于作品接受与鉴赏层次的关注,路遥十分尊重读者的接受:"我深切地体会到,如果作品只是顺从了某种艺术风潮而博得少数人的叫好但并不被广大的读者理睬,那才是真正令人痛苦的。大多数作品只有经得住当代人的检验,也才有可能经得住历史的检验。那种蔑视当代读者总体智力而宣称作品只等未来才大发光辉的清高,是很难令人信服的。因此,写作过程中与当代广大的读者群众保持心灵的息息相通,是我一贯所珍视的。这样写或那样写,顾及的不是专家们会怎样看怎样说,而是全心全意地揣摩普通读者的感应"②;"只要读者不遗弃你,就证明你能够存在。……读者永远是真正的上帝。"③ 而这种追求的最终结果,是使路遥的创作上升为某种伦理意识:"我以为,在写作的过程中,应当保持一种最纯洁、最健康的心理状态,就是要为一个明确的目的而付出,哪怕是燃烧自己。这样,可能会使身体累垮,有可能让你丧失许多生活中美好的东西,但作家必须这样做。"④ 直至成为"心灵的需要"。

  追本溯源,路遥在其创作中呈现的上述特点,与其成长经历密切相关。路遥原名王卫国,1949 年出生于陕北山区的一个贫苦家庭,7 岁时因为家里困难被过继给延川县农村的伯父。"文革"时期,出于对政治的热情,路遥当上了延川中学红卫兵组织的首领,不久,年仅 18 岁的路遥又以群众代表的身份成为延川县革委会副主任。就在路遥逐步走向政治巅峰的时候,由于某种原因突然被宣布免职,遣回乡下重新成为农民,他的知青恋人也在此时提出分手。仕途失意,爱情受挫,使年轻的路遥非常痛苦,他曾当着后来成为其文学启蒙老师的曹谷溪的面,失声痛哭。尽管路遥在回乡之后不久被转为民办教师,但从政之路显然离他

---

① 路遥:《关注建筑中的新生活大厦》,收入《路遥全集·早晨从中午开始》,第 177 页。
② 路遥:《生活的大树万古常青》,收入《路遥全集·早晨从中午开始》,第 57—58 页。
③ 路遥:《早晨从中午开始——〈平凡的世界〉创作随笔》,收入《路遥全集·早晨从中午开始》,第 86 页。
④ 路遥:《写作是心灵的需要》,收入《路遥全集·早晨从中午开始》,第 59—60 页。

已经相当遥远了。后来,路遥幸得诗人曹谷溪的提携,开始一步步走上文学之路,并凭借自己在文学上的才能脱颖而出。至1973年,路遥经推荐幸运地进入延安大学中文系学习,并开始转向小说创作。① 从路遥这一时期的创作情况来看,《基石》(1973)、《优胜红旗》(1973)、《父子俩》(1976)在主题上依然显示了作家本身对社会生活的关注,具有鲜明的政治焦虑倾向;而作为一种潜在的主体意识,上述作品与年青一代渴望继承革命传统、渴慕英雄的思维同样密不可分。路遥在1975年大学还未毕业时,就被借调到《延河》(原名为《陕西文艺》)编辑部,后成为小说编辑,完全走上文学之路。从路遥1970年代的生活经历可知:文学之路对于当时尚处青年阶段的路遥来说,既有无奈之后的选择,也有不幸中的幸运。文学创作改变了路遥的人生之路,抚平了由于政治挫折留下的心灵创伤,从这样的独特经历分析路遥早年的创作心理,"弃政从文"很容易隐含着一种焦虑的转移。② 而作为一种结果,这种心理一方面使路遥的创作能够敏锐地触及时代的主题,另一方面,则使路遥通过创作缓解内心的焦虑,直至在不断获得成功的过程中将创作化为一种精神的需要,全身心地投入其中。关于这一潜在的心理轨迹及其外在呈现,人们完全可以通过路遥在《平凡的世界》的创作随笔《早晨从中午开始》中,那种渴望超越自己、近乎圣徒殉道而又不失自虐倾向的文字记录中如"应该认识到,如果不能重新投入严峻的牛马般的劳动,无论作为作家还是作为一个人,你真正的生命也就将终结""写作整个地进入狂热状态。身体几乎不存在;生命似乎就是一种纯粹的精神形式。日常生活变为机器人性质"等,加以感受。

从路遥的成长经历看待其创作,苦难、青春励志、积极向上、正义

---

① 关于路遥早年的经历,本文主要参考了曹谷溪的《关于路遥的谈话》、高歌的《困难的日子纪事——上大学前的路遥》,后均收入《路遥十五年祭》,李建军编,新世界出版社,2007年。
② 关于这些论断,本文主要参考了张红秋的文章《路遥:文学战场的"红卫兵"》,《兰州大学学报》2007年第2期;李遇春的文章《焦虑的踪迹——论路遥小说创作心理的嬗变》,《文学评论》2011年第2期。

感、道德、悲剧英雄、平民关怀、大众意识,直至生活、生命哲理的探寻,很容易会成为路遥钟爱的主题及其创作的特点。而这些在充满理想、渴望成功、惧怕失败的 1980 年代,又恰恰可以作为引起广大读者关心的创作题材。正如有的研究者在比较路遥、陈忠实、贾平凹的创作之后指出:"在三位作家中,路遥作品对现实的参与性最强。路遥作品因其苦难意识、底层立场、青春气息、温暖人情和进取精神而具有持久打动人心的魅力和'励志'效果。对道德的不倦关怀和对完美的道德伦理的呼唤,使路遥作品洋溢着一种道德理想主义的光辉和令人服膺的崇高感以及对生命意义不懈追问的价值关怀,这是它能够穿越历史时空葆有永恒魅力的最重要力量源泉。"① 这种可以被称为"人民性"的内容,基本概括出路遥创作的生命力和多年后依然受到读者"热读"的奥秘,至于那种源于读者阅读需求的"考量"以及地域性(方言、文化、民俗等)的呈现,更会使路遥的作品带有雅俗共赏的特点。

三 传播、接受与批评标准的嬗变

在先后探究与"路遥现象"有关的创作方法、作家责任等方面的问题后,"路遥现象"的解析最终回到了传播、接受与批评标准的层面上来。然而,这一方面显然比前者更为复杂,不仅如此,就实际展开来看,它还因文学史的今昔对比等而涉及更多方面的内容。

首先,就路遥作品传播的角度来说,至少包括以下三个主要方面。其一,是路遥作品在 1980 年代因获得荣誉而产生的影响:中篇小说《惊心动魄的一幕》(《当代》1980 年第 3 期),获 1979—1981 年度《当代》文学荣誉奖、1981 年《文艺报》中篇小说奖、第一届全国优秀中篇小说奖;中篇小说《在困难的日子里》(《当代》1982 年第 5 期),获 1982 年《当代》文学中长篇小说奖;中篇小说《人生》(《收获》1982 年第 3 期),获

---

① 梁颖:《三个人的文学风景——多维视镜下的路遥、陈忠实、贾平凹比较论》,人民出版社,2009 年,第 184 页。

1983年第二届全国优秀中篇小说奖。在1980年代初期,新时期文学起步的年代,路遥三年三篇作品发表于文学大刊并获奖,这在文学可以产生轰动的年份,自然为路遥的声名及其作品传播产生了影响,奠定了坚实的基础。至于后来的《平凡的世界》获1991年第三届茅盾文学奖,更为路遥作品的传播增加了"砝码"。其二,是路遥作品在1980年代获得了传播媒介的良性资助。《人生》《平凡的世界》相继被中央人民广播电台制作成广播剧全国热播,后又分别被改编成电影,显然为路遥的作品特别是这两部作品的传播拓展了渠道、增加了受众面。"广播剧是一种留有巨大空间的艺术,很能激发人的想象力";"在那些无比艰难的日子里,每天欢欣的一瞬间就是在桌面那台破烂收音机上收听半小时自己的作品。对我来说,等于每天为自己注射一直强心剂";来到北京后,路遥在中央台演播室发现了已堆集在这里"近两千封热情的听众来信"而"非常感谢先声夺人的广播",因为它使自己的"劳动成果及时地走到了大众之中"以及由衷地发出"文学借用这两双翅膀(笔者注:广播和电视),能作更广阔的飞翔。我将以更亲近的感情走向它们"①的感慨。以上已从路遥本人的角度,证明了意义和价值。上述两方面如果再以当时文学的地位、传播媒介匮乏作为侧证,那么,路遥作品在1980年代的影响力自然是不言而喻的。其三,是路遥的作品在当下仍然具有大量的读者及其问题探源,这一点因当下已脱离了路遥作品的"生成语境",其实已切近"路遥现象"的实质部分。关于路遥作品在1990年代和21世纪初的热读现象,以往许多文章已经提及,至于像邵燕君在《〈平凡的世界〉不平凡——"现实主义常销书"的生产模式分析》一文中更是列出了"几份令人震动的调查报告"及其包括的十分详细的数据。②对此,笔者以为:"调查报告"由于种种原因,虽有某些误差,不过,它倒确实在一定程度上反映了路遥作品的接受情况,何况还有许多文章持有这样的看法。在路遥的代表作《人

---

① 路遥:《我与广播电视》,收入《路遥全集·早晨从中午开始》,第69—70页。
② 邵燕君:《〈平凡的世界〉不平凡——"现实主义常销书"的生产模式分析》,《小说评论》2003年第1期。

生》《平凡的世界》形成文本之后的 20 年间，时间的流逝、语境的转换、文学主潮的变迁并没有"遮蔽"这些因时间短暂等因素、尚不能称其为"经典作品"的"形象"，其生命力、穿透力由此可见一斑。

其次，从读者接受的方面看，同样应当坚持历史和当下结合的做法。由 1980 年代路遥作品产生的"热读"，看待当下的"路遥热"，所谓代际构成、怀旧意识以及阅读旨趣、阅读水平等，不乏隐藏着内在的传承性和某种阅读期待的问题。当然，这种可以感知但却不能精确的"客观事实"，同样应当从更为全面的视野加以审视：如果只是偏重于路遥作品的读者数量，那么，姚斯所言的"文学史的更新要求建立一种接受和影响美学，摈弃历史客观主义的偏见和传统的生产美学与再现美学的基础。文学的历史性并不在于一种事后建立的'文学事实'的编组，而在于读者对文学作品的先在经验"[①]，自然可以作为路遥作品被写入文学史和以消费为标准持续产生影响的重要依据。然而，在阅读大量有关路遥创作的评价性文章之余，我们会发现指责 1990 年代以来大批量生产的当代文学史没有记录路遥俨然已是一个"普遍性的论调"，而像某位论者在其文章中以不点名的方式记录的"一个'新'字号的'小说家'在文章里攻击完托尔斯泰'矫情'之后，气宇轩昂地宣布：路遥的小说，读一页给五十元钱，他也不干"，以及"我经常听到一些'纯文学'批评家贬低路遥的作品，说路遥缺乏'才华'，说他的作品'文学价值'不高，不是'真正的文学'"[②]，似乎更容易使研究立场在鲜明化的同时流露出"矫枉过正"的倾向。上述援引的内容在很大程度上再次证明"路遥现象"从不是一个简单、孤立的问题。

最后，是"路遥现象"与文学批评、文学史写作诸问题的历史再思。1990 年代之后出版的较有影响的当代文学史，比如：由洪子诚著的《中

[①] H. R. 姚斯等著：《接受美学与接受理论》，周宁、金元浦译，辽宁大学出版社，1987 年，第 26 页。

[②] 可分别见李建军：《文学写作的诸问题——为纪念路遥逝世十周年而作》，《南方文坛》2002 年第 6 期；李建军：《真正的文学与优秀的作家——论几种文学偏见以及路遥的经验》，收入《路遥十五年祭》，李建军编，第 239 页。

国当代文学史》(北京大学出版社,1999年;2007年第2版修订);杨匡汉、孟繁华主编的《共和国文学50年》(中国社会科学出版社,1999年);朱栋霖、丁帆、朱晓进主编的"面向21世纪课程教材"《中国现代文学史(1917—1997)》下册(高等教育出版社,1999年),都没有提到路遥的创作。由陈思和主编的《中国当代文学史教程》(复旦大学出版社,1999年)设有"人生道路的选择与思考:《人生》"一节,但没有提及《平凡的世界》。世纪初十年有孟繁华、程光炜合著的《中国当代文学发展史》(第2版)(中国人民大学出版社,2009年)在第十五章"1985年后的小说(一)"的第一节"小说界的变化",谈及路遥;由董健、丁帆、王彬彬主编的《中国当代文学史新稿》(修订本)(人民文学出版社,2005年),在第十七章第五节"找寻深入写'人'的新路子"中提及路遥;由陈晓明著的《中国当代文学主潮》(北京大学出版社,2009年),在第十二章"历史选择中的改革文学与知青文学"的第二部分"现实的期望:改革攻坚战"中谈到路遥的《人生》,等等。我们可以看到,随着对路遥研究的重视,2005年之后的"路遥现象"研究已有所好转。当然,文学史家不在自己的著作中评价某位作家从不是评价文学史版本成就的唯一原因,正如以上提到的没有或未充分书写路遥的文学史同样成绩斐然、好评如云,文学史的永恒流动与具体文学史家的评价标准其实是两个层次的问题。不过,从路遥作品在1980年代的影响、上述许多在1990年代之后颇具影响的文学史没有记录直至世纪初几本文学史的"路遥再现",我们倒可以察觉其中潜在的变化过程。从路遥在着手《平凡的世界》时进行的现实主义与现代主义的对比,和其感受到的"最大的压力还是来自文学形势。我知道,我国文学正到了一个花样翻新的高潮时刻。其变化之日新月异前所未有"。[①] 现代主义、后现代主义以及先锋派在1980年代中期之后渐成声势,确实构成了当时文学创作中最为引人注目的风景,而其影响至今、成为20余年来中国文坛的热门话题在今天看来也是可以成立的。

[①] 路遥:《早晨从中午开始——〈平凡的世界〉创作随笔》,收入《路遥全集·早晨从中午开始》,第130页。

按照文学创作的超越机制和对文学批评会产生重要影响的逻辑，路遥的创作不被先锋或曰前卫、新潮批评家认可其实在于一种审美的"错位"。靠"吃生活"、与时代共振而非天才和技艺进行创作、且个性化的意识严重匮乏的路遥，当然不在现代派、后现代以及先锋的视野之内，而其坚持现实主义创作、强调成长、个性的主题，又很难被简单归类（如"改革文学""知青文学"的范畴）并与"重写文学史"的审美指向相去甚远。因此，阅读路遥就与评价路遥之间呈现出了所谓"大众/精英"之间的"接受断层"。此外，对于2005年之后路遥受到文学史的关注，还应从追崇路遥的批评家不断努力、争夺文学史权力，特别是1990年代以来文学创作的精神普遍匮乏，"底层文学"、书写苦难在世纪初文学中成为主潮的角度加以思考。而作为某种启示，"从今天的匮乏来对应性地寻找路遥或以路遥为代表的当年有的东西。一方面我觉得这可能是必要的，另一方面我觉得这可能是无效的"①所包含的"警惕"与"提防"，更成为"路遥现象"研究发展的一个新的动向。

至此，在"路遥现象"的溯源与述析的过程中，我们不难察觉到：所谓呈现于文学史、批评与读者之间的"两极对比"，自确立之日起便成为另一重意义上的"传播"与"接受"的问题。关于"路遥现象"可以引申的问题，如路遥创作与近三十年意识形态的关系、现实主义创作的当代认识及评估等等，当然还有很多。但就其"现象"的本质来看，正是由于路遥以严肃的文学实践，获得了读者参与而自身作品持久传播的权利，证明了文学创作方法从无高低之分、只有时代之辨。因而，继续以历史、发展的视野审视这一现象，必将为深入认识路遥的作品以及当代文学史的发展与转型提供生动的个案，而这也正是本文最终将其视为一个动态过程的前提与结论。

2012年3月

---

① 张书群：《"80年代"文学：历史对话的可能性——"路遥与'80年代'文学的展开"国际学术研讨会纪要》，《文艺争鸣》2011年第10期。

中篇小说的历史构造与现状考察

谈及中篇小说，很容易让人联想到长篇小说、短篇小说及其中间状态，这种由比较而得出的界定方式，使中篇小说始终无法获得概念的独立展开、自成一体，而字数的多少又是其难以逾越的界限。长期以来，中篇小说大约应当在两三万到十万字之间似乎已成为约定俗成的结论，但考虑文本字数统计和类似后现代实验技法等因素，字数显然不能作为区别长、中、短篇小说的唯一标志。除上述可称之为观念或印象的看法之外，在理论上，中国传统小说只有笔记、传奇、话本、章回小说等名目，使"中篇小说"与新文学引进外来文化资源具有密切的关系。需要指出的是，英文 novelette 虽可翻译为"中篇小说"，但其更为确切之义是指被认为是蹩脚的传奇小说。国外较早使用"中篇小说"概念的是俄国 19 世纪的文学家和理论家如屠格涅夫、别林斯基等，但他们在具体涉及此概念时常常混淆、前后矛盾的论述，同样使中篇小说未获得独立的审美属性。类似的情况在中国文学界也同样存在，作家孙犁将鲁迅先生的《阿Q正传》作为中国中篇小说之"开山鼻祖"，历来是一个广为接受的观点。然而，最近由王晓冬撰写的《〈阿Q正传〉与中国现代"中篇小说"文体概念的形成》（《中国现代文学研究丛刊》2011年第10期）一文，却为上述观点带来了新的言说空间。王文指出：《阿Q正传》发表后，胡适等曾将其作为短篇小说加以探讨，而茅盾等则将其作为长篇小说、后又在 1940 年代将其作为"中篇"加以分类。今天按照文字篇幅的角度划分《阿Q正传》应当为哪种小说，自然不是一个问题，但其在新文学发轫阶段有如此差别的定位，则至少可以说明如下三点：其一，中篇小说是晚于长篇和短篇小说的体裁，可以作为小说家族的第三种形式；其二，"中篇小说"的概念呈现了中国新文学从简单到复杂、从幼稚到成熟的发展状态,"中篇小说"的概念发展至今仍是一个未尽的课题;其三,"中篇小说"不宜作简单化的理解,它唯有从短篇、长篇的"中间状态"这一狭窄的视域中摆脱出来,作为一种对立统一的文体,才能获得更为深入的认识。

中篇小说的审美特质决定其成熟和繁荣需要一个历史化的过程。正如众多学者都注意到中篇小说是在新时期之后崛起并逐步走向繁荣的,顺应时代生活的发展、充分展现历史提供的沉重反思,不断深化小说的创作主题、塑造崭新而丰满的人物形象,以及叙事经验的累积与拓展,构成了1980年代以来中国中篇小说成绩可观的重要前提。短短几年间,中篇小说数量多、质量高,艺术技法的多样化,以及随着大型文学期刊的不断问世、《中篇小说选刊》的创办、各种选刊(如《小说选刊》《小说月报》)对中篇小说的关注等等,都使中篇小说"最有可能代表这三十年高端文学成就的文体"(孟繁华:《三十年中篇小说论略》,《文艺争鸣》2008年第12期)。从自2000年开始的由中国小说学会每年举办的"中国小说年度排行榜"的几届评选情况来看,中篇小说相对于长篇、短篇小说,是创作最稳定的文体形式,都说明了中篇小说存在的创作潜力。应当说,长篇小说需要时间和思想、经验的积淀,发表、出版周期长;短篇不能更为繁复地表现广阔的生活、技法实验的空间相对狭小——都是中篇小说创作者甚众、保持较高艺术水准及读者群体相对稳定的重要原因。除此之外,莫言在《生死疲劳》的序言中指出:"长篇越来越短,与流行有关,与印刷与包装有关,与利益有关,与浮躁心态有关,也与那些盗版影碟有关。"这也从另一角度证明了文学边缘化之后,中篇小说极有可能是不断适应文学生产、消费及表现我们时代的最佳小说文体,此时,中篇小说的"中"作为适度、均衡的含义解读,似乎更能切中其当下的处境。

新世纪以来的中篇小说在融合寻根小说、先锋小说、新写实小说以及晚生代小说等创作经验的基础上,不但取得了丰硕的成果,而且还形成了一批较为稳定的创作队伍:东西、李洱、衣向东、北北、须一瓜、葛水平、鲁敏、胡学文、徐则臣、张者、晓航、映川、巴桥、艾伟等一批颇具实力的青年作家的出现,以及如莫言、韩少功、刘庆邦、方方、陈应松、刘醒龙、毕飞宇等已获定评的"老作家"不甘寂寞、出手不凡，都使中篇小说为读者提供了新鲜的阅读经验。底层、乡土、都市、军旅、商贾、官场、家庭、情感、历史、青春、成长、伦理、校园、生态等等各式题材的涉猎及深入，已使中篇小说的文体意识和创作价值得到了更为明确的呈现。上述小说家常常以写实为主兼及象征的笔法，深度开掘生存的主题、剖析灵魂的痛感及人性的内核，他们的书写如曹征路的《那儿》、葛水平的《喊山》等等，不仅揭示了生活和人性的复杂，还隐喻了生存背后的历史。而从研究、整理及集束出场的角度来看，以孟繁华等为代表的众多学者的研究文章及各种中篇小说年度选本竞相出版，都使中篇小说的身份和地位得到凸显。中篇小说需要在文体、审美特质等层面实现自身的理论化，当前中篇小说创作的态势已为这种理论化的过程提供了坚实的物质基础。

我们大致是在莫言完成中篇《野骡子》之后，再将其融入长篇《四十一炮》，韩东完成中篇《古杰明传》之后，再将其融入长篇《小城好汉之英特迈往》的过程中，读出小说创作的"深加工"意义：中篇小说的书写及其扩充至长篇小说，就创作主体而言，是因为记忆需要不断"重温"、经验期待重新整合等可以称之为"叙述之焦虑"的心理机制。既然小说家有话要说，那么，"如何说"就成为一个具体实践的过程——它最初取决于作家的个性、叙述的能力以及故事本身的整体设定；它在具体展开时还不可避免地受到体力、耐力和信念等因素的影响……结合这些条件，我们或许不难看出：中篇小说适合作家"守成"的文化心态和尽力凸显作品文学性的理想追求；中篇小说近乎纯粹的文学品质既可以使其独立存在，也可以在适当时机、灵光乍现的前提下实现发酵式的膨胀与扩张，而此时，中篇小说的意义、价值又需要重新加以厘定。

在相继论及中篇小说的历史构造和近年来客观的成绩之后，简单预言其前景动向俨然是一种"必须"：可以断言的是，在未来几年间，中篇小说依然会保持良好的势头与状态，并在坚守纯文学立场的过程中成为小说家表现生活、实践技法的最佳小说形式。中篇小说的理论探讨会更加深入，包装成"小长篇"出版的中篇小说依然会成为图书市场的一道风景……这些包括当代读者阅读心理等因素在内的方方面面,也会影响小说家从写作本身、付出和收益的角度考虑选择何种文体创作,进而形成"两相互动"的状态。当然,对于专业读者而言,小说篇幅的长短并没有什么高低优劣之分,作品的艺术性始终是第一位的,只不过在结合以上论述的内容我们又会"惊讶"地发现:这恰恰又为中篇小说提供了用武之地。

2013 年 6 月 2 日

新时期以来文学评奖的主流导向

自 1982 年第一届茅盾文学奖评选确定"反映时代、创作典型、引人深思、感人肺腑"的标准,并在具体评选过程中实行"群众、专家和领导三结合"的原则,新时期以来中国文学评奖便在最高荣誉奖项的评选过程中,确立其基本的"生成方式"。时至今日,茅盾文学奖、鲁迅文学奖、全国少数民族文学"骏马奖"等国家级别的文学奖项以及地方的各级政府奖,已形成了规模庞大、层次分明、兼及"民间"的评奖格局,其评奖原则也自然在发展的过程中不断完善并形成鲜明的特色。在这一前提下,考察"文学评奖的主流导向",就不仅是一个关乎评选方态度、立场的问题,同时,也是一个关乎文学生产、消费等多方面的问题。

一

面对新世纪以来琳琅满目的文学奖项,人们很容易从主办方的角度将其分为"政府奖"和"民间奖"两个大类(有些文学评奖,由于赞助、宣传等因素,常常带有"政府"和"民间"合作的倾向,边界较为模糊,很难归类)。"政府奖"由于主办方的原因,从中央到地方往往都有十分明确的正统意识,弘扬主旋律、思想进步,可以促进国家或地方文学的良性发展,引领文学的正确方向等等,都是其重要的标志。"民间奖"(如"华语文学传媒大奖""闻一多诗歌奖"等)由于"民间团体"的主办、出资于民间,常常显得自由、从容一些,其在确定获奖作品标准的过程中崇尚的文学理念和审美价值追求,往往会因侧重某个方面而显得个性更加鲜明、立场更为纯粹,因而,她们在部分作家、诗人眼中,绝不亚于各级"政府奖"。上述两大类文学奖项,经由1990年代市场经济、文化消费语境的自然"浸润"与"过滤",已逐步形成奖金丰厚、宣传面广、动员各种资源和能力的生产态势,她们在作家、诗人心目中的地位,在大众读者群落中产生的影响,本身就成为一种重要的文学导向。

如果将文学评奖中的"主流导向"作广义、宽泛的理解,那么,无论是"政府奖"还是"民间奖"都会因自己的标准而具有导向作用。正如任何一种文学评奖,都是对某种文学标准和文学理想加以倡导和确立,同时,又对相异于此的文学实践予以漠视甚或排斥,"政府奖"由于其固有的官方意识自不必说,"民间奖"虽更多重申了某种审美追求和价值立场这一文学艺术的基本问题,但其本不必称之为态度的"态度"恰恰是一种实践过程中的"导向","民间奖"的活力、价值在于此,其可以与"政府奖"形成的两种导向之间的互补关系甚或"民间奖"生成的原因也在于此。一如弘扬理想、价值、正义、社会生活的文化主题是文学创作追求的"主流导向",而追求真善美、先锋实验、拓展文学的表现空间、丰富文学的表现技法,同样也在切中文学本质的同时成为发展的"主流导向",对以上两种方向的肯定、推广,都会在促进文学发展的同时符合文学评奖的目的、价值。因此,在近年来文学评奖此起彼伏、百舸争流的局面下,如何实现二者的完整统一无疑是文学评奖渴望达到的境地或至少需要面对的重要课题之一。

当然,若侧重于"主流导向"中的"主流"二字,"政府奖"自然是最能堪当其思想、精神实质的。不仅如此,此时的"主流"由于资源操控、体制认可等原因,也往往能够将主流话语和精神贯穿始终且形成一系列连锁反应:名利双收、各种机构在作家效绩考评中的承认;著作出版获得便利条件乃至成为畅销书,在读者群体产生重大影响;通过影视改编,使文学创作获得更大的商业契机……均使官方设定的"政府奖"具有不可动摇的权威身份及地位。然而,随之而来的则是如何迎合"主流"、达到认可也成为文学评奖场域内多元博弈过程中必须要面对的问题。一般而言,"主流导向"由于其承担者拥有的权利和强大的资源调配能力,可以对符合其标准和理念的文学实践给予强有力的"激励",进而制约特定时期的文学流向。"主流导向"虽在表面上是对主流的思想、精神加以倡导,但实际上却隐含着深远的社会、历史内容:作为一种目的,"主流"的思想"导向"是文学在多元文化语境下,成为审美意识形态、发挥其文艺功能的最可行的手段之一。试想一下,如果没有"政府奖""主流导向"的有力干预,当代文学的道德伦理将如何建构?文学创作将如何更好地唤起消费时代读者的关注、将如何应对沦为"冷风景"的尴尬境地?这一点,就文学固有的载道、教化功能来说也是成立的。不过,这样说并不能说明评奖本身及获奖者就完全是客观、公正、无可挑剔的——也许,就良好的、理想的文学生态环境而言,不会有某位作家为了评奖而去创作,但显然,这种由假设而确立的尺度并不是实践过程中必须要遵循的;一旦有为评奖而准备的应对策略及其操作行为,那么,文学评奖过程中的人为因素的比重就会增加,直至超过其应有的客观限度,而此时,文学评奖"主流导向"的最初设定的标准及其渴望达到的目的势必将大打折扣,这一点,也恰恰是近年来某些评奖结果一经公布,就遭受质疑的方面之一。

二

从外部眼光考察,"主流导向"这几个字在其内涵上也有自己的特点。首先,"主流导向"是随时代的变化而变化的,尽管就新时期以来文学评奖的轨迹来看,这种变化是细微的。以广为作家、读者关注的茅盾文学奖为例,其指导思想"遵循文艺'为人民服务,为社会主义服务'的方向,贯彻'百花齐放,百家争鸣'的方针,弘扬主旋律,提倡多样化,鼓励关注现实生活、体现时代精神,坚持导向性、权威性、公正性,推出具有深刻思想内容和丰厚审美意蕴的长篇小说作品",决定了它会评选那些以现实主义创作方法为主、具有思想含量和审美穿透力的长篇。但在具体评选的过程中它的结果也可能出现适应时代的变化:第七届茅盾文学奖(2008年)评选了麦家的《暗算》、周大新的《湖光山色》之后,受到业内人士的质疑就很能说明问题。是文学评奖向读者阅读、影视改编妥协,还是数年间现实主义长篇小说的乏善可陈?但无论怎样,就评奖本身来看，标准与结果之间是明显存在一种缝隙关系。其次，"主流导向"必须呈现当下的"主流"文化思想精神。以共青团中央主办、面向打工青年的"第一届勤劳青年鲲鹏文学奖"的"打工文学奖"活动为例，"2004年6月开始征集作品，2005年1月，在广州，由著名作家参与审查，评选出小说七篇，报告文学六篇，诗歌九篇，散文八篇。分别授予一、二、三等奖"，这段可以在网上搜索到的文字，生动地说明了此次文学评奖本身与21世纪初国家意识形态倾向性之间的密切关系。由此，反思"底层写作""打工文学"在新世纪第一个十年伊始阶段就成为各种文学刊物、批评界关注的热点，"民生关怀"等主流思想可以给文学带来怎样的导向是不言而喻的，而这种"主流导向"及其实践过程中呈现的姿态显然和1990年代的文学评奖有很大程度上的时代差别。最后，"主流导向"就具体操作而言是一个实践的过程。它既需要不断检验、完善自己的标准，也需要得到读者公信力的认可；它需要平衡标准与结果之间可能存在的"张力"，会受到读者的评判并在某些情况下遭遇众口难调的问题。但无论怎样，"主流导向"的核心价值观是稳定的，作为执行者和评选者，需要为维护、实现其核心的价值观而努力。

三

通过实践而实现的文学评奖的"主流导向"，注定会因其权威性、关注度而影响文学的面貌。除了一般意义上的促进文学生产、消费，引领文学发展方向之外，文学评奖作为一种不断延伸的历史化过程，同样会在确定文学经典的过程中影响当下的文学格局、文学史的写作以及当代文学的学科建构。由此回想新时期以来多少经典作品与文学评奖之间的关系及其被铭刻于文学历史的版本之上，正是由于文学评奖对于某些文学作品的审美价值、艺术实践加以肯定，我们才会更为清晰地确定其为当代文学的"经典"并逐步建构起一个历史序列：在这一过程中，包含着国家、人民对于文学创作的期待和后者对于前者的能动反映及依赖关系，同样也包含着"主流导向"倡导的价值观的自我实现，而作为一种"隐蔽的成规",它对于始终处于"行走状态"、缺乏稳定和沉积的当代文学历史构造、线索梳理,都会产生不可替代的作用,自然,其历史意义和价值也会因此而得到另一重的凸显。

历史地看,新世纪以来的文学评奖肯定会继续举办下去并大有增加的趋势(尤其是"民间奖"),而文学评奖的主流导向也会因此而延续下去并不断融入新的理念。文学评奖及其主流导向的现实存在会不断为当代文学的发展带来新的活力,进而影响其创作、生产、出版、消费等各个环节。文学评奖的主流导向不仅使评奖本身沟通文学的历史与现实,而且也使当代文学获得了新的历史契机,为此,我们有必要对其充满期待并在深度发掘其合理化经验的过程中将目光指向未来!

2013 年 7 月 18 日

1990年代以来中国新诗的语言问题

关于1990年代以来的中国新诗,一度曾流行这样两种关系微妙的看法:一种是相对于以往新诗的各阶段历史,1990年代以来的新诗进入前所未有的艰难时期,一种则是在承认外部冷风景和边缘化的同时,强调诗歌终于回归到个体层面和部分诗人神圣的坚守,从而将希望指向未来。这里,暂置两种观点的正确与否不谈,因为所谓"失望"和"希望"在不同立场、角度和时间里本就存有巨大的伸缩空间。然而,在另一方面,上述内容却可以证明:以历史后的眼光看待"1990年代以来的中国新诗",其内在的变化和新质的出现,已经使其在自然延续、按部就班的"标准"中,形成了开放性的场域。随着近年来"世纪初文学""新世纪文学"的不绝于耳,1990年代以来的中国新诗业已经历了近二十年的沉积,毫无疑问,这一自然地推进事实上造就了历史的丰厚性和立体感,至于以语言的角度看待其诗艺的沉潜,只是其中一个"必要的角度"。

谈及1990年代以来中国新诗的语言问题,必然要涉及后朦胧诗这个已成"明日黄花"的词语。后朦胧诗之后的中国新诗是1990年代诗歌的天然临界,构成了两者之间延续、发展甚或"断裂"的轨迹。作为一种"写作的诗歌",后朦胧诗因超越前代曾迅速裂变为一场语言自身行为的浪潮,并直接指向了写作本身。在"诗歌的写作已膨胀为写作借助诗歌发现它自己的语言力量的一种书写行为本身"[①]的背景下,后朦胧诗对1990年代诗歌产生的最大影响绝非诗歌队伍的简单承继,而更为重要的则是在后现代歧义丛生、纷繁无序的语境下,留下语言的踪迹与印痕。在

---

① 臧棣:《后朦胧诗:作为一种写作的诗歌》,《文艺争鸣》1996年第1期。

历史毫不吝啬的证明下,"语言问题"不仅仅是诗歌的基本元素而获取引人注目的机会,而是识别这一时期诗学批评之关键词、热点现象以及争鸣的逻辑起点。同时,惟其如此,历史才会获得纵横交错的勾连往复,并最终完成某种本质化的认识。

一

从某种意义上说,"90年代诗歌"概念的生成,首先就在于与1980年代诗歌完成了对立统一的过程。相对于1980年代朦胧诗、后朦胧诗集体出场的温暖记忆,1990年代诗歌很难再负载启蒙批判、对抗现实的功能。后朦胧诗迅速兴起又迅速消散的历史事实,无疑为1990年代诗歌留下了巨大的真空。在朦胧诗振聋发聩、后朦胧诗喧哗的悸动以及特定时期的社会文化背景下,1990年代诗歌曾一度在"历史"的阴影下潜行。随着进入1990年代之后各式传媒的蓬勃而出,价值观念的转变激发生存的焦虑,诗歌已经退守到"边缘境地"。诗人队伍的分化重组和发表空间的日益萎缩,都以不争的事实显露诗歌孤立无援的态势。然而,从另一方面言之,诗歌不再成为公众瞩目的中心之后,也获得了相对自由的言说空间。日新月异的科技神话和迅速滋生的城市风景,都以加速生活节奏的方式重构当代诗歌的美学想象和伦理意识。诗歌从主题到意象的"位移",不但宣告英雄主义和宏大叙事在内外双重力量的解构下悄然远遁,而且,还从制约诗歌生产的过程中同步影响到诗歌的消费,各种阅读期待直至置若罔闻从侧面反映着视点的多义性与断层感,而历史的遥远景深甚或无所适从凸现的只能是此在的距离与瞬间的阅读。

由这样的文化背景看待在一定程度上可以代表1990年代诗歌现状的两首诗,即王家新的《帕斯捷尔纳克》和王小妮的《重新做一个诗人》[①],

---

[①] 组诗《重新做一个诗人》最初包括短诗《工作》《晴朗》二首,完成于1995年,深圳,参见王小妮:《我的纸里包着我的火》,春风文艺出版社,1997年。后来发表于《天涯》1997年第3期时包括《工作》《台风正在登陆》《给我行进的音乐》共三首,其中《工作》一首文字也经过了很大的修改,本文引用的诗句均出自于《工作》。

前者于帕斯捷尔纳克墓碑前的"表白":"终于能按照自己的内心写作了/却不能按一个人的内心生活/这是我们共同的悲剧",既是一种精神的自觉又包含着时代的敏感甚或焦虑。而后者则醉心于"住了一个不工作的人","那是没人描述过的世界/我正在那里/无声地做一个诗人"。显而易见,此刻的诗歌写作对于那些经历过1980年代辉煌的诗人,是怎样的刻骨铭心。在社会转型和诗艺探索的交汇点上,无论是往日的风光不再,亦或理想与现实之间的差距,甚至还有反对诗歌成为一种社会职业而只是作为一种内心的需要,都预示着诗歌写作在1990年代必须进行主客观多面调整的问题。怀着"在诗换不到一抹银子粉末的时候,它还不能获取自由吗"的心境,诗人王小妮曾不无动情地在同题随笔中写道:"没有人能够命令谁去寻找灵魂,没有谁能引导劝诱谁在今天写诗。在撒落了的诗的粉末里,绝多的人必然失望,他收敛不到任何东西……应当有另外的人,只为自己的心情去做一个诗人,他要另外去劳动才能不饥饿,他要打一盆水才能除掉灰尘。他是最平凡的人。他可以写字,也可以不写。他只是在那些被锁定了的生活之中,感觉空隙,在空隙中发现光芒,时限极短,光活泛起来,生动起来。他在那会儿遭遇到另外一个飞掠而过的世界。"①然而,在对抗时代、接续传统以及重建诗歌与世界关系的操作平台上,"重新做一个诗人"同样不能忽视那些在沉默中阅读的人们,是以在反思历史记忆和由此产生的阅读心理定势后,进而倡导"重新做一个读者"②就构成了1990年代诗歌整体脉络中最为自省而坚实的部分。

看来,在回归内心的过程中,唯有"个人诗学"或曰"个人化写作"的方式才能揭示1990年代以来中国新诗的"语言想象"及其网状的单元结构。如果说后朦胧诗对朦胧诗语言反叛的结果,产生了"汉语现代诗歌应该在一场激进的语言实验中来重新加以塑造;不仅如此,还应把汉语现代诗歌的本质寄托在写作的可能性上"③的新的诗歌意识,那么,在主

---

① 王小妮:《重新做一个诗人》,《作家》1996年第6期。
② 唐晓渡:《重新做一个读者》,《天涯》1997年第3期。
③ 臧棣:《后朦胧诗:作为一种写作的诗歌》,《文艺争鸣》1996年第1期。

体和现实、主体与历史之间,"个人写作"恰好回到了诗歌语言和写作本身的源出状态:"后朦胧诗的写作的限度,在1990年代初转入个人写作的诗歌中渐渐明确起来。这些诗人开始意识到现代诗歌的写作,虽然在总体趋向上不断向可能性开放,但具体的本文操作却需要向诗人自己的个性收缩。"① 即使忽视1990年代诸多卓有才华诗人的具体写作,"个人化写作"的意义似乎也不难想象。正如批评家唐晓渡所言,"在'个人化'这一现象中蕴涵着真正的艺术民主倾向。'个人化'使深入探索和表现人类的生命领域和创造潜能成为可能"②,不但如此,"'个人化'更深刻的意义就在于此。它使我们真正回到了自身,回到了那个使一切矛盾冲突得以发生,在探求矛盾冲突的解决过程中不断被异化,又不断寻找过程;为生命的自发性而苦恼困惑,又不懈地试图将其转化成自觉状态的自身。'个人化'意味着自我的解放!另一方面,它又使个人的负荷成几何级数地增加了。他现在比以往任何时候都更加明确地意识到,他和自然、社会、历史、文化、他人和自我处于怎样的一个机体之中,它们又是怎样地彼此对峙而又彼此渗透,彼此冲突而又彼此补充,彼此分裂而又彼此包容。这里选择和放弃只有一步之遥,而自由和责任必须同时承担"。③

被唐晓渡最终称之为"个体诗学"的写作,在很大程度上是相对于意识形态写作、集体写作以及所谓"大众写作""市场写作"的话语实践。④ 其自我认同和具体承担的方式,跳出了以往新诗史上社会抒情和公共批判的视野。在自我激发语言活力和寻找美学踪迹的途中,柏桦、杨键、陈

---

① 臧棣:《后朦胧诗:作为一种写作的诗歌》。
② 唐晓渡:《不断重临的起点——关于近十年新诗的基本思考》,收入《唐晓渡诗学论集》,中国社会科学出版社,2001年,第31页。
③ 同上书,第32—33页。
④ 关于"个体诗学",唐晓渡在《90年代先锋诗的若干问题》一文中曾阐释为:"'个人诗歌知识谱系'具有显而易见的自我相关性质。它既是诗人写作的强大经验和文化后援,又是他必须穿越的精神和语言迷障;既是布鲁姆所谓'影响的焦虑'的渊薮,又是抗衡这种焦虑的影响,并不断有所突破的依据。使这样一个本身充满悖谬的系统具有可操作性,而又相互生成的知识,我称之为'个体诗学'"。参见《唐晓渡诗学论集》,第113页。

东东等诗人的作品无异于展现了诗歌与感觉、语言与写作之间的释放与共构。在他们以"流逝""往事""现实"为题的作品中,那种如古典音乐的纯净而洗练的文字,充分表达了诗歌卸下多余重负之后轻盈与飞翔的姿态。无论是怀旧,还是感觉的表述,这些气质优雅甚至犹如"汉语的钻石"①的作品,几乎唯余汉语纯粹的美感。而这一极具迂回介入的写作情态,究竟将如何掌握自己的命运,或许正表达了1990年代诗歌在反思历史之后如何遭遇自我反思的结果。

二

按照谢冕的说法:"在90年代,诗歌的确回到了作为个体的诗人自身。一种平常的充满个人焦虑的人生状态,代替了以往充斥中国诗中的'豪情壮志'。我们从中体验到通常的、尴尬的、甚至有些卑微的平民的处境。这本是中国新诗的历史欠缺。"②不难看出:所谓"个人化写作"在很大程度上与日常化、平民化保持了同步进行的路向。1990年代以来的中国新诗走向平凡的生活世相,自然使往日昂扬的激情和先锋意识遭到淡化。在1980年代因《女人组诗》而刮起"黑色风暴"的翟永明,这时在系列作品《周末与几位忙人共饮》中讲述了在成都著名酒吧饮酒的故事,在倾听酒滴砰然落入"阴沉的胃"的声音中,共饮是忙里偷闲的释放,是电视台"插播"的新闻,而在另一个时空状态下,写作犹如"潜水艇的悲伤","如今战争已不太来到"的诗句使潜水艇的制造显得如此不

---

① 这一说法,见臧棣《后朦胧诗:作为一种写作的诗歌》中对陈东东的评价:"谁还会比陈东东更具备这样一种才能:可以将丰富的、对立的、甚至是激烈的诗歌感性,转化成言辞纯净、意蕴充盈、神采熠熠的诗歌本文呢!很可能,陈东东的诗歌就是汉语的钻石。"《文艺争鸣》1996年第1期。

② 谢冕:《丰富而又贫乏的年代》,收入《最新先锋诗论选》,陈超编,河北教育出版社,2003年,第350页。

合时宜①，至于"幽闭"的"潜藏"却因"水在哪儿"而折射出当前写作的尴尬处境。显然地，翟永明的"悲伤"写作与文本中的"现实"构成了反讽情境。这在一定程度上验证了布鲁克斯"反讽作为对于语境压力的承认，存在于认识时期的诗、甚至简单的抒情诗里。但在我们时代的诗里，这种压力显得特别突出。大量的现代诗确实运用反讽当作特殊的、也许是典型的策略"②的说法，但此处的"现实"不仅仅是语境意义的，还是历史的，因而，所谓反讽也就很容易进入克尔凯郭尔的理论视野，即"这个刻画充分展示了反讽的矛头不再是指向这个或那个单独的现象、单独的存在者，其实反讽的主体对整个存在感到陌生，而他对于存在也成了陌生人，由于现实对他失去了其有效性，他自己在某种程度上也变得不现实了"③之中了。

当然，并不是所有的好诗都出自于反讽情境，尽管反讽本身会成为揭示这一时期寄寓在写作与现实之间的悖论关系，进而将复杂的经验意识语言化。但在另一方面，反讽情境却能以"吊诡"的方式激发语言与思维之间的活力，并导引出更为广阔的写作世界。正如诗人西川在《90年代与我》中写道："在抒情的、单向度的、歌唱性的诗歌中，异质事物互破或相互进入不可能实现。既然诗歌必须向世界敞开，那么经验、矛盾、悖论、噩梦，必须找到一种能够承担反讽的表现形式，这样，歌唱的诗歌便必须向叙事的诗歌过渡。"④"叙事性"之所以能够成为1990年代诗歌写作和诗学批评中一个热点词语，其关键之处或许就在于发现了一种"包

---

① 参见翟永明：《潜水艇的悲伤》，收入《终于使我周转不灵》，河北教育出版社，2002年，第73—75页。前文引用的翟永明作品《周末与几位忙人共饮》也出自这本诗集，具体见该集第3—13页。
② 克利安思·布鲁克斯：《反讽——一种结构原则》，收入《"新批评"文集》，赵毅衡编选，百花文艺出版社，2001年，第390页。
③ 索伦·奥碧·克尔凯郭尔：《论反讽概念》，汤晨溪译，中国社会科学出版社，2005年，第223页。
④ 西川：《90年代与我》，收入《中国诗歌：九十年代备忘录》，王家新、孙文波编，人民文学出版社，2000年，第265页。

容之路"和"综合的创造","叙事并不指向叙事的可能性,而是指向叙事的不可能性,而再判断本身不得不留待读者去完成。这似乎成了一种'新'的美学。……所以与其说我在90年代的写作中转向了叙事,不如说我转向了综合创造。既然生活与历史、现在与过去、善与恶、美与丑、纯粹与污浊处于一种混生状态,为什么我们不能将诗歌的叙事性、歌唱性、戏剧性熔于一炉?"① 作为1990年代诗歌写作的一个"意外的收获","叙事性""通过对周遭场景的风格化的记录,诗意想象恢复了与生存境遇的交流"②,它普遍出现在这一时期中国新诗的写作之中,并将长期持续于当下乃至未来的写作之中,似乎在一定程度上是为了"证实一个诗人与一首诗的才赋的,不再是写作者戏仿历史的能力,而是他的语言在揭示事物'某一过程'中非凡的潜力"。③ 然而,"叙事"并不是一种写实主义的复归甚或日常生活的简单记录,同样,"叙事"也不是"抒情性"的对手。④ 鉴于1980年代诗歌写作的"不及物性",比如,臧棣笔下的"后朦胧诗写作的初期,很少有诗人具备对语言采取清除行动所需的巨大的耐心。写作从对语言的清除行为直接指向它自身,丧失或者说自愿抛弃了对其他目的的服务。由此,汉语现代诗歌写作的不及物性诞生了"⑤,和程光炜所言的"'叙事性'是针对八十年代浪漫主义和布尔乔亚的抒情诗风而提出的……"⑥"叙事"的目的更多应当指向于"事件或场景"的意义承

---

① 西川:《90年代与我》,收入《中国诗歌:九十年代备忘录》,第265页。
② 姜涛:《叙述中的当代诗歌》,《诗探索》1998年第2辑。
③ 程光炜:《叙事策略及其他》,《大家》1997年第3期。
④ 姜涛:《叙述中的当代诗歌》。
⑤ 臧棣:《后朦胧诗:作为一种写作的诗歌》。
⑥ 程光炜:《岁月的遗照》之"导言:不知所终的旅行",社会科学文献出版社,1998年。在文中,程光炜曾详细地指出:"叙事性的主要宗旨是要修正诗与现实的传统性的关系,而它的功能则主要有四个方面。一、它的目的是借此打破规定每个人命运的意识形态幻觉,使诗人不是在旧的知识——权力的框架里思想并写作,而是把自己毕生的思想激情和想象力交给真正的而非虚假的写作生涯。二、因此,在此前提下的叙事不只是一种技巧的转变,而实际上是文化态度、眼光、心情、知识的转变,或者说是人生态度的转变。……三、但最终,叙事的任务需要叙事的形式和技巧来承担。它们显然包括了经验利用、角度调换、语感处理、文本间离、意图误读等等更加细屑的工作,以及在这一过

担,以及诗人如何将"感觉化的细节"铺设成技术的文字,进而在文化多元、各体式文学可以相互综合的语境下,构建一种与"现实"紧密相连的写作策略。在 1990 年代,西川的长诗《厄运》、臧棣的诗集《燕园纪事》以及张曙光、孙文波等诗人的创作,都以擅长场景与事件的描述、"克制情感"以及感觉的细化呈现了"叙事"的包容性和主体综合创造的能力,而"当代诗歌写作中的叙事,是一种亚'叙事',它关注的不仅是叙事本身,而且更加关注叙事的方式","它的实质仍是抒情的"① 概念剖白也极有可能出自于"误读"的本身。

"叙事性"的出现,在一定程度上体现了 1990 年代以来新诗的写作趋向,但"叙事"及其"及物的症候"却常常在实际文本上难以达到"综合创造"的境地。事实上,"叙事性"的分层与歧义或然不在于概念的本身以及覆盖技术的全部,而在于"诗歌从一种'青春写作'甚或'青春崇拜'转向一个成年人的诗学世界,转向对时代生活的透视和具体经验的处理未来的调整"之后,如何成为"一种更具难度、也更具挑战性的写作"。② 对于 1990 年代新诗的写作而言,所谓文本的"叙事"在部分诗人那里常常外化为经验的重复、生活原生态的简单摹写甚或意象使用上的低级趣味,这一点,就写作本身来说,必将面临"未来的调整"。

三

新诗进入 1990 年代,迫于外部的环境压力,写作已经由激进和昂扬转为诗意的沉潜,在这个极有可能成为"反思的年代",一系列关于"诗歌传统""诗歌道路"以及诗歌史的问题都登临时代的平台之上。作为

程中每个人显然不同的创造力。四、最后,叙事意图的实现有赖于写作之外的高水准、对话性和创造性的阅读。叙事创造了另一批不同于 1980 年代背景的读者。也可以说,1990 年代的诗歌文本是由诗人、作品、读者和圈子知识气候共同创造的。"

① 孙文波:《生活:写作的前提》,《阵地》1995—1996 年总第 5 期。
② 王家新:《当代诗歌:在确立与反对自己之间》,收入《没有英雄的诗》,中国社会科学出版社,2002 年,第 105 页。

一种回溯的结果,写作的空间在经历1990年代最初的"空白点"之后,迅速为各种学理和研究上的探索甚或质疑所填充;但由此引发的所谓争鸣乃至论战却绝非仅仅局限在"诗歌的历史",其间还包含从现实的方向出发直指诗歌的消费和写作的立场、代际划分等诸多内容,这一点,就本质的角度予以认识,可以概括为"写作的身份与权利"。

虽然,从历史化的角度,1990年代发生过四次影响(时间、范围)较大的论争①,但就内涵、意义和价值来说,由诗人郑敏《世纪末的回顾:汉语语言变革与中国新诗创作》引发的"新诗有无传统"的论争,和世纪之交由"知识分子写作""民间写作"之间引发的"盘峰诗会"论战,却构成了整个1990年代诗歌论争事件的核心。不但如此,如果将上述内容置诸1990年代中国文学本身已经跻身于"世界性场域"的文化背景,那么,所谓"传统与现代"的对峙还因反思新诗历史、确证汉语诗歌身份的现实问题而拓展到"东方与西方"的话题,而出现于这一时期的"中华性""本土性"等系列权利话语恰恰可以作为一种回应。

按照"身份与权利"即为"文化政治",而"文化政治之所以在现代性问题中占有一个突出的位置,是因为它关系到每一个文化群体的自我定位、自我理解和自我主张。它敦促属于不同文化和'生活世界'的人迎接异族文化和世界文明的挑战、为捍卫和改造自己的文化或'生活形式'而斗争"以及"文化政治的思考不仅要审视本民族文化同其他民族文化和世界文化的关系,更要对本民族文化的内部关系进行批判性分析并做出价值上的判断"②之衡量标准,1990年代以来中国新诗的写作从来就与后现代文化语境、后殖民文化视野下的历史承继、资源汲取、视野借鉴等内容密不可分。郑敏的《世纪末的回顾:汉语语言变革与中国新诗创作》虽然具体探讨了20世纪中国诗歌的"一次断裂"和"两次转变",但其立论的前提却是:"中国新诗创作已将近一世纪。最近国际汉学界在公

---

① 张立群:《论90年代诗歌的论争》,《艺术广角》2005年第1期。
② 张旭东:《批评的踪迹:文化理论与文化批评:1985—2002》,生活·读书·新知三联书店,2003年,第198、202页。

众媒体中提出这样一个问题：为什么有几千年诗史的汉语文学在今天没有出现得到国际文学界公认的大作品、大诗人？"[1] 这一质疑对于熟习英语的老诗人郑敏来说，在一定程度上，可以视为是对美国哈佛大学著名汉学家斯蒂芬·欧文教授（Stephen Owen，即宇文所安）在1990年发表的《何谓世界诗？》（"What Is World Poetry？"）一文的回应。鉴于欧文将现代汉语诗歌看作西方诗歌影响下的产物，是翻译成现代汉语的现代西方诗歌[2]，郑敏的反思自然体现了一个了解中西文化、有责任感之诗人的忧虑和拳拳之心。但更为重要的，则是关于汉语诗歌的反思毕竟是在中国话语场进行而最终指向新诗的实际问题，因而，我们有必要注意"盘峰诗会"中以所谓"翻译体"为由进而展开的论争。

为了进一步说明问题，我们势必要将与此密切相关的"民间写作""知识分子写作"这两大群落引入研讨的视野当中。作为1990年代以来中国文学中一个相当重要的现象，"民间写作"在当代文学创作以及理论批评中成为"显学"并非偶然——它不但常常体现为对来自"乡土民间""文化底层"之传统语言的吸纳，而且，它还在不断兼容当代都市"口语"的过程中，显现自己以边缘解构中心的语言策略。不过，值得注意的是，对于出现在1990年代诗歌中的"民间写作"，除了具有上述的倾向以及倚重本土文化资源的写作策略之外，关键还在于它采取了与"知识分子写作"的对抗立场，以及由此隐含两种语言资源间的权利之争。比如，对于"口语写作"，诗人于坚就曾联系"传统""世俗""软化"和"丰富"等内容写道："口语写作实际上复苏的是以普通话为中心的当代汉语的与传统相联系的世俗方向，它软化了由于过于强调意识形态和形而上思维而变得坚硬好斗和越来越不适于表现日常人生的现实性、当下性、庸常、柔软、具体、琐屑的现代汉语，恢复了汉语与事物和常识的关系。口语写作丰富了汉语的质感，使它重新具有幽默、轻松、人间化和能

---

[1] 郑敏：《世纪末的回顾：汉语语言变革与中国新诗创作》，《文学评论》1993年第3期。
[2] 斯蒂芬·欧文：《何谓世界诗？》，原文刊载于《新共和》1990年11月号，中文翻译见《倾向》1994年第1期。

指事物的成分。"[①] 而对于与"口语写作"密切相关的"民间",于坚则更多在自己的言论中表达了对外来语言资源的抵制和所谓"庞然大物"的解构——"好诗在民间,这是当代诗歌的一个不争的事实,也是汉语诗歌的一个伟大的传统。民间的意思就是一种独立的品质。民间诗歌的精神在于,它从不依附于任何庞然大物,它仅仅为诗歌本身的目的而存在";"对于汉语诗人来说,英语乃是一种网络语言,克隆诗界的普通话,它引导的是我们时代的经济活动。但诗歌需要汉语来引领。"[②]

1990年代诗歌中的"民间写作"及其理论上的倡导,无疑是与"知识分子写作"的创作倾向特别是所谓"翻译体"有关。但值得探讨的是,无论是"翻译体",还是"与西方接轨",在1990年代被指认为从属于"知识分子写作"那里都是有特定的背景条件的,而且,如果可以进一步地进行析分,那么,这种写作还深刻体现了全球化语境下语言和翻译中的文化政治。正如詹明信在《处于跨国资本主义时代的第三世界文学》中强调的"对第三世界文化的研究必须包括从外部对我们自己重新进行估计"[③]的那样,在全球化甚或后殖民的复杂语境下,不但"东方"并不完全是真正意义上的"东方",即使常常在语言政治弱势的视野中看待"西方"以及"西方文化霸权"也同样存有可以深入思考的空间。因此,在全球化的文化语境下,对汉语本身的历史反思和现代建构必然会导致对"汉语主体性"的维护和重新认识。而事实上,"知识分子写作"也并不否认自己在语言资源的问题上所采取的西方取向,但作为一个基本前提,向西方寻求语言资源的写作策略,其出发点与最终指归都在于诗人对于汉语的语言责任。而这一点,作为同样为了维护汉语政治身份和文化地位的一种目的性要求,在结果上,往往与其表面看起来对立的"民间写作"在根本上并无二致。

[①] 于坚:《诗歌之舌的硬与软:关于当代诗歌的两类语言向度》,《诗探索》1998年第1辑。
[②] 于坚:《穿越汉语的诗歌之光》,收入《1998年中国新诗年鉴》,花城出版社,1999年,第9—16页。
[③] 詹明信:《晚期资本主义的文化逻辑》,张旭东编,陈清侨等译,生活·读书·新知三联书店,1997年,521页。

总之,在后现代语境下的汉语诗歌写作和诗学话语建构的过程中,对历史的反思和现实的超越,虽最终外化为一场关于两种语言资源的论争,但其实质却表达了全球化语境下,汉语诗歌写作在交流借鉴和自我建构中的语言政治与文化身份问题。"盘峰诗会"之后,围绕两种写作而此起彼伏的声音虽在一定的时间内仍持续不断,但就写作的实际而言,却是两种写作不约而同地产生了彼此介入的态势。这在一定程度上,当然可以视为因论争而产生的反思的后果,只不过,此时的历史已经迈进了新世纪的阶段。

四

世纪初几年的诗歌并未从一开始就获取命名的认同,这从深层反映的是文学史历来的时间界限和现象捕捉的逻辑。自"盘峰论战"之后,1990年代以来的新诗写作或然进入了一个相对繁荣的阶段。论战虽然使产生裂变,但在裂变的缝隙里,人们逐渐发现了更多有潜力的诗人已"跃然纸上"。写作权利与空间的"分配",不但使众多诗人回到写作的起点,而且,也由此生发了崭新的诗质与内涵。"第三条道路""身体写作"的再度勃兴以及网络写作的生机盎然,使诗歌的生存状态从未如今天这样全景式、近距离式地展现在我们眼前,这一似曾相识的时间阶段,笔者称之为"回归时期"。

毫无疑问,"回归"本身意味着走向更加广阔的写作空间和更为多元的表达空间,但就其具体的侧面却包含着泥沙俱下的过程。"网络"与"身体"的泛化在一定程度上既表达了权利与写作之间应有的制约关系,同时,也表达了写作主体在处理"现实"时应当持有的能力。写作媒质的改变虽一度拓宽了大众化的书写平台,但"向下的行为"却从来不是没有底线的,因此,在那些暂时的、瞬间的狂欢行为背后,人们可能会思考写作与道德伦理之间的关系。

由此看待世纪初渐次兴起的"打工诗歌"与"底层写作",这些"向下生长的枝条"始终以缠绕于"根"的方式尽情滋长。这一"方向"与

"依凭"之间构成的对应关系在实质上构成了更加写实、深入社会底部的写作。以珠海诗人卢卫平为例,"我的诗,自始至终关注着现实,体验着我所经历的一切,感受着当下各种可能的生存状态"的自我解读,和那些诸如《在水果街碰见一群苹果》《进城二十年》《穷人》《向下生长的枝条》的诗篇,都以简单的比喻和对比方式揭示了源于"草根"之内的情感。在这些作品中,诗人仍然关注叙事,只是此时的叙事已不再反思"及物"与否以及技巧的迂回与综合,在更多的时候,叙事表达的只是生活的一个片断以及刹那的情思,其写实的手法是底层经验与生活碰撞的结果,而对于写作者来说,此在的写作或然就在于"我寄希望于用诗歌留住点什么。哪怕是一丝叹息"。[1]

对于"底层写作"的不胫而走并最终与"有产阶级""道德伦理"等话题紧密结合在一起,一个真实的"镜像"即为写作和批评视点之间形成的互文关系。但需要指出的是,诗歌乃至一切写作与道德的关系只有指向写作本身时,才有可能在文字和心灵的"真伪善恶"中抵达道德的层面,进而产生"影响的效果",这一点在后现代语境下或许尤显重要;而将身份、阶级的多元纳入当下诗歌批评中,本身就呈现出评价与写作之间的居高临下直至变动与转化,关注底层的目的是为了发现人民生活的疾苦,但对于具体的被关注者则存在着从底层提升的悖论,"在某一时间和地点被认为是道德的行为在另一个时间和地点都将要被反对;因此各种各样的道德实践行为迄今为止对于时间和地点来讲恰好都是相对的,它们被局部变化无常之行为、部落之历史和文化之发明所影响"。[2] 鲍曼的话为其"后现代伦理学"提供了强有力的理论前提——"后现代性既是道德个人的毁灭,又是他新生的契机。后现代情况这两张面孔中哪一个最终成为它的持久的画像,这本身是一个道德问题。"[3] 只不过,在文化传

---

[1] 关于卢卫平的引文部分,均见卢卫平:《〈向下生长的枝条〉后记》,收入《向下生长的枝条》,中国文联出版社,2004年,第189页。
[2] 齐格蒙特·鲍曼:《后现代伦理学》,张成岗译,江苏人民出版社,2003年,第14页。
[3] 齐格蒙·鲍曼:《生活在碎片之中——论后现代道德》,郁建兴等译,学林出版社,2002年,第9页。

统与礼教氛围浓厚的本土语境中，上述现象的出现还有更为深远的意义。

正如"乌托邦只不过是对集体生活的政治和社会的解决办法：它不会消除人际关系和肉体存在本身（其中包括性关系）这两者固有的紧张状态和不可解决的矛盾"[①]，出现于世纪初诗歌中的"底层"召唤以及所谓的"诗歌道德伦理"应当是平衡诗歌与意识形态、诗歌与现实社会关系之后的结果，与此同时，也必将是一个不断需要接受时代检验的话题。鉴于曾经的诗歌写作在标准失范之后是如此挥霍无度，通过意识形态和公众契约的方式生成新的观念标准就成为内在超越的可能——作为一种外在的限制，我们已经通过近几年种种刊物的办刊方针、发表趋势感受到一种新的制约机制的生成：众多刊物强调文学"干预现实"正是世纪初几年中国文学的一种走向。历史的经验和理论的经验已经证明：文学适当的公共化、意识形态化是正确的。只是将其运用到具体写作的时候，如何平衡生命意识、道德意识与诗歌艺术之间张力的策略，始终是值得深思的问题。

当关于"新诗标准"讨论的呼声此起彼伏之后，1990年代新诗的写作问题已经在现代性的建构中完成了一次近乎循环的过程。事实上，无论怎样遭遇语言的挑战和"弑父行为"，传统作为一种资源都不是完全缺席在场的。历史毫不吝啬的可能性告诉我们：在重温传统和估计标准基础上产生的种种姿态各异的行为，或许才是"现代性"给出的整体宏观的艺术范畴。而那些为人们铭记并最终呈现为"历史"的，则正以不断沉积的方式成为注入传统的新质，至于写作，必将成为诗人恒久的宿命。

2009年11月

[①] 弗雷德里克·詹姆逊：《时间的种子》，王逢振译，江苏教育出版社，2006年，97页。

"世纪初诗歌"的历史构造与书写图景

随着"世纪初文学"或曰"新世纪文学"在近年来逐渐成为热点,研究的视点也逐步从现象的分析深入下去,进而涉及文学史的新一轮建构以及文体意义上的分门别类。从这个意义上说,"世纪初诗歌"的出现既是"历史"伴生的结果,同时,也不乏某种命名继起的味道。然而,"世纪初诗歌"毕竟只有在呈现自身独特性的基础上,才能成为有效、自足的概念,这一前提判断大致表明:近几年的诗歌发展已经在有别于历史的前提下,显露了某些特质与独立意识。有鉴于此,本文从"世纪初诗歌"概念的生成角度出发,进而在描述内部构造的同时,研讨其存在的方式。在此过程中,"构造"不仅仅指可以支撑"世纪初诗歌"的种种外延现象,更为重要的,还指向了其内涵的整体构成。

一 历史的逻辑与"文化"诗学

2000年的来临无疑成为人类历史上一个重要的时间坐标,同时也使许多悬而未决的话题逐渐清晰起来。即使从一个十年、一个世纪的时间单元来看,现代、当代文学史已有的时间经验也足以从自然的分期角度告诉我们,一个崭新时代的到来。只不过,文学史的描述总难免带有某种"事后性",即文学史书写中与生俱来的"距离感",始终需要时间的自然累积并浸润着历史的逻辑。在上述认知前提下,"世纪初诗歌"的提法,既是自然的"断裂",也是线性观念的必然延续,尽管从长远的观点看来,这一提法并不能符合包括诗歌在内一切文学的发展轨迹。

2005—2006年,"世纪初诗歌"终于在攒足"空间资本"后登临文坛,一批相关文章的出现以研究的方式将其坐实,并进一步演绎近几年诗歌的独特所指。在所谓"反思""浮现""回归"的逻辑指向下,当时的研究更多集中于对现象的解读上,而对于"世纪初诗歌"的边缘构造则基本停留在不言自明的状态之中。

以今天的眼光看来,"世纪初诗歌"并不是一个确定性的命名,而千禧年的到来也从未给诗歌史大事记画上浓重的一笔。正如历史上已有的年代划分常常并不遵循完整意义的时间标准一样,"世纪初诗歌"的确认其实应当强调那种迥别于以往诗歌的突出现象、事件与表征,进而在设置自身的起点中承继诗歌的历史流程。事实上,在 1999 年 4 月北京平谷县盘峰宾馆召开的"世纪之交:中国诗歌创作态势与理论建设研讨会"而产生的普遍为诗坛关注的"盘峰论战"及其余脉中(如 1999 年 11 月的"龙脉诗会"及会后双方的争鸣文章),我们已经看到纠缠于新时期以来 20 年诗歌历程中多种矛盾的汇集与爆发。因而,所谓世纪之交中国先锋诗坛"公开分裂"的提法,其实是对朦胧诗特别是 1980 年代中期靠"PASS""别了"朦胧诗出场的"第三代诗歌"(或曰"后朦胧诗")以来,新诗历史发展中诸多悬而未决问题的一次总体清算。而在论争结束之后相当长的一段时间里,我们又必须注意到的是:虽然论争及其余波仍然在随后几年的诗界具有不断提及的效力,但仅就论争中分裂出的两大阵营,即"知识分子写作""民间派写作"在接下来的实际创作中形成的彼此介入的状态,则不难在写作的角度上,感受到这场论争在双方引起的潜在反思;不但如此,如果从"溯本追源"到"反思情境"的诗意沉潜变化中看待其意义,除了隐含着一次"激烈对抗"中的历史经验总结,更为重要地,它又在不同写作观念与风格的公开对话以及诗人身份的焦虑中,完成了"90 年代诗歌"的阶段性进程。

与 1990 年代诗歌"结束"相一致的,是 2000 年之后中国新诗在告别前代历史的同时如何走出"自身的内容"。对于"世纪初诗歌"而言,必须要客观承认的是,自 1990 年代渐次勃兴的网络新媒体写作,对传统纸面写作、发表以及 1990 年代常常提及的"诗歌边缘化"进行了强有力的挑战;在省略以往发表受到种种主客观限制的前提下,网络写作及其

"发表"深刻表现了写作权利泛化后,中国诗坛"写作者"以及爱好者的数量是如此蔚为壮观,而众多有品位的网站也为其提供了相对客观、公正的场所。仅以创办于 2000 年 2 月 28 日、迄今为止以产生重大影响的"诗生活网站"(http://www.poemlife.com)为例,其分设的栏目就包括"诗通社(消息)""诗人专栏""评论专栏""翻译专栏""诗歌专题""诗观点文库""当代诗库""诗人扫描""诗歌书店"等等,各专栏基本均以申请、审核,自主建立、自我管理的方式;近年来又有"诗生活博客"专栏,而到目前为止,仅"诗人专栏"一项就有六百五十余人驻站、发帖……在世纪初几年布成阵势的网络诗歌为诗歌写作注入了新的文化气息,并进而从另一面相折射出诗歌的深刻本质及实际内容。由此可以引申的是,世纪初几年频繁产生的诗歌"身体书写"以及一系列文化事件,均不约而同地借助网络进行传播并与之气韵相通。当代诗歌的艺术问题不断被社会化、技术化,从而滋生新的文化热点,都使"世纪初诗歌"显露了所谓"文化"诗学的特征。与近年来其他文学门类相比,诗歌其实从未丧失其热度,也从未掩饰自身的多义、分层甚至粗鄙恶俗,在那些继续保持尖锐发现、忠实摹写生活的作品以及不断涌入诗歌的人流中,我们看到了一个并不悲观的时代正在到来。

二 代际划分与经验的出场

"世纪初诗歌"在其发展过程中,一个显著的现象即为以"代际划分"的角度命名写作,这种以"年代"特别是晚近年代标准划分诗歌写作的方式,同样体现了"世纪初诗歌"自身崭新的历史构造。作为一个显在的事实,从 1999 年 3 月《诗林》第 1 期推出"70 年代出生诗人专辑",到世纪初几年"70 后诗人写作""80 后诗人写作""90 后诗人写作"以及"中间代""中生代"等相关命名的不胫而走,代际命名的频繁更迭、交替出场使世纪初诗歌写作群落处于一种"立体多维"的状态。"世纪初诗歌"的代际划分无疑是一个值得关注的话题,至于在具体命名下包含着怎样的创作经验,也必将会对"世纪初诗歌"的板块构造结构及其未来走向产生不容忽视的作用。

应当说,从10年一代的角度划分一种写作(群体),比如"70后""80后",在一定程度上具有不可避免的笼统性。但对于晚近时期的诗歌写作来说,这一做法又明显具有操作上的有效性和可行性。至少在一定程度上,它可以减轻当前诗歌类别区域的紧张感;不但如此,纵观近30年中国新诗的发展历程,一个显著的趋势即为命名及其引发的论争,成为推动创作以及研究的重要动力。但是,另有命名及其与生俱来的渴望甚或情结在思维惯性方面引发的"认同障碍"——一旦命名确立,即会产生泾渭分明的主观认识。然而,对于一个1960年代(末期)出生的诗人来说,其写作是否真的与1970年代(初期)出生的诗人形成天然的界限,从来就是一个未知之数;更何况,当代文学已有的经验已经告诉我们:边界模糊正是某几种有关联写作之间的链接方式。这样,对世纪初几年诗歌的代际命名及其历史考察,又必将转化为对写作的细微打量,从而确定某种"经验的出场"。

就世纪初几年诗歌的创作实绩而言,"60后诗人"仍是诗坛的中坚力量(这一点,事实上也包含着诗人的身份已经确定的客观事实),而"70后诗人"则是羽翼已丰,形成可以和"前代诗人"处于"分庭抗礼"的趋势。在上述事实面前,我们必然要对"世纪初诗歌"的另外一类命名,即"中间代"和"中生代"对这一阶段诗歌的"确定性"意义。首先,相对于"第三代诗歌"的逐渐历史定型化和"70后诗歌"的众语喧嚣,"中间代"的出现是要包容那些没有参与"第三代诗歌"运动的1960年代出生的诗人:"这一批生于上个世纪六十年代的诗人,在八十年代末登上诗坛,并且成为九十年代至今中国诗界的中坚力量。他们独具个性的诗歌写作,精彩纷呈的诗写文本,需要一个客观公正的体现……一代人有一代人的出场方式,和诗界其他代际概念的先有运动后有命名不同,中间代的特殊性在于它的集成。"[①]"中间代"的提出,为重新勾勒世纪之交的当代中国

---

① 安琪:《〈中间代诗全集〉序言》,收入《中间代诗全集》,安琪、远村、黄礼孩主编,海峡文艺出版社,2004年,第2页。

诗歌图景提供了新的视角。它的松散、非流派性不但符合了当代诗歌场域的文化特点,而且,它还以"追加"的方式,"为沉潜在两代人阴影下的"一代诗人作证,它"权宜之计"式的策略意义就在于严肃地提醒了我们应当如何客观全面地看待和评价诗歌史现象的问题。不过,"中间代"容易引发争议之处也正在于其"夹身中间"的尴尬状态,而隐含于其中的诗人而非理论家的"权利"赋予,又在一定程度上加重了其自身的"歧义"和"陷阱",为此,我们又看到了"中生代"命名所包含的某种渴望。

作为一次命名的超越,"中生代"的提出,与重新清理一代"诗人"及其历史发展脉络有关。鉴于历史沉积的"厚度",以及如何超拔"表象化"命名的圈套,"中生代"的提法从一开始就存有"本质化"的理论构想,比如,吴思敬先生曾经在《当下诗歌的代际划分与"中生代"命名》一文中,将"中生代"群落的范围进行了相应的调整,并进而从诗歌史发展的角度以及"海峡两岸"的视野指出"中生代"命名在"宏观描述""沟通海峡两岸""消解大陆诗坛'运动情结'"等三方面存在的意义。①"中生代"的命名与研究首先着眼于1990年代以来的文化语境,无论"中生代"的代际起止时间是怎样一个时间范围,"崛起于90年代""继续写作于90年代"并在1990年代成为诗坛的重要力量,是"中生代"写作的共性和突出之处。而事实上,将"中生代"定位于1960年代出生为主体并兼及那些1950年代出生的诗人,其根本的着眼点就在于"90年代以来的写作"。

至此,在较为系统地从"写作的年代"和"诗人的年龄"的角度梳理相关命名之后,"世纪初诗歌"拥有的种种年代写作同样清晰起来:在所谓"前代写作"可以成为稳定的"历史记录"后,剩余的部分可以在"诗意想象"的过程中填充书写的空间。这表明已成潮流的"70后写作"事实上进入"被历史化书写"的阶段,而"80后""90后"则正在构建自己的"经验书写"和"空间谱系"。当然,鉴于以往的历史经验和"世纪初诗歌"本身仍处于"在路上行走"的状态,破除简单时间的"定位模式"

---

① 吴思敬:《当下诗歌的代际划分与"中生代"命名》,《文学评论》2007年第4期。

仍是研讨这一阶段诗歌写作的斟酌之处,而"世纪初诗歌"可以容纳的深度和广度将决定其诗人群落的构造图景。

三 从"反思"历史到"标准"的确立

正如"世纪末情绪"总会引发人们进行独特的思考,在经历世纪之交先锋诗歌阵营论战之后,人们大致可以从现状察觉出诗坛已进入某种近乎无意识状态的"反思情境"——此时的"反思"不但包括诗人当前的即时创作,而且,作为一个可以追溯历史的词语,"反思"还指向那些具有历史症结的话题。相应于当下诗歌的稳定程度,反思与历史之间常常构成的某种反比关系,又在一定程度上加重了反思的"怀旧情结"。

按照一种历史的序列,世纪初诗坛曾首先出现过一场关于"新诗有无传统"的论争。[①] 鉴于这次论争是由"九叶派"诗人、著名学者郑敏先生持"无传统"的意见,所以,很容易让人回想起她在1990年代以《世纪末的回顾:汉语语言变革与中国新诗创作》一文引发的所谓"文化激进主义""文化保守主义"的论争。然而,在时过境迁之后,郑敏先生更为明确的提法,即"新诗无传统"除了再次指向百年新诗的历史,还重点关注了当下诗坛年青一代诗人的创作(之混乱局面)。这不由让人联想到在1990年代以来诗歌创作的日趋"个人化"以及外部"冷风景"的交加下,反思当下诗歌创作以及延伸至百年新诗的发展历程,已成为这一时期研究者、诗人常常自觉思考的重要话题之一。自1990年代以来,新诗的传统问题特别是关于语言、形式的探讨一直成为诗歌发展的主要动力,在这个仿佛再次重复初期新诗诞生时历史场景的现象之中,新诗的"传统"问题正以恪守历史文化和不满新诗实绩的态度,而再次在"反思"可以成为主流文化语境的氛围下得以滋生。当然,对于这场论争对阵双方的主要观点及其合理性、片面性,我们必须要首先明确"传统"本身可以提供

---

① 关于世纪初"新诗有无传统的论争",主要是指由发表于《粤海风》2001年第1期的对话文章《新诗究竟有没有传统?——对话者:郑敏、吴思敬》而引起的一系列争鸣文章。

的思考空间：既然在论争中，"传统"一词已经被先验地确证为一种存在，那么，从传统概念本身证明传统的"有无"，就无法成为有效之举。事实上，"传统"作为一个观念性极强的词语，已经决定了其自身的历史感，没有存在场域的时间限制作为标准，传统势必要陷于自我缠绕的境地，因此，新诗传统的问题特别是其有无问题，归根结底在于其在任何时代都具有的有限性，和将某一传统作为唯一标准之后的无效性。而对其进行的反复言说，总要与"回溯""反思"等话题发生关联，则正是其在适当语境下可以再度浮现的重要原因。

与传统的反思相应的是"世纪初诗歌"一度流行的经典化追求。在裹挟于文学经典化浪潮又明显带有"向后看"的新诗经典化过程中，确立某一个时期直至 20 世纪中国新诗的经典既包含着怀旧的记忆，同时，也深深植根于新诗的合法性内容：这个明显与当前诗歌创作保持一定距离的过程，事实上要为百年新诗的稳定性和艺术性寻求依据。然而，新诗经典作为一个整体性概念，并不仅仅包括"谁是经典（作品）"的问题，在同样涉及新诗经典的历史构造和文化研究的"谁之经典"问题之后，经典固有的身份、权利也必将面向新诗历史的坎坷不平。因此，尽管新诗经典始终是一个开放的过程，但其"一个世纪"的视野也足以使"世纪初诗歌"在从属于另一空间的进程中，显现命名在"历史"与"现时"之间的距离感，而这一差异一旦指向当前的历史时，又必将引发新一轮的确定过程。

在以上两点内容的基础上，因针对诗坛系列文化事件、追求好诗而于 2008 年出现的"新诗标准之讨论"，就生动再现了稳定"世纪初诗歌"的一次"现时性"的努力。按照发起人陈仲义先生的说法："新世纪总体诗歌呈现多元诗写流向与相对诗写流向，在带来诗歌繁荣时，同时也带来标准'匮缺'，尺度'失范'，经典远去。重建诗歌标准，乃是诗歌生态进入正常循环的当务之急。"① 所谓"新诗标准之讨论"更多是以"世纪后"的

---

① 陈仲义、张立群：《世纪初诗歌写作及其可能的标准确立的对话》，《中国诗人》2008 年第 3 期。

眼光,完成一次"反思"中秩序的"重建"。而透过"传统""经典化""标准"之"反思","世纪初诗歌"已经与此前的历史形成了对应的可能。

四 "底层写作"的再造想象

对于近几年流行的"底层写作"以及"打工诗歌"等系列现象,就事后来看,或许不仅仅在于写作意义上的简单超越,至少作为一种外部推动力,它还与表意的策略及其时空生存状态有关。"底层写作""打工诗歌"的引人注目,直至萌生"诗歌道德伦理",在表意的策略上,大致体现为以下几点:第一,社会现实性。如果说"个人化写作"是在经历1990年代诗人群体的分化、重组的基础上,最终由一批坚守诗歌阵营的诗人提出的,那么,透过那种不断为"诗歌是否滑向边缘"而进行的辩解以及"语词贩卖"式的写作,并未从骨子里改变诗人传统观念意义上的贵族气息。即使"个人化写作"已经不再进行往日的高蹈抒情,转而求助一个个平淡甚至无奈的生活场景,但诗人的眼光更多是按照俯视众生的角度指引写作的。从这个意义上说,"盘峰诗会"之后,中国诗坛一个重要发展趋势即为:发现诗人和诗歌发现的空间迅速增大,这种至少源自艺术同时也是源自反思的趋势,造就了"底层写作""打工诗歌"可以成为世纪初诗歌的"第一亮丽风景"。不但如此,就后者而言,走向广阔的社会现实,重新强调、找回文学反映生活直至批判社会,也构成了在众多写作比较中脱颖而出的态势;第二,"真实"的"镜像"。"底层写作""打工诗歌"从总体上说,是充满生活真实和心灵真实的,然而,更为重要的,却是这种真实在与过去写作的比较中形成的"镜像"。事实上,进入市场化时代之后,生存与竞争的压力往往会使个体生活不自觉地陷入未能免俗的境地。因此,纵使不必采用历史整体性的追溯,"底层写作""打工诗歌"的为数众多和时空广阔,也构成了冲击纯文学脆弱阵地防线的多面锥体。而在"镜像"的映衬之下,往日的曲高和寡、孤芳自赏、躯体欲望等主体认同的个人写作,宛若遭遇雨天冲刷的涨池之水,那种来自生命底层同时又是悲悯人性的写作,瞬间使权利的坐标趋于等同;第三,乌托邦情怀。在"诗歌道德伦理"出现的瞬间,人们似乎嗅到了某种回顾历史后诗歌自我拯救的味道。交织于真实和权利泛化之后的"底层写作""打工诗歌",从不畏惧与满足于已获取的写作空间,他们以"观看／被看"的姿态在写实主义那里获得了回击后现代碎片生活场景的手段,而达成一种诗歌的"至高律令",既是这一写作同时也是批评家责任的共同旨归。尽管,以"道德伦理"要求诗歌和诗人从来就是一件不确定的事情,但勉为其难的结果或许就在于心理空间和想象空间的自我营造,这种极具召唤意识的命名,对于那些尚处于"底层"的写作者来说,无疑具有相当真实的诱惑力量。

从"底层写作"等的表意策略,看待"世纪初诗歌"的时空生存状态,一个显著的事实即为关注现实与民生,发挥着内在的效力和再造"想象"的功能。事实上,"底层写作""打工文学"一直与同时使用的诸多意识形态性的称谓,比如"人民性""新左翼文学""有产阶级"之间联系密切。遍览世纪初几年诗歌评奖、期刊发表以及各地文联、作协为诗歌写作提供的"依据"和"范本",我们不难感受到某种新的制约机制的生成:"干预现实""恢复文学的揭示甚至批判功能"等,正是世纪初几年中国文学的一种走向;而历史和理论的经验也早已证明:文学适当的公共化、意识形态化是有效而正确的途径。这一制约方式至少从营造写作底限的过程中,拯救了写作意义上的挥霍无度与任意妄为,从而在平衡文学(诗歌)生产和消费的过程中再造文学的"想象"与精神的"想象"。至于"想象"包含的"乌托邦情结",也生动再现了詹姆逊的"乌托邦只不过是对集体生活的政治和社会的解决办法:它不会消除人际关系和肉体存在本身(其中包括性关系)这两者固有的紧张状态和不可解决的矛盾"[①]的说法。

五 诗歌的"地理"及其分边场域

从表面上看,诗歌的地理问题似乎正随着城市文明和科技化的进程而消失——除了网络将写作的空间"人为"地缩小,交流和资讯手段的

[①] 弗雷德里克·詹姆逊:《时间的种子》,王逢振译,江苏教育出版社,2006年,第97页。

迅捷也使诗人的地域身份变得日趋模糊。然而，无论从空间的广阔，还是写作内部结构的复杂多义，诗歌中的地理因素特别是文化层面的地理现象，却在"世纪初诗歌"的肌理构造中表现得较为明显，并在特定的区域下异常突出。

首先，人们很容易从民刊的一纸风行和网站的竞相繁荣中看到"诗歌地理"的问题。在"世纪初诗歌"几年的发展过程中，究竟存在多少种民刊和诗歌网站，已成一个难以确切统计的事情了。从竞相出现在网络上的诗歌网站、网刊以及消息报道中，可以看到我们时代的诗歌写手竟然数以万计；而在不断市场化、科技进步化的今天，自印的民刊、诗集（其中的合集可以视为一种"地理现象"）更是通过一种集束出场的形式将或是出于地域、年代、旨趣等标准的诗人合在一起。从北部中国的《东北亚》，到南部中国的《诗歌与人》，民刊的繁荣以及包罗万有一直表达着不同地域使用汉语创作时具有的差异性。上述现象的出现当然与正式期刊发表空间的限度有关，但更为重要的，则是通过集束出场的方式可以醒目地表达一个地区、一个群落诗人的生存记录，这其中隐含的另一重意义即为在诗歌边缘化的时代，诗人的崭露头角、身份汰变竟然如此竞争激烈。如今，与民刊相对应的官方刊物也不断通过更为明确的"地域性"栏目经营版面，这不能不说"诗歌地理"已是随处可见的现象了。

与1980年代诗歌的群落效应明显不同的是，"世纪初诗歌"在经历1990年代风景冷清、资源匮乏的分化重组之后，正以文化地理的方式自发地建构属于这一时代的"诗歌地理"。如果借用后现代地理学的说法，即"在今天，遮挡我们视线以致辨识不清诸种结果的，是空间而不是时间；表现最能发人深思而诡谲多变的理论世界的，是'地理学的创造'，而不是'历史的创造'。这就是后现代地理学反复强调的前提和承诺"①，世纪初的"诗歌地理"自然不再仅仅局限于地域诗学的问题，其重点还包括同一诗歌写作过程中的空间层次。以上文所言的"底层写作"为例，其

---

① 爱德华·W. 苏贾：《后现代地理学——重申批判社会理论中的空间》，王文斌译，商务印书馆，2004年，第1—2页。

"草根性""打工者的身份"以及写作本身的伦理意识,就属于社会底层的生存写照和真实吁求。这种真实、尖锐以及苦难式的生活处境及其精神书写,在那些有身份的诗人圈子里,极有可能招致一些人的曲解与讥讽,而这种现象的出现,又从另一方面反映了"诗歌地理"在置于权利场域之后,将存有怎样的界限和印痕。

"世纪初诗歌"的地质构造无疑从多维度的视点勾勒出当代中国的写作图景:在自然地域的平面化网状与立体结构叠加的构成中,所谓平面与立体同样也包含着"相对位置"的现象,这是一个复杂而又耐人寻味的现象。就目前的态势而言,北京、上海、广东由于文化精英的聚集和经济的发达,一直成为"世纪初诗歌"最具活力的区域,诸多诗歌活动、文化现象以及诗学争鸣也多源于此。相比较而言,那些"外省的诗歌"会因为相对的"冷清"而产生聚集"中心"的现象,但对于剩余的诗人,则需要加强地域诗歌旗帜的"亮度"而维系自身的位置,从而引发诗歌"地理"倾向的加剧,并最终在不断产生新的诗歌现象中浮现崭新的诗歌地理构造……

通过以上五方面的研讨,我们大致可以从"历史"和"现实"中廓清"世纪初诗歌"的历史构造与图景书写。与那些常常从现象出发的角度言说"世纪初诗歌"的文章相比,本文关于生成方式的研讨,同样只是一个简单的开始,并将不断延伸下去。随着时间的推移,"世纪初诗歌"必将会因更多新质的出现而获得更为广阔的历史阐释,并直至产生自身的裂变现象。但无论怎样,诗歌的地质构造总要在挥别历史的过程中探寻今天的特殊性,这不但在晚近时期文学研究中显得尤为重要,而且,也为构造和图景自身的未来留下了丰富的时间和空间。

2009 年 6 月

论少数民族文学的当代史写作问题
——以《中国诗歌通史·当代卷》"80、90年代"的写作为个案

随着《中国诗歌通史》①各卷本的出版，少数民族文学史书写又一次在诗歌领域完成了自身的实践。尽管，结合笔者参与的《中国诗歌通史·当代卷》"80、90年代"部分的写作情况来看，这并不是一次完整意义上的少数民族文学史写作，但其仍然可以作为一个"典型个案"，来具体探究少数民族文学的当代史写作过程中存在的若干问题，进而为少数民族文学史写作提供某些经验乃至建设性的意见。

一 当代文学史视野中的少数民族诗歌写作

之所以要强调当代文学史视野中的少数民族诗歌写作，主要是区分少数民族文学进入中国当代文学史和中国当代少数民族文学史这两方面的内容。显然，对于后者而言，所谓专题专论一般是不会存在问题的。但少数民族文学进入中国当代文学史却不一样，从已有的研究来看，少数民族文学（经典）如何入中国现、当代文学史乃至中国文学史，一直是一个

---

① 赵敏俐、吴思敬主编：《中国诗歌通史》，人民文学出版社，2012年，该书系国家社会科学基金重点项目（04AZW001）的结项成果。该成果内容从先秦叙述至当代，共10卷，每卷均在50万字以上，下限基本以2000年为准。笔者主要参与的是《中国诗歌通史·当代卷》"80、90年代"部分4章15万字的写作，其中涉及少数民族诗人的写作内容。

存有争议的话题。即使仅以当代文学史版本为例：洪子诚著的《中国当代文学史》（北京大学出版社，包括1999年第一版和2007年修订版），朱栋霖等主编的《中国现代文学史》下册（高等教育出版社，1999年），孟繁华、程光炜著的《中国当代文学发展史》（人民文学出版社，2004年第一版；中国人民大学出版社，2009年第二版），董健、丁帆等主编的《中国当代文学史新稿》（修订本）（人民文学出版社，2005年），等等，在一定程度上受到质疑、指责，已众所周知。不仅如此，按照指责、质疑方的"论证逻辑"，上述的文学史名单还可以大量地罗列下去，但其理由却无外乎集中于如下两个方面：其一，是少数民族文学在"入史"过程中被"边缘化"、文学史家对其关注得"不够"乃至"漠视"；其二，是少数民族文学"入史"可以在肯定少数民族作家创作实绩的同时，丰富中国文学史的视野与写作本身。结合已有的实践来看，上述说法确实指出了中国当代文学史写作过程中实际存在的问题。不过，随即而来的问题则是中国当代文学史写作在具体实践过程中，如何切实、有效而又合理地处理少数民族文学的创作呢？在我看来，这不仅涉及文学史家的观念、立场，文学史版本的审美个性、功用意识（无论是著作式的文学史，还是教科书式的文学史），还涉及"当代视野"中少数民族文学的艺术水准、品位，审美接受等一系列问题，此外，则是文学史写作的具体可操作性也必须在考虑的范围之列。

以《中国诗歌通史·当代卷》"80、90年代"的成书情况为例。第11章"多元写作姿态的展开"之第4节"少数民族诗人的新姿态"，以一定篇幅具体写到的诗人包括吉狄马加（彝族）、高深（回族）、木斧（回族）、巴音博罗（满族）、冉冉（土家族）、吉木狼格（彝族）共六位，这样的写作格局如果仅着眼于20世纪八九十年代少数民族诗人的创作实际来看，自然会显得"狭小"和"薄弱"。但通观整部《中国诗歌通史·当代卷》，其可以从第8章"归来者的第二个春天"和第9章"朦胧诗人的崛起"算起的"80、90年代"诗歌史，所包含的少数民族诗人却远不止上述六位。苗族诗人何小竹在第10章"新生代诗人的躁动"之第4节论及"非非"诗群时被提到名字、满族诗人牟心海在第11章"多元写作姿态的展开"的第 2 节"乡土记忆与城市印象"之二"融有乡土风的城市交响"中居于首位、土家族诗人黄永玉置于同一章第 5 节"诗学文化的多重视野"之三"讽刺诗和寓言诗"、满族女诗人娜夜的创作在第 12 章"异军突起的女性诗歌"第 3 节"王小妮与女性诗歌的多元展开"中得以呈现、撒拉族诗人马丁和藏族诗人桑格多杰在第 13 章"蔚为大观的西部诗歌"第 1 节"昌耀与青海诗人"中加以书写，等等，均可以作为《中国诗歌通史·当代卷》"80、90 年代"在书写同时期少数民族诗人创作过程中力争凸显重点、绝非苍白想象的治史理念之明证。值得指出的是，在具体写作过程中，虽同为少数民族诗人，但由于章节安排、篇幅平衡以及写作标准相互取舍等因素的制约，上述少数民族诗人被分置于不同的标题之下，绝非缺乏相应的合理性：何小竹的归类显然出自于"新生代诗群"的整体考虑；满族诗人牟心海、女诗人娜夜的创作等并未被归结至"少数民族诗人的新姿态"的名目之下，则更多是缘于其 20 世纪八九十年代的诗歌创作之风格特点与其当下归属的名目相契合（如牟心海的创作确实在融合城市与乡土风格的同时偏重于城市；娜夜的性别及其诗歌的女性意识更容易使人将其划分至"女性诗歌"的阵营之中，等等）。至于更多同时期颇有成就的少数民族诗人及其创作没有进入《中国诗歌通史·当代卷》"80、90 年代"的写作部分，则与这部分诗歌史对少数民族诗人的艺术成就、历史地位等方面的整体考察有关。上述同样贯穿于整部《中国诗歌通史·当代卷》的治史观念虽乍看起来稍显苛刻，但它却较为真实地反映了处理晚近时期文学史写作的"权宜之计"以及文学史写作必然要确立自身的经典化序列和"越写越薄""越写越精"的逻辑：迫于时间的"压力"，晚近或曰当下的文学史是应当具体、详细一些，但所谓的"具体""详细"不是以牺牲文学史的审美标准为代价的；而从发展的眼光看待晚近的文学史，后来者的"晚近"或曰"当下"书写，无疑会呈现出更为简单、精炼的面目。

二 "少数民族诗歌"概念的当代反思

如果说在《中国诗歌通史·当代卷》"80、90 年代"的写作中,诸多少数民族诗人由于各式各样的原因没有被置于"少数民族诗人的新姿态"的名目之下,那么,在仔细考察"少数民族诗人的新姿态"的书写之后,我们同样会发现其存在的问题,此即为少数民族诗人创作应有的民族特色。一般而言,谈及少数民族文学,总会让人联想到少数民族作家的民族身份和创作上的民族特色,但从中国现、当代文学史的已有实践乃至大量专题式的少数民族文学史成书情况来看,着眼于"少数民族文学"的历史在其具体书写过程中,作家的民族身份往往远胜于其创作上的民族特色,成为其被判定为少数民族作家的重要依据。上述在具体操作中常常呈现出的"宽泛处理"的现象,在《中国诗歌通史·当代卷》"80、90 年代"的写作中同样得到了生动的体现:并不是每一个少数民族诗人都在其写作中凸显了本民族的文化特色,这一现象其实与本书中其他一些具有少数民族身份的诗人被纳为另外一些名目之下,构成了一个问题的两个方面,而其实质则在于如何看待"少数民族诗歌"的概念并对此作出适当的反思。(鉴于"少数民族诗歌""少数民族诗人""少数民族文学"的概念探究,重点在于"少数民族",故此,在本文中,对于"少数民族诗人""少数民族文学"均不再做特别强调)

为了能够更为全面地呈现"少数民族诗歌"所涵盖的复杂内容,我们可以首先通过比较的方式揭示其内涵:以巴音博罗的创作为例,这位生长于辽宁的满族诗人,最初是以满族历史文化题材的作品为诗坛瞩目的。从 1990 年 2 月发表第一首作品《莽式空齐》到 1995 年,巴音博罗的写作一直处于描绘满族历史、文化的"历史抒情阶段":《吉祥女真》《悲怆女真》《女真哀歌》等作品,使诗人可以尽情地在创作中驰骋自己民族历史的想象。而在创作之外,巴音博罗又多次表述:"我是一个旗人,但我用汉语写作,我一直把汉语当做我的母语,这是一种悲哀呢还是幸福?当那条名叫'女真'的河流从我们的血液中流注'华夏'的海洋时,我时常被这种浩瀚的人文景观所震撼……"①坚守自己的民族立场并将汉语视为母语用以写作,虽初听起来有些"矛盾",然而,这种"融合式的写作"却是中国文化语境下少数民族文学创作及其可以进行有效传播、接受的主要形式,巴音博罗可以迅速以自己的少数民族文化特色崛起于诗坛的"秘密"也正在于此。对比巴音博罗,同是辽宁的满族诗人牟心海,虽曾于1987年在丹东工作期间,以诗的形式记录过满族的民间故事、传说、神话等②,但对比他的那些更具特色、更为受人关注的作品并联系其整体的创作史,其满族题材的创作显然不占有重要的地位,这样,两位诗人的创作能否统一至"少数民族诗人的新姿态"之下便是一个实际操作过程中值得商榷的问题。其次,对比少数民族诗人的创作,还可以发现:不同的成长道路、生活环境往往会使同一民族作家拥有不一样的创作个性,这种在彝族诗人吉狄马加、吉木狼格,满族诗人巴音博罗、牟心海、娜夜以及匡文留等笔下呈现出来的差异,其实还涉及不同的地域文化和历史传统在沿袭过程中对于少数民族诗人产生的影响问题。③通过上述对比分析,我们大致可以看到:"少数民族诗歌"的概念考察不仅应坚持历史、现实相结合的原则,还应当以一种动态的眼光。在兼顾创作成就、艺术个性的前提背景下,诗人的民族身份、创作观念、生存的文化环境、历史传统等都是确证或影响"少数民族诗歌"概念构成的重要因素。当然,就文学史写作而言,笼统地指认"少数民族诗人"与具体指认"少数民族诗人"也需要加以适当的甄别。与专题式的少数民族文学史首先确认少数民族身份,而后是创作成就,并在具体书写时力求不遗漏、不遮蔽等不同的是,

---

① 巴音博罗:《诗,汉语之灯》,《鸭绿江》2001年第6期。
② 主要指牟心海:《风采集》,辽宁民族出版社,1987年。这是一本关于满族民间故事的诗集,收入诗作16首。
③ 以满族诗人巴音博罗、牟心海、娜夜以及有"西部诗后"之称的满族女诗人匡文留的创作对比为例:4位诗人虽同为满族诗人,且与满族的聚居地辽宁极有渊源,如巴音博罗、牟心海一直生活在辽宁;娜夜是辽宁兴城人,现居甘肃兰州;匡文留祖籍辽宁,生于北京,长于大西北,但由于他们生长环境的差异,很难在阅读过程中找到"共性",而顺着这种差异加以推演,满族历史文化传统的沿袭、接受又必将成为一个值得思考的话题。

中国现、当代文学史意义上的历史书写虽然不会忽视少数民族的创作,但其追求审美艺术的理想往往使作家的艺术水准、自我的叙史模式成为文字记录的关键。"编写一个国家或一个民族的文学史的基本任务是系统地客观地叙述这个国家或民族的文学的发展过程,对发展过程中有历史地位的作家、作品和其他文学现象作出正确的说明或论断,并从而阐明这个国家或民族的文学的发展规律。"[1]何其芳这段话显然对专题式的少数民族文学史和中国现、当代文学史均有启示作用。应当说,即使对于那些涉及少数民族文学、得到认同的当代文学史版本,如张炯、邓绍基、樊骏主编的《中国文学通史·当代文学编》,杨匡汉、孟繁华主编的《共和国文学50年》,陈思和的《中国当代文学史教程》,重视文学的审美意识、揭示文学的发展规律,也成为其文学史写作的主要目标。由此联想现代作家老舍、沈从文,当代作家张承志以及阿来等在绝大多数已出版的文学史版本中所处的"位置",便可大致明确:如果作家的民族身份和其主要创作相重合或占有一定比重的话,那么,其文学史书写就容易凸显其少数民族的身份及其文化意识;如果作家的民族身份和其主要创作关系不甚紧密,那么该作家的"位置"就很容易被其创作成就所决定,而其少数民族身份、少数民族文化对其创作的影响往往只能构成其历史书写的一个侧面。

三 全球化时代"少数民族文学史"书写的若干思考

按照民族主义研究者为"民族"所下的定义:"具有名称,在感知到的祖地(homeland)上居住,拥有共同的神话、共享的历史和与众不同的公共文化,所有成员拥有共同的法律与习惯的人类共同体。"[2]我们似乎不

---

[1] 何其芳:《少数民族文学史编写中的问题——1961年4月17日在中国科学院文学研究所召开的少数民族文学史讨论会上的发言》,收入《何其芳全集》第5卷,河北人民出版社,2000年,第375页。
[2] 安东尼·史密斯:《民族主义:理论、意识形态、历史》(第二版),叶江译,上海世纪出版集团,2011年,13页。

难猜测广义的"民族文学"应有的地域、文化、历史、现实甚至宗教方面的特点,然而,广义的"民族文学"毕竟不能与本文所言的"少数民族文学"同日而语。其中,一个较为明显的事实就在于,"民族文学"不仅可以包含本"民族"文学的全部历史,还可以承担一个国家文学的实绩,而中国当代的"少数民族文学"却不具备这样的"条件"。对比"民族文学"与"少数民族文学"涵盖的不同范围,很容易让人们从中国具体、现实的文化语境去思考当代"少数民族文学"的历史书写。正如关纪新在《20世纪中华各民族文学关系研究》中指出的:

> 20世纪后半期的中国社会,统一的政治局面极其明朗,这种局面对国内意识形态的所有领域都产生了强有力的规定性。而伴随着人类物质文明的提升,现代化的交通、通讯、信息手段得以广泛运用,少数民族地区在地理上的相对隔离状态也被层层打破。各民族群众的精神文化生活在内容和形式上日益显示出同构倾向。由于威力巨大的市场经济已经把艺术生产并入了自己的运营机制之内,各个民族的作家文学创作也就需要面对一个在全国范围内逐步形成的整体的文化消费市场,而去比照较为接近的美学、心理学、社会学、文化学乃至政治学的法则,完成各自的文学作品。当以上各种现象相继出现的时候,人们仍然可以清楚地意识到,这种在国内对各民族来说在文化及文学发展上的一体化导向,从大处放眼,还是以中原文化的一系列标准为基本指归的。①

当代中国特别是1980年代以来的少数民族文学,由于现代化、市场经济等因素的影响,确实发生了不同于以往的变化,诸多少数民族作家可以熟练使用现代汉民族共同语进行创作并达到一定高度,已是司空见惯。当然,随着全球化语境的到来,少数民族文学还面临着外来文化冲击、如何更好地走向世界等一系列新问题。上述事实生动地反映了全球化时代

---

① 关纪新:《20世纪中华各民族文学关系研究》,民族出版社,2006年,第4页。

的少数民族文学不但是一个创作层面上的自我认知、自我重塑的过程,还潜在隐含着一个消费意义上的读者接受的过程。在此背景下,少数民族文学如何兼顾文学的民族性和艺术性也就变得不再"简单""纯粹":除部分少数民族作家由于时代、社会、文化(教育)等因素,在题材选择、思维方式、文学想象等方面与汉族作家并无二致之外,另外一些卓有成就的少数民族作家通过对本民族的自我书写,自觉追求、实现民族性、传统性、中华性、世界性和文学现代性的完整统一,也成为当代少数民族文学创作发展过程中的重要趋向,而且,从"少数民族文学"的视角来看,后者又是最能凸显其艺术本位的。以众多当代文学史版本、少数民族当代文学史版本及《中国诗歌通史·当代卷》都曾提到的彝族诗人吉狄马加为例,他在《我的歌》中曾宣称:"我的歌/是长江和黄河多声部合唱中/一个小小的音符/……是献给这养育了我的土地的/最深沉的思念/……是献给我古老民族的/一束刚刚开放的花朵/……是献给祖国母亲的/最崇高的爱情"①;在创作随笔《我与诗》中曾自述:"我在创作上追求鲜明的民族性和世界性的统一。我相信任何一个优秀的诗人,他首先应该是属于他的民族,属于他所生长的土地,当然同时他也属于这个世界。在我们这个世界上,没有也不会存在不包含个性和民族性的所谓世界性、人类性。我们所说的人类性是以某个具体民族的存在为前提的。……我在创作上主张纵的继承和横的移植,因为艺术手法并无族门和国界。……我要用我全部的爱和情去歌唱我的民族,歌唱生我养我的祖国,歌唱全世界一切进步的事业。"②都说明了其诗歌具有的植根于本民族文化立场,融通于中华民族文化和世界文化潮流的创作特点,而这些特点不失为当代少数民族文学发展中的一种路向或曰一个重要的典型。

  结合上述分析,我们大致可以总结出全球化时代"少数民族文学"历史书写的若干实践性"原则"或"策略":第一,对于少数民族文学入中国现、当代文学史(当然,从当代人写作的立场来看,入现代文学史也是

---

① 吉狄马加:《我的歌(代前言)》,收入《吉狄马加诗选》,四川文艺出版社,1992年,第1—2页。
② 吉狄马加:《我与诗》,收入《吉狄马加的诗》,第163—165页。

一样），首先应当坚持客观、公正记录当代文学历史大事、进程，充分表达当代文学特点及其审美艺术水平的原则，而后才是适当的、具体放宽的策略。客观来看，少数民族文学写作在现今流行的当代文学史版本中占有比重较小，并不有悖于民族平等的原则、立场，它只是从统一的标准出发，真实地"记录"了中国当代文学发展的历史现状、建构了一种文学史经典的秩序。同样的，如果这种书写是真实的、有效的，那么，对于中国当代文学史写作，也不必过分强调设置少数民族文学的专章专节，因为这样往往会损伤当代文学史写作的整体、有机的结构。少数民族作家同样也是中国作家，其实在以往的文学史写作过程中往往是不言自明的：即使对于那些设少数民族文学专章写作的文学史版本，老舍、沈从文、张承志也同样无法进入该专章的操作实际，已很清楚地说明了文学史写作中理想与现实之间的"出入"。不同门类、体裁的当代文学史（如诗歌史、小说史等等）是否设置少数民族文学的写作，其实是一个反映此文学史涵盖广度的具体问题，不宜整齐划一，也从不存在主观情感上的"照顾"和"贬低"。当然，考虑到文学史写作应有的丰厚性，笔者以为应当在文学史每一时段的思潮性概述中对少数民族文学给予适当的关注，这样一则可以拓宽、丰富文学史的写作，二则可以减少文学史评价过程中的压力。而就具体写作来看，笔者赞同武汉大学陈国恩教授所言："把少数民族文学融入中国现当代文学史，要求我们从不同民族文学的交流和融合的高度来把握少数民族文学对整个中国现当代文学发展所作出的贡献，从整个中国现当代文学的性质和特点出发来理解少数民族文学的民族特色。只有这样，才能勾画出包括各民族文学在内的整个中国现当代文学史的发展脉络，揭示其内在的规律。这方面我们以前做得不够，如果深入下去，是可以找到不少新的研究课题的，比如民族文学之间如何交流互动，这种交流和互动对中国现当代文学发展的意义。此类课题，对于拓展中国现当代文学研究的领域，无疑具有非常重要的意义。"[①] 少数民族的当代

---

① 陈国恩：《少数民族文学怎样"入史"》，《北方民族大学学报》2010年第3期。本文在具体写作过程中曾借鉴其观点，特此注明。

文学史书写应当讲求立体、互动、丰厚,避免那种表面、简单、线性的模式,惟其如此,其写作才能做到因地制宜、有的放矢。

其次,鼓励少数民族文学撰写独立的文学史,或通过多样化的文学史实践减少少数民族文学入史的压力。从已有的实践可知,少数民族文学史写作不仅包括诸如特·赛音巴雅尔主编的《中国少数民族当代文学史》,路地、关纪新主编的《当代满族作家论》,还包括各民族独立的文学史以及地域式的(如西部)专题文学史等等。独立的、专题式的少数民族文学史可以从本民族的实际情况出发,尽可能全面地记录本民族文学的发展历史,选择符合其标准的作家、作品,进而构建历史框架、结构,同时,还可以在本民族区域的教育中推行、传播,与中国当代文学史形成一种"互见"、互动与交流。至于其出发点或曰逻辑,则应当采取"回到何其芳"的原则,即何其芳在1961年"少数民族文学史讨论会上的发言"中所言的:"对于编写少数民族文学史或文学概况应该强调各民族文学的共同点还是应该强调特点,也有两种不同的意见:一种意见认为写文学史或文学概况要有助于我国各民族文学的特点;一种意见认为两者并不矛盾,重视并发展各民族文学的特点并不妨碍我国各民族走向自然融合。我赞成后一种意见。我国各民族走向自然融合,这是一个长期的过程,一个远景;不能因此就人为地否定各民族的特点;重视并发展各民族文学的特点并不妨碍这样的趋势和前途,反而可以丰富今天和将来的我国各民族的文学的共性。我们的文学史或文学概况既要重视我国各民族的文学的互相影响和共同之处,也要重视它们在内容、形式、风格、技巧等方面的不同的特点。"① 此外,还可以通过文学史实践自身的改变缓解少数民族文学入史的压力。以"华文文学""华语文学"等从语言角度进行的文学史书写为例,其在近年来文学研究中颇有高涨之势,一方面确然体现了全球化时代的文学(史)研究的视野及特点,一方面又可以通过视域的扩大而减少某些具体现象处理过程中存在的若干问题。可以设想的是,着眼于"华

---

① 何其芳:《少数民族文学史编写中的问题——1961年4月17日在中国科学院文学研究所召开的少数民族文学史讨论会上的发言》,收入《何其芳全集》第5卷,第399—400页。

文文学""华语文学"的文学史书写，会结合语言、地域、风格等特点，而使入史的少数民族作家的个性更为凸显，而此时，其"民族性"的凸显也不再只是一个"少数民族文学"的问题。

最后，应鼓励少数民族作家创作，培养少数民族作家的队伍，不断提高少数民族作家的艺术水准，并切实做到促进少数民族文学的翻译、整理和交流等工作。少数民族文学的创作、交流、入史等，归根结底是一个传播消费的过程，在这一过程中，不分民族的广大读者才是实现其消费的主要对象。当然，谈及消费传播，少数民族文学创作的语言、内容、身份、艺术性等也必将在考察的范围之内。是通过题材、角度取胜，还是通过艺术风格获得关注，这不仅涉及少数民族文学本身的历史和现实，同时，也涉及少数民族作家自身的审美取向、观念立场。少数民族文学应当在注重传播交流之现实语境的前提下，有较为明确的文化意识和自我意识，实践适合自己实际生活经历的创作之路，只有这样，情态各异的少数民族文学才能真正从容迈进文学史的视野，实现自身的历史化进程。

总之，少数民族文学的当代史写作是一个理论与实践相结合的问题。它一方面需要深入探讨，理清观念，另一方面又需要不断通过实践，积累文学史写作的经验。本文在考察现象、吸纳学界研究成果及结合自己的实践之下所言的几点只是一次简单的尝试，相信伴随着当代文学的延伸与进步，少数民族文学的当代史书写会达到理想、平衡的状态。而在此过程中，所谓文学史的建构不仅属于研究者、治史者的，同时，也属于少数民族文学本身的。

2012 年 10 月

第五编

阅读笔记

通过阅读、感悟,我们会更加清晰地理解先锋存在的另一种姿态。

"当代文学史"的理论建构与实践
——评陈晓明的《中国当代文学主潮》

就历史的角度而言,自1980年代中期以后"二十世纪中国文学"概念和"重写文学史"口号提出以来,中国当代文学史写作便在逐渐繁荣的过程中走向成熟。结合洪子诚《中国当代文学史》、陈思和《中国当代文学史教程》等代表1990年代当代文学史写作实绩的个案来看,当代文学史观念的创新与实践、学术与个性,都因历史的沉积、容纳的限度以及当代中国高等教育的繁荣,而获得了长足的发展和显著的提升。然而,当代文学史由于自身的开放性等特点往往又使其成为最具挑战性的课题,这样,在世纪初的当代文学史写作中,我们不仅看到了诸多版本文学史的再版修订,同时,也读到了诸如孟繁华、程光炜合著《中国当代文学发展史》式的敢于正面强攻、努力创新的文学史。而在汲取上述著作经验的基础上,陈晓明《中国当代文学主潮》于2009年4月出版,同样也为当代文学史写作以及该学科建设带来了新的理论视角与叙述内容。

一 现代性与"历史化"的图谱

"写作一部当代文学史,其实是我多年的愿望。"从《中国当代文学主潮·后记》中,我们大致可以了解作者多年来写史的夙愿与实际工作的"碰撞",是这部文学史得以实践的前提。从2006年年底开笔,到2008年年底杀青,历经两年写作的《中国当代文学主潮》汲取了多位北大同事和当代文学研究同行的建议,才最终形成今天的面貌。① 这一成书经历在某种程度上决定了《中国当代文学主潮》可以在总结以往当代文学史写作经验的前提下,置于学术高地之上。而事实上,从《中国当代文学主潮》"绪论:现代性与中国当代文学主潮"中陈晓明言及陈思和《中国当代文学史教程》,孟繁华、程光炜《中国当代文学发展史》,洪子诚《中国当代文学史》的初版与再版及其各自特点,也足以使作者站立于当代文学史的历史高度和最新成果面前,从而将自己的学术个性融入其中。

  从回应当代可以写史的起点出发,陈晓明认为:"很显然,我们只能怀着一种责任感,去书写'当代文学史'。历史并不是因为久远才使我们的理解具有特权,当代人对当代史的理解同样具有重要的意义,那种亲历性和真切的记忆,是时过境迁所不具有的优势,可以为即将消失的历史留下更为鲜活的形象。我们现在书写的'当代文学史',或许是文学史的'最后的记忆'。"② 应当说,对当代文学历史的责任感和亲历者的切身感受,是包括陈晓明在内所有当代文学史书写者的"优先权",但显然,这一权利的获得及其充分程度最终取决于写作者把握历史的能力和治史的眼光。"尽管当代现实如此纷纭多变,但是对当代史的记录并不能仅只是印象式的或零散化的,我们同样有必要采用一定的理论框架,这可以使我们在更大的视野中,在更为深远的背景中来阐释中国当代文学史",鉴于现代以来中国文学最突出的特征就在于它与现代性的展开关系密切,而"真正恰当地在现代性的语境中来揭示中国当代文学史的建构的研究还并不多见",陈晓明的《中国当代文学主潮》实际上是以现代性的理论视野作为阐释的主线、绘制图谱,并由此期待"揭示出文学史更丰富深厚的内涵"。③

  针对近年来研究界对现代性的过度使用,陈晓明在使用这一概念时显示出较为深远的历史感:"我们现在理解的现代性是指启蒙时代以来,

---

① 陈晓明:《中国当代文学主潮》,北京大学出版社,2009年,第596页。
② 同上书,第2页。
③ 同上书,第2—3页。

'新的'世界体系生成的时代,在一种持续进步、合目的性、不可逆转地发展的时间观念影响下的历史进程和价值取向。现代性的本质就是使人类的实践活动具有整体性、广延性和持续性。"① 上述有关现代性的认识,使作者很自然地"把中国社会主义革命文学对历史的重新叙事和对当时中国现实的书写,以及文学本身的新生历史的建构,看成是一个'历史化'的过程",而"'历史化'与现代性就像一枚硬币的两面,'历史化'的冲动植根于现代性,中国社会主义革命文学的现代性依靠'历史化'来体现"。② 无论是取材于弗里德里克·詹姆逊的"历史化"概念,还是很早就用"历史化"解释中国当代文学史的做法,③ 陈晓明都认同"文学的'历史化'就是文学叙事最终会建构起可理解的历史性"。④ 尽管在其后的论述中,陈晓明又进一步给出"历史化"的具体解释并使文学与历史性之间形成辩证、互动的关系,但这种强调通过文本和叙事而感知"历史的存在",究其实质,是呈现了较为明显的后现代历史(或曰新历史)观念。

事实上,作为与现代性密切相关的话题,后现代、后现代性也确实成为《中国当代文学主潮》"寻求"的"必要的理论参照体系"——"在后现代主义理论与方法已经相当普遍的情形下,我们要再保持整体性和目的论的历史观念已经非常困难了。保留住现代性历史理念的基本内容,尽可能地吸收后现代的历史方法,成为一个折中的调和方案。对于当代中国来说,这个方案显得尤为可贵而实用。在中国当代现有的文学史写作的语境中,这更是一个别无选择的方案。"⑤ 调和现代性历史观念与后现代知识之间的"矛盾",在很大程度上,既体现了陈晓明对"现代性"叙史模式的担忧,同时,又体现了陈晓明对后现代知识立场及其反思精神的偏爱,这一点,在阅读《中国当代文学主潮》第 14 章以及此后章节的内

---

① 陈晓明:《中国当代文学主潮》,第 18 页。
② 同上书,第 19 页。
③ 同上书,第 19 页。其中,该页脚注①注明了他最早使用"历史化"解释中国当代文学史的实践。
④ 同上书,第 20 页。
⑤ 同上书,第 14 页。

容时会获得十分明显的感受。随着具体操作过程中文学史的观念与方法,即"在现代性与后现代性综合的基础上建构起来的当代文学史叙事"形成之后,现代性的"历史化"图谱也相继建立起来:在使用"全面'历史化'时期""超级'历史化'时期""'再历史化'时期""'去历史化'时期"[①]等隐含现代性与后现代精神的术语中,当代文学史五十多年的"历史化"地形图已显露其清晰的面貌,而这一图谱与作者当代文学史分期之间的一致性,显现了陈晓明对于当代文学史起承转合的理解与刻绘。

二 20世纪视野中的当代文学史书写

尽管按照顺序,在"绪论"中,陈晓明首先涉及"中国当代文学史的分期",但笔者以为:这一从时间上和"历史化"地形图相应和从更深层的意义上说来自于理论的制约因素。在充分考察"当代文学"特定的政治时代含义的基础上,陈晓明将"1942年在延安召开的文艺座谈会作为中国当代文学的起点标志",而这样的目的以及理由在于会使"社会主义革命文学的书写"更加完整,"其来龙去脉也会更加清晰",在"现代"与"当代"之间含有一段重合阶段,可以说明"它们之间既有重合,也有转折断裂,可以更清晰地显示它们之间的内在关系"。[②]结合笔者关于当代文学的"历史记忆",将1942年《讲话》作为当代文学的起点一直是关于当代文学分期中的一种说法,但在1990年代之后出版的当代文学史著作中,持有这种看法的人似乎并不多见。究其原因,或许就在于任何一种有关"当代文学史"的分期都会产生实践过程中新的历史边界及相关一系列问题,而1949年新中国的成立无论如何都可以因其重要意义而成为历史的坐标,此外,就是文学史作为一种"历史",采纳同期历史学的分期逻辑也并不过分。由上述前提看待世纪初当代文学史写作上的"新动向",从孟繁华、程光炜的《中国当代文学发展史》对当代文学"发生和

[①] 陈晓明:《中国当代文学主潮》,第22页。
[②] 同上书,第5页。

来源""基本文化方向的确立"①,到陈晓明《中国当代文学主潮》以明确肯定的态度重新确定当代文学史的起点,重释当代文学史的分期自然会敞开许多饶有兴致的话题。

为了能够"抓住贯穿中国当代文学史始终的那种精神实质,以及由此而展开的历史内在变异",陈晓明在确认时间跨度之后,曾将当代文学史划分为四个时期,即"第一时期——1942—1956年","第二时期——1957—1976年","第三时期——1977—1989年","第四时期——1990年到21世纪初",并提出更加截然的"二分法",即"1942—1992","1992年到现在以及再往后"。②与文中具体叙述中很少涉及时间因素相比,陈晓明在"绪论"中对当代文学史进行历史分期,一方面自然接续了1942年的坐标原点,另一方面,则是出于当代文学史的理论提升与再解读。"每个历史学家都企图把历史看作是一个整体,所以他就必然常常形成关于历史骨骼的特点的某种观点,这是某种有用的假设,即关于那些特别值得注意的、在揭示它们发生过程的本质方面特别关键的事情的假设"③,英国历史学家罗宾·科林伍德的说法,在一定程度上"消解"同时又"强化"了历史分期的意义和价值。显然,这一说法的本质化内容对于将当代文学五十余年的历史视为"并非铁板一块,不可分割,而是充满了生长、分流和断裂"的作者来说并不陌生。"我们这里所做的历史阶段划分,根本缘由在于教学与研究的需要,也是基于理解的视角,它们只是相对的,本质上是理论产物"④的提法,本身就将当代文学的历史分期问题寄予了历史化的自然逻辑,至于在具体叙述过程中不再着意于时间概念,本身就体现了现代性与"历史化"的惯性意识。

在"类比"王德威《被压抑的现代性》中提出的"没有晚清,何来

---

① 孟繁华、程光炜的《中国当代文学发展史》(第二版),中国人民大学出版社,2009年,第1—14页。
② 陈晓明:《中国当代文学主潮》,第6页。
③ 罗宾·科林伍德:《历史哲学的性质和目的》,收入《历史的话语——现代西方历史哲学译文集》,汤因比等著,张文杰编,广西师范大学出版社,2002年,第182页。
④ 陈晓明:《中国当代文学主潮》,第6页。

五四"观点的同时,陈晓明认为:"重新在文学史内部来清理中国现代文学与当代文学之间的起源、重合、断裂与转折,可以敞开二者关联的历史语境,使更多的论题涌现出来。"① 这一说法本身是以历史延续性的方式,将即将书写的当代文学史置于 20 世纪文学的宏大视野之下。具体而言,从第一章《〈在延安文艺座谈会上的讲话〉的方向与革命文学的范例》"开始,陈晓明在每叙述一段"主潮"时,都力图将本时段的文学史纳入 20 世纪文学史之中,进而在讲述某一思潮的来龙去脉中揭示现代文学史与当代文学史之间的起承转合。比如在第一章中,作者就从"启蒙运动与革命文学"的命题开始讲起:"尽管我们试图把毛泽东的《讲话》视为中国当代文学建立自身合法性历史的一个最重要的基础,它标志着中国当代文学从此拥有自身的理论和政治前提,但新的'历史化'的起源并不如此明确和绝对,它是无法在错综复杂的语境中被截然认定的,以至于每当一段历史被界限分明地确立时,有关其起源性的语境就会有复杂的延伸。中国当代文学后来向着革命文学发展,毛泽东的文艺思想固然起了最重要的作用,但此前的一大批左翼革命文艺家的实践也同样不容忽视。这些实践在中国现代文学的潮流中早已酝酿,并逐渐占据了重要的地位。但它毕竟只是众多潮流众的一支。那么,一支当年混杂在资产阶级启蒙文学或新民主主义文学中并深受其影响的潮流,何以能够在将来的历史中成为愈来愈'纯净'的社会主义革命文学,并最终吞没其他的潮流,这实在是一个需要详加阐释的文学史难题。"② 显然,这样的思路决定陈晓明会从五四新文化运动追本溯源,而后则是在 20 世纪二三十年代文学发展脉络中,探讨五四新文化运动与革命文艺及其后来社会主义文艺之间的"联系"与"转折"关系。针对迄今为止文学史叙述中更多谈及上述两者之间继承的关系,而对其内在的转折与变异则轻描淡写,陈晓明强调:"这两个时代的区别是非常醒目且深刻的,只有揭示出历史的内在变异,才能充分把握不同时期的内在本质。而这里发生的历史变异的内在断裂,

---

① 陈晓明:《中国当代文学主潮》,第 5—6 页。
② 同上书,第 25 页。

就在于作家主体地位和世界观的改变——由启蒙者变成了被改造者,新的无产阶级世界观(革命文艺的世界观)取代了五四新文化运动培养起来的启蒙主义世界观。"① 至此,五四以来的新文学就在整合中完成了与当代文学的"接轨"。

阅读《中国当代文学主潮》,上述倾向在前五章得到了位置空前的凸显。这一写作的倾向性使本书具有较为强烈的历史感。当然,如果从"实用性"的角度来看,所谓历史教科书在面向学生讲授过程中的线索穿梭、沿革图绘也得到相应的加强。而从《中国当代文学主潮》"后记"中所言的本书"列入教材丛书",其文学史的历史意识和教材意识,俨然得到了完整与统一。

三 "主潮"的板块及其构造方式

从《中国当代文学主潮》现有的面貌来看,20章的内容整体突出了"主潮"应有的潮流意识。《中国当代文学主潮》在结构上以板块构造意识,并在每个单元内部力求前后连贯、线索完整;而在具体叙述的过程中,陈晓明显然在作家作品的安排上,进行了不同级别与程度的归纳与分类,这种回避简单罗列的安排方式,充分印证了现代性、历史化与文学主潮的应有之义。与一般文学史往往仅仅停留在作家、作品层面并以其为主线的叙述相比,《中国当代文学主潮》充分体现了写作者的理论素养及其辨析、概括的能力,而其在"章"级标题下直接提取观点的安排方式,也使每一章在紧凑之余更显问题意识。上述结构安排至少使《中国当代文学主潮》呈现了两方面的特点:其一,从单一的主题构造角度而言,以"第四章:农村阶级斗争的文学图谱"为例,从"讨论农村题材、农村叙事、乡土文学、传统"这几个概念入手后,陈晓明首先以"20世纪大文学视野"的方式研讨了"农民作为当代文学主体的地位",而在接下来的论述中,陈晓明将"赵树理的创作:在观念与本真的生活之间""历史地与

---

① 陈晓明:《中国当代文学主潮》,第27页。

经验地把握乡土中国""《创业史》：现实主义的典范之作"作为其余并列部分，这实际上是将赵树理这一时期的整体创作，和由李准《不能走那条路》《李双双小传》、周立波的《山乡巨变》组成的"历史地与经验地把握乡土中国"之单元，和柳青的《创业史》并列起来构成一个板块，进而凸显这些作家作品在叙述者心目中的"位置"。其二，在"重述"当代文学史经典化序列的过程中，陈晓明的叙述又呈现出对"革命""历史"以及"具体化"的理解。以普遍被学界认同、可以充分代表"十七年文学"创作成就的八部长篇，即"三红一创"（《红旗谱》《红日》《红岩》《创业史》）、"青山保林"（《青春之歌》《山乡巨变》《保卫延安》《林海雪原》）为例，除了上文提及的《山乡巨变》《创业史》之外，《红旗谱》《红日》《红岩》《保卫延安》《林海雪原》被纳入"第五章：革命历史叙事的兴起"和《青春之歌》被置于"第六章：'双百'方针及其对文学的影响"的"具体化的革命史及其个体化"之中，就很能说明陈晓明对于革命与历史的编码及其理解方式。尽管在陈晓明看来，"这八部宏大的作品中，有六部是与革命历史题材相关的。它们表现了中国当代文学建构的'历史化运动'，文学重新讲述（建构）了革命历史，同时也建构了文学的历史化"[①]，但其在具体展开过程中的重组、互见甚或作品题目的直接出现与否，都无疑与作者绘制当代文学图谱时的观念及策略轻重有关。

从整体上说，《中国当代文学主潮》20章可以分为前后两大组成部分：前10章是新中国成立后"十七年"至"文革"文学，后10章是新时期以来直至世纪初文学，两大部分比重整体均衡。但从具体叙述上看，《中国当代文学主潮》中新时期以来10章内容叙述更显细致与"零散"，作家、作品的入史数量也有大幅度的提升。这一态势，就印象上说，可以理解为作者多年来在新时期文学特别是先锋文学以来文学领域持续发言、成绩卓然的结果，但与越是"久远历史"其线索和序列就越是清晰并反之亦然的"反比逻辑"相比，这也许是件无可奈何的事情。

就《中国当代文学主潮》中各个单元板块的具体构造而言，作品细读

[①] 陈晓明：《中国当代文学主潮》，第117页。

与精彩的分析同样也成为本书的特色之一。当然,客观地看,陈晓明在具体行文过程中还是有些"偏难"。这一特点如果可以借用作者本身的解释:"我写的文学史与主编的宗旨还是很有些出入。其一是理论性强了些,内容有些艰深。"① 如果仅从"主编的本义是编写一套面向地方院校的中文系教材,希望内容浅显些"的角度阅读《中国当代文学主潮》,那么,作者为本书设计的现代性、历史化线索以及具体各章的目录安排也势必要大打折扣:"在做当代的人中,我算是偏向理论的,写文学史自然难免有理论阐述,这也是我写文学史的理由……如果我的文学史与他人一样,论述的层面和学理内涵没有个人的东西,那我写作的冲动肯定不够充分。另一方面,我也不认为地方院校的学生就偏爱浅显的文学史,我想他们还是想读一本不同的文学史,重要的是好的有见解的文学史,有些深度可能并不是障碍。"② 陈晓明在"后记"中对于文学史写作的理解与理由,使其在文学史实践中充满个性色彩,同时也俨然可以视为本书在已有文学史实践经验基础上的一种崭新探索。上述观念在关于本书的阅读和接受过程中,当然会产生见仁见智的评价,但值得注意的是,作者很清楚读者考验对于《中国当代文学主潮》的意义,而其"这本文学史,我希望能有更多的读者,甚至不同层次的读者都会有兴趣。不同学业阶段的同学,专注于我对文学作品的解释;研究生则可以通读;至于文学爱好者和同行朋友,则更可随心所欲地阅读"③ 的"阅读期待",又最终使《中国当代文学主潮》回归到接受与传播的范畴之中。

四 "重写""重评"及其超越问题

有关文学史的"重写""重评"自1980年代末期"重写文学史"提出后,就一直是现当代文学史写作的重要探索方向之一。所谓"重

---

① 陈晓明:《中国当代文学主潮》,第596页。
② 同上书,第596—597页。
③ 同上书,第597页。

写""重评",就目前的实践经验而言,基本上已超越了"还原"历史、从审美角度构建文学史的阶段。在更多情况下,"重写""重评"已体现为书写历史的新角度、新思维,以及如何体现治史者"今天化"的立场和"当代性"的程度。显然,每一次关于文学历史的书写,都可以视为对文学经典序列进行一次重新编排。"对文学现象的分析,对作家作品的评说,特别是对经典的遴选以及对其价值的确认,是文学史写作者所持有的史学观念、研究方法的直接反映"①,这一提法本身告诉我们:文学史书写不仅会产生作家、作品的重写、重评以及位置的变动,还会包括某些作家、作品在一部新的文学史中的"闪亮登场"。当然,就文学史实践的一般经验来说,越是晚近历史,越会因为自身的稳定程度而易于产生"重写""重评"的现象,而此时,"重写""重评"还包括文学史对某些文学新质、新动向的自觉接受。

"把朦胧诗看成新时期中国文学的起点,这可能是一种暧昧而吊诡的做法。"②陈晓明在第11章"朦胧诗开启的精神向度"开篇处就以"欲扬先抑"的手法定位朦胧诗,实际上体现了他对新时期文学边界起点的"重新划定"。众所周知,朦胧诗的命名归根结底是来自于其对当时主流思想文化的怀疑与反抗,但时过境迁,当人们经过多年后回首历史,不难发现:朦胧诗对于1980年代文学的发展路向具有至关重要的意义,没有朦胧诗的叛逆,就不会有"第三代诗歌"、先锋文学以艺术的方式对主流文化的疏离,这一逻辑顺延关系就历史而言,是反映了"文革"文学向新时期文学过渡过程中文学与历史、个人与现实之间的张力及其隐含的逾越可能。但即便如此,在书写"伤痕文学及其反思性"之后,将朦胧诗置于这样一个历史定位,仍可看出陈晓明对于1980年代日趋走向"自我""现代"之文学趋势的倚重。正如朦胧诗的意义是在于"精神向度"的"开启",朦胧诗作为新时期中国文学的起点也在于此。在书写朦胧诗的过程中,除了"'地下'的状况与《今天》的诞生"使朦胧诗的"前史"向前延

---

① 王春荣、吴玉杰:《文学史话语权威的确立与发展》,辽宁人民出版社,2007年,第260页。
② 陈晓明:《中国当代文学主潮》,第265页。

伸,从而使朦胧诗本身获得丰厚的历史感之外,将"'归来的诗人'群体"放在本章并置于朦胧诗潮流书写之后,也体现了作者对于朦胧诗位置的凸显。尽管从已有的文学史实践来看,这样的安排顺序并不是首次,但其在整体上对于朦胧诗地位的经典化仍然不可忽视。

与诸如朦胧诗问题的"重写"相比,《中国当代文学主潮》中对于许多作家、作品的提及直至开辟一些篇幅,也给读者带来很多新意。在第10章"'文革'后的伤痕文学及其反思性"和第12章"历史选择中的改革文学与知青文学"中,陈晓明对于宗璞《三生石》、张抗抗《夏》、陈建功《丹凤眼》、孔捷生《南方的岸》等作品的解读就在一定程度上给人们带来了新鲜的阅读感受。而在历史化的逻辑下,陈晓明在谈及"知青文学"时还延续到了1990年代郭小东的《中国知青部落》、邓贤的《中国知青梦》、老鬼的《血色黄昏》以及2004年出版的姜戎的《狼图腾》等可以称之为"后知青文学"的系列作品。① 而对于作者本人一向最熟悉的先锋文学,陈晓明也在一定程度上进行了"历史修复"。与写于此前并再版的著作《表意的焦虑》相比,潘军及其《南方的情绪》以及扎西达娃的作品,进入先锋派文学的视野,都堪称一次有意义的"重写"。

当然,在《中国当代文学主潮》中,还有部分内容属于文学史写作意义上的"初写":在第17章"转向语词与叙事的第三代诗人",我们读到了姜涛、杨克、麦城的名字及其创作;而对于"90年代中国诗人在海外的创作"的关注以及"90年代以来的女性主义诗歌"特别是对唐丹鸿、尹丽川的评价也同样体现了作者敏锐的发现力。至于"80后"与网络写作以及对"十七年"和新时期儿童文学的关注,更是呈现了陈晓明对于世纪初文学动向以及当代文学史整体厚度的把握与体悟。

在"绪论"论及洪子诚《中国当代文学史》以及多部当代文学史时,陈晓明曾写道:"如何建立一个更为宏观的文学史图谱,揭示当代文学转折变异的深刻内涵,这是洪子诚先生给当代文学史写作揭示的难题,也需要更多的书写者去面对更高的挑战。"这一意味深长又充满期待的话,是

---

① 陈晓明:《中国当代文学主潮》,第307页。

陈晓明将"寻找一个有效的理路视野来贯穿和阐释当代中国文学史"作为不可回避前提，进而将"现代性"引入当代文学史写作的动因与旨归。从成书的现状而言，《中国当代文学主潮》当然可以作为当代文学史的一次理论建构与实践，它不但反映了21世纪之初当代文学史的写作观念与立场，而且也呈现了近年来当代文学史研究的动态与经验整合。而在被纳入"历史化"轨道的过程中，它的效果与评价同样应当属于读者和历史的。

2010年6月

从感悟"宇宙的灵魂"到一部个案式的新诗史
——评吴晓东的《二十世纪的诗心》

出于21世纪之后对"诗心"的体味重又唤起对诗歌研究的"关切",吴晓东在相继发表《尺八的故事》《"辽远的国土的怀念者"》等多篇与诗歌相关的文章的前提下,将20年来的诗歌研究文字编辑为一册"中国新诗论集",这些实践在相当程度上表明了吴晓东"重返"新诗研究领域的信心。[①]他将那篇写林庚先生、名为"二十世纪的诗心"的文章作为论集的题目,又以"诗心接千载"为"后记",充分体现了他试图以感悟、沟通和穿越的方式解读、品评新诗的理路,同时,也有意或无意地为本论集设定相应的时空视域。

一 "诗心"的感悟及展开

何为"诗心"?吴晓东曾结合林庚先生的"诗是'宇宙的代言人'"的说法,指出:"从这个意义上说,'诗心'构成的就是宇宙的灵魂,能够成为这种宇宙的灵魂的诗人是太少了";"人类获得拯救的途径或许只有一个,那就是'诗性'。也正是基于人类的'诗意地栖居'的本质,'诗心'才真正构成了我们全部生存的灵魂,是人类能否创造诗性并领略诗

---

① 关于上述提法的依据,均可参见吴晓东:《后记:诗心接千载》,收入《二十世纪的诗心》,北京大学出版社,2010年,第357页。

性的根本,是诗的出发点和归宿地。"① 依据吴晓东对"诗心"的解读,我们大致可以得到如下三点启示:其一,"诗心"需要敏锐的感悟而获得,他既属于诗人,也属于读者,是一种独到的发现、一种个性的创造;其二,"诗心"是宇宙和人类生存的灵魂,他有鲜活的生命力和穿越意识,能够纵贯古今、沟通中外;其三,拥有"诗心"的诗人是少数,触及"诗心"的读者也应当是少数的,这决定了从"诗心"的角度或曰高度去品评的诗人、诗作及品评本身都是纯粹的、绝佳的,同样也是少而弥珍的。受惠于中国传统诗歌中名篇佳句潜藏的"诗心",同时,也深深得益于现代诗人如林庚、废名等的"再发现",吴晓东对于"诗心"的感悟可谓发自肺腑:"古代诗人的遥远的烛光,依然在点亮现代诗人们的诗心。而这些现代作家与古典诗心的深刻共鸣,也影响了我对中国几千年诗学传统的领悟。"② 作为一位现代文学的研究者,专业的"视野"虽在很大程度上决定了吴晓东会聚焦于 20 世纪"诗心"的发现与解读,但他那颗渴望"接千载"的"诗心"却往往使其自觉或不自觉地突破专业的客观限制,穿越古典和现代,进而以聪颖、智慧地讲述,将"诗心"在 20 世纪文化语境中重新激活。收录于本论集的 26 篇文章和"后记",虽由于评述对象的不同而各有侧重,但在整体上都可以统摄到"诗心"的感悟及其展开这一主线之中。它们不仅潜藏着作者敏锐、新鲜的感受力、创造力以及扎实、深厚的文学功底,还包括"二十世纪的诗心"本身无限的遥想、深远的根脉以及拓展的可能。

显然,在"诗心"解码的过程中,"感悟"必然要承担起"诗意想象"的逻辑起点。为了能够抵达林庚先生对诗歌"新的原质的关注",或是如废名先生一样使传统诗歌中的意味、意绪在现代语境中"得以重生",吴晓东的《二十世纪的诗心》频繁出现诸如"心态""沉思""镜像""自我""期待"等一系列与"感悟"相关的词语。"与读小说不同,读诗在我看来更是对'文学性'的体味、对一种精神的怀想以及对一颗诗心的感

---

① 吴晓东:《20 世纪的诗心:林庚》,收入《二十世纪的诗心》,第 288—289 页。
② 吴晓东:《后记:诗心接千载》,收入《二十世纪的诗心》,第 355 页。

悟过程。"① 作者的经验之谈一方面告诉我们其读解"诗心"的主要方式与方法，另一方面也近乎无意识地揭示了阅读《二十世纪的诗心》，理解其丰富内涵、抵达其艺术境界的有效途径。这样，《二十世纪的诗心》便在关乎作者与读者心灵层面上实现了有机的、完整的统一。

二 20世纪视野与新诗史意识

从《二十世纪的诗心》的结构设计来看，收录的文章（"后记"除外）在整体上大致分为六辑（这一点，从其目录设计上看会更为明显），依次为当代诗人论、当代诗潮、诗歌现象论、现代诗潮论、现代派诗歌论、现代诗人论、现代诗歌作品分析、主题研究等，其内容可谓纵贯20世纪；但如果将《二十世纪的诗心》采取从后向前的阅读方式，所谓纵贯20世纪又会得到另外一种阅读效果，此即为和"二十世纪的诗心"相呼应的，一部以个案为主、以点带面、在结构上较为完整的新诗史。

阅读《二十世纪的诗心》中评点诗人的文字，会明显感受到作者侧重其创作意义、价值的意图；阅读《二十世纪的诗心》中关于诗歌潮流的篇章，可以发现作者把握特定时期、特定区域诗歌发展脉络的能力。《李金发的诗学意义》结合李金发的生活经历、创作背景，既指出其在当时中国诗坛的先锋性，又正视其语言功夫的相形见绌，但由于吴晓东看到了李氏调和传统与西方，试图把传统维度内化到现代诗学之中的努力，所以，他的结论是："李金发掀起的真正巨大的冲击力是他的有缺憾的诗美和语言艺术。……同时这也是审美习惯思维的陌生化，是对人们所习惯的审美的固定模式和机制的颠覆。这一切都是五四时期的其他诗人无法替代的，也是李金发的真正的诗学贡献所在。"② 这便有了"再解读"和"重写"的意味。《燕京校园诗人吴兴华》揭开尘封多年的历史，既指出吴兴华运用现代白话创造古典意境的"成功"和其"新古典主义体现

---

① 吴晓东：《后记：诗心接千载》，收入《二十世纪的诗心》，第355页。
② 吴晓东：《二十世纪的诗心》，第274页。

在诗歌的艺术思维层面则是意象性特征",同时,也揭示其"尚未处理好拟古与创新之间的关系,结果在迷恋于古典诗歌氛围的同时也迷失于古典世界"的问题,而其结论"吴兴华的'拟古诗'对于我们最后的启示或许正在这种个体与时代、丧失与获得的对立统一的复杂关系之中"①,不但使我们真切了解到吴兴华这位由于种种原因长期被遮蔽的诗人及其创作,而且还使我们在感受吴兴华诗歌创作意义的过程中丰富了诗歌史的认识。《沦陷区诗歌的历史面向》原为吴晓东编选的《中国沦陷区文学大系·诗歌卷》的"导言",在阅读大量沦陷区诗歌史料、取精用宏的前提下,此文突破学术界以往较为简单的结论,不仅注意到沦陷区诗坛倡导大众化、写实化的诗歌趋势,还突出了占据沦陷区主导地位的"现代派"诗歌群体,而将两种趋势概括为"大地的气息"和相异的温室里的"诗人的吟哦"与"沉重的独语",则充分展示了作者还原历史、有效讲述历史的能力。至于在此基础上发现 1940 年代初,沦陷区诗坛悄然兴起的长诗及史诗写作的流向、校园诗人创作勃兴的现象,以及花费大量笔墨论及这一时期最具个性色彩的校园诗人吴兴华,又使本文在充分表述时代与诗歌互动关系的同时,为前文所言的"燕京校园诗人吴兴华"奠定了坚实的研究基础……

　　从 1920 年代新诗谈起,到三四十年代的现代派诗歌、沦陷区诗歌,再到 1980 年代以来北岛、王家新、海子等诗人论,对"后新诗潮"进行随想,对汉语诗学予以期待,《二十世纪的诗心》由于感悟一个世纪"诗心"而具有诗歌史意识。比较而言,《二十世纪的诗心》的现代部分由于侧重了诗潮论,而显得比其当代部分更加丰富、浑厚,但若从文学史沉积及其书写逻辑展开的角度,上述安排恰恰暗合了历史书写的应有之义。能够将写于不同时期的文章辑录后形成一种特有文学史的效果,这或许出于作者本人的预料;然而,从特定的角度加以品读,它又包含着偶然中的必然,只不过此时"诗心"的感悟需取决于作者本人一贯秉持的诗学观念和立场。

---

① 吴晓东:《二十世纪的诗心》,第 294—301 页。

三 "现代的踪迹"与典型的个案

之所以选用"现代的踪迹"这个笼统的短语，是因为它大致可以概括出《二十世纪的诗心》的行文线索、观念及立场，此即为通过追踪现代派诗歌的发展轨迹，探寻新诗的现代性及其种种面孔。由于 2000 年出版的《象征主义与中国现代文学》已确立了吴晓东在中国现代派文学研究领域的重要地位，所以，此次在《二十世纪的诗心》以"现代"为"踪迹"追寻诗的精灵，既可称得上驾轻就熟，又可作为一次温故知新。结合 1980 年代以来新诗研究的具体现状可知：在现代派诗艺研究、现代派诗人的定位及其历史化等方面，学界均已取得了可观的成绩，但现代派诗人如何在远离现实且又必然面对现实的过程中完成自己与时代的对话？现代派诗人如何在追求审美艺术的过程中实现自己的生命意识？如何以更具新意、多元的视角抵达中国现代派诗歌的本质，进而打开新的话语空间？……这些堪称"瓶颈"式的问题，一直缺少真知灼见式的解答。由此看待吴晓东《二十世纪的诗心》中《从"散文化"到"纯诗化"》《"契合论"与中国现代诗歌》《现代诗中的象征主义》《"辽远的国土的怀念者"》《临水的纳蕤思——中国现代派诗人的镜像自我》等文章，其动态描述、非孤立的析分，不但可以更为具体、生动地揭示出现代派诗歌曲折发展的历史踪迹，而且，还可以在探寻现代派诗歌观念嬗变轨迹的同时，摆脱孤立、单一的讲述模式，呈现其丰富的个性。

"在中国现代诗歌众多的群落和流派中，我长久阅读的，是 20 世纪 30 年代以戴望舒、卞之琳、何其芳为代表的'现代派'诗人。尽管这一批诗人经常被视为最脱离现实的，最感伤颓废的，最远离大众的，但在我看来，他们的诗艺也是最成熟精湛的。"[①] 对现代派诗人的喜爱和欣赏，一方面增加了吴晓东文章写作和阅读的难度，因为现代派诗人大多都是艺术的精英主义者；另一方面则使吴晓东只能选择典型的个案呈现"现代的踪迹"。然而，现代派诗歌的曲高和寡、艺术至上却也相应地加重了吴

---

① 吴晓东：《二十世纪的诗心》，第 203 页。

晓东文章的耐读程度。即使仅凭李金发、戴望舒、废名、林庚、曹葆华、穆旦以及北岛、顾城、海子、王家新这份名单（其中，后四位诗人由于时代的原因，另有称谓，但从美学现代性、先锋的角度考察，他们可以和前面的诗人置于一个流向之中），吴晓东的"选择"也足以唤起最为丰富的诗歌想象力。正如吴晓东曾认为"在冯至、林庚、戴望舒等诗人那里葆有着中国人自己的 20 世纪的诗心"[①]，他的"选择"及其具体实践恰恰在这本诗论集中实现了"现代"的"契合"！

四 研究方法及其新的视野

"现代的踪迹"的探寻在很大程度上也决定了《二十世纪的诗心》所倚重的研究方法。正如中国现代派诗人基本上都接受了西方现代派诗学理论、创作方法的影响，分析其语言、意象、风格、修辞往往会涉及反讽、象征、隐喻、语境、风格等关乎新批评、意象派的理论；从文化交流、他者影响的角度论及《从"散文化"到"纯诗化"》《"契合论"与中国现代诗歌》《现代诗中的象征主义》等，又必然会触及比较文学的研究方法；而分析现代派诗歌中镜像结构、自我、主体、"他者"等，又很容易会联系到雅克·拉康的理论乃至原型批评……《二十世纪的诗心》所辑录的文章就研究方法而言，可谓切中肯綮。不仅如此，上述诸方法在具体应用的过程中也往往根据批评的对象因地制宜、彼此交融，从而使论题及言说对象呈现出立体、繁复、深入的阅读效果，而作者的理论素养、对现代派诗歌的理解程度也正如其在《理解诗歌的形式要素——关于现代派的一次阅读课》一文中呈现出来的那样：全面、深刻且富于个性化的奇思妙想。

由于研究方法的精确得当，笔者毫无保留地激赏长文《临水的纳蕤思——中国现代派诗人的镜像自我》《北岛论》所呈现出来的历史穿透力，同时，又在《对自我的探究与追寻——析曹葆华的〈无题三章〉》《荒

[①] 吴晓东：《后记：诗心接千载》，收入《二十世纪的诗心》，第 356 页。

街上的沉思者——析穆旦的〈裂纹〉》式的"细读"中获得了种种启迪。当然,若就研究之"新的视野"层面阅读《二十世纪的诗心》,笔者更青睐于吴晓东那些适当融入主题学研究方法的文章。《尺八的故事》是让人一见倾心且十分过硬的文章。由苏曼殊《本事诗之九》所蕴含的心绪和母题,过渡到 20 年后卞之琳的诗《尺八》、散文《尺八夜》及其意象分析等,《尺八》中交替出现的复杂的"三种时空和三重自我"①,"尺八"在不同时间隐含的深意以及通过"尺八"意象的分析扩展至"非个人化",并最终融入作者本人的体验和记忆,不但使"尺八的故事"因饱含深情的文字而具有恒久的生命力,而且,也使其在比较不同语境下不同作家对同一意象的不同处理中获得了 20 世纪汉语诗歌在艺术、文化乃至民族心理的演变轨迹,其实践意义和文本价值显然是不言而喻的。除《尺八的故事》外,《"辽远的国土的怀念者"》《临水的纳蕤思——中国现代派诗人的镜像自我》《理解诗歌的形式要素——关于现代派的一次阅读课》《诗文本中的文学母题》均在不同程度上涉及主题学的研究方法。"主题学研究有助于揭示社会发展与文学艺术发展之间的关系,弄清各民族文学在内容和艺术表现方式上的异同。"②由于主题学研究方法的适度应用,《二十世纪的诗心》中若干篇章在进行意象、母题等元素分析时,有了更为广阔的研究视域,同时,其更富心灵史的价值蕴含又使这些文字本身跨越了抽象的世界,获取了鲜活的生命力,而其在归纳与演绎之间闪烁的光点也必然会丰富现代派诗歌研究乃至新诗研究的本身。

"中国的上百年的新诗恐怕没有达到 20 世纪西方大诗人如瓦雷里、庞德那样的成就,也匮缺里尔克、艾略特那种深刻的思想,但是中国诗歌中的心灵和情感力量却始终慰藉着整个 20 世纪,也将会慰藉未来的中国读者。在充满艰辛和苦难的 20 世纪,如果没有这些诗歌,将会加重人们心灵的贫瘠与干涸。没有什么光亮能胜过诗歌带来的光耀,没有什么温

---

① 吴晓东:《二十世纪的诗心》,第 188 页。
② 尹建民主编:《比较文学术语汇释》,北京师范大学出版社,2011 年,第 476—477 页。

暖能超过诗心给人的温暖,任何一种语言之美都集中表现在诗歌的语言之中。"① 阅读这样饱含深情的语句,我们不难想象"重返"诗歌研究的吴晓东会不断在感悟"诗心"的道路上找寻,找寻那些真正经得起细读和深思的诗歌文本的妙处,这是一种堪称继往开来的心灵之旅,值得我们同样以一颗真诚、感悟的心去领受与期待!

2013 年 2 月

---

① 吴晓东:《后记:诗心接千载》,收入《二十世纪的诗心》,第 355 页。

讲述"历史"的理想情怀
——评毕光明、姜岚的《纯文学的历史批判》

在经历多年的探索与积淀之后,毕光明、姜岚再次推出了"纯文学"研究力作《纯文学的历史批判》。相较出版于2005年的《虚构的力量:中国当代纯文学研究》,《纯文学的历史批判》中的绝大部分论文写于21世纪,且态度鲜明地表达了"历史批判"的学术立场,这不由得使我们在感佩之余,抱有较为强烈的阅读期待!

一 "纯文学"的当代史视野

按照习惯的思路,谈及"纯文学的历史批判",应当首先交代"纯文学"的内涵及其如何有效地展开"历史批判",但从毕光明、姜岚在书中设定的结构来看,作者显然从一开始就确定了勾勒一部纯文学当代史的理念和信心。《纯文学的历史批判》全书共分5个部分,其中,"文学体制与文学性格"主要针对新中国成立后"十七年文学"的若干现象和文学作品;"新启蒙变奏"系对20世纪八九十年代纯文学的发掘;"历史的魅影"和"生存与存在"主要面向21世纪以来的文学现象和作品分析,而后者更侧重于小说个案;"纯文学猜想"涉及纯文学的理解和"纯文学批评"的界说。上述结构安排虽打破了从"概念"到"现象"的模式而具有某种"倒叙"倾向,但它却充分反映了"纯文学"是依靠历史建构而成、不断在动态发展的过程中彰显自身价值的特质。纯文学不是文学的唯一面相,它需要具体现象具体分析;纯文学期待独特的分析视角,它需要面对不同作品时细致而准确的捕捉。纯文学的上述特点使其证诸历史时往往是个案式的、序列化的,毕光明、姜岚以作品为主体、贯穿当代文学史的做法正是以此为前提而展开的。

当然,在具体展开纯文学当代史的过程中,毕光明、姜岚并未忽视历史、社会提供给"当下"纯文学的语境。为此,我们必须注意他在前三部分关于"社会主义伦理与'十七年'文学生态""人的文学:从'伤痕'到'反思'""新诗潮:从'朦胧诗'到'新生代诗'""文学面对现实的两种姿态——以'底层叙事'为例"的安排。正是由于作者将时代文学潮流置于"前端",其后的纯文学批评才会更好地实现作者在"后记"中所言的:"需要说明的是,'纯文学的历史批判'不是'对纯文学的历史批判',而是'纯文学对历史的批判'。"① 同时,也会使随即展开的纯文学分析在具有历史纵深感的过程中,在各自的部分(事实是当代文学的不同阶段)形成一个特定的层构,拥有厚重、稳定的历史根基,并最终以相互衔接的状态支撑起整部《纯文学的历史批判》。"我们有理由把新时期的私人化写作、欲望化写作看成是十七年社会主义文学背弃了文学的人文传统、切断文化血脉,用阶级性和斗争意识取代人性、人情和人道主义带来的后果,是十七年文学批判运动营造的红色文化生态的后遗症。"或许,仅举《社会主义伦理与"十七年"文学生态》一文中结语的一段话,就能读出毕光明、姜岚渴望以纯文学批判的立场与历史对话的理路,显然,毕光明、姜岚不希望自己的文本分析最终仅呈现了单摆浮搁的样态,他期待以纵横贯通的方式,抵达纯文学"历史批判"的应有之义。

怀着对纯文学历史诉说的渴望,毕光明、姜岚在打捞纯文学时力求丰富多样、细致入微。《纯文学的历史批判》全书共收录文章42篇,从涉及面来看,既包括小说、诗歌、散文等文体,又包括诸多现象、研究及批评等理论的探讨;具体至作家作品层面,既有经典作家作品的重新发现,又有文坛后劲的文笔观照,此外,还包括对热点现象的及时追踪。以文集中4篇关于路遥小说研究的文章为例,作者在相继研讨路遥小说的"可

---

① 毕光明、姜岚:《纯文学的历史批判》,北京大学出版社,2013年,第318页。

阐释性与路遥研究""人生图景解析""人生愿景:以孙少平为中心""爱情模式及其人文功能"等问题的基础上,提出"路遥对'历史夹缝中的一代'的精神气质的发现,以及对人物性格现代性品质的注入,塑造出以孙少安、孙少平为代表的与'十七年文学'有否定关系的文学新人形象,是他重要的艺术贡献之一";"晓霞的死不是少平与她爱情关系的终结,而是得到普遍认可的缔结,它是路遥心目中的城乡之恋最后的完成及其全部人生意义之所在"①等颇具新意的结论,这些结论由于反思历史和洞见人生、人性而成为一个个闪光点。它们因"批判"历史而自足地建构了另一个"历史",纯文学的品格及其凝聚的价值正蕴含其中。

二 审美的发现:再解读及其他

结合毕光明、姜岚在书中的阐述可知:相对于"严肃文学""通俗文学","纯文学"是更关心人的精神存在的文学。"从文学总体来看,纯文学是'文学中的文学',是好的文学,是文学性写作这种精神创造中最精致最美好的产品。"②"纯文学"无疑是文学本质属性的高端呈现,"纯文学"的审美品格、穿透力乃至恒久的价值凝聚了人类对真善美的追求,"纯文学从来就不是权力话语也拒绝权力话语而具有另外两类文学不可相比的超越性,它以想象性的内心生活证明了人的自我生成本质。这正是20世纪80年代审美主义(纯文学)反拨政治功利主义(严肃文学)的深刻原因寄寓"。③如果将任何一种关于文学的评判都归结为某种观念的使然,那么,"纯文学"显然是带有鲜明的主观性色彩的。"纯文学"特别是其"纯"之前缀好似"纯诗"概念一样,很容易引起人们的质疑,这使得那种仅从历史的角度指认"纯文学"的简约方式无法得出令人信服的结论。为此,从"审美发现"的角度展开纯文学的阐释就成为一种必须——"审

---

① 毕光明、姜岚:《纯文学的历史批判》,第132、180页。
② 同上书,第313页。
③ 同上书,第306页。

美的发现"在《纯文学的历史批判》中首先呈现为一种"历史的贯通"。正如前文所述,《纯文学的历史批判》堪称一部当代纯文学史的"论纲",只不过,具体于每一篇,作者也力求在论述中凸显历史意识。阅读《纯文学的历史批判》,诸如"文学史无时无刻不在对过往的文学作品进行筛选。今天看来,杨朔散文很难称为真正的艺术作品,难以作为审美对象引起审美的注意,但作为文化分析的材料,杨朔散文仍有不可忽视的价值"[①]式的论述是比比皆是的。置身于当代纯文学的制高点,毕光明、姜岚虽未更多地以"百花文学""伤痕文学""反思文学""新写实小说"等命名将自己的纯文学批评加以历史排序,但其尽力打通、整合当代纯文学的历史脉络和注重文本分析价值的策略使著作本身具有强烈的当代史意识。他从杨朔的《荔枝蜜》升华出"杨朔的文学修辞";从"七月派"三位落难诗人(绿原、牛汉、曾卓)的悲怆写作中得出,即使在"文革"时代,"文学界的知识分子也并没有完全放弃文化批判与思想抵抗的责任。政治打击与社会迫害,逼使'五四'精神在无声的中国悄然延续"[②]等等。这些均基于"历史贯通"的立场,而审美的发现也同样是通过历史的贯通而透射出来的。

其次是"再解读"的批评实践。以《〈组织部新来的青年人〉新解》为例,毕光明、姜岚从小说原题和1956年发表时修改的题目入手,着力分析"组织部来了个年轻人"和"组织部新来的青年人"两个题目的侧重点:前者重点放于"年轻人"上,是内部视角,后者重点放于"新来的"上,是外部视角;前者在审美品格上,表明了小说的表现性而不在于生活写实,后者有点"贴标签"的味道;除此之外,改换后的题目与小说的"意向性"不合……应当说,毕光明、姜岚关于这篇小说的解读堪称全新,其分析使这篇已经经典化了的小说获得了新的生机,至于由此而产生的"错读""误读"也就具有一种必然性。出于对纯文学批评的不懈追求,"再解读"式的论述在《纯文学的历史批判》中举不胜举:《难以突破的

[①] 毕光明、姜岚:《纯文学的历史批判》,第55页。
[②] 同上书,第66页。

禁区——〈红豆〉的爱情书写及其阐释的再考察》《文明落差间的心灵风景——〈哦,香雪〉重读》等等,都带有鲜明的再解读倾向,这种倾向不但为毕光明、姜岚捕捉纯文学提供了有力的武器,而且,还涉及本书的批评方法等一系列问题。

最后是真善美的关怀与追求。通观《纯文学的历史批判》,由于秉持纯文学批评立场,真善美是毕光明、姜岚始终如一的目的性追求。在对《哦,香雪》重读时作者侧重"文学回到自身"的努力,呼应20世纪中国文学"人的觉醒"和"文的自觉"的主旋律,进而证明作品在新时期文学中的"结构性意义"[①];在解读池莉的《太阳出世》中,作者没有简单停留在"新写实"呈现生活原生态、零散化的状态,而是看到其集生命意识、责任感和人的觉醒为一身的启示,像"太阳出世"宣告新生命诞生的启示等等。这些都侧证了毕光明、姜岚的批评立场。正如作者所指出的:"由纯文学的特性所决定,纯文学作家和研究者的立场也永远站在社会恶和人性恶的对立面。认为纯文学逃避现实是对纯文学创作和研究的莫大的误解。"[②]纯文学批判是与历史对话的结果,其略显曲高和寡的姿态正是超越一般文学创作的结果,纯文学创作和研究可以在比照一般文学创作的前提下,发挥自己现实批判的功能,而其对真善美的关怀与追求正是这种功能的核心内容!

三 理想的情怀、方法与启示

也许,在毕光明、姜岚选择纯文学研究的同时,他们的理想主义情怀就已在不经意间流露而出,何况,从《虚构的力量:中国当代纯文学研究》至今他们已孜孜以求了多年(还应当包括《纯文学视境中的新时期文学》,中国社会科学出版社,2013年)回顾当代文学乃至整部新文学发展史,文学坎坷的历史、作家坎坷的经历多年来被整合于革命浪潮之间,纯文学

[①] 毕光明、姜岚:《纯文学的历史批判》,第117页。
[②] 同上书,第321页。

或者是难以企及的梦境，或者被指认为别样情调的写作。从这个意义上说，作者在《理解纯文学——兼与李陀先生商榷》中指出如果搞纯文学，就容易被视为"对现实的逃避，是完全回到个人，回到内心，纯文学是没有批评性的"①，自然有其深远的历史内涵，而毕光明、姜岚出于研究实践的考察，将文学大致分为"严肃文学""通俗文学""纯文学"的苦心也正在于此。毕光明、姜岚期待纯文学"多一些终极关切""更确切一些地衡定人生的意义"，这既是其文学艺术至上观的必然指向，同时也是其执著于文学审美理想、具有非凡学术勇气和信念的必然结果。他们将纯文学的审美性在本质上看作与宗教的功能相近，反映的是"以审美代宗教"的精神意向②，其理想主义情怀以及精神境界的追求也由此可见一斑。

为了更好地实现上述理想，毕光明、姜岚在具体研究中采用的方法也值得关注。限于篇幅原因，此处仅举两例：由于对作品抱有的纯文学批评立场，在很大程度上带有一种"重写""重评"的味道，加之《纯文学的历史批判》多以作品个案作为"环节"，所以，着重文本分析的细读法就成为该书的重要方法。从对王蒙《组织部新来的青年人》前后标题"重音"的关注，到对北岛、顾城、傅天琳诗作的解读，文本细读使作者轻易地进入作品的肌理，进而发现新的结构与意义。顺应文本细读、重写重评之逻辑的，是毕光明、姜岚在"再解读"基础上对经典作品的重读，并适度吸纳当代西方的多种文化理论资源。如在对格非的《人面桃花》、莫言的《月光斩》、鬼子的《卖女孩的小火柴》等分析中，毕光明、姜岚就运用了后现代、结构主义、叙事学等多种方法，这些方式方法在具体运用的过程中相互交叉、彼此渗透，使"再解读"得到了名副其实地运用。

面对 21 世纪以来纯文学研究经常遭受诟病的事实，毕光明、姜岚认为这是当代知识界思想分歧在文学园地里的投射。③ 客观地看，毕光明、姜岚的看法在很大程度上切中了近年来文学批评中的某些热点问题：文

---

① 毕光明、姜岚：《纯文学的历史批判》，第 302 页。
② 同上书，第 313 页。
③ 同上书，第 320 页。

学研究中的"泛文化化""社会化""思想化"等等,确实在生成若干概念的同时遮蔽了文学创作本身的鲜活性,而过分拔高文学创作的思想价值则会使批评与研究高高地悬浮于空中,失去根基。事实上,在《文学面对现实的两种姿态——以"底层叙事"为例》一文中,作者对受到批评界普遍关注的曹征路小说《那儿》的分析,已表明其一贯坚持的纯文学批评立场:文学批评应当首先在文学的内部进行,而后在扩展至外部的过程中得到意义和价值的呈现;文学研究不宜过度阐释,过分以思想性和干预现实的功用意识替代创作本身甚或推动某种潮流。总之,遍览《纯文学的历史批判》,毕光明、姜岚不为既定的结论所拘囿,敢于直言自己的立场和审美判断。他们一方面重新审视着当代文学曾经的历史,另一方面力求在已成热点的研究对象上发现新问题、发出自己特有的声音,这种态度在当今喧嚣、浮躁的学术界实属不易。透过这些饱含激情且又深入浅出的文字,我们可以感受到研究与生活中的毕光明、姜岚文如其人的事实:因追求纯文学的理想情怀使毕光明、姜岚始终持有坚定的学术立场、笔耕不辍,因人格的诚恳、纯粹可以使其纯文学研究渗透着鲜明的个性意识、朴实稳重、自信从容,而由坚守学术寂寞之一角最终成一家之言,同样是毕光明、姜岚《纯文学的历史批判》带给我们的重要启示!

2013 年 9 月

投向诗学重构的一线曙光
——评张大为的《元诗学》

结合历史可知：1980年代以来文学理论研究一直是按着"创新""综合"的思路向前发展的。这种在具体实践过程中明显带有历史意识和现实关怀的趋势，无疑是中西方文论资源不断处于对话、交流状态的一种反映。但随之而来的问题或许就是中国古代文论资源赖以生存的历史语境的不复存在与西方文论在实际操作上的便利性，往往使"创新""综合"很难在同一层面上均衡地展开，从而在具体实践过程中影响了二者的实现程度。在这一前提下，阅读张大为博士的《元诗学》一书，很容易为其宏阔的理论视野、熟练驾驭古今中外文论资源的能力以及青年学者的学术锐气所打动。尽管，这种打动是与一种阅读的难度紧密地联系在一起的。

一　诗学的反思与整合

为了能够全面揭示张大为的专著《元诗学》可能存在的价值，笔者愿意从"诗学"的历史和现状出发，但如此，我们所要俯仰的距离势必要超越千年。远在古希腊时代，亚里士多德完成的《诗学》一书，曾以其光芒成为西方文艺理论的重要源头。即使进入现代社会，工业化和现代化的浪潮并没有卷走《诗学》的魅力和影响——《诗学》不仅是一部跨越时代、语言和国界的重要文献，同时，也由于产生了"诗学"这一术语而烛照千古，风采永驻。在亚里士多德笔下，"诗学"一词虽涉及史诗等一系列诗艺命题,但从整体的视野来看,"诗学"其实涵盖的是作者所处时代文艺理论批评的全部问题。与之相比较,当代文艺理论界常常以"诗学"冠名的诸多著作,往往只是在"批评"和"诗歌"等侧面上游走,这种复杂又细微的变化绝非偶然,除了观念意义上的"望文生义"之外,学科限制和专业分工的日趋细密等客观因素,也是上述现象出现的内在制约机制。是以,每当面对此情此景,不由让人产生渴望时光倒流的感念。

张大为的新著《元诗学》正是这样一种努力,也是其多年研究、思考语言诗学的一次结晶。翻开《元诗学》,无论"导言",还是"后记",扑面而来的都是"真实的深入"之感。"当第一次有了出书的机会的时候,我首先想到的就是这本书。写作这本书的当时,那种大脑像熔岩一样燃烧、思想成团块状汹涌而出的情形既让人刻骨铭心,又有时让人怀疑它的真实性";"语言的晦涩也并不等于思想的深刻,当时平庸的思想一定出之以平庸的语言——后者很不幸地正是当代中国理论学术的现状:中国当代的理论学术整体上处于'西方理论的说明书'的状态。""以上这些并不是在证明眼下这本书如何高明,不过它确实包含了我在可以对于这些令人懊恼的现状无所顾忌的情况下的某种思考状态,因此多年来它一直是我的灵感之源。"在一般读者眼中,这样的言论或许有些沽名钓誉、孤芳自赏,然而,在结合完成学术指标任务的宿命和亲身经历向前辈学者请教之后的有感而发[①],却充分证明了作者对学术本质化的真实渴求——在平素的交往以及拥有诸多著名学者参与的硕士、博士论文开题和答辩的过程中,张大为"走向哲学化"的思维早已是一个不置可否的事实。因此,摆脱一般意义的平庸,以近乎无意识的状态走向陌生化甚至晦涩、艰深,就成为其高扬自我意识同时不乏叛逆性色彩的旗帜。

按照《元诗学》上编"元诗学或语言现象学诗学导论"、下编"诗意人类学提纲"的结构方式,作者笔下的"元诗学"存在着狭义和广义两重释义:"狭义'元诗学'指的是对于诗学的元理论范型的考察与建构、重

[①] 张大为:《〈元诗学〉后记》,收入《元诗学》,大众文艺出版社,2007年,第238页。

构,即本书的上编部分,广义的'元诗学'也包括'诗意人类学',后者是对于诗性意义之源的一种探寻。"①作者对于"元诗学"的认识,说明"元诗学"本身同样是一个反思、建构以及整合的过程,不但如此,这一过程就其实践性而言,是以"解构—建构"的形式完成的——以学界流行一时的"元"(Meta-)之前缀,呈现对"诗学"这一系统深层控制规律的探研趋向或直接简约为"诗学"的"推究""关于本质",这样,"元诗学"就极易在当下诸多郁郁葱葱的"诗学"样本中,完成剥离历史本质化的过程——"'元诗学'之'元'并不导向头上安头的体系框架的形式堆垒,在我们跋涉的途中,那些层层叠叠的概念范畴应该像冰层一样剥落……"②这种"向后看"的过程性视点,从一开始就决定了该书追本溯源的反思精神与重新整合的理论姿态。

显然,这一理论构想需要强大的资源储备。而事实上,《元诗学》充分体现了作者在这方面的能力以及具体运用过程中纵横捭阖、复杂难懂的一面:从辩证法与现象学谈起,《元诗学》涉及古今中外众多文艺理论思想,跨越哲学、美学、语言学等众多学科;胡塞尔、海德格尔等公认的艰深理论,中国古代的"道""兴"等理论范畴,都在作者笔下一一呈现,并在批判、转换、建构的过程中得以整合。而作为一种认知基础或具象,《元诗学》又以"语言""意义"作为理论体系的搭建单位与展开线索,直指诗学的当代性阐释能力和可以不断进行再整合的特质。为了能够实现具有一定说服力的"新的诗学思路和诗学重构的初步垦荒",张大为曾为"元诗学"设计了5个题目作进一步展开:"存在与语言——元诗学或语言现象学诗学导论""道·兴·诗——华夏诗学原论""西方诗哲学——西方诗学形态论""历史的语言出口——当代诗学的文化研究""语言与时间——诗性意义学导论"③,这些设计即使仅就题目而言,就足以反映了作者成熟而又深入的思考。但出于理论表述时客观存在的难度,《元诗

---

① 张大为:《元诗学》,第167页。
② 同上书,第15页。
③ 同上书,第163、179页。

学》最终在具体论述中仅实现了作者本人自言的后4个题目的综合,这在一定程度上可以视为一种遗憾,不过,它却从构想和实践上揭示了"元诗学"的未来与图景。

二 后现代的知识立场

在导言中,张大为曾以"隐喻—象征"和"转喻—寓言"这两种标示全然不同的意义机制和意义方式的范畴,指出理解语言的两种向度,并进而将其推导至后现代主义理论和诗学。"后现代主义的理论和诗学必须以转喻—寓言的意义方式和意义机制来进行理解和表达,这也就是说,后现代主义诗学本身是转喻—寓言,而且必须以此方式得到理解,同时又通过理解后现代主义诗学来理解后现代主义文学"[1];"后现代诗学恰恰是元诗学,而这又恰恰因为它不能成为形而上学诗学"[2],上述论述暴露了作者在进行"元诗学"的写作中坚守的后现代立场。应当说,在建构元诗学或曰语言现象学诗学的过程中,张大为一开始就将其放置在解构主义—后现代主义和文化理论的场景中进行,这一理论本位一方面可以使作者立足于当代理论的前沿位置并以解构的方式层层剥离形而上学的"历史",展开诗学的元批判,另一方面又可以使重构后的理论直指当下。显然,在涉猎古老的辩证法和现象学,以及正确认识"存在之语言/语言之存在"之不可化约的语言辩证法之后,作者的元语言学与元意义学以本体论—存在论的方式,分担了语言与存在之间的"元语言指向(语言之存在)"和"语言的元意义功能(存在之语言)",而"语言现象学诗学因此在这里就指向元语言学和元意义学,也可以说就是元诗学"。

当张大为写下"元诗学是对于诗在后现代主义的意义空场中的元意义灵光的捕捉"的时候,我们大致可以猜测"元诗学"可以抵达的多维空

---

[1] 张大为:《元诗学》,第15页。
[2] 同上书,第17页。

间——"元诗学将在诗性语言的'内在性'中得以保存的空的元意义机制导引出来,铺设在时间性中,或者不如说,由于这种导引所外化的原初差异才构成时间之源。"[①]"元诗学"是通过解构形而上学的面貌出现,并以还原语言的原初意义为旨归的一次理论还原。这种努力必然使作为理论言说者本人的张大为使用后现代的思维武器,进行"诗学的元批判"。从上编的第1章开始,张大为就展开了关于去除"隐喻的神话""美学批判"以及语言牢笼的破解过程。不过,解构的立场并不表明作家在激情之余,忘记一切批评或许最终都是一次"元批评"的事实——比如,在涉及解构主义大师德里达的立场时,作者就不无清醒地写道:"解构主义不但仍然是一种隐喻的神话,更准确地说,它是一种隐喻的神学。"[②]

对待诗学元意义的追寻,使张大为敢于对隐喻—象征模式的哲学开战。这样,"后形而上学的可能性"或许就在于一种"意义机制和哲学化方式的转换"。为此,作者并未拒斥胡塞尔及其后的现象学理论。但是,与持续保持在"纯粹意识"阶段之现象学不同的是,语言现象学同时也是元诗学最终要将语言的存在放之于"转喻—寓言"的状态之中,并成为一种诗学话语的意义建构方式与本体论的存在方式。对于语言元诗学同时也是原初状态的追寻,必然使作者在理论和历史之间进行一次"双重的回溯",但此时,作者要完成的理论探究不仅仅是一次纯粹的历史批判,还必将在"超越古今的一次对话"中涉及比较文学的视野,即以"存在的诗性建构"为题,探讨老庄以来的中国古典诗学。在涉足老庄美学的"道"之古老而庄严的命题时,张大为的语言现象学赋予他自身的别样思考就在于超越形而上学的思考模式,产生"只有深思无,才能真正了悟'道'"的理论见地。在借助海德格尔的理论与老庄美学触类旁通之后,道之"无""有"其实都构成了寓言性说道的重要标志,"目击而道存矣,亦不可以容声矣",使用"道"特别是老庄的语言观,完成语言对存在的诗性建构,确实体现了一位当代理论者的眼光和信心。

[①] 张大为:《元诗学》,第13页。
[②] 同上书,第41页。

一般而言，当代学者即使是文艺理论工作者，也很难达到融汇古今并可以置身其内而最终超乎其外的地步。张大为"元诗学"的建构其实是一次大胆的实践性挑战，但其背后却是深厚的哲学素养和难得的占领理论制高点的勇气和实践精神。纵览《元诗学》一书，对"兴"这一标志"诗性存在与诗性文化的意义机制"以及"纯诗的元意义光线""意义对流与诗性综合：走向'诗意人类学'"等问题的论述，都证明了这一思维的整体性和有效性。不过，与此同时，我们也应当看到，在"逻各斯的太阳已经陨落，而语言家园的蔚蓝色梦幻也像蓬莱仙山一样邈不可及、暮色苍茫中，只有存在的沙滩上贝壳一样狼藉的寓言的碎片还交织出那稀微的意义之光"[①]的时刻，思考直至揭示、穷尽语言诗学的本身其实是一柄"双刃之剑"：它集洞识与晦涩的刀锋于一身，至于其展开和接受同样也存在一个难以逾越的界限命题。

三　问题性与实践性

无论我们是否愿意承认，西方哲学与理论范式都是长期以来影响20世纪中国现代理论思考与学科建构的重要思维模型。这使得我们只有借力于西方现代、后现代的文化思潮，才有可能对其进行批判性的反思、重认并保持一定的距离感。同时，也唯有如此，才有可能实现中国传统学术观念和思想范式的适度回归，并完成所谓融汇古今的夙愿。在《元诗学》的下编即"诗意人类学提纲"中，张大为是以来自古典诗学的启示，逐步过渡到"诗意人类学"的知识谱系和理论构想之中，这种理论萌生的轨迹，使作者在回溯的同时完成了一次展望的过程。

如果只是通过局限于"诗体"话语的考虑，当代文学研究意义上的"诗体"问题确实是一个期待解决的命题。"诗体"究竟取材于文学体裁建构，还是进入现代社会之后自足的文学概念？自胡适提出"诗体大解放"以来，"诗体"应当获取怎样的生存空间并成为诗歌理论批评中一个

[①] 张大为：《元诗学》，第84页。

有价值的命题？都使上述命题需要完成一次"古典和现代"之间的历史性对话和诗歌文化品性的重建。在指出现代"诗体"观念与中国古代"诗体"、文体观念的根本不同之处之后，张大为认为："长期以来存在于我们观念中的'诗体'概念，就是以其非常简单狭窄的中国式内涵嫁接于西方的哲学文化观念之上的混合产物。在此情形下，作为'诗体'观念的最严重的后果还在于它导致的诗歌与生命的疏离，'诗体'观念成为理性'主体'对于作为一个具有实体性质的'对象'与客体的诗歌进行静态考察的结果。""由此看来，'诗体'观念的超越与新的理论视野的获得，是今天重新思考诗歌问题与进行诗学建设的必要前提。"应当说，张大为对于"诗体"观念的认识是具有问题意识和实践意识的。他将这一问题最终转化为"重建诗歌的文化品性就意味着要从根本上重新确定诗歌与人的生命存在之间内在的密切关系"①的探讨，而"诗意人类学"正是以此为理论基点而展开自己的言说路向的。

在完成诗歌文化品性的重建、中国古典诗学与解构主义的精神会通之后，笔者以为："诗意人类学"的三点设想，即"对于诗学理论范型的思考""对于诗学的语言学范式的超越与对于后现代主义文学与文化的思考""对于诗性意义与诗歌文体的思考"，其实一直和这一理论的命名本身一样，期待完成一次当代性的行走以及总体上的内在趋向（同时也是包含着理论的功能与功用意识）。自然，围绕此进行的"中国古典诗学与解构主义的精神会通"的探讨，和已在比较诗学、中西诗学方面均取得国际性影响的叶维廉进行"古典境界的现代生长"举要，也成为一种"必然"——这份堪称"诗意人类学"的提纲，由此达到了其广度并体现出走向当下的趋向。尽管，如果在此基础上进行一个后现代式的个案分析，会使"元诗学"的问题性和实践性更为生动。

毫无疑问，张大为的《元诗学》是当前理论现状反思的结果，同时，也是一次提纲挈领的诗学构想。在这里，我们已经看到了"投向诗学重构的一线曙光"。当然，客观地讲，《元诗学》中还存在着许多前后重复和

---

① 张大为：《元诗学》，第169—171页。

理论术语前后使用并不一致之处;而章节之间的逻辑限制问题,也是制约其更为充分展开的一个重要原因。所幸的是,在反思历史和走向文学本质化的过程中,张大为已经迈出自己坚实的一步,敢于以《元诗学》命名自己的第一本著作,本身就让人看到了一位青年理论家的潜质、深度及其未来可能的发展路向!

2011 年 3 月

"澳门文学"的概念

"澳门文学",作为一个约定俗成的名词称谓,在一般叙述中往往是不存有争议的。然而,当我们回溯澳门文学的历史、面向其文学的现实以及考察具体的研究视野,便会发现"澳门文学"一直是一个不断处于建构和争议状态的概念。而澳门独特的历史背景,当下的身份意识、形象确立的渴望,又在很大程度上加重概念归纳过程中的复杂性与多义性。显然,对于一个特定概念的界定,仅通过一篇文章的阐述是无法完成的。概念本身常常具有发展、变化的特质,往往使其只有在特定的文化语境中才能合理有效地展开并成为具体的话题,而本文正是在秉持上述逻辑的前提下,通过回顾"澳门文学"的生成、发展、确认等系列问题,呈现其概念辨析的意义与价值。

一 缘起与发端

1984年3月,港澳诗人韩牧在澳门日报举办的"港澳作家座谈会"上呼吁建立"澳门文学"的形象,引起澳门文化人士广泛的共鸣,"澳门文学"的概念成为建构澳门文学形象、展开澳门文学研究的首要问题。历史地看,"澳门文学"概念的提出与1970年代中葡建交、双方共同承认澳门为中国领土以及此后开展的一系列外交活动的背景紧密相关。面对这样的时代契机,澳门知识精英渴望把握历史机遇,使澳门文学迈上新台阶、凸显自我形象,更成为"澳门文学"出场的内在动力。1986年1月1日,《澳门日报》"镜海"版发表了澳门学者郑炜明的文章《写在"澳门文学座谈会"之前》。该文在界定澳门文学时曾提出"下列五项标准":

"1. 土生或土长，并长期居留澳门的作者的作品。2. 土生或土长，但现已移居别地的作者的作品。3. 现居澳门的作者的作品。4. 非土生土长，但曾经寄居澳门一段时日的作者的作品。5. 作者与澳门完全无关的，但若其篇什中，有主题关于澳门的，则该等作品，自应列入澳门文学的范畴内。"上述五项标准由于没有提及作品的语言使用和起止时限，故笼统而言，尚可接受。但如果一旦涉及澳门的"本土视野"和语言使用等问题，则其第4条值得商榷，第5条更是存有争议。此后郑氏又分别于1991年、1993年发表文章《澳门文学的定义》《80年代至90年代初的澳门华文文学》①，逐步修正其"澳门文学"的概念。在这种修正中，郑炜明曾调整阐释"澳门文学"的角度并综合"（一）创作作品所用的文字；（二）澳门文学作者的身份；（三）作品的内容；（四）关于出版与发表的问题"四方面，提出界定澳门文学的"两项标准"："①澳门人的任何作品：所谓澳门人的作品是指土生土长并长期居留澳门的作者的作品，或拥有澳门身份证明文件的作者的作品（以其取得该身份证明文件后所创作的作品为准），更准确地说，是以在澳门生活期间有所感而后写的作品为准；②任何人所创作的内容与澳门有关或者是以澳门为主题的作品。"② 然而，对比郑氏前后两次关于"澳门文学"的界定，我们不难发现：所谓后来的"修正"其实只是对以前的界定加以了文字的简化，两者在本质上并无太大的变化，而"修正"后"澳门文学"的第二项确认标准仍然只以"内容"或"主题"为依据，未免失之准确。由此推究郑炜明先生在1980年代就着手总结的"澳门文学"概念，或许本就为学术研究和史料发掘、整理而来，故此，采取了一种非常宽泛的标准。

香港三联书店编辑兼作家张志和在随后召开的"澳门文学座谈会"

---

① 两篇文章分别发表及收录于《澳门日报》"镜海"，1991年12月18日；余振编：《澳门：超越九九》，香港广角镜出版社有限公司，1993年；其中，后者又以"80年代至90年代初的澳门华文文学活动"为题，发表于《学术研究》1995年第6期；后又以本文题目收录于李观鼎主编：《澳门人文社会科学研究文选·文学卷》，社会科学文献出版社，2009年。
② 参见郑炜明的《80年代至90年代初的澳门华文文学》，收入《澳门人文社会科学研究文选·文学卷》。

闭幕会上发言,以《澳门文学的百花向我们招手》回应了"澳门文学"的概念问题。在他看来,"'澳门文学'的作者必须是澳门人或者是对'澳门文学'活动有真诚投入和一定的贡献的人,他可以是长期定居本地,可以是只在本地求学或短期工作,甚至也可以是不住在本地,但不懈地支持本地文学创作和活动的人"。① 显然,张志和的"澳门文学"概念注重的是与澳门文学实践的相关性,其强调澳门文学作家应有的身份意识、主体关怀。这一界定的提出,在很大程度上反映了"澳门文学"概念在诞生阶段带有的理想化甚至情感化的特质。但无论如何,上述两种提法及其延伸都为后来人们更为深入思考"澳门文学"的概念提供了思路。

从1980年代"澳门文学"概念的出场,可以明显感到"澳门文学"的形象建构一直隐含着鲜明的时代性焦虑。如果说1987年4月中葡联合声明的签署已使澳门步入其政治上的过渡期和经济上的转型期,那么,如何在文学上面对回归的趋势显然成为"澳门文学"出场的内在动力。韩牧说:"所谓建立'澳门文学'的形象,包括两方面:发掘和发展。发掘、整理澳门文学史料,这是向后看,向后看是为了向前看,鉴往知来,从而增加自信心并看清楚澳门文学应走的路向……"② 从这其实不难看出,"澳门文学"在概念层面上长期处于有名无实的状态。然而,渴望、理想毕竟不能等同于现实,何况对于"澳门文学"来说,自其出场之日起就需面对史料发掘、把握现实和面向未来三方面几乎是同步进行的过程。结合20世纪八九十年代"澳门文学"界定过程中出现的"'澳门文学'是否等同于'澳门华文文学'""澳门文学是否属于'岭南文学'范畴"之类的话题,人们大致可以看到,出于不同角度的考量,澳门文学在确定其内涵和边界时一直存有争议性的分歧。应当说,澳门文学历史的特殊性,构成上汉语、葡语创作共存的复杂性等等,都使澳门文学在具有东西方交融特点的同时,难以在短时期内厘定其内涵。然而,"澳门文学"概念以及建立"澳门文学"形象的提出,却反映了澳门文化界对于时代、身份的呼求,

---

① 张志和:《澳门文学的百花向我们招手》,《澳门日报》"镜海"1986年1月29日。
② 韩牧:《建立"澳门文学"的形象》,《澳门日报》"镜海"1984年4月12日。

同时，它也充分显示了澳门人在新形势下建构自我形象、于边缘处发声的自信心，这一点就长远看来，自然对澳门文学的发展具有重要意义。

二 认知及问题

随着1980年代末至1990年代澳门文学研究的不断深入，"澳门文学"的概念认知也有了新的发展，而一些特定的现象也逐渐进入研究的视野之中，并在一定范围内产生争议。可举两个问题为例：一、汤显祖等为代表的中国古代、近代作家在澳门的文学活动及其历史确认；二、"澳门华文文学""土生文学"与"澳门文学"的关系。第一，经澳门、内地诸位学者（如澳门学者郑炜明、施议对；内地学者徐朔方、潘亚暾、刘登翰等）的多方考证，后为《澳门百科全书》"汤显祖"词条收录：1591年，汤显祖曾在澳门作短暂游历，此行虽未留下专门的剧作（后只在《牡丹亭》中有所提及），但却留下一组脍炙人口的诗篇，成为澳门最早的文学记录。将澳门文学的最早记录上溯至明代大戏剧家汤显祖，自然带有明显的正本清源意识。不过，这一符合史实和中国文学"源流"考察逻辑的看法在20世纪八九十年代，却由于部分学者强调澳门文学的"本土性"及受到韩国学者李德超的"澳门之中国文学"说法的影响，而将汤显祖等为代表的中国古代、近代作家在澳门的文学活动视为"植入"文学，进而力图重新划定"澳门文学"的边界。然而，无论是那种着眼于澳门本土文学视野而将1930年代因抗战发展起来的澳门本地文学作为澳门文学源流的看法，还是因内地作家的"植入"而使用的"澳门之中国文学"的说法，其实都忽视了可以从"整体和局部""古代和现代"认识"澳门文学"的视角。明清两代和民国时期的中国内地文人如汤显祖、屈大均、魏源、丘逢甲等，虽以外来"植入"的方式而无法成为澳门的"本土文学"，但从澳门文学历来是中国文学组成部分的角度来看，澳门文学的"源"与自身的"流"其实都属于中国文学。何况，在中国文学历史的各个不同时期，以整体的"源"丰富不同区域的"流"的现象也绝非少见。因此，对于澳门文学源流的探究其实涉及澳门文学的发生、发展以及阶段划分的问题：

对于古代、近代内地作家以"植入"的方式留下的作品，我们完全可以将其作为澳门的古代、近代文学；而20世纪因战争而催生的澳门"本土文学"则在整体上可以命名为澳门新文学或曰澳门现代文学。至于"澳门之中国文学"以及"植入"的说法虽在一定程度上可以商榷，但其在客观上揭示澳门文学的本源和自身的区域性，却为人们从更为广阔的视野去理解澳门文学提供了某种启示。

第二，关于"澳门华文文学"是"澳门文学"自然毫无争议，但能否说"澳门文学"就等同于"澳门华文文学"？这一提问显然涉及应当如何认识居住于澳门的土生葡人的文学创作（即"土生文学"）的问题。由于土生作家多用葡语创作，一般读者难以接受，因此在一段时期内澳门"土生文学"并未引起人们应有的关注。但从诸如汪春的论文《论澳门土生文学及其文化价值》的研究来看，典型的土生人，必是："(1) 在澳门出生；(2) 是具有葡国血统的混血儿，其中大部分是中葡混血儿。在这类之外，也可把其他几类人按习惯看法纳入土生之内并依次排列如下：①澳门出生的纯葡裔居民；②在澳门以外出生但迁澳居住并接受当地文化的葡国人；③从小受葡国文化教育、讲葡语、融入葡人社会的华人。"[①]"土生人"因澳门独特的历史文化背景而成为澳门的居住者，在语言、民俗、习惯等方面都深受中国文化的影响。他们可以讲地道的粤语，在澳门华洋杂糅的社会中生活，是一个介于葡萄牙人和澳门华人之间的特殊阶层。他们的创作从多方面反映澳门复杂的社会文化和现实生活，并不可避免地带有中西文化相互渗透的艺术特点。不过，由于澳门"土生作家"生活在两种文化的边缘及交汇处，很难秉持一种稳定的文化心理，所以，他们的作品常常会不自觉地流露出某种矛盾的状态以及文化、身份上的焦虑感。从1990年代"澳门文学"研究的现状可知："土生文学"作为"澳门文学"的一个重要组成部分已基本趋于一致。正如饶芃子在《文学的澳门与澳门的文学》一文中所指出的："由于语言上的障碍，国内对澳门'土

[①] 汪春：《论澳门土生文学及其文化价值》，收入《澳门人文社会科学研究文选·文学卷》，第163页。

生'文学的研究尚未真正开始,但事实上,撇开'土生'文学,澳门文学的概念就是不完整的,而更重要的是,'土生'文学实为不可多得的'边缘族群'的标本,它所包含的历史积淀与文化意蕴值得高度重视。"[1]饶先生在承认语言差异的前提下,将"土生文学"视为"澳门文学"显然是依据了生活地域、历史背景、现实语境、创作实际等堪称澳门文学实际情况的主客观因素,这种思路同样也为我们理解澳门文学及确证其概念提供了建设性的意见。

除以上两个方面可以证明"澳门文学"概念的厘定是一个不断发展的过程之外,"澳门文学"还包含"离岸文学"的问题。所谓"离岸文学"是指到澳门以外的地区发表作品的现象,而与之相关的"离岸作家"是指移居香港或海外但仍与澳门保持密切联系的作者。"由于数百年来澳葡当局疏于澳门的文化建设,因而在1980年代中期以前在澳门本土甚至找不到一份公开出售的文学杂志和纯粹的文学副刊,更找不到一家愿意接受文学作品付梓杀青的出版社"[2],所以,许多澳门作家在数十年间不得不将文稿投寄、发表于香港的一些文艺刊物上,进而形成了澳门文学史上一个特殊的文学现象——"离岸文学"及"离岸作家"(即指移居香港或海外但仍与澳门保持密切联系的作家)。"离岸文学"由于作家身份、创作经历等自然可以毫无争议的被纳入"澳门文学"的范畴之内,但值得注意的是,判定"离岸文学"为"澳门文学"过程中所持的标准其实已再次触及厘定"澳门文学"概念过程中潜在的原则问题。

通过以上分析,不难看出:关于"澳门文学"概念的各种说法,首先应当归功于20世纪七八十年代澳门文学研究的自觉展开,然而,展开后的"澳门文学"及其相关概念往往由于研究者立场、视野的差异,而使概念问题本身更加复杂化了。作为一个专有名词,"澳门文学"在观念与实践上存在的差异,一方面深刻反映了澳门文化历史的曲折性,另一方面则

---

[1] 饶芃子、费勇:《文学的澳门与澳门的文学》,《文学评论》1999年第6期。
[2] 钱虹:《从依附"离岸"到包容与审美——关于20世纪台港澳文学中澳门文学的研究述评》,《世界华文文学论坛》2004年第1期。

反映了人文学科命名的隐蔽逻辑:"人文学科所面对的研究对象往往不是通过定量化与逻辑化可以被完全界定的,人文学科中的命名也往往不能使所命名者变得简单明了。实际情况是,可能将被命名者所具有的全部复杂性呈现无遗,从而使研究者在问题的质疑与追索中进入人性与思想的幽深地带。"① 而从学术史与方法论的角度上看,"澳门文学"概念的界定及其在不同区域、背景下呈现出来的差异,又在一定程度上印证了马克斯·韦伯在《社会科学方法论》中所言的观念作为时代组成成分而具有的文化标识意义的看法。1999年回归之后的"澳门文学"概念与此前同一概念(特别是1987年《中葡联合声明》的签署至1999年澳门回归之前的"过渡期")之间的某些差异,其实已说明语境及观念的变化会为概念赋予新的内涵。上述现象在很大程度上说明,对于澳门这一特殊区域文学的命名,或许只有采取动态、发展的眼光,才能适时而有效地加以把握。

三 厘定及走向

即使笼统而言,"澳门文学"概念的确立也至少应坚持中国文学的背景、自身的时代性与现实性、具体问题具体分析这三方面原则。其中,澳门文学与中华民族文化一脉相承,它是中国文学的组成部分。拥有深厚的文化底蕴和深远的历史,无疑是确立"澳门文学"概念的基础,这一原则在具体展开的过程中必然使汉语写作和中国作家占据主流。与中国文学的背景相比,澳门文学的时代性与现实性其实是一个涉及"本土性"与"当代性"的话题。"澳门文学"之所以在20世纪视野中存有"澳门华文文学""土生文学"的概念,归根结底是由澳门文学的时代性特点决定的。与此同时,对"澳门文学"概念的确认也必须立足于澳门本土的实际。作为东西方文化的交汇之所,澳门文学历来存在着"根生"文学/"植入"文学、"本土"文学/"客居"文学之间的二元关系,这样的现实使"澳门文学"在具体指涉上常常存有顾此失彼、似是而非的倾向。因此,最终从

---

① 饶芃子、费勇:《海外华文文学的命名意义》。

具体问题具体分析的角度确认澳门文学的概念就成为一种"必然的逻辑"。

对于在确定"澳门文学"范畴过程中的一些可能产生争议的现象，比如：英国20世纪著名诗人奥登来到澳门旅游，写过反映澳门社会现实的诗；闻一多的《七子之歌》、郭沫若的《凤凰花》等，在一些学者看来，它们虽会在澳门文学史的书写上留下灿烂的一笔甚至产生非同一般的影响，但却并不属于"澳门文学"的范畴（笔者也持这样的看法）。正如作家地位、创作主题并不是确认某一区域文学概念的决定性因素，"澳门文学"概念的确立应当是作家身份、语言使用、文化记忆以及作品数量等诸多因素综合考量的结果。它应当有"宽容"的底线，但又要坚持具体问题具体分析的原则。在这方面，内地学者杨匡汉在"澳门文学是在离岸的领地里迎着风涛生长的文学，是以中华民族为血脉、以汉语作载体，以东西方文化融汇见长，既母性又有多重声音的新文学"的前提下，提出了"宽容的原则"："（一）在澳门生长或在外地生而在澳门长并坚持文学创作者；（二）在外地生长而后定居澳门从事文学创作者；（三）居住澳门时间较长，从事创作且有影响性作品问世，如今离开澳门的作家；（四）土生葡人以汉语或葡语写作，以反映澳门地区的生活与情感为内容的作家作品；（五）羁旅澳门，书写于澳门，且以澳门为话题的作家作品。"[①]这无疑是值得我们思考的。当然，如澳门青年学者吕志鹏在其博士学位论文中以"亚澳门文学"的概念，来考察那些在"澳门文学"之外但又具有对照价值的文本，从而实现了一种概念分层的策略，也不失为一种解决具体问题的方法。[②]

事实上，结合张剑桦的论文《澳门文学源流与涵义的辨析》及其在文中对刘登翰《澳门文学概观》、饶芃子《边缘的解读——澳门文学论稿》等著述观点的认可，我们不难发现从1990年代后期到"回归"后"澳门

[①] 杨匡汉：《山麓分手，又在高峰汇聚——在澳门笔会的讲演》，是作者于1996年10月澳门笔会上的一次讲演，曾分为上下两篇刊载于《澳门日报》1996年11月20日、27日，后收入《时空的共享》，河北教育出版社，1998年。

[②] 吕志鹏：《澳门中文新诗发展史研究（1938—2008）》，社会科学文献出版社，2011年，第31—33页。

文学"在概念考察过程中的某些特点。所谓"界定'澳门文学'的涵义,在总体方法论上我们主张:宜笼统不宜苛细,宜宽泛不宜狭窄,宜开放不宜封闭。当然,也不能漫无边际地'笼统'、'宽泛'和'开放',等到澳门文学资源得到充分的开发,等到澳门文学研究达到一定的广度和深度,再对'澳门文学'涵义作出符合学理的、比较严格的、相对科学的界定"[①],其实已表明"澳门文学"概念的确定需要一种发展、变化的眼光,需要不断以"历史化"的方式见证澳门文学历史的独特性和阶段性,而渴望确立一种绝对权威、广泛认同的概念并不符合澳门文学的实际。当然,从"回归"的视野看待"澳门文学",由于文学新起点的确立、文化环境的改善以及历史的自然延伸,"澳门文学"在认知过程中越来越呈现出以"澳门作家身份""汉语写作""创作实绩"等角度来理解的"时代性"特征。这种趋势充分反映了在新的历史语境下,澳门文化界已开始着手通过文学实绩的累积缓解"澳门文学"及其文化形象的焦虑,而近年来在澳门基金会资助下"澳门研究丛书"(12卷)、朱寿桐主编的《澳门新移民文学与文化散论》、吕志鹏的《澳门中文新诗发展史研究(1938—2008)》等,以及在澳门特区文化局资助下一批由内地联合展开的项目,更可以作为回归后澳门文化界努力建构"澳门文学"新形象的例证。相信在不久的将来,"澳门文学"的概念会在时间增长的过程中达到一种观念上的"自足",而此前曾经为确立"澳门文学"概念而进行的努力和实践的意义和价值,也正在于此!

初稿于 2012 年 3 月,修改于 2013 年 1 月

[①] 张剑桦:《澳门文学源流与涵义之辨析》,《广西师范大学学报》2009 年第 6 期,后收入《澳门人文社会科学研究文选·文学卷》。

后　记

本书是我的一本论文集，共计34篇。内容主要涉及1980年代以来的小说、诗歌及文学现象等，写作时间最早可以追溯至2006年。

"先锋的魅惑"——当匆匆决定使用这个名字时，我忽然发觉它似乎已在我身边站立许久了。尽管先锋这个词已经被阐述过多次，但我仍然愿意以它表达我对中国当代文学部分小说家、诗人的喜爱与推崇。在我看来，先锋既是一批可以引领文学风尚并对文学的未来产生不可估量的价值和意义的人，又是人们心中那种永不停歇、追求自我并不断超越自我的艺术精神。文学因为有它而具有永恒的生命力，它也因自己的魅力而引人注目。当然，由于种种原因，除了关于先锋的一些理论探讨、创作个案研究之外，我还将一些潮流、现象的分析和阅读笔记放到这本论文集中。它们虽在先锋的"视野之外"，却表达了我对1980年代以来中国当代文学的一点思考，可以和本书中先锋的个案相得益彰，呈现出一幅特有的文学图景。

《先锋的魅惑》的出版，首先应当感谢中国现代文学馆提供的客座研究员平台，感谢我的博士后合作导师吴义勤馆长、创研部主任李洱先生及文学馆其他多位朋友的支持、理解。他们不仅给我提供了出书的机会，而且还提供了结识新朋友、走上学术新台阶的机会。值得说明的是，此书收录的论文，大都在各种学术期刊上发表过，故此，我理当借此机会，向发表过这些文章的刊物、编辑致以诚挚的谢意！

最后，感谢阅读这本书的每一位朋友！

张立群

2013年11月30日于沈阳